UNTOT in Dallas

Ein skurriler Va

Charlaine Harris

Autorin
Charlaine Harris
Deutsch von
Dorothee Danzmann

Lektorat
Oliver Hoffmann
Mirko Schmittinger und Thomas Russow
Korrektorat

Art Director,
Satz und Gestaltung
Oliver Graute
Eva Widermann
Umschlagillustration

4. Auflage 2007
ISBN 978-3-937255-15-6

Gedruckt in Nördlingen, C. H. Beck

Originaltitel: Living dead in Dallas

Feder&Schwert im Internet:
www.feder-und-schwert.com

Ich widme dieses Buch allen, denen *Vorübergehend tot* gut gefallen hat und die mir dies auch mitgeteilt haben. Das war für mich eine große Ermutigung, für die ich mich herzlich bedanke.

Mein Dank geht zudem an Patsy Asher von Remember the Alibi in San Antonio, Texas, Chloe Green aus Dallas sowie all die hilfsbereiten Freunde im Cyberspace, die ich über DorothyL kennenlernte und die alle meine Fragen prompt und begeistert beantwortet haben.

Mein Beruf ist der Schönste der Welt.

Kapitel 1

Andy Bellefleur war sturzbetrunken. Das passiert Andy wirklich nicht oft. Ich muß es wissen – ich kenne die Schluckspechte von Bon Temps. Meine Arbeit im Lokal Sam Merlottes, der ich jetzt bereits seit ein paar Jahren nachgehe, hat mich mit so gut wie allen von ihnen bekanntgemacht. Andy Bellefleur, Sohn dieser Stadt und Ermittler in der kleinen Polizeitruppe, die wir unser eigen nennen, hatte sich jedenfalls noch nie zuvor im Merlottes betrunken, und ich hätte natürlich nur zu gern gewußt, warum der heutige Abend da eine Ausnahme bildete.

Man kann Andy und mich wahrlich nicht als enge Freunde bezeichnen, ich konnte ihn also unmöglich direkt fragen. Aber mir stehen andere Mittel und Wege zur Verfügung, und ich beschloß, mich ihrer zu bedienen. Ich versuche wirklich, mich meiner Behinderung – oder meiner Gabe, je nachdem, wie Sie es sehen wollen – nur eingeschränkt zu bedienen und mein Talent nur einzusetzen, wenn es gilt, Dinge herauszufinden, die mich oder die Meinen in irgendeiner Weise betreffen könnten. Aber manchmal siegt auch ganz einfach die Neugier über alle guten Vorsätze.

Ich schob also mein geistiges Visier hoch und las Andys Gedanken. Gleich darauf tat es mir auch schon leid.

Andy hatte einen Mann wegen Kindesentführung verhaften müssen. Dieser Mann hatte ein zehnjähriges Mädchen aus seiner Nachbarschaft in den Wald gelockt und vergewaltigt. Das Mädchen lag im Krankenhaus, und der Mann saß im Gefängnis, aber der Schaden war angerichtet und ließ sich nicht wiedergutmachen. Ich war den Tränen nahe. Dieses Verbrechen erinnerte mich allzusehr an Geschehnisse aus meiner eigenen Vergangenheit. Andy gefiel mir gleich etwas besser, weil die Sache ihn so sehr deprimierte.

„Gib mir deine Autoschlüssel, Andy“, befahl ich streng, woraufhin er mir ein wenig verständnislos dreinschauend sein breites Gesicht zuwandte. Es folgte ein langes Schweigen, aber dann waren meine Worte und deren Bedeutung endlich wohl doch bis in Andys vernebelte Hirnwindungen gedrungen. Umständlich durchwühlte der Detective die Taschen seiner Jeans und überreichte mir schließlich einen schweren Schlüsselbund. Ich stellte ihm daraufhin einen weiteren Bourbon mit Cola hin. „Der geht auf mich“, sagte ich und ging hinüber zum

Telefon am anderen Tresenende, um Portia, Andys Schwester, anzurufen. Die Geschwister Bellefleur bewohnten gemeinsam ein etwas heruntergekommenes, riesiges, zweistöckiges Haus aus der Zeit vor dem Bürgerkrieg. Das Haus hatte schon bessere Tage gesehen und war einst prachtvoll gewesen. Es lag in einer der hübschesten Straßen im schönsten Teil Bon Temps'. Hier, in der Magnolia Creek Road, lagen die Häuser allesamt zu einem Streifen Parkland hin, durch den sich ein kleiner Fluß schlängelte. Hier und da querten anmutige Fußgängerbrücken diesen Fluß, und zu beiden Seiten des Parks verlief eine Straße. An der Magnolia Creek Road befand sich noch eine Reihe weiterer alter Anwesen, die sich aber in einem weit besseren Zustand befanden als Belle Rive, das Haus der Bellefleurs. Weder Portia als Anwältin noch Andy als Polizist verdienten genug, um Belle Rive so instand zu halten, wie es hätte getan werden müssen, und das Geld, das man eigentlich braucht, um ein solches Haus und das dazugehörige Anwesen angemessen zu unterhalten, war längst fort. Caroline, die Großmutter der beiden, weigerte sich jedoch stur und standhaft zu verkaufen.

Portia ging nach dem zweiten Klingeln an den Apparat.

„Portia, hier spricht Sookie Stackhouse", sagte ich, wobei ich die Stimme erheben mußte, um den Kneipenlärm zu übertönen.

„Du bist wohl arbeiten?"

„Ja. Andy ist hier. Angeschickert und ziemlich durch den Wind. Ich habe ihm die Autoschlüssel abgenommen. Kannst du ihn abholen kommen?"

„Andy ist betrunken? Das kommt ja wirklich selten vor. Klar, ich bin in zehn Minuten da", versprach Portia und legte auf.

„Sookie, du bist lieb", verkündete Andy plötzlich.

Die Cola-Bourbon-Mischung, die ich ihm eingeschenkt hatte, hatte er bereits ausgetrunken. Ich nahm ihm hastig das Glas weg, damit er nicht nach einem weiteren Drink fragen konnte. „Vielen Dank für die Blumen, Andy", sagte ich. „Du bist auch ziemlich okay."

„Wo issen ... der Liebste?"

„Direkt hinter Ihnen", ertönte eine kühle Stimme, und unmittelbar hinter Andys Rücken tauchte Bill Compton auf. Über Andys Kopf hinweg, der dem Polizisten immer wieder auf die Brust zu sinken drohte, nickte ich meinem Freund zu. Bill war ungefähr einen Meter neunzig groß, mit dunkelbraunem Haar und ebensolchen Augen. Er besaß die breiten Schultern und harten, muskulösen Arme eines Mannes, der jahrelang körperliche Arbeit hat leisten müssen. Bill hatte zusammen mit seinem Vater den elterlichen Hof bewirtschaftet, nach dem Tod des Vaters dann allein, bis er Soldat geworden und in den Krieg gezogen war. In den Bürgerkrieg.

„Hallo, VB!" rief Charlsie Tootens Mann Micah. Bill hob beiläufig die Hand, um den Gruß zu erwidern, und mein Bruder Jason sagte: „Guten Abend, Vampirbill", und zwar vollendet höflich und freundlich. Jason, der Bill anfangs nicht gerade mit offenen Armen in unserem kleinen Familienkreis aufgenommen hatte, hatte nunmehr in seinem Verhalten meinem Freund gegenüber eine völlig neue Seite aufgeschlagen. Wobei ich allerdings in dieser Frage noch immer sozusagen im Geiste die Luft anhielt, denn ich wußte nicht, wie lange dieses neue Benehmen andauern würde.

„Für einen Blutsauger sind Sie eigentlich ganz in Ordnung, Bill", sagte Andy Bellefleur plötzlich laut und vernehmlich, während er sich auf seinem Barhocker so umdrehte, daß er Bill direkt ansehen konnte. Ich überprüfte meine Einschätzung von Andys Betrunkenheitsgrad und korrigierte die Werte nach oben; Andy hatte bisher noch keine große Begeisterung an den Tag gelegt, was die Integration von Vampiren in den amerikanischen Alltag betraf. „Danke", erwiderte Bill. „Sie sind auch nicht übel – für einen Bellefleur." Dann beugte er sich über den Tresen, um mir einen Kuß zu geben. Bills Lippen waren ebenso kühl wie seine Stimme. Daran hatte ich mich erst gewöhnen müssen – genau wie an die Tatsache, daß ich keinen Herzschlag hörte, wenn ich meinen Kopf auf seine Brust legte. „Guten Abend, Schatz", sagte Bills sanfte, leise Stimme. Ich schob ihm ein Glas mit dem synthetischen Blut zu, das die Japaner entwickelt hatten, Blutgruppe B Negativ, und er leerte es in einem Zug. Dann leckte er sich die Lippen. Fast umgehend sah er etwas rosiger aus als zuvor.

„Wie war dein Treffen, Schatz?" wollte ich wissen, denn Bill hatte den Großteil der Nacht in Shreveport verbracht.

„Das erzähle ich dir später."

Ich hoffte inständig, Bill möge bei seiner Arbeit keine ebenso herzzerreißende Geschichte erlebt haben wie Andy. „Gut", sagte ich. „Ich wäre dir dankbar, wenn du Portia helfen könntest, Andy ins Auto zu hieven, wenn sie kommt. Da ist sie ja schon." Ich wies mit dem Kinn auf die Tür.

In der Regel trug Portia die Berufskleidung ihrer Zunft: Rock, Bluse, Jackett, Nylons und Pumps mit flachen Absätzen, aber an diesem Abend hatte sie sich Jeans und ein leicht verschlissenes Sophie Newcombe-T-Shirt übergezogen. Portia war ebenso stämmig gebaut wie ihr Bruder, aber sie hatte wunderschönes langes, dickes, kastanienbraunes Haar, das sie sorgfältig pflegte – das einzige Anzeichen dafür, daß sie noch nicht aufgegeben hatte. Zielstrebig bahnte sie sich einen Weg durch die lärmende Menge im Lokal, ohne nach rechts oder links zu sehen.

„Der ist ja wirklich ziemlich hinüber", stellte sie mit einem abschätzenden Blick auf ihren Bruder fest, wobei sie sich bemühte, Bills Anwesenheit gar nicht wahrzunehmen. Mein Vampir verunsicherte sie sehr. „Oft passiert das ja nicht, aber wenn mein Bruder schon mal beschließt, sich einen hinter die Binde zu kippen, macht er keine halben Sachen."

„Laß Bill Andy zum Auto tragen, Portia", schlug ich vor. Andy war größer als seine Schwester und untersetzt, er war eindeutig zu schwer für sie.

„Danke, ich glaube, das schaffe ich allein", erwiderte sie fest, wobei sie Bill, der mich fragend ansah und eine Braue hochgezogen hatte, immer noch keines Blickes würdigte.

Also sah ich zu, wie Portia ihrem Bruder den Arm um die Taille legte und versuchte, den Betrunkenen vom Barhocker zu bekommen. Andy jedoch ließ sich nicht bewegen. Daraufhin sah Portia sich suchend um. Offenbar hatte sie gehofft, Sam um Hilfe bitten zu können, denn Sam wirkt zwar klein und zäh, ist aber ziemlich stark. „Sam arbeitet heute im Country Club", erklärte ich ihr. „Er betreut die Bar bei einer Geburtstagsfeier. Es wäre wirklich am besten, wenn Bill dir hilft."

„Also gut", erwiderte die Anwältin daraufhin steif, wobei sie den Blick unverwandt auf das blankgeputzte Holz des Tresens gerichtet hielt. „Danke."

Blitzschnell hatte Bill Andy gepackt und brachte ihn zur Tür, wobei er ihn wirklich mehr oder weniger tragen mußte, denn Andys Beine waren wie Wackelpudding. Micah sprang auf, um die Tür zu öffnen. So konnte Bill Andy mit Schwung auf den Kundenparkplatz befördern.

„Danke", sagte Portia. „Hat er bezahlt?"

Ich nickte.

„Gut!" Portia schlug mit der flachen Hand auf den Tresen, womit sie mir zu verstehen gab, daß sie sich nun wieder auf den Weg machen würde. Dann eilte sie Bill nach, wobei sie sich auf dem Weg zur Tür noch einen ganzen Haufen gutgemeinter Ratschläge anhören mußte.

So kam es, daß der alte Buick von Detective Andy Bellefleur die ganze Nacht und noch einen Gutteil des nächsten Morgens auf dem Parkplatz des Merlottes stand. Der Buick war leer gewesen, als Andy ihn abgestellt hatte, um die Kneipe aufzusuchen. Das würde der Detective später beschwören. Er würde weiterhin aussagen, am fraglichen Abend hätten ihn die aufwühlenden Erlebnisse seines Arbeitstages so sehr beschäftigt, daß er vergaß, die Autotüren abzuschließen.

Irgendwann zwischen zwanzig Uhr, als Andy auf dem Parkplatz des Merlottes angekommen war und zehn Uhr am nächsten Morgen, als ich dort eintraf, um beim Herrichten des Lokals für den nächsten Tag behilflich zu sein, bekam Andys Auto einen Insassen.

Einen Insassen, dessen Auftauchen für den Polizisten ziemlich peinlich werden würde.

Denn dieser Insasse war tot.

* * *

Eigentlich hätte ich an diesem Morgen gar nicht dort sein sollen. Ich hatte die Nacht zuvor die Spätschicht gearbeitet, und dasselbe hätte ich eigentlich auch an diesem Tag tun sollen. Aber Bill hatte mich gebeten, mit einer meiner Kolleginnen zu tauschen, denn er wollte, daß ich mit ihm nach Shreveport fuhr. Sam hatte nichts dagegen gehabt, und so hatte ich meine Freundin Arlene gebeten, meine Spätschicht zu übernehmen. Arlene hätte an diesem Tag eigentlich frei haben sollen, aber ihr war viel an den Trinkgeldern gelegen, die wir nachts kassierten und die viel besser waren als die tagsüber. So hatte sie sich gern bereit erklärt, an diesem Tag um siebzehn Uhr zur Arbeit zu erscheinen.

Andy hatte vorgehabt, gleich am Morgen sein Auto abzuholen. Ihn hatte jedoch ein übler Kater geplagt, weswegen er es nicht über sich gebracht hatte, Portia dazu zu bewegen, ihn rasch vor der Arbeit beim Merlottes vorbeizubringen. Unser Lokal liegt etwas außerhalb – ganz und gar nicht auf Andys Arbeitsweg. Portia wollte ihren Bruder lieber in der Mittagspause abholen und mit ihm zum Mittagessen zu uns herausfahren, wobei er dann gleich seinen Wagen wieder mit in die Stadt würde nehmen können.

So wartete der Buick samt seinem stummen Insassen weit länger darauf abgeholt zu werden, als er eigentlich hätte warten sollen.

Ich hatte in dieser Nacht sechs Stunden geschlafen und fühlte mich von daher ziemlich gut. Wenn man wie ich ein Tagmensch ist, dann kann einen die Beziehung zu einem Vampir ganz schön aus dem Biorhythmus bringen. Wir hatten das Lokal gegen eins geschlossen. Dann war ich mit Bill zusammen nach Hause gefahren – in sein Haus. Wir waren in seinen Whirlpool gestiegen und hatten danach noch ein paar andere nette Dinge getan. Ich war kurz nach zwei Uhr morgens ins Bett gekommen, und als ich aufstand, war es bereits neun Uhr und Bill natürlich schon lange über alle Berge.

Ich trank zum Frühstück eine Menge Wasser und Orangensaft und nahm Vitamintabletten und ein Eisenpräparat. Das hatte ich mir angewöhnt, seit Bill in mein Leben getreten war und mit ihm außer Liebe, Abenteuern und vielen aufregenden Erlebnissen auch die ständige Bedrohung, irgendwann einmal anämisch zu werden. Gott sei Dank wurde es langsam kühler. Ich saß auf Bills Veranda und trug eine Strickjacke zur schwarzen Hose, die wir bei der Arbeit im Merlottes anhatten, wenn es für Shorts nicht mehr warm genug war. Mein weißes Polohemd zeigte über der linken Brust eingestickt den Namenszug des Merlottes.

Während ich die Morgenzeitung überflog, stellte ich halb unbewußt fest, daß das Gras eindeutig nicht mehr so schnell wuchs wie noch vor ein paar Wochen und daß ein paar der Blätter an den Bäumen aussahen, als wollten sie sich schon bald bunt färben. Vielleicht würden an diesem Freitag ja selbst die Temperaturen im Footballstadion der High School halbwegs erträglich sein.

In Louisiana tut sich der Sommer schwer mit dem Abschiednehmen. Das gilt selbst für den nördlichen Teil des Bundesstaates. Der Herbst hält recht halbherzig seinen Einzug, als könne er jederzeit wieder verschwinden und uns erneut der erstickenden Hitze überantworten, die hier im Juli herrscht. Er gibt sich ungern zu erkennen. Aber ich war auf der Hut an diesem Morgen, weshalb ich seine Spuren durchaus entdecken konnte. Herbst und Winter – das hieß längere Nächte, mehr Zeit mit Bill, mehr Stunden zum Schlafen.

Also war ich guter Laune, als ich zur Arbeit fuhr und beim Anblick des Buick, der einsam und allein dort auf dem großen Kundenparkplatz vor unserem Lokal stand, kam mir die Erinnerung an Andys überraschende Zechtour am Abend zuvor wieder in den Sinn. Ich muß gestehen, ich lächelte beim Gedanken daran, wie er sich an diesem Morgen wohl fühlen mochte. Gerade wollte ich vom Kundenparkplatz abbiegen und ums Haus herumfahren, um meinen Wagen dort hinten auf dem Parkplatz der Angestellten abzustellen, da bemerkte ich, daß die rechte hintere Tür von Andys Wagen ein wenig offenstand. Das hieß aber auch, daß die Innenbeleuchtung des Wagens brannte und daß sich die Batterie entlud. Das würde Andy gehörig ärgern. Er würde ins Lokal kommen und einen Abschleppwagen rufen oder jemanden bitten müssen, ihm Starthilfe zu geben. Also schaltete ich mein Auto in den Leerlauf und stieg aus, wobei ich den Motor laufen ließ. Wie sich herausstellte, war ich viel zu optimistisch gewesen. Ich hätte den Motor lieber abstellen sollen.

Ich wollte die hintere Tür von Andys Wagen schließen, aber das war nicht möglich, die Tür gab gerade mal zwei Zentimeter nach. Also warf ich mich mit dem ganzen Körper dagegen, denn ich dachte, so könnte ich das Schloß auf jeden Fall zum Einschnappen bringen und mich dann einfach rasch wieder davonmachen. Aber auch so ließ sich die Tür nicht schließen. Dann wehte ein Lufthauch über den Parkplatz, und ich bekam einen ganz schrecklichen Geruch in die Nase, der mir vor Entsetzen die Kehle zuschnürte. Der Geruch war mir nicht unbekannt. Ich hielt mir die Hand vor den Mund – was allerdings bei diesem Gestank wenig half – und warf einen vorsichtigen Blick auf den Rücksitz des Wagens.

„Oh Himmel!“ flüsterte ich dann entsetzt. „Scheiße.“ Irgend jemand hatte Lafayette, einen der Köche, die sich um die Küche im Merlottes kümmerten, auf den Rücksitz gezwängt. Er war nackt. Sein schmaler brauner Fuß mit den tiefrot lackierten Fußnägeln hatte verhindert, daß die Wagentür sich schließen ließ, und es war Lafayettes Leiche, die hier derart zum Himmel stank.

Ich stolperte zurück, kletterte wieder in meinen Wagen und fuhr um das Haus herum zum Angestelltenparkplatz, wobei ich die ganze Zeit ohne Unterlaß auf die Hupe drückte. Da kam auch schon Sam Merlotte aus dem Hintereingang gestürzt, eine Schürze um die Taille gebunden. Ich bremste, stellte den Motor ab und war so schnell aus dem Auto gesprungen, daß ich gar nicht recht mitbekam, ob und wie ich diese Dinge getan hatte. Dann klebte ich auch schon an Sam wie eine statisch aufgeladene Socke frisch aus dem Wäschetrockner.

„Was ist passiert?“ ertönte die Stimme meines Chefs dicht an meinem Ohr. Ich lehnte mich etwas zurück, um Sam anschauen zu können. Den Kopf brauchte ich dazu nicht zu recken, denn Sam war ein kleiner Mann. Sein rotgoldenes Haar glitzerte in der Sonne. Er hatte tiefblaue Augen, die weit aufgerissen und fragend auf mich gerichtet waren.

„Lafayette!“ sagte ich, und dann fing ich an zu weinen, was zwar lächerlich und albern war und nun wirklich niemandem nutzte, was ich aber nicht verhindern konnte. „Er ist tot. In Andy Bellefleurs Auto.“

Sam legte den Arm fester um meinen Rücken und zog mich ganz dicht zu sich heran. „Arme Sookie!“ sagte er liebevoll. „Es tut mir so leid, daß du das sehen mußtest. Ich rufe die Polizei. Der arme Lafayette!“

Man braucht keine außergewöhnlichen kulinarischen Vorkenntnisse, wenn man im Merlottes kochen will, und die Köche wechseln recht häufig. Sams Speisekarte bietet eigentlich nur Fritten und Sandwiches. Lafayette hatte zu meiner Verwunderung länger bei uns ausgeharrt als die meisten anderen. Lafayette war schwul gewesen, schillernd schwul, strahlend schwul, ein Schwuler mit Make-up und irrsinnig langen Nägeln. Im nördlichen Louisiana sind die Menschen weniger tolerant als in New Orleans, und Lafayette wird es doppelt so schwer gehabt haben wie andere, denn er war noch dazu schwarz. Trotz seiner Probleme – oder vielleicht gerade deswegen – war mein Kollege immer fröhlich gewesen, auf sehr unterhaltsame Art zu Späßen und Schabernack aufgelegt, klug und noch dazu ein wirklich fähiger Koch. Er hatte eine Spezialsauce kreiert, in die er seine Hamburger vor dem Braten kurz eintauchte, und viele unserer Kunden verlangten stets ausdrücklich nach einem Lafayette-Burger.

„Hatte er Verwandte hier in der Gegend?“ wollte ich von Sam wissen, nachdem wir uns, beide ein wenig peinlich berührt, voneinander gelöst hatten, um uns auf den Weg zum Telefon in Sams Büro zu machen.

„Er hatte hier einen Vetter“, erwiderte Sam und tippte rasch die Notrufnummer 911 in sein Telefon. „Bitte kommen Sie sofort ins Merlottes in der Hummingbird Road“, bat er, als der Fahrdienstleiter den Anruf entgegengenommen hatte. „Hier liegt ein toter Mann in einem abgestellten Fahrzeug. Auf dem Parkplatz vor der Gaststätte. Sie sollten vielleicht auch Andy Bellefleur Bescheid sagen. Bei dem abgestellten Fahrzeug handelt es sich nämlich um sein Auto."

Das überraschte Quietschen am anderen Ende der Leitung konnte selbst ich noch hören, obwohl ich in der Bürotür stehengeblieben war.

Gerade traten Holly Cleary und Danielle Grey lachend durch die Hintertür, die beiden Kellnerinnen, die außer mir noch in der Tagschicht arbeiten sollten. Beide Frauen waren Mitte zwanzig und geschieden. Sie waren ihr ganzes Leben lang miteinander befreundet gewesen, und ihnen schien keine Arbeit etwas auszumachen, solange sie sie gemeinsam verrichten konnten. Holly hatte einen fünfjährigen Sohn, der in die Vorschule ging, Danielle eine siebenjährige Tochter und einen Sohn, der noch zu klein für die Schule war und daher bei Danielles Mutter blieb, wenn Danielle arbeiten ging. Auch wenn die beiden in meinem Alter waren, war ich nie richtig warm mit ihnen geworden. Das lag daran, daß beide sehr darauf bedacht waren, einander genug zu sein.

„Was ist denn los?" fragte Danielle, als sie meinen Gesichtsausdruck sah, und sofort verzog sich auch ihr Gesicht – schmal und sommersprossenübersät – besorgt.

„Warum steht Andys Wagen da vorn auf dem Parkplatz?" wollte Holly wissen, wobei mir einfiel, daß sie einmal eine Weile mit Andy zusammengewesen war. Holly war eine Frau mit kurzem blonden Haar, das ihr wie verwelkte Narzissen in die Stirn hing und mit der hübschesten Haut, die ich je zu Gesicht bekommen hatte. „Er hat die Nacht darin verbracht?"

„Nein", sagte ich, „aber jemand anderes."

„Wer denn?"

„Lafayette liegt in Andys Auto."

„Andy hat einer schwarzen Schwuchtel gestattet, in seinem Auto zu übernachten?" Das kam von Holly, die die direktere der beiden war.

„Was ist mit Lafayette?" wollte Danielle wissen, denn sie ist die gescheitere der beiden.

„Das wissen wir nicht", erwiderte Sam. „Die Polizei ist auf dem Weg."

Danielle sah ihn nachdenklich an. „Damit willst du uns wohl zu verstehen geben", sagte sie ganz langsam, „daß Lafayette tot ist?"

„Ja", sagte ich. „Genau das meinen wir."

„Nun, wir sollen in einer Stunde den Laden hier aufmachen." Holly stemmte die Hände in die Hüften. „Was wollen wir diesbezüglich tun? Wenn die Polizei erlaubt, daß wir aufmachen, wer soll dann hier kochen? So oder so werden Kunden kommen, und die werden zu Mittag essen wollen."

„Wir sollten alles wie gewohnt vorbereiten", sagte Sam. „Für den Fall der Fälle. Auch wenn ich persönlich ja glaube, daß wir frühestens heute nachmittag werden öffnen können." Mit diesen Worten ging er zurück in sein Büro, um einen unserer Aushilfsköche zu bewegen, diese Schicht zu übernehmen.

Es war unheimlich, die ganze Routine ablaufen zu lassen, die erforderlich ist, um unser Lokal für Gäste herzurichten – als könne jeden Moment Lafayette hereingestöckelt kommen, auf den Lippen eine haarsträubende Geschichte über eine Party, auf der er unlängst gewesen war, ganz so, wie er noch vor ein paar Tagen hereingekommen war. Dann näherten sich mit heulenden Sirenen auf der Landstraße, die am Merlottes vorbeiführt, verschiedene Polizeifahrzeuge und fuhren kurz darauf knirschend auf Sams kiesbestreutem Kundenparkplatz vor. Als wir die Stühle von den Tischen geholt, die Tische selbst zurechtgerückt, Besteck in Servietten gerollt und Teller bereitgestellt hatten, kam die Polizei zu uns ins Lokal.

Das Merlottes liegt außerhalb der Stadtgrenzen, also war der Sheriff des Landkreises, Bud Dearborn, zuständig. Bud war ein guter Freund meines Vaters gewesen; inzwischen hatte er graumeliertes Haar. Sein Gesicht wirkte leicht eingedrückt, wie das eines Pekinesen in Menschengestalt, und er hatte dunkelbraune Augen, in denen sich nur schwer etwas lesen ließ. Er trug schwere Stiefel und die Baseballkappe seines Lieblingsvereins, als er unser Lokal betrat, woraus ich schloß, daß man ihn von der Arbeit auf seinem Hof abberufen hatte. Zusammen mit Bud betrat Alcee Beck den Raum, der einzige afroamerikanische Detective, den die hiesige Kreispolizei vorweisen konnte. Alcee war so schwarz, daß sein blütenweißes Hemd im Kontrast dazu regelrecht leuchtete. Er trat in Schlips und Kragen auf, der Schlips anständig gebunden, der Anzug makellos. Alcees Schuhe waren auf Hochglanz poliert und man hätte sich darin spiegeln können.

Alcee und Bud sorgten dafür, daß unser Landkreis funktionierte – besser gesagt, daß all die wichtigen Elemente funktionierten, von denen dann abhing, daß der Landkreis funktionierte. Auch Mike Spencer, Beerdigungsunternehmer und amtlicher Leichenbeschauer, spielte in Kreisangelegenheiten eine wichtige Rolle. Auch er war ein guter Freund Buds. Ich hätte jede Wette gemacht, daß sich Mike Spencer bereits draußen auf dem Parkplatz befand, um den armen Lafayette offiziell für tot zu erklären.

Bud Dearborn fragte: „Wer hat die Leiche gefunden?"

„Ich", verkündete ich, woraufhin die beiden leicht ihre Marschrichtung änderten und direkt auf mich zukamen.

„Können wir Ihr Büro benutzen, Sam?" wollte Bud Dearborn wissen und wies mich, ohne Sams Antwort überhaupt abzuwarten, mit einer Kopfbewegung an, ihn dorthin zu begleiten.

„Klar, machen Sie nur", erwiderte mein Chef trocken. „Sookie, geht es wieder?"

„Alles in Ordnung." Ob das der Wahrheit entsprach, hätte ich selbst nicht genau sagen können, aber alles, was Sam hätte tun können, um mir zu helfen, hätte ihn nur in Schwierigkeiten gebracht und doch letztlich nichts geändert. Bud nickte mir zu, ich solle mich setzen, aber ich schüttelte den Kopf. Ich wollte lieber stehen. Bud und Alcee machten es sich auf den Stühlen bequem, die in Sams Büro herumstanden: Bud setzte sich natürlich in Sams großen Schreibtischsessel, während Alcee sich mit der nächstbesten Sitzgelegenheit begnügte, ein Stuhl immerhin, dessen Sitz gepolstert war.

„Wann hast du Lafayette das letzte Mal lebend gesehen?" wollte Bud wissen.

Darüber mußte ich erst nachdenken.

„Gestern abend hat er nicht gearbeitet", sagte ich. „Gestern abend hat Anthony gearbeitet, Anthony Bolivar."

„Wer ist das?" Alcee legte seine breite Stirn in Falten. „Der Name kommt mir nicht bekannt vor."

„Ein Freund Bills. Er war auf der Durchreise und brauchte einen Job. Er hat über Arbeitserfahrung verfügt." Anthony Bolivar hatte während der großen Weltwirtschaftskrise in den 30er Jahren als Koch in einem Schnellrestaurant gearbeitet.

„Soll das heißen, der Koch im Merlottes ist ein *Vampir*?"

„Na und?“ gab ich zurück, wobei ich spüren konnte, wie mein Gesicht sich verzog und ich eine sture Miene aufzusetzen begann. Auch meine Brauen zogen sich zusammen, und mein Gesicht insgesamt wurde immer wütender. Ich bemühte mich wirklich, den beiden Polizisten nicht beim Denken zuzuhören, tat mein Bestes, mich aus der ganzen Sache herauszuhalten, aber das war weiß Gott nicht einfach. Bud Dearborn war durchschnittlich, aber Alcees Gedanken leuchteten wie die Strahlen eines Leuchtturms, dessen Signale man einfach nicht übersehen kann. Im Moment strahlte er Ekel aus. Ekel und Angst.

Als ich Bill noch nicht kannte und noch nicht erfahren hatte, wie sehr dieser meine Behinderung – er nannte sie eine Gabe – zu schätzen wußte, hatte ich alles darangesetzt, mich und alle anderen glauben zu machen, ich könne nicht wirklich Gedanken ‚lesen'. Aber Bill war es gelungen, mich aus dem kleinen Gefängnis zu befreien, das ich mir selbst errichtet hatte, und durch ihn ermutigt hatte ich zu trainieren und zu experimentieren begonnen. Für ihn hatte ich gelernt, Dinge in Worte zu fassen, die ich seit Jahren spürte. Manche Menschen, wie jetzt gerade Alcee, sandten klare, deutliche Botschaften. Meist jedoch ließen sich die Gedanken anderer mal besser, mal schlechter lesen, wie bei Bud Dearborn. Das hing sehr davon ab, wie stark die jeweiligen Gefühle waren und wie klar die betreffenden Personen im Kopf waren; ja selbst das Wetter mochte, soweit ich das beurteilen konnte, eine gewisse Rolle spielen. Manche Leute waren einfach generell ziemlich wirr im Kopf, und es war fast unmöglich, mitzubekommen, was sie dachten. Bei solchen Menschen konnte ich unter Umständen Stimmungen ablesen, aber das war auch alles.

Bill gegenüber hatte ich auch eingestehen können, daß die Bilder klarer wurden, wenn ich die Menschen berührte, denen ich zuhören wollte. Das war, als hätte man endlich Kabelfernsehen bekommen, nachdem man vorher nur eine Zimmerantenne hatte. Weiter hatte ich festgestellt, daß ich durch die Gedanken anderer gleiten konnte wie ein Fisch durchs Wasser, wenn ich den Betreffenden vorher Bilder ‚geschickt' hatte, bei denen sie sich hatten entspannen können.

Es gab nichts, was ich in diesem Augenblick weniger gern getan hätte, als durch die Gedanken Alcee Becks zu gleiten wie ein Fisch durchs Wasser. Aber es ließ sich nicht vermeiden, daß ich völlig unfreiwillig ein Bild von Alcees Reaktionen erhielt: Der Detective reagierte fast schon abergläubisch panisch auf die Mitteilung, in der Küche des Merlottes arbeite ein Vampir. Als ihm klar wurde, daß ich die Frau war, von der er schon so viel gehört hatte – die, die mit einem Vampir zusammen war –, ekelte er sich. Zudem war er der felsenfesten Überzeugung, Lafayette habe der schwarzen Gemeinde unserer Gegend geschadet und sei eine Schande für sie gewesen, weil er seine Homosexualität offen gelebt hatte. Außerdem ging Alcee davon aus, jemand müsse es wohl auf Andy Bellefleur abgesehen haben, denn warum hätte man dem Kollegen sonst die sterblichen Überreste eines schwulen schwarzen Mannes in sein Auto legen sollen? Alcee fragte sich, ob Lafayette AIDS gehabt haben mochte und ob dieser Virus nun irgendwie bis in die Sitze von Andys Auto gesickert war, um dort munter zu überleben. Wenn es sein Auto wäre, dachte Alcee, würde er es jedenfalls umgehend verkaufen.

Wenn ich Alcee berührt hätte, hätte ich auch noch seine Telefonnummer und die Körbchengröße seiner Ehefrau erfahren.

Bud sah mich mit einem merkwürdigen Ausdruck in den Augen prüfend an. „Hatten Sie etwas gesagt?“ fragte ich.

„Ja. Ich hatte gefragt, ob du Lafayette im Laufe des vergangenen Abends hier im Lokal gesehen hast. Kam er in die Kneipe, um etwas zu trinken?“

„Ich habe ihn nie als Gast hier gesehen.“ Wenn ich es recht bedachte, hatte ich Lafayette auch nie trinken sehen. Zum ersten Mal wurde mir klar, daß wir hier zwar mittags ein gemischtes Publikum hatten, die Gäste, die abends und nachts bei uns tranken, jedoch fast ausschließlich Weiße waren.

„Wo hat Lafayette seine Freizeit verbracht?“

„Das kann ich Ihnen wirklich nicht sagen.“ Wenn Lafayette Geschichten erzählte, dann pflegte er den Beteiligten immer falsche Namen zu geben, um Unschuldige zu schützen. Na ja: eigentlich ja, um Schuldige zu schützen. „Wann hast du ihn das letzte Mal gesehen?“

„Tot, draußen im Auto.“

Bud schüttelte den Kopf. „Lebend, Sookie!“

„Hmmm. Ich glaube ... vor drei Tagen. Er war noch hier, als ich meinen Dienst antrat, und wir haben einander kurz begrüßt. Ach – und er erzählte mir von einer Party, bei der er gewesen war.“ Ich versuchte, mich genau an Lafayettes Worte zu erinnern. „Er sagte, er sei in einem Haus gewesen, in dem allerhand sexuelle Fisimatenten stattfanden.“

Die beiden starrten mich mit offenen Mündern an.

„Die Formulierung stammt von ihm! Ich weiß nicht, inwieweit das wirklich stimmte!" Ich sah Lafayettes Gesicht förmlich vor mir, wie es ausgesehen hatte, als er mir die Geschichte erzählte, erinnerte mich an die gezierte Art, in der er immer wieder den Finger auf die Lippen gelegt hatte, um mir zu verstehen zu geben, daß er sich weder über Namen noch Orte genauer auslassen würde.

„Warst du nicht der Meinung, jemand sollte davon wissen?" Bud wirkte völlig fassungslos.

„Die Rede war von einer privaten Party. Warum hätte ich irgend jemandem davon erzählen sollen?"

Aber es ging nicht an, daß solche Partys in den Grenzen ihrer Gemeinde stattfanden, und so funkelten mich beide Männer zornig an. Bud sagte mit zusammengekniffenen Lippen: „Hat Lafayette auch etwas von Drogen erwähnt, die bei diesen Zusammenkünften konsumiert wurden?"

„Von Drogen war, soweit ich mich erinnern kann, nicht die Rede."

„Fand die Party im Haus eines Weißen oder eines Schwarzen statt?"

„Eines Weißen", sagte ich und wünschte, ich hätte Nichtwissen vorgetäuscht. Lafayette war von dem Haus fasziniert gewesen – was aber nicht daran gelegen hatte, daß es besonders groß oder besonders protzig gewesen wäre. Was hatte ihn eigentlich so beeindruckt? Wobei ich nicht hätten sagen können, ob das Wort ‚beeindruckt' es überhaupt traf und was es für Lafayette bedeutete. Lafayette war in armen Verhältnissen aufgewachsen und sein Leben lang arm geblieben. Ich war mir aber sicher, daß er im Zusammenhang mit der Party vom Haus eines Weißen gesprochen hatte, denn ich erinnerte mich, daß er gesagt hatte: „Und dann die ganzen Bilder da an der Wand, jeder einzelne Typ so weiß wie eine Lilie, und allesamt grinsen sie wie die Alligatoren." Diesen Kommentar ließ ich der Polizei gegenüber jedoch unerwähnt, und die beiden Beamten stellten mir keine weiteren Fragen.

Ich erklärte noch, wie es dazu gekommen war, daß sich Andy Bellefleurs Wagen überhaupt auf unserem Parkplatz befand und durfte dann Sams Büro verlassen. Ich verzog mich hinter den Tresen. Was auf dem Parkplatz geschah, wollte ich gar nicht sehen, und Gäste, die ich hätte bedienen können, gab es noch keine, denn die Polizei hatte beide Zufahrten zu unserem Grundstück abgesperrt.

Sam war dabei, alle Flaschen hinter dem Tresen neu anzuordnen und sie bei der Gelegenheit auch gleich abzustauben. Holly und Danielle hatten sich an einem der Rauchertische im Lokal niedergelassen, damit Danielle eine rauchen konnte.

„Wie ist es gelaufen?“ wollte Sam wissen.

„Keine große Sache. Daß Anthony hier arbeitet, hat ihnen nicht gefallen, und was ich ihnen über die Party erzählt habe, mit der Lafayette neulich so angegeben hatte, mochten sie auch nicht gern hören. Hast du das eigentlich mitbekommen? Die Sache mit der Orgie?“

„Mir hat er auch so etwas erzählt. Das muß ein ziemlich wichtiger Abend für ihn gewesen sein. Wenn die Party wirklich stattgefunden hat.“

„Meinst du, Lafayette hat sich das einfach ausgedacht?“

„Ich glaube nicht, daß in Bon Temps allzu viele bisexuelle Swinger-Partys stattfinden, bei der noch dazu Vertreter beider Rassen willkommen sind“, erwiderte Sam.

„Aber das denkst du doch nur, weil dich noch nie jemand zu einer eingeladen hat“, gab ich etwas spitz zu bedenken, wobei ich mich allerdings auch fragte, ob ich wirklich über alles Bescheid wußte, was in unserer kleinen Stadt so vor sich ging. Eigentlich hätte doch gerade ich eher als irgendwer sonst hier Bon Temps wie meine Westentasche kennen müssen, denn immerhin war mir – entschied ich mich dafür, danach Ausschau zu halten – jede Information mehr oder weniger frei zugänglich. „Ich gehe doch recht in der Annahme, daß dich noch nie jemand zu so was eingeladen hat?“ hakte ich nach.

„Ja“, sagte Sam und warf mir von der Seite her ein halbes Lächeln zu, während er gleichzeitig eine Whiskyflasche saubermachte.

„Ich glaube, auch meine Einladungen sind alle auf dem Postweg verlorengegangen“, meinte ich versöhnlich.

„Meinst du, Lafayette könnte gestern nacht noch einmal hergekommen sein, um uns mehr von dieser Party zu erzählen?“

Ich zuckte die Achseln. „Vielleicht hatte er sich auch nur mit irgendwem auf dem Parkplatz verabredet. Jeder weiß, wo das Merlottes ist. Hatte er eigentlich seinen Gehaltsscheck schon?“ Es war Wochenende, und am Ende einer Woche pflegte uns Sam unseren Lohn auszuhändigen.

„Nein. Möglich, daß er deswegen hier war. Aber ich hätte ihm den Scheck ja ohnehin am nächsten Tag gegeben – an seinem nächsten Arbeitstag. Heute also."

„Ich frage mich, wer Lafayette zu dieser Party eingeladen hat."

„Gute Frage."

„Meinst du, er war so blöd, irgendwen erpressen zu wollen?"

Sam wischte mit dem Tuch über das Furnier des Tresens. Der Tresen war blitzblank, aber es fiel Sam schwer, die Hände ruhig zu halten. Das hatte ich auch schon früher an ihm beobachtet. „Ich glaube nicht", sagte er nach einigem Nachdenken. „Nein, die Leute hatten nur ganz bestimmt die falsche Person eingeladen. Du weißt, wie indiskret Lafayette war. Nicht nur hat er uns erzählt, daß er an solch einer Party teilgenommen hat – wobei ich wetten könnte, daß er das nicht hätte tun dürfen –, er hätte aus der ganzen Sache vielleicht auch mehr machen wollen, als anderen, nun, anderen Teilnehmern angenehm war."

„So etwas wie Kontakt halten zu anderen, die auch auf der Party waren, meinst du? Ihnen in der Öffentlichkeit zuzwinkern und so?"

„So was in der Art."

„Ich schätze, wenn man mit jemandem Sex hat oder jemandem beim Sex zusieht, dann fühlt man sich hinterher wohl irgendwie gleichberechtigt", sagte ich nachdenklich, wobei ich mir meiner Sache nicht sicher war, denn ich hatte auf diesem Gebiet wenig Erfahrung. Aber Sam nickte.

„Lafayette wollte akzeptiert werden als das, was er war. Das wollte er mehr als alles andere", sagte er. Dem konnte ich nur zustimmen.

Kapitel 2

Um halb fünf konnten wir wieder aufmachen. Zu dem Zeitpunkt waren wir alle schon so gelangweilt, daß es nicht mehr feierlich war. Ich schämte mich dafür – immerhin war ein Mensch gestorben, den wir gut gekannt hatten –, aber es ließ sich nicht leugnen, wir waren einfach ziemlich erpicht darauf, endlich wieder einmal jemand anderen zu Gesicht zu bekommen als unser kleines Team. Den Tag über hatten wir das Lager aufgeräumt, Sams Büro gründlich entrümpelt und einige Runden Karten gespielt, wobei Sam fünf Dollar und noch einen Haufen Kleingeld gewonnen hatte – all das, was man eben so tut, wenn man der eigentlichen Arbeit nicht nachgehen kann. Als Terry Bellefleur, Andys Vetter, durch die Hintertür trat, ein Mann, der oft bei uns als Tresenbedienung oder Koch aushalf, waren wir alle froh, ihn zu sehen.

Terry dürfte meiner Schätzung nach Ende fünfzig sein. Er ist Vietnam-Veteran und hat anderthalb Jahre in Kriegsgefangenschaft verbracht. Terry hatte ein paar auffällige Narben im Gesicht, und meine Freundin Arlene wußte zu erzählen, daß die Narben an seinem Körper sogar noch drastischer seien. Terry war ein Rotschopf – allerdings sah es aus, als wolle er mit jedem Monat grauer werden.

Ich persönlich habe Terry immer gemocht. Er gab sich alle erdenkliche Mühe, nett zu mir zu sein – außer, er hatte gerade einen seiner dunklen Tage. Wenn Terry sich in einem seiner schwarzen Löcher befand, dann durfte man ihm nicht zu nahe treten, das wußte jeder. Terrys dunkle Tage folgten unausweichlich auf Nächte, in denen er von Alpträumen heimgesucht worden war, wovon all seine Nachbarn ein Lied singen konnten. In den Nächten, in denen mein Kollege schlecht träumte, waren seine Schreie in der ganzen Nachbarschaft zu hören.

In Terrys Gedanken las ich nie, wirklich nie.

An diesem Tag hatte es den Anschein, als ginge es Terry gut. Seine Schultern wirkten entspannt, und seine Blicke schossen nicht wild in der Gegend umher. „Wie geht es dir, meine Süße?" erkundigte er sich teilnahmsvoll und klopfte mir besorgt auf die Schulter.

„Danke, es geht. Ich bin traurig wegen Lafayette."

„Ja. Er war wirklich in Ordnung." Das war aus Terrys Mund ein riesiges Kompliment. „Hat seine Arbeit gemacht, war immer pünktlich, hielt die Küche sauber. Hat nie schlecht über Leute geredet.“ So zu funktionieren war Terrys ganz großer Ehrgeiz. „Dann geht er einfach hin und stirbt in Andys Buick!“

„Ich fürchte, Andys Auto ist ein wenig ...“ Verzweifelt durchforstete ich mein Hirn nach dem neutralsten Ausdruck für das, was ich sagen wollte.

„Er sagt, es läßt sich saubermachen.“ Terry wollte das Thema so schnell wie möglich beenden.

„Hat er dir gesagt, was Lafayette zugestoßen ist?“

„Es sieht aus, als habe ihm irgendwer den Hals gebrochen, sagt Andy, und allem Anschein nach war er auch ... na ja, an ihm war herumgemacht worden.“ Terrys braune Augen flackerten, und er mochte mich nicht ansehen, was zeigte, daß er sich bei der Unterhaltung sehr unwohl fühlte. „Herumgemacht“ – das bedeutete in Terrys Sprachgebrauch etwas Gewalttätiges, Sexuelles.

„Wie schrecklich!“ Hinter mir waren Danielle und Holly aufgetaucht, und nun ließ sich auch Sam blicken, auf dem Weg zum Müllcontainer hinter dem Haus, in der Hand einen weiteren Sack voll Gerümpel, das er aus seinem Büro geräumt hatte.

„Er sah nicht allzu ...“, fuhr ich stockend fort, „eigentlich sah der Wagen nicht sehr ... nicht so ...“

„Nicht aus, als hätten die Polster viele Flecken abbekommen?“

„Genau!“

„Andy denkt, er sei woanders umgebracht worden.“

„Igitt“, sagte Holly. „Laßt uns von etwas anderem reden. Mir wird ganz anders.“

Terry warf über meine Schulter hinweg einen Blick auf die Frauen. Er konnte weder Danielle noch Holly leiden und machte auch keine Anstalten, sein Verhältnis zu den beiden zu verbessern. Woran das lag, wußte ich nicht. Ich gab mir wirklich viel Mühe, den Menschen eine gewisse Privatsphäre zu lassen, besonders, seit ich mein Talent besser im Griff hatte. Nachdem Terry die beiden ein paar Sekunden lang unverwandt angeschaut hatte, hörte ich, wie sie sich wieder entfernten.

„Portia kam letzte Nacht und hat Andy abgeholt?“ fragte er.

„Ja, ich rief sie an. Er konnte nicht mehr fahren. Ich wette, er wünscht jetzt, ich hätte ihn fahren lassen.“ Ich würde es nie schaffen, die Nummer eins auf Andys Beliebtheitsskala zu werden!

„Hatte sie Probleme, ihn ins Auto zu kriegen?“

„Bill half ihr."

„Vampirbill? Dein Liebster?"

„Genau."

„Ich hoffe, das hat sie nicht zu Tode erschreckt", meinte Terry nachdenklich. Er schien sich nicht mehr daran zu erinnern, daß ich auch noch da war.

Sofort spürte ich, wie sich mein Gesicht verzog. „Es gibt keinen Grund, warum Bill Portia Bellefleur zu Tode erschrecken sollte", sagte ich spitz, und die Art, wie ich das sagte, drang wohl durch den Nebel privater Reflektionen, in dem Terry gefangen war.

„Portia ist gar nicht so zäh, wie alle immer denken", erklärte er. „Du dagegen, du bist von außen ein süßer kleiner Sahnehappen, aber innen drin bist du ein Bullterrier."

„Jetzt weiß ich nicht, ob ich mich gebauchpinselt fühlen oder dir lieber eins auf die Nase geben soll!"

„Da siehst du! Wie viele Frauen – und Männer – wagen schon, so etwas einem Verrückten ins Gesicht zu sagen?" Terry lächelte – wie ein Gespenst wohl lächeln würde. Ich hatte bis zu diesem Augenblick nicht gewußt, wie sehr sich mein Kollege des Rufs bewußt war, in dem er stand.

Ich reckte mich auf die Zehenspitzen und drückte ihm zum Zeichen dafür, daß ich keine Angst vor ihm hatte, einen Kuß auf die zernarbte Wange. Aber kaum hatte ich mich wieder auf die Hacken zurückfallen lassen, da mußte ich mir auch schon eingestehen, daß das eigentlich so gar nicht stimmte. Unter bestimmten Umständen würde ich mich vor diesem so tief verletzten Mann nicht nur enorm in acht nehmen, ich würde mich vielleicht sogar sehr vor ihm fürchten.

Terry band sich die weiße Kochschürze um und machte sich daran, die Küche zu eröffnen. Wir anderen gingen an die Arbeit. Ich würde allerdings nicht lange an den Tischen bedienen können, denn gegen sechs wollte ich die Arbeit beenden, um mit Bill nach Shreveport zu fahren. Ein wenig unangenehm war es mir schon, daß Sam mich für all die Stunden würde bezahlen müssen, die ich mehr oder weniger nur im Merlottes herumgehangen und darauf gewartet hatte, endlich an die Arbeit gehen zu können. Aber wenigstens hatten wir es geschafft, Sams Büro zu entrümpeln und das Lager aufzuräumen und das zählte doch auch etwas.

Die Polizei hatte die Absperrung unseres Parkplatzes aufgehoben, und sofort setzte ein stetiger Kundenstrom ein, so stetig, wie man ihn in Bon Temps überhaupt erleben kann. Andy und Portia waren unter den ersten, die kamen, und ich sah, wie Terry seine Cousine und seinen Vetter durch die Durchreiche zur Küche hindurch beobachtete. Die beiden winkten ihm zu, und er hob seinen Kochlöffel, um ihren Gruß zu erwidern. Wie war eigentlich der genaue Verwandtschaftsgrad der drei? Ein Vetter ersten Grades war Terry für Portia und Andy gewiß nicht, das wußte ich genau. Bei uns ist es aber durchaus üblich, jemanden Vetter oder Onkel oder Tante zu nennen, auch wenn Blutsbande nur sehr dünn oder manchmal auch überhaupt nicht vorhanden sind. Als meine Eltern durch eine plötzliche Flutwelle, die ihren Wagen von einer Brücke fegte, ums Leben kamen, hatte die beste Freundin meiner Mutter alle Anstrengungen unternommen, mich jede oder wenigstens jede zweite Woche im Haus meiner Großmutter zu besuchen und mir ein kleines Geschenk zu bringen. Für mich ist diese Frau mein Leben lang Tante Patty gewesen.

Ich beantwortete die Fragen der Kunden, die auf mich einstürzten, soweit ich Zeit hatte. Außerdem servierte ich Salat und Hamburger und Putengeschnetzeltes und Hühnerbrüstchen, bis mir ganz schwindelig war. Als ich irgendwann einmal auf die Uhr sah, war es auch schon Zeit für mich zu gehen. Ich begab mich in den Waschraum der Damen, um mich ein wenig frisch zu machen, und fand dort die Kollegin vor, die für mich arbeiten sollte, meine Freundin Arlene. Arlenes flammendrotes Haar (in diesem Monat noch zwei Farbstufen röter als sonst) war kunstvoll auf ihrem Kopf aufgetürmt, und ihre engsitzenden Hosen teilten aller Welt mit, daß sie sieben Pfund abgenommen hatte. Arlene war bereits viermal verheiratet gewesen und befand sich auf der Suche nach Ehemann Nummer fünf.

Wir unterhielten uns kurz über den Mord, und ich brachte sie auf den aktuellsten Stand, was die Situation an meinen Tischen betraf. Dann holte ich meine Handtasche aus Sams Büro und verschwand durch die Hintertür. Es war noch nicht dunkel, als ich vor meinem Haus vorfuhr. Ich wohne ungefähr vierhundert Meter vom Merlottes entfernt in einem kleinen Wäldchen, durch das eine wenig befahrene Landstraße führt. Mein Haus ist alt, einzelne Teile datieren aus einer Zeit, die über hundertvierzig Jahre zurückliegt. Es ist aber so oft umgebaut und verändert worden, daß es nicht wirklich als Haus aus der

Zeit vor dem Bürgerkrieg zählen kann. Es ist ohnehin nur ein einfaches Bauernhaus. Meine Oma, Adele Hale Stackhouse, hatte es mir hinterlassen, und ich liebte es sehr. Bill sprach oft davon, daß ich lieber in sein Haus ziehen sollte, das auf der anderen Seite des alten Friedhofs auf einem kleinen Hügel stand, aber es widerstrebte mir, mein eigenes Reich zu verlassen.

Rasch zog ich meine Kellnerinnentracht aus und stellte mich vor den geöffneten Kleiderschrank. Wenn wir in Vampirangelegenheiten nach Shreveport fuhren, wollte Bill in der Regel, daß ich mich hübsch machte. Warum, das hatte ich noch nicht herausgefunden. Er wollte ja beileibe nicht, daß mir irgendwer anderes den Hof machte; gingen wir aber ins Fangtasia, dann sollte ich besonders hübsch aussehen. Das Fangtasia war eine Bar in Shreveport, die sich im Besitz von Vampiren befand und im wesentlichen von Touristen besucht wurde.

Männer!

Ich sah mich unfähig zu entscheiden, was ich anziehen sollte, also sprang ich statt dessen erst einmal unter die Dusche. Mir war nicht wohl zumute, wenn ich ans Fangtasia dachte, irgend etwas in mir zog sich dann immer zusammen. Die Vampire, denen die Bar gehörte, waren ein wichtiger Bestandteil der internen Machtstruktur der Vampirkreise. Ich war für sie so etwas wie ein begehrenswerter Neuerwerb, seit sie mein einzigartiges Talent entdeckt hatten. Nur die Tatsache, daß sich Bill beherzt Zugang zu den Selbstverwaltungsstrukturen der Vampirwelt verschafft hatte und nun dort eine Funktion bekleidete, sorgte für meine Sicherheit. Das bedeutete, ich durfte wohnen, wo ich wollte und weiterhin meinem erwählten Beruf nachgehen. Im Austausch für diese Zugeständnisse hatte ich aufzutauchen, wenn ich gerufen wurde und mußte meine telepathischen Fähigkeiten in den Dienst der Vampire Shreveports stellen. Vampire, die bürgerlich leben und Teil der amerikanischen Gesellschaft sein wollten, konnten ihre Belange nicht mehr wie früher durch Folter und Terror durchsetzen; sie mußten sich gemäßigtere Methoden einfallen lassen.

Ich stand unter der Dusche, das heiße Wasser prasselte mir auf den Rücken, und ich spürte, wie ich mich mehr und mehr entspannte und mich wohler zu fühlen begann.

„Soll ich mich zu dir gesellen?“

„Scheiße!“ Mein Herz klopfte so rasch und heftig, daß ich mich gegen die Wand der Duschkabine lehnen mußte, um nicht umzukippen.

„Entschuldige! Hast du denn die Badezimmertür nicht aufgehen hören?"

„Nein, verdammt. Warum rufst du nicht einfach ‚Schatz, hier bin ich' oder so was, ehe du auftauchst?"

„Entschuldigung!" wiederholte Bill, aber es klang nicht sehr ernst gemeint. „Brauchst du jemanden, der dir den Rücken schrubbt?"

„Nein danke!" zischte ich. „Ich bin nicht in der Stimmung, mir den Rücken schrubben zu lassen."

Bill grinste, wobei ich sehen konnte, daß seine Fangzähne nicht ausgefahren waren. Gehorsam zog er den Duschvorhang zu.

Wenig später trat ich aus dem Bad, ein großes Handtuch mehr oder weniger züchtig um meinen Körper geschlungen. Bill lag auf meinem Bett, die Schuhe fein säuberlich auf dem kleinen Teppich vor meinem Nachtschränkchen nebeneinander postiert. Er trug ein langärmliges dunkelblaues Hemd, Jeans und Socken, die farblich auf das Hemd abgestimmt waren. Seine flachen Halbschuhe waren blankgeputzt. Er trug das dunkelbraune Haar nach hinten gekämmt, und seine langen Koteletten sahen eindeutig nach Nostalgielook aus.

Nun zeugten sie ja auch von der Mode einer vergangenen Zeit – nur daß den meisten Menschen wohl nicht klar war, wie weit die Zeit zurücklag, in der Bills Koteletten Mode gewesen waren.

Bill hat wunderschön geschwungene Brauen und eine kühn gebogene Nase. Sein Mund ist von der Art, wie man sie von griechischen Statuen kennt – zumindest von denen, die ich schon einmal auf Bildern bewundern konnte. Bill war ein paar Jahre nach dem Bürgerkrieg gestorben (nach dem Aggressionskrieg der Nordstaaten, wie Oma zu sagen pflegte).

„Was steht heute abend auf dem Programm?" fragte ich. „Sind wir geschäftlich unterwegs oder zum Vergnügen?"

„Es ist immer ein Vergnügen, mit dir zusammen zu sein", erwiderte Bill.

„Warum fahren wir nach Shreveport?" beharrte ich, denn ich kann eine ausweichende Antwort durchaus als solche erkennen.

„Wir sind hinzitiert worden", mußte er zugeben.

„Von wem?" wollte ich wissen.

„Eric natürlich."

Seit sich Bill um das Amt des Ermittlers für den 5. Bezirk beworben und die Wahl gewonnen hatte, unterstand er Eric, wurde aber auch von Eric beschützt. Wie Bill mir erklärt hatte, hieß das, daß jeder, der Bill angriff, es auch mit Eric zu tun bekam und daß Bills Besitztümer Eric heilig waren. Zu diesen Besitztümern gehörte auch ich. Das stimmte mich nicht besonders froh, war aber deutlich besser als ein paar andere Alternativen.

Ich stand vor dem Spiegel und verzog mißmutig das Gesicht.

„Du hast eine Abmachung mit Eric."

„Das stimmt", mußte ich eingestehen. „Ich habe eine Abmachung mit Eric."

„An die mußt du dich auch halten."

„Genau das habe ich auch vor."

„Zieh die enge Jeans an, die, die an der Seite geschnürt wird", schlug Bill vor.

Die Hose war keine echte Jeans, denn sie war nicht aus festem Leinen, sondern aus einem Stretchstoff. Sie saß mir ziemlich weit unten auf der Hüfte, und Bill sah mich sehr gern darin. Mehr als einmal hatte ich mich gefragt, ob Bill sich wohl in Britney-Spears-Phantasien erging, was meine Person betraf. Aber ich wußte, wie gut mich die Hose kleidete, also zog ich sie an. Dazu eine blauweiß karierte Bluse, die vorn geknöpft wurde und ungefähr vier Zentimeter unter meinem BH endete. Um ein wenig Unabhängigkeit zu demonstrieren (Bill sollte nicht vergessen, daß ich eine eigenständige Frau bin), trug ich das Haar nicht offen, wie er es gern hatte, sondern faßte es hoch oben am Kopf zu einem Pferdeschwanz zusammen. Ich schlang eine blaue Schleife um das Gummiband, das den Pferdeschwanz zusammenhielt, und legte dann rasch ein wenig Make-up auf. Ein- oder zweimal warf Bill einen verstohlenen Blick auf seine Armbanduhr, aber ich nahm mir die Zeit, die ich brauchte. Wenn es ihm so wichtig war, daß ich einen guten Eindruck auf seine Vampirfreunde machte, dann mußte er eben auf mich warten.

Kaum saßen wir im Auto auf dem Weg nach Shreveport, da verkündete Bill: „Ich konnte heute eine Geschäftsidee realisieren."

Ehrlich gesagt fragte ich mich schon die ganze Zeit, woher Bills Geld wohl stammte. Er wirkte nicht reich, arm aber auch nicht, und arbeitete nie, es sei denn, er tat es in den Nächten, die wir nicht zusammen verbrachten.

Ich wußte wohl, daß jeder Vampir, der sein Geld wert war, problemlos reich werden konnte, eine Tatsache, die mich ziemlich verunsicherte. Wer in der Lage ist, die Köpfe von Menschen in gewissem Maße zu kontrollieren, dem fällt es nicht schwer, jemanden davon zu überzeugen, sich von seinem Geld zu trennen. Oder er bringt andere dazu, ihm Börsengeheimnisse anzuvertrauen und Aktientips zu geben. Ehe ihnen offiziell das Recht zu existieren zugestanden worden war, hatten Vampire auch keine Steuern zahlen müssen. Selbst die US-Regierung hatte eingestehen müssen, daß man Tote nicht besteuern kann. Gab man ihnen Rechte, wie zum Beispiel das Wahlrecht – so hatte der Kongreß irgendwann einmal logisch geschlußfolgert –, dann konnte man sie auch dazu verpflichten, Steuern zu zahlen.

Als den Japanern die Entwicklung synthetischen Bluts gelungen war, was den Vampiren die Möglichkeit gab zu ‚leben', ohne menschliches Blut zu sich nehmen zu müssen, da hatten die Vampire aus ihren Särgen kriechen dürfen. „Wir müssen keine Menschen zu Opfern machen", konnten sie nun sagen. „Wir sind keine Bedrohung."

Doch ich wußte, daß es für Bill den Höhepunkt der Ekstase bedeutete, von mir trinken zu dürfen. In der Hauptsache nährte er sich von Lebenssaft (ein beliebtes Markenprodukt im Bereich synthetisches Blut), aber es war ihm weitaus lieber, an meinem Hals zu nippen. Er hatte keine Probleme damit, in einer dicht besetzten Bar vor allen Leuten eine Flasche A positiv zu leeren. Wollte er sich jedoch einen Mund voll Sookie einverleiben, dann war es weiß Gott angebracht, das in der Privatatmosphäre unserer eigenen Häuser zu tun, denn die Wirkung war eine ganz andere. Ein Weinglas Lebenssaft barg keinerlei erotische Reize für Bill.

„Was hast du denn da in die Wege geleitet?" wollte ich wissen.

„Ich habe das kleine Einkaufszentrum bei der Autobahn gekauft. Das, in dem sich auch das LaLaurie befindet."

„Wem hast du es abgekauft?"

„Das Land gehörte den Bellefleurs. Sie hatten Sid Matt Lancaster beauftragt, sich um Bebauung und Vermietung zu kümmern."

Sid Matt war einmal für meinen Bruder anwaltlich tätig gewesen. Er arbeitete schon seit Urzeiten in unserer Gegend, und sein Name hatte weitaus mehr Gewicht bei uns als der Portias.

„Schön für die Bellefleurs. Sie versuchen seit Jahren, den Komplex zu verkaufen. Sie brauchen dringend Bargeld. Hast du das Land und das Einkaufszentrum erworben? Wie groß ist das Grundstück?"

„Nur ein knapper Hektar“, erklärte Bill, „aber die Lage ist hervorragend.“ Er klang wie ein Geschäftsmann. So hatte ich ihn noch nie reden hören.

„Das ist doch das Einkaufszentrum, in dem sich außer dem LaLaurie auch noch ein Friseur und Taras Togs befinden, nicht?“ Außer dem Country Club war das LaLaurie das einzige Restaurant für gehobene Ansprüche in Bon Temps. Hierhin führte man seine Ehefrau aus, wenn es die Silberhochzeit zu feiern galt; hierhin ging man mit seinem Chef, wenn man befördert werden wollte, und ins LaLaurie führten junge Männer ihre Damen, wenn sie einmal wirklichen Eindruck schinden wollten. Aber ich hatte gehört, es liefe nicht gut.

Ich hatte nicht die geringste Ahnung, wie man ein Geschäft führt oder wie man Geschäfte macht. Ich war mein Leben lang nie wirklich arm, aber immer nur ein oder zwei Schritt von der Armut entfernt. Meine Eltern hatten das Glück gehabt, auf ihrem Land auf eine kleine Ölquelle zu stoßen und hatten das Geld, das ihnen diese Quelle eingebracht hatte, gut angelegt, ehe diese ihr Sprudeln wieder einstellte – was ziemlich rasch geschah. Ohne diesen Extragroschen hätten Jason, Oma und ich immer von der Hand in den Mund leben müssen. Auch so waren wir in den Jahren, in denen Oma uns großzog, ein- oder zweimal kurz vor dem Punkt gewesen, an dem wir Haus und Grundstück meiner Eltern hätten verkaufen müssen, um das Haus meiner Oma halten und Steuern zahlen zu können.

„Wie funktioniert das dann?“ wollte ich wissen. „Dir gehören die Gebäude, in denen sich die drei Betriebe befinden, und die zahlen Miete an dich?“

Er nickte. „Wenn du also irgendwas mit deinen Haaren anstellen willst, dann gehst du in Zukunft ins Clip and Curl.“

Ich war in meinem ganzen Leben nur ein einziges Mal beim Friseur gewesen. Wenn meine Haarspitzen fransig wurden und sich spalteten, ging ich hinüber zum Wohnwagen meiner Freundin Arlene, und sie schnitt sie mir wieder zurecht. „Meinst du denn, ich muß zum Friseur?“ fragte ich verunsichert.

„Nein. Dein Haar ist wunderschön.“ Bill sagte das im Brustton der Überzeugung, und ich nahm es ihm ab. „Aber solltest du mal hingehen wollen – im Clip and Curl machen sie auch Maniküre und verkaufen Haarpflegeprodukte.“ Das Wort Haarpflegeprodukte sprach er aus, als stamme es aus einer Fremdsprache. Mühsam unterdrückte ich ein Lächeln.

„Außerdem", fuhr er fort, „kannst du jetzt jederzeit jemanden ins LaLaurie ausführen, ohne zahlen zu müssen."

Ich drehte mich so, daß ich Bill entgeistert anstarren konnte.

„Tara weiß auch, daß sie jedes Kleidungsstück auf meine Rechnung setzen soll, das du bei ihr kaufst."

Ich spürte meinen Geduldsfaden: Er wurde überdehnt, dann riß er. Leider bekam der arme Bill das gar nicht mit. „Mit anderen Worten", sagte ich langsam, stolz darauf, wie unbeteiligt meine Stimme klang, „alle wissen, daß sie sich gut um die Mätresse des neuen Besitzers zu kümmern haben."

Da schien Bill zu verstehen, daß er einen Fehler gemacht hatte. „Sookie ...", hob er an, aber das wollte ich mir gar nicht erst gefallen lassen. Mein Stolz hatte sich aufgebäumt und mir voll ins Gesicht geschlagen. Ich verliere nicht oft die Geduld, aber wenn meine Nerven mit mir durchgehen, dann mache ich keine halben Sachen.

„Warum kannst du mir nicht irgendwelche verdammten Blumen schicken, wie die Freunde anderer Frauen das tun? Oder mal eine Schachtel Pralinen? Ich mag Pralinen! Schick mir doch einfach mal eine Grußkarte, das wäre doch mal was! Oder ein Kätzchen oder ein schönes Halstuch!"

„Ich wollte dir doch etwas schenken", sagte Bill vorsichtig.

„Du hast es so weit gebracht, daß ich mir vorkomme wie eine ausgehaltene Frau, und du hast auf jeden Fall dafür gesorgt, daß die Leute, die in diesen Geschäften arbeiten, denken, du würdest mich aushalten!"

So weit ich das im schwachen Licht der Armaturenbeleuchtung feststellen konnte, arbeitete Bill hart daran zu verstehen, warum das, was ich von ihm wollte, denn so anders sein sollte als das, was er mir angeboten hatte. Wir waren gerade an der Autobahnausfahrt zum Mimosa Lake vorbei; auf der Seite der Straße, auf der sich der See befand, sah ich im Licht der Scheinwerfer von Bills Wagen die Bäume, die als dichter Wald den See umstanden.

Zu meiner großen Verwunderung beschloß das Auto, an genau dieser Stelle einmal kurz zu husten und dann stehenzubleiben. Ich nahm das als Zeichen.

Hätte Bill geahnt, was ich vorhatte, dann hätte er wohl die Türen verriegelt; so konnte er nur erschrocken zusehen, wie ich aus dem Auto kletterte und zum Wald hinüberstolzierte, dessen Bäume gleich neben der Straße in den Himmel ragten.

„Sookie, komm sofort zurück!" Endlich war auch Bill wütend. Das hatte ja lange genug gedauert.

Ich zeigte ihm einen Vogel und trat in den Wald hinein.

Ich wußte genau, daß ich Bill nicht würde daran hindern können, mich zurück in den Wagen zu befördern, wenn er das wirklich wollte. Mein Freund ist wohl zwanzigmal stärker und schneller als ich. Nachdem ich ein paar Sekunden durch die Finsternis gestapft war, wünschte ich fast, er würde mich holen kommen. Aber dann bäumte sich mein Stolz erneut auf; ich wußte einfach, daß das, was ich getan hatte, vollkommen richtig gewesen war. Bill war sich offenbar über die Art unserer Beziehung immer noch nicht im klaren, und ich wollte ein für alle Mal Klarheit schaffen. Sollte er seinen Arsch ruhig nach Shreveport bewegen, um seinem Vorgesetzten Eric meine Abwesenheit zu erläutern. Dann würde er endlich mal kapieren, welche Auswirkungen sein Verhalten nach sich ziehen konnte.

„Sookie?" rief Bill nun von der Straße her. „Ich gehe zur nächsten Tankstelle und hole einen Mechaniker!"

„Na dann viel Glück!" murmelte ich leise und vergnügt. Eine rund um die Uhr geöffnete Tankstelle mit festangestelltem Mechaniker? Da hatte Bill wohl die 50er Jahre oder irgendeine andere historische Epoche im Sinn!

„Du führst dich auf wie ein Kind", rief Bill. „Ich könnte dich holen kommen, aber damit verschwende ich nicht meine Zeit. Wenn du dich beruhigt hast, komm bitte zurück zum Auto, setz dich rein und verriegele die Türen von innen. Ich gehe jetzt." Auch Bill hatte seinen Stolz.

Mit gemischten Gefühlen, einerseits erleichtert, andererseits aber auch besorgt, hörte ich bald darauf, wie Bill mit Vampirgeschwindigkeit die Straße entlang rannte. Er war wirklich gegangen.

Wahrscheinlich dachte er, er würde mir eine Lehre erteilen – wo doch genau umgekehrt ein Schuh daraus wurde! Ich war es, die ihm eine Lehre erteilte – das wiederholte ich mir im Kopf wieder und wieder, und gleich würde er ja auch zurück sein, da war ich mir ganz sicher. Ich mußte lediglich darauf achten, daß ich nicht zu tief in den Wald ging und am Ende noch in den See fiel.

Es war wirklich sehr finster hier zwischen den Kiefern. Der Mond war noch nicht ganz voll, aber wir hatten eine sternenklare Nacht; alle freien Flächen leuchteten kühl und matt, und im Gegensatz dazu warfen die Bäume pechschwarze Schatten.

Zuerst suchte ich den Weg zurück zur Straße, dann holte ich tief Luft und marschierte fest entschlossen Richtung Bon Temps, genau die entgegengesetzte Richtung zu der, die Bill eingeschlagen hatte. Ich fragte mich, wie viele Kilometer wir wohl zurückgelegt haben mochten, ehe Bill mit der Unterhaltung anfing, die mich dann so wütend gemacht hatte. Ich versuchte, mich zu beruhigen, indem ich mir versicherte, allzuviele könnten es nicht gewesen sein. Dann beglückwünschte ich mich zu der Entscheidung, Turnschuhe statt hochhackige Sandalen angezogen zu haben. Leider hatte ich keinen Pulli dabei; langsam, aber sicher überzog eine Gänsehaut die bloße Haut zwischen meinem kurzen Oberteil und der tiefsitzenden Hose. Ich verfiel in einen gemäßigten Trab, immer den Parkstreifen neben der Straße entlang. Straßenbeleuchtung gab es keine – so wäre es mir wohl ziemlich übel ergangen, hätte der Mond nicht geschienen.

Just als mir durch den Kopf ging, daß sich hier draußen jemand herumtrieb, der Lafayette umgebracht hatte, hörte ich Schritte im Wald parallel zu meiner Laufstrecke.

Als ich stehenblieb, bewegte sich auch im Wald nichts mehr.

Ich wollte es lieber gleich wissen. „Wer ist da?" rief ich. „Kommen Sie, wenn Sie mich fressen wollen. Bringen wir es hinter uns."

Zwischen den Bäumen trat eine Frau hervor. Neben ihr ging ein Wildschwein. Weiß glänzten die Hauer des Tiers im Mondlicht. Die Frau trug in der Linken eine Art Stock oder Stab mit einem Federbusch oder etwas ähnlichem an der Spitze.

„Toll", flüsterte ich mir selbst zu. „Das ist ja Klasse." Die Frau war ebenso furchterregend wie das Schwein. Eine Vampirin war sie nicht, da war ich mir ganz sicher, denn ich konnte ihr Bewußtsein vage spüren, aber ein übernatürliches Wesen war sie auf jeden Fall, was hieß, daß ich keine wirklich klaren, lesbaren Signale von ihr empfing. Den Grundton ihrer Gedanken vermochte ich aber wahrzunehmen. Irgend etwas schien sie zu amüsieren, und das hieß auf jeden Fall nichts Gutes.

Da konnte ich nur hoffen, zumindest das Schwein würde sich als friedlich erweisen. Diese Schweine zeigten sich nur sehr selten in der Gegend von Bon Temps, und lediglich Jäger bekamen wohl von Zeit zu Zeit eins von ihnen zu Gesicht. Gelang es einem von ihnen, ein solches Schwein zu erlegen, dann war das eine solch außergewöhnliche Sache, daß die Zeitungen davon berichteten und auch Bilder veröffentlichten. Dieses Schwein stank, es verbreitete einen ziemlich üblen, ziemlich eindeutigen Geruch.

Ich wußte nicht, welche der beiden Gestalten da vor mir ich ansprechen sollte. Immerhin konnte es gut angehen, daß das Schwein kein Wildschwein war, sondern ein Gestaltwandler. Vieles war möglich, soviel hatte ich in den letzten Monaten gelernt. Wie lange hatte man die Vampire in den Bereich der phantastischen Abenteuerliteratur verbannt, und nun stellte sich heraus, daß es sie wirklich gab. Ebenso gut konnte es auch noch zahlreiche andere Dinge wirklich geben, von denen man bisher geglaubt hatte, sie seien pure Fiktion.

Ich hatte wirklich Angst, also lächelte ich.

Sie hatte langes, verfilztes, dunkles Haar, aber den genauen Farbton konnte ich in dem unbeständigen Licht nicht sehen. Sie trug eine Art Bluse, zerrissen und voller Flecke. Sie war barfuß und lächelte zurück. Ich hätte schreien mögen; statt dessen wurde mein eigenes Lächeln noch breiter.

„Ich habe nicht vor, dich zu fressen", sagte die Frau.

„Wie gut, das zu hören. Was ist mit Ihrem Freund?"

„Das Wildschwein?" Als erinnere sie sich erst jetzt wieder daran, daß das Tier an ihrer Seite ging, bückte sich die Frau und kraulte das Schwein hinter den Ohren, wie ich einen freundlichen Hund streicheln würde. Die furchteinflößenden Hauer hüpften auf und ab. „Das tut, was ich ihm sage!" erklärte die Frau dann beiläufig. Übersetzt bedeutete das eine deutliche Warnung – ich brauchte keine Dolmetscherin, um das zu verstehen. Ich bemühte mich, ebenso unbeteiligt zu wirken wie mein Gegenüber, während ich meine Blicke verstohlen über die Lichtung gleiten ließ, auf der ich stand, in der Hoffnung, einen Baum zu entdecken, den ich zur Not würde erklimmen können. Aber jeder Baum, der nah genug stand, um von mir im Notfall erreicht werden zu können, war unten kahl und ohne Äste. Hier standen Weihrauchkiefern, die in den Wäldern unserer Gegend überall wachsen und in der holzverarbeitenden Industrie verwendet werden. Bei diesen Kiefern setzen, wenn die Bäume ausgewachsen sind, die Zweige erst in ungefähr fünf Metern Höhe an.

Da wurde mir klar, was mir eigentlich auch vorher schon hätte klar sein können: Es war kein Zufall gewesen, daß Bills Auto eine Panne gehabt hatte. Vielleicht war noch nicht einmal der Streit zwischen Bill und mir Zufall gewesen.

„Wollten Sie irgend etwas mit mir besprechen?" fragte ich und wandte meine Aufmerksamkeit wieder der Frau zu, wobei ich feststellen mußte, daß sie ein paar Meter näher zu mir herübergekommen war. Nun konnte ich auch ihr Gesicht besser erkennen, und was ich da sah, beruhigte mich in keiner Weise. Um ihren Mund war ein Fleck, und als sie den Mund nun auftat, sah ich, daß sich die unteren Ränder ihrer Zähne ebenfalls verfärbt hatten. Mein geheimnisvolles Fräulein hatte vor nicht allzu langer Zeit ein rohes Säugetier verspeist. „Zu Abend gegessen haben Sie schon, wie ich sehe", plapperte ich nervös, wofür ich mir dann umgehend eine Ohrfeige hätte verpassen können.

„Mm-hmm!" sagte sie. „Du bist also Bills Schoßtier?"

„Ja", sagte ich. Zwar hatte ich gegen ihre Wortwahl etwas einzuwenden, aber ich war wohl kaum in der Lage, hier Einwände erheben zu können. „Bill wäre ziemlich wütend, wenn mir etwas zustieße."

„Als scherte mich der Zorn eines Vampirs", sagte sie beiläufig.

„Sie müssen schon entschuldigen, meine Dame, aber wenn Ihnen die Frage nichts ausmacht: Wer sind Sie?"

Sie lächelte erneut, und mir liefen Schauer über den Rücken. „Ganz und gar nicht! Ich bin eine Mänade."

Das war irgend etwas Griechisches. Ich wußte nicht genau was, aber es war etwas Wildes, Weibliches und es lebte in der Natur, wenn mich mein Gedächtnis nicht trog und der erste Eindruck nicht täuschte.

„Sehr interessant!" sagte ich und grinste, als hinge mein Leben davon ab, „und heute nacht sind Sie hier unterwegs, weil ..."

„Ich brauche jemanden, der Eric Northman eine Botschaft überbringt", sagte sie und trat näher, wobei ich diesmal mitbekam, daß sie es tat. Das Schwein schlurfte ebenfalls ein paar Schritte vor, als sei es an die Frau gekettet. Der Gestank, der von dem Tier ausging, war unbeschreiblich. Ich starrte auf den kleinen, buschigen Schwanz des Schweins, der hektisch hin- und herzuckte, als sei das Tier höchst ungehalten und ungeduldig.

„Wie lautet diese Botschaft denn?" Bei diesen Worten sah ich wieder zu der Frau hoch, um dann in der nächsten Sekunde blitzschnell herumzuwirbeln und so schnell wie irgend möglich das Weite zu suchen. Wenn ich zu Beginn des Sommers nicht ein wenig Vampirblut zu mir genommen hätte, wäre es mir wohl kaum gelungen, mich auch nur umzudrehen, und dann hätte der Schlag mich voll im Gesicht und an der Brust getroffen und nicht, wie es nun geschah, in den Rücken. Es fühlte sich an, als habe mich jemand mit einer riesigen Harke getroffen. Jede einzelne Spitze dieser Harke schien sich in meine Haut zu bohren und immer tiefer einzudringen. Dann wurde die Harke nach unten gezogen und bahnte sich ihren Weg meinen Rücken hinab.

Ich konnte mich nicht auf den Beinen halten. Ich stolperte und fiel auf den Bauch. Hinter mir hörte ich die Frau lachen, das Schwein schnüffeln, und dann wurde mir klar, daß beide gegangen waren. Gut eine Minute lang lag ich einfach nur da und weinte vor mich hin. Ich versuchte, nicht zu schreien und zu kreischen und stellte fest, daß ich hechelte, wie man es Frauen beibringt, bei denen die Geburt ihres Kindes bevorsteht, um meiner Schmerzen Herr zu werden. Mein Rücken tat einfach höllisch weh.

Ein letzter Rest Energie war mir verblieben – diesen Rest verwendete ich darauf, wütend zu werden. Ein lebendes schwarzes Brett war ich gewesen für diese Schlampe, diese Mänade, diese – was auch immer sie sein mochte. Ich kroch über Zweige und rauhen Boden, ich kroch über Kiefernnadeln und durch Dreck, und dabei wurde ich immer wütender und wütender. Ich zitterte am ganzen Körper, weil mir alles so wehtat und weil ich so wütend war. Ich kroch auf dem Bauch immer weiter, bis ich mich fühlte, als sei ich es nicht mehr wert, umgebracht zu werden, als sei ich ein so erbärmlicher Anblick, daß es niemanden mehr interessieren würde. Ich war in die Richtung gekrochen, in der Bills Auto stand, dorthin, wo er mich am ehesten würde finden können, aber als ich fast schon dort angekommen war, überlegte ich es mir noch einmal anders. Eigentlich wollte ich nirgends bleiben, wo man mich von allen Seiten her sehen konnte.

Ich hatte gedacht, die Straße würde mir Hilfe bringen, aber das war natürlich vollkommen falsch. Hatte ich nicht erst vor wenigen Minuten am eigenen Leibe erfahren müssen, daß nicht jeder, den ich hier traf, in der Stimmung war, mir zu helfen? Was, wenn ich einem Wesen begegnete, das hungrig war? Vielleicht hatte der Duft meines Blutes schon den Appetit eines Raubtiers geweckt? Man sagt ja, Haie, zum Beispiel, seien in der Lage, einen winzigen Blutstropfen im Wasser wahrzunehmen, und Vampire, das kann man doch wohl so sagen, sind in dieser Frage so etwas wie Haie, nur daß sie auf dem Land leben, nicht im Wasser.

Also kroch ich wieder auf die Baumlinie zu, statt auf der Straße zu bleiben, wo jeder mich sehen konnte. Ein würdevoller, bedeutungsschwangerer Ort zum Sterben war das hier nicht gerade. Weder Los Alamos noch die Thermopylen. Nur ein Fleckchen Vegetation im nördlichen Louisiana. Womöglich lag ich auch noch mitten in Giftefeu. Ich würde wahrscheinlich nicht mal lange genug am Leben bleiben, um davon Ausschlag zu bekommen!

Mit jeder Sekunde hoffte ich, der Schmerz würde endlich abnehmen, aber er wurde immer schlimmer. Nun konnte ich nicht mehr verhindern, daß mir die Tränen über beide Wangen liefen. Ich schaffte es gerade noch, nicht laut zu schluchzen, denn damit würde ich womöglich noch mehr Aufmerksamkeit auf mich lenken. Aber völlig still dazuliegen brachte ich auch nicht fertig.

Ich konzentrierte mich so sehr darauf, mich ruhig und still zu verhalten, daß ich Bill fast gar nicht wahrgenommen hätte. Er ging die Straße auf und ab, wobei er angestrengt zwischen den Bäumen Ausschau hielt. An der Art, wie er ging, erkannte ich, daß er mit Gefahren rechnete. Bill wußte, das etwas nicht stimmte.

„Bill", flüsterte ich schwach, aber für seine Vampirohren klang es wie ein lauter Schrei.

Den Bruchteil einer Sekunde blieb er stocksteif stehen, und seine Augen prüften sorgsam die Schatten rings um mich. „Hier bin ich!" sagte ich, wobei ich ein Aufschluchzen unterdrücken mußte. „Sei vorsichtig." Vielleicht diente ich ja nur als Köder.

Das Mondlicht ließ mich erkennen, wie ausdruckslos Bills Gesicht war. Ich wußte jedoch, daß mein Freund alles, was seiner harren mochte, ebenso sorgsam abwägte, wie auch ich es getan hatte. Einer von uns würde sich bewegen müssen. Bill würde mit Hilfe des Mondlichts wenigstens sehen können, ob mich etwas angriff, wenn ich aus den Schatten kroch.

Also streckte ich die Arme aus, griff in das Gras vor mir und zog. Ich schaffte es nicht, auf die Knie zu kommen, mich hinzuhocken und zu kriechen, schneller als jetzt auf dem Bauch würde ich mich nicht bewegen können. Ein wenig schob ich mit den Füßen nach, aber selbst diese kleine Belastung meiner Rückenmuskeln war schier unerträglich. Ich mochte Bill nicht ansehen, während ich auf ihn zukroch. Ich wollte nicht schwach werden angesichts seiner Wut, die fast körperlich greifbar war.

„Wer oder was hat dir das angetan, Sookie?" fragte er sanft.

„Schaff mich ins Auto. Bring mich hier weg", sagte ich, wobei ich weiter mein Bestes tat, nicht vollends zusammenzubrechen. „Wenn ich hier Lärm mache, kommt sie vielleicht zurück." Allein beim Gedanken daran zitterte ich am ganzen Leib. „Bring mich zu Eric", fuhr ich fort, wobei ich mich anstrengte, meine Stimme nicht überschnappen zu lassen. „Sie hat gesagt, dies hier ist eine Botschaft für Eric."

Bill hockte sich neben mich. „Ich muß dich hochheben", sagte er.

Nein, nein, wollte ich sagen, es muß doch auch anders gehen! Aber ich wußte, anders ging es nicht. Ehe ich mich noch vor dem neuen Schmerz fürchten konnte, hatte Bill mir schon eine Hand unter die Schulter geschoben, legte die andere in meinen Schritt und warf mich wie einen nassen Sack über seine Schulter.

Ich schrie laut auf, bemühte mich dann aber, nicht auch noch zu weinen, damit Bill seine ganze Aufmerksamkeit auf einen sich eventuell nähernden Angreifer richten konnte. Ganz gelang mir das nicht. Bill rannte die Straße entlang und zurück zum Auto. Es lief bereits wieder; der Motor schnurrte friedlich vor sich hin. Bill riß die hintere Tür auf und versuchte, mich rasch, aber vorsichtig auf den Rücksitz des Cadillac zu schieben. Unmöglich, mir so nicht noch mehr Schmerzen zuzufügen, aber er versuchte es zumindest.

„Sie war das!" sagte ich, als ich wieder zusammenhängend reden konnte. „Sie hat dafür gesorgt, daß das Auto stehenblieb und ich ausstieg." Ob sie auch für unseren Streit als solchen verantwortlich gewesen war, wollte ich mir noch offenhalten.

„Darüber reden wir später", sagte Bill, der in ziemlich hohem Tempo Richtung Shreveport fuhr, so schnell, wie er irgend konnte. Ich klammerte mich an den Sitzen fest und versuchte, nicht die Beherrschung zu verlieren.

Von dieser Fahrt ist mir wenig in Erinnerung geblieben – eigentlich nur, daß sie mindestens zwei Jahre dauerte.

Irgendwie schaffte mich Bill zur Hintertür des Fangtasia und trat dagegen, bis uns jemand aufmachte.

„Was ist los?" Pam klang fast feindselig. Pam war eine hübsche blonde Vampirin, die ich bereits ein paarmal getroffen hatte, eine sehr scharfsinnige Person mit erstaunlich gutem Geschäftssinn. „Ach du bist es, Bill, was ist geschehen? Oh lecker, sie blutet!"

„Hol Eric", sagte Bill

„Er wartet hier drinnen schon auf euch“, hob Pam an, aber Bill drängte sich ohne ein weiteres Wort an ihr vorbei, wobei er mich über der Schulter trug wie einen Sack mit noch blutendem, frisch erlegtem Wild. Ich war inzwischen so weggetreten, daß es mir nichts mehr ausgemacht hätte, hätte er mich auf den Tanzboden vorn in der Bar geschleppt, aber Bill stürmte statt dessen in Erics Büro, beladen mit meiner Wenigkeit und voller Zorn.

„Das geht auf deine Rechnung!“ zischte er wütend. Ich stöhnte, denn er schüttelte mich dabei, als wolle er so Erics Aufmerksamkeit auf mich lenken. Allerdings konnte ich mir nicht vorstellen, daß Eric mich hätte übersehen können: Ich war eine ausgewachsene Frau und zudem in diesem Büro die einzige, die aus vielen Wunden blutete.

Liebend gern wäre ich in diesem Moment in Ohnmacht gefallen, hätte mich einfach von allen verabschiedet. Aber ich fiel nicht in Ohnmacht. Ich hing da, über Bills Schulter geworfen, und alles tat mir weh. „Fahr doch zur Hölle“, murmelte ich.

„Was hast du gesagt, Schatz?“

„Fahr zur *Hölle*!“

„Wir müssen sie aufs Sofa legen“, sagte Eric. „Auf den Bauch. Hier, laß mich ...“ Ich spürte, wie ein weiteres Händepaar mich bei den Beinen packte. Bill schaffte es irgendwie, sich unter mir zu drehen, dann legten die beiden mich langsam und vorsichtig auf der breiten Couch ab, die sich Eric gerade funkelnagelneu in sein Büro gestellt hatte. Sie roch sogar noch neu, und es war eine Ledercouch. Als sie mich nun aus knapp einem Zentimeter Entfernung anstarrte, war ich froh, daß Eric sich keine stoffbezogene Couch angeschafft hatte. „Pam, hol die Ärztin.“ Ich hörte Schritte, die sich entfernten. Dann bückte Eric sich, um mir ins Gesicht zu sehen. Das war ein ziemliches Unterfangen für diesen Vampir, denn Eric war groß, kräftig und sah genauso aus wie das, was er einst auch gewesen war: ein Wikinger.

„Was ist dir widerfahren?“ fragte er.

Ich funkelte ihn an, so außer mir, daß ich kaum sprechen konnte. „Ich bin eine Botschaft an dich“, flüsterte ich. „Diese Frau im Wald hat dafür gesorgt, daß Bills Wagen stehenblieb, und vielleicht hat sie auch dafür gesorgt, daß wir uns gerade stritten, und dann ist sie hinter mir her, zusammen mit diesem Wildschwein.“

„Ein Schwein?" Eric hätte nicht erstaunter wirken können, wenn ich ihm erzählt hätte, die Frau habe im linken Nasenloch einen Kanarienvogel getragen.

„Grunz, grunz. Schwein. Wildschwein. Sie sagte, sie wolle dir eine Botschaft übermitteln, und ich konnte mich gerade noch rechtzeitig umdrehen, so hat sie mein Gesicht nicht erwischt, aber dafür hat es meinen Rücken voll getroffen, und dann ist sie gegangen."

„Dein Gesicht. Sie hätte sonst dein Gesicht getroffen", sagte Bill. Ich sah, wie er seine Hände auf Höhe der Oberschenkel zu Fäusten ballte, und dann sah ich seinem Rücken zu, wie er aufgeregt im Zimmer hin und her ging. „So tief sind die Einschnitte gar nicht. Was stimmt nicht mit Sookie?"

„Sookie?" fragte Eric sanft. „Wie sah diese Frau aus?"

Erics Gesicht war dicht an meinem, sein goldenes Haar berührte fast meine Wange.

„Durchgeknallt sah sie aus, ich habe dir doch schon gesagt, wie sie aussah! Sie nannte dich Eric Northman."

„Das ist der Nachname, den ich benutze, wenn ich mit Menschen zu tun habe", sagte Eric. „Wenn du sagst, sie sah durchgeknallt aus, was meinst du damit? Inwiefern sah sie durchgeknallt aus?"

„Ihre Kleider waren ganz zerfetzt, und sie hatte Blut um ihren Mund und auf ihren Zähnen, als hätte sie gerade irgend etwas Rohes gegessen. Sie trug so eine Art Stab mit irgendwas an der Spitze ... ihr Haar war lang und verfilzt ... hör mal, wo wir gerade von Haar sprechen: Mein Haar klebt mir am Rücken fest!" keuchte ich.

„Ja." Eric machte sich daran, vorsichtig meine langen Haarsträhnen aus den Wunden zu lösen, in denen sich gerinnendes Blut als erstklassiger Kleber betätigte.

Dann kam Pam mit der Ärztin. Wenn ich gehofft hatte, Eric hätte eine richtige Ärztin gemeint, eine mit Stethoskop und Zungenspachtel, dann sollte ich mich wieder einmal getäuscht haben. Diese Ärztin war eine Zwergin und brauchte sich kaum zu bücken, um mir in die Augen zu sehen. Zitternd vor Spannung harrte Bill direkt neben uns aus, während die kleine Frau meine Wunden untersuchte. Sie trug eine weiße Hose und einen ebenso weißen Kittel, genau wie Ärzte im Krankenhaus – ehe sie anfingen, die grünen Kittel zu tragen und die blauen oder was immer ihnen gerade als verrückte Farbe über den Weg lief. Im Gesicht der Frau dominierte die Nase; ihre Haut war mattbraun, das Haar goldbraun und widerborstig, unglaublich dicht und lockig. Sie trug es ziemlich kurz geschoren. Sie erinnerte mich an einen Hobbit – wer weiß, vielleicht *war* sie ja einer. Mein Begriff von Realität hatte in den letzten Monaten ein paar ziemlich heftige Schläge hinnehmen müssen.

„Was für eine Ärztin sind Sie?“ fragte ich. Es hatte gedauert, bis ich mich soweit zusammenreißen konnte, daß ich diese Frage zu stellen vermochte.

„Eine, die heilt“, erwiderte sie mit erstaunlich tiefer Stimme. „Sie sind vergiftet worden.“

„Ach, deshalb denke ich die ganze Zeit, ich müsse gleich sterben“, murmelte ich.

„Das werden Sie auch, ziemlich bald schon“, erwiderte sie munter.

„Danke vielmals, Doc. Was können Sie dagegen tun?“

„Viel Auswahl haben wir nicht. Haben Sie je vom Komodo-Waran gehört? In seinem Maul wimmelt es von Bakterien. Nun, Wunden, die Mänaden reißen, haben denselben toxischen Grad. Wenn ein Waran jemanden beißt, verfolgt er sein Opfer danach stundenlang und wartet einfach so lange, bis die Bakterien es getötet haben. Den Mänaden macht es Spaß, die Opfer nicht gleich umzubringen – wenn der Tod erst mit Verzögerung eintritt, mehrt das ihr Vergnügen. Beim Komodo-Waran – wer kann sagen, worum es ihm geht?“

Herzlichen Dank, Frau Doktor. Das war ein netter kleiner naturkundlicher Schlenker. „Was können Sie also für mich tun?“ fragte ich mit zusammengebissenen Zähnen.

„Ich kann die offenen Wunden versorgen. Aber Sie haben eine Blutvergiftung, und von daher muß Ihr Blut entfernt und ersetzt werden. Das ist eine Aufgabe für Vampire.“ Die gute Frau schien begeistert von der Vorstellung, daß schon bald alle fröhlich gemeinsam arbeiten würden. An mir.

Sie wandte sich an die versammelten Vampire. „Wenn nur einer von Ihnen das vergiftete Blut zu sich nimmt, dann geht es ihm danach ziemlich schlecht. Das liegt an der Magie, die die Mänaden mit dem Gift übertragen. Der Biß eines Komodo-Warans wäre kein Problem für Typen wie euch.“ Sie begleitete ihre Worte mit einem herzhaften Lachen.

Ich haßte sie. Vor Schmerz rannen mir Tränen über die Wangen.

„Sobald ich hier fertig bin“, fuhr die Kleine munter fort, „kommt jeder von euch an die Reihe. Entnehmt aber jeweils nur eine kleine Menge Blut. Dann geben wir ihr eine Transfusion.“

„Menschenblut“, sagte ich, denn in dieser Frage wollte ich ganz sicher gehen. Ich hatte einmal Bills Blut trinken müssen, um eine böse Verletzung überleben zu können und einmal, um eine Art Examen zu überleben. Das Blut eines anderen Vampirs hatte ich rein per Zufall geschluckt, so unwahrscheinlich das auch klingen mag. Ich hatte deutliche Veränderungen an mir feststellen können, nachdem ich all das Vampirblut getrunken hatte, Veränderungen, die ich nun nicht noch verstärken mochte, indem ich mir eine weitere Dosis einverleibte. Bei den Reichen war Vampirblut zur Zeit die Modedroge Nummer eins, und wenn es nach mir ging, konnten sie es gern für sich behalten.

„Wenn Eric ein paar Beziehungen spielen lassen und Menschenblut besorgen kann“, sagte die Ärztin. „Etwas über die Hälfte der Transfusion kann mit synthetischem Blut bewerkstelligt werden. Ich bin übrigens Dr. Ludwig“, fügte sie hinzu.

„Ich kann das Blut besorgen, denn wir schulden ihr die Heilung“, sagte Eric. Ich war ungeheuer erleichtert darüber, daß er dies so sah und hätte viel dafür gegeben, in diesem Augenblick Bills Gesicht sehen zu können. „Was für eine Blutgruppe hast du, Sookie?“ wollte der große Vampir wissen.

„Null positiv“, sagte ich, froh, eine so weitverbreitete Blutgruppe zu haben.

Wieder ein Gefühl von Bewegung im Zimmer. Dr. Ludwig beugte sich vor und leckte mir den Rücken ab. Ich schrie auf.

„Sie ist Ärztin, Sookie“, sagte Bill. „So wird sie dich heilen.“

„Aber sie wird sich auch vergiften“, wandte ich ein, bemüht, eine Erklärung für meine Reaktion zu finden, die weder nach Homophobie klang, noch so, als hätte ich Vorurteile kleinwüchsigen Personen gegenüber. Eigentlich wollte ich überhaupt nicht, daß irgendwer meinen Rücken ableckte – weder eine Zwergin noch ein Vampir.

„Sie ist die Heilerin, Sookie“, tadelte Eric. „Du mußt ihre Behandlungsmethode schon annehmen.“

„Schon gut, schon gut!“ sagte ich, wobei es mir gleichgültig war, wie sehr das nach Schmollen klang. „Im übrigen habe ich noch keine Entschuldigung von dir gehört.“ Das Gefühl, mir sei Unrecht geschehen, hatte meinen Überlebenstrieb außer Kraft gesetzt.

„Tut mir leid, daß die Mänade auf dir herumgehackt hat.“

Ich funkelte ihn an. „Das reicht nicht", sagte ich, wobei ich mich mit aller Kraft daran klammerte, mich ganz auf diese Unterhaltung zu konzentrieren.

„Engelsgleiche Sookie, du Sinnbild der Liebe und Schönheit, ich bin am Boden zerstört, daß die böse, heimtückische Mänade deinem zarten, kurvenreichen Körper Gewalt angetan hat, und das nur, weil sie mir eine Botschaft zukommen lassen wollte."

„Schon besser." Erics Worte hätten mir größere Befriedigung verschafft, wenn mich in diesem Moment nicht gerade wieder ein heftiger Schmerz durchzuckt hätte. Die Behandlung, die Frau Doktor mir zukommen ließ, konnte man nicht gerade als angenehm bezeichnen. Entschuldigungen sollen entweder von Herzen kommen oder wortreich sein, so gehört es sich. Da Eric, soweit ich das hatte feststellen können, kein Herz besaß, aus dem irgend etwas hätte kommen können, sollte er mich wenigstens mit wohlgesetzten Worten ablenken.

„Ich nehme an, die Botschaft bedeutet, sie will Krieg mit dir?" fragte ich und versuchte, die Aktivitäten Dr. Ludwigs zu ignorieren. Ich schwitzte am ganzen Leib. Der Schmerz in meinem Rücken war schier unerträglich. Ich spürte deutlich die Tränen, die mir über die Wangen rannen. Im Zimmer schien sich gelber Nebel breitgemacht zu haben. Alles sah irgendwie krank aus.

Eric schien verwundert. „Eigentlich nicht", antwortete er. „Pam?"

„Es ist auf dem Weg", sagte sie. „Das sieht nicht gut aus."

„Fangen wir an", drängte Bill. „Sie verfärbt sich schon."

Ich fragte mich, was für eine Farbe ich wohl angenommen haben mochte. Ich konnte den Kopf nicht mehr von der Couch heben, wie ich es die ganze Zeit über versucht hatte, um etwas wacher zu wirken. Ich legte die Wange auf den Lederbezug der Couch, und sofort sorgte mein Schweiß dafür, daß sie dort kleben blieb. Das brennende Gefühl, das, ausgehend von den Wunden auf meinem Rücken, auf meinen ganzen Körper ausstrahlte, wurde intensiver, und dann schrie ich, weil ich mich nicht mehr zusammenreißen konnte. Die Zwergin sprang von der Couch und leuchtete mir mit einem Lämpchen in die Augen.

Dann schüttelte sie den Kopf. „Wenn es noch Hoffnung geben soll ...", sagte sie, aber das hörte sich schon kilometerweit entfernt an. Sie hielt eine Spritze in der Hand. Das letzte, was ich mitbekam, war Erics Gesicht, das immer näher rückte und es schien mir, als zwinkere der riesige Vampir mir zu.

Kapitel 3

Widerwillig öffnete ich die Augen. Ich fühlte mich, als hätte ich im Auto übernachtet oder auf einem harten Stuhl mit steifer Rückenlehne meinen Mittagsschlaf gehalten, als sei ich an einem völlig unpassenden, unbequemen Ort eingeschlafen. Ich fühlte mich zerschlagen, und jeder einzelne Knochen tat mir weh. Dicht neben mir auf dem Boden sah ich Pam sitzen, die großen blauen Augen unverwandt auf mich gerichtet.

„Es hat funktioniert!" stellte die blonde Vampirin fest. „Dr. Ludwig hatte recht."

„Na toll."

„Ja, es wäre schade gewesen, dich zu verlieren, ehe wir etwas von dir hatten." Welch schockierend pragmatische Sichtweise der Dinge! „Viele Menschen haben mit uns zu tun", fuhr sie vergnügt fort. „Die Mänade hätte sich ruhig einen von denen aussuchen können. Die sind leichter zu ersetzen."

„Danke für deine liebevolle Anteilnahme, Pam", murmelte ich finster. Ich fühlte mich so elend und schlecht, wie man sich überhaupt nur fühlen kann. Mir war, als hätte mich jemand in einen riesigen Bottich Schweiß getaucht und danach durch den Staub gerollt. Selbst meine Zähne fühlten sich an, als seien sie mit einem schmierigen Pelz überzogen.

„Gern geschehen!" erwiderte Pam munter, wobei es fast schien, als lächle sie. Also ging Pam der Sinn für Humor doch nicht gänzlich ab, was bei Vampiren häufig vorkam. Es gab keine Vampir-Komiker, und Menschenwitze ließen Vampire einfach kalt. Ha ha. Späße, die sie selbst machten, konnten einem aber schon einmal eine Woche lang Alpträume bescheren.

„Was habt ihr mit mir angestellt?"

Pam schlang die Arme um die Knie. „Was Dr. Ludwig gesagt hat. Wir haben uns abgewechselt, Bill, Eric, Chow und ich. Als du fast blutleer warst, begannen wir mit der Transfusion."

Das mußte ich erst einmal verdauen. Ich dachte ein Weilchen darüber nach, froh, mich in die Bewußtlosigkeit abgemeldet zu haben, so daß ich die ganze Prozedur nicht hatte miterleben müssen. Bill trank immer von mir, wenn wir uns liebten, weshalb ich es mit dem Höhepunkt unserer erotischen Aktivitäten verband. Es wäre mir unheimlich peinlich gewesen, hätte ich bewußt miterleben müssen, wie ich so vielen Leuten Blut ‚spendete'. „Wer ist denn Chow?" fragte ich dann.

„Versuch mal, dich aufzusetzen", schlug Pam vor. „Chow ist unser neuer Barkeeper. Ein wahres Kunstwerk."

„Inwiefern?"

„Tätowierungen!" verkündete Pam, wobei sie einen Moment lang fast menschlich klang. „Für einen Asiaten ist er ziemlich groß gewachsen und hat wunderbare – nun, Tätowierungen eben."

Ich versuchte, mich interessiert zu zeigen. Ich stemmte mich hoch, spürte dabei jedoch eine gewisse Empfindlichkeit, die mich sehr vorsichtig werden ließ. Es war, als sei mein Rücken mit eben verheilten Wunden übersät, die wieder aufbrechen würden, sollte ich mich ungeschickt verhalten. Pam bestätigte mir dann, daß auch genau das der Fall war.

Außerdem trug ich kein Hemd und auch sonst nichts – oberhalb der Gürtellinie. Unterhalb derselben steckte ich immer noch im meiner Jeans, die unversehrt, wenn auch beeindruckend verdreckt und völlig eklig war.

„Dein Hemd war so zerfetzt, daß wir es dir vom Körper reißen mußten", sagte Pam, wobei sie nun ganz unverhohlen lächelte. „Wir hatten dich abwechselnd auf dem Schoß. Du wurdest sehr bewundert. Bill war fuchsteufelswild."

„Fahr zur Hölle", war die einzige Antwort, die mir einfiel.

„Nun, was das betrifft, wer weiß?" Pam zuckte die Achseln. „Ich wollte dir ein Kompliment machen. Du mußt eine bescheidene Frau sein." Sie stand auf und öffnete den Schrank, der im Zimmer stand. Dort hingen einige Oberhemden; Erics Ersatzkleidung, wie ich annahm. Pam nahm eins vom Bügel und warf es mir zu. Ich reckte mich, und es gelang mir, das Hemd zu fangen. Die Bewegung fiel mir leichter, als ich für möglich gehalten hatte.

„Habt ihr hier eine Dusche?" Ungern wollte ich mir das blütenweiße Hemd über den verdreckten Körper streifen.

„Hinten im Lagerraum. Neben dem Klo für die Angestellten."

Das Badezimmer war primitiv, es gab dort aber wirklich eine Dusche sowie Seife und ein Handtuch. Man war allerdings gezwungen, aus der Dusche direkt in den Lagerraum zu treten – für die Vampire wahrscheinlich völlig in Ordnung, denn Sittsamkeit spielt für sie keine Rolle. Pam erklärte sich bereit, an der Tür Wache zu stehen. Ich bat sie auch gleich noch um weitere Hilfe, und mit vereinten Kräften gelang es uns, mich aus meiner Jeans, den Socken und der Unterhose zu schälen. Das ganze schien ihr Spaß zu machen – etwas zuviel, für meinen Geschmack.

Noch nie in meinem Leben war eine Dusche so angenehm gewesen.

Ich war gezwungen, mich langsam und vorsichtig zu bewegen, denn ich fühlte mich zittrig wie nach einer langen, schweren Krankheit, als hätte ich gerade eine heftige Lungenentzündung oder eine fiebrige Grippe überstanden. Etwas Ähnliches war ja auch der Fall. Pam öffnete die Tür weit genug, um mir Unterwäsche durch den Spalt schieben zu können. Eine angenehme Überraschung – bis ich mich dann abgetrocknet hatte und versuchen mußte, mich in diese Unterwäsche zu zwängen. Das Höschen war winzig und derart spitzenbesetzt, daß es den Namen Unterhose kaum verdiente. Wenigstens war es sauber. Als ich mich bei dem Wunsch ertappte, mir in irgendeinem Spiegel anzusehen, welchen Eindruck ich machte, wußte ich, daß es mir schon ein wenig besser ging. Ich zog das Höschen und das weiße Oberhemd an; mehr brachte ich nicht über mich. Dann trat ich barfuß aus der Dusche. Pam hatte inzwischen meine Jeans und alles andere zusammengerollt und in eine Plastiktüte gestopft, damit ich die Sachen mitnehmen und waschen konnte. Meine Sonnenbräune wirkte im Kontrast zu dem blütenweißen Hemd extrem braun. Ganz langsam machte ich mich auf den Weg zurück in Erics Büro, wobei ich in meiner Handtasche nach meiner Bürste suchte. Ich hatte gerade angefangen, mir die verfilzten Haarsträhnen auszukämmen, als Bill eintrat und mir die Bürste aus der Hand nahm.

„Laß mich das machen, Schatz", sagte er zärtlich. „Wie geht es dir? Zieh doch das Hemd aus, damit ich mir deinen Rücken ansehen kann." Etwas nervös kam ich seiner Bitte nach, wobei ich inständig hoffte, im Büro würden sich keine Überwachungskameras befinden. An sich hätte mir das ja egal sein können – eingedenk des Berichts, den Pam mir über meine Heilung geliefert hatte.

„Wie sieht es aus?" fragte ich Bill.

„Es werden wohl Narben bleiben", erwiderte mein Freund kurz angebunden.

„Das dachte ich mir schon." Narben auf dem Rücken – das war wohl besser als vorne. Genau wie es besser war, Angst zu haben als tot zu sein.

Ich streifte mir das Hemd wieder über, und Bill widmete sich meinem Haar. Es war eine seiner Lieblingsbeschäftigungen. Sehr rasch wurde ich müde und mußte mich hinsetzen. Ich sank in Erics Sessel, und Bill baute sich hinter mir auf.

„Warum hat sich die Mänade wohl ausgerechnet mich ausgesucht?"

„Sie wartete wohl einfach auf den ersten Vampir, der des Weges kam. Daß du bei mir warst, war einfach nur ein Bonus für sie – du warst leichter zu verwunden als ich."

„Ist sie auch dafür verantwortlich, daß wir uns gestritten haben?"

„Nein. Meiner Meinung nach war das Zufall. Ich verstehe immer noch nicht, warum du so wütend warst."

„Ich bin viel zu müde, um dir das zu erklären. Wir reden morgen, ja?"

Dann kam Eric, zusammen mit einem fremden Vampir. Ich nahm an, es handle sich bei diesem Fremden um Chow, und mir war sofort klar, warum der neue Barkeeper viel Kundschaft anzog. Chow war der erste asiatische Vampir, den ich zu Gesicht bekam, und außergewöhnlich attraktiv dazu. Von oben bis unten tätowiert – zumindest die Teile, die ich sehen konnte –, und zwar mit einem ausgeklügelten Muster von dem ich gehört hatte, es werde von den Mitgliedern der Yakuza bevorzugt. Aber ob Chow zu Lebzeiten ein Gangster gewesen war oder nicht, jetzt wirkte er auf jeden Fall unheimlich. Wenig später glitt auch Pam durch die Tür. „Vorne ist alles zu", sagte sie. „Auch Dr. Ludwig ist weg."

Also hatte das Fangtasia für diese Nacht seine Tore geschlossen. Das hieß, es war gegen zwei Uhr morgens. Bill kämmte mich. Ich saß in Erics Sessel, hielt die Hände auf die Oberschenkel gestützt und war mir nur allzu peinlich meiner spärlichen Bekleidung bewußt. Andererseits – Eric war so groß, daß sein Hemd, wenn ich es recht bedachte, mehr von meinem Körper bedeckte als manche meiner Kombinationen aus Shorts und T-Shirt. Ich glaube, es war das unglaublich knappe Höschen, weswegen ich mich so unbehaglich fühlte, und ich trug keinen BH, was niemand übersehen konnte, denn Gott hat es in Sachen Busen sehr gut mit mir gemeint.

Auch wenn meine Kleidung mehr von meinem Körper zeigte, als mir im Moment lieb war, auch wenn alle Anwesenden vor nicht allzu langer Zeit mehr von meinen Titten zu Gesicht bekommen hatten, als sie jetzt sehen konnten – es ging nicht an, daß ich mich schlecht benahm.

„Ich möchte mich bei euch allen dafür bedanken, daß ihr mir das Leben gerettet habt", sagte ich. Warm und herzlich klang mein Dank nicht, das schaffte ich einfach nicht, aber ich hoffte, die Vampire würden trotzdem hören können, daß er ernst gemeint war.

„Keine Ursache! Es war mir ein wirkliches Vergnügen", erwiderte Chow mit einem unmißverständlich lüsternen Unteron in der Stimme. Er sprach mit leichtem Akzent, aber ich bin mit den verschiedenen asiatischen Sprachen nicht vertraut genug, um sagen zu können, aus welchem Land er ursprünglich stammen mochte. Sicher war „Chow" auch nicht sein vollständiger Name, aber keiner der anwesenden Vampire sprach ihn mit einem anderen an. „Ohne das Gift", fuhr er fort, „wäre die Sache perfekt gewesen."

Ich spürte, wie sich Bill hinter mir verspannte. Er legte mir die Hände auf die Schultern, und ich langte hoch, um ihm besänftigend die Finger zu streicheln.

„Dein Blut war es wert, auch das Gift zu sich zu nehmen!" Eric küßte sich die Fingerspitzen, als wolle er das Bouquet meines Blutes in den höchsten Tönen preisen. Igitt.

Pam lächelte. „Jetzt du, Bill", forderte ich und ließ meinen Kopf zurücksinken, bis er Bills Körper berührte.

„Es war mir eine besondere Ehre", sagte Bill, wobei es kaum gelang, seine Wut zu unterdrücken.

„Ihr hattet euch gestritten, ehe Sookie den Zusammenstoß mit der Mänade hatte?" wollte Eric nun wissen. „Habe ich das richtig verstanden? Bezog sich Sookies Frage, als wir hereinkamen, auf diesen Streit?"

„Das ist unsere Privatangelegenheit", fuhr ich ihn an, woraufhin die drei Vampire einander zulächelten. Das mißfiel mir sehr. „Warum hast Du uns eigentlich für heute abend hierher zitiert?" fragte ich schnippisch, wobei ich hoffte, mit dieser Frage vom Thema Bill und Sookie ablenken zu können.

„Erinnerst du dich noch an das Versprechen, das du mir gegeben hast? Du hast versprochen, deine geistigen Fähigkeiten in meinen

Dienst zu stellen und mir bei gewissen Dingen behilflich zu sein, so lange ich einwillige, die beteiligten Menschen am Leben zu lassen."

„Natürlich erinnere ich mich." Ich vergesse nie ein Versprechen, schon gar nicht eins, das ich einem Vampir gegeben habe.

„Seit Bill als Ermittler für den fünften Bezirk arbeitet, sind hier nicht mehr viele Dinge passiert, die hätten aufgeklärt werden müssen. Aber im sechsten Bezirk, in Texas, wird dein spezielles Talent gebraucht. Also haben wir dich an die Vampire dort ausgeliehen."

Man hatte mich ausgeliehen wie eine Kettensäge oder eine Hacke! Ob die Vampire in Dallas wohl eine Bürgschaft hatten hinterlegen müssen für den Fall, daß Beschädigungen an mir auftraten?

„Ich gehe nicht ohne Bill." Ich schaute Eric ruhig in die Augen. Bills Hand schloß sich leicht um meine Schulter. Da wußte ich, daß ich das Richtige gesagt hatte.

„Bill wird auf jeden Fall bei dir sein. Wir haben mit denen aus Dallas zähe Verhandlungen geführt!" Eric grinste zufrieden. Das hatte eine ziemlich verunsichernde Wirkung auf mich, denn irgend etwas schien ihn sehr zu erfreuen, weswegen seine Fangzähne ausgefahren waren. „Für uns bestand natürlich die Gefahr, daß sie dich einfach behalten oder ermorden würden, also war von Anfang an klar, daß keine Abmachung zustande kommen würde, wenn sie nicht einer Begleitperson zustimmten, und wer käme da eher in Frage als Bill? Sollte irgendein unvorhergesehener Faktor auftreten und Bill nicht mehr in der Lage sein, dich zu beschützen, schicken wir dir umgehend einen anderen Begleiter. Die Vampire in Dallas haben sich außerdem einverstanden erklärt, dir einen Wagen mit Chauffeur zur Verfügung zu stellen. Sie sorgen selbstverständlich auch für Unterkunft und Verpflegung, und eine hübsche Bezahlung ist ebenfalls vorgesehen. Davon steht Bill ein Prozentsatz zu."

Wieso das, wo ich doch die Arbeit machte? „Deine finanziellen Regelungen mit Bill mußt du selbst treffen", fuhr Eric aalglatt fort, als wüßte er, was mir gerade durch den Kopf gegangen war. „Sicher wird er dich für den Lohnausfall entschädigen, der dir entsteht, wenn du nicht in deinem Lokal arbeiten kannst."

Hatte sich Knigge je mit dem Thema „Wenn Ihr Liebster Ihr Manager wird" befaßt?

„Warum eine Mänade?" fragte ich, und da waren sie alle sehr erstaunt. Ich konnte nur hoffen, das Wort richtig ausgesprochen zu haben. „Niaden gehören zum Wasser und Dryaden zu den Bäumen, habe ich recht? Warum da draußen im Wald also eine Mänade? Waren die Mänaden nicht Frauen, die Dionysos in den Wahnsinn getrieben hatte?"

„Sookie, du verfügst ja über ungeahnte Tiefen!" sagte Eric nach einer bedeutsamen Pause. Daß meine Kenntnisse aus einem Kriminalroman stammten band ich ihm natürlich nicht auf die Nase. Sollte er ruhig denken, ich läse die klassische griechische Literatur im Original! Schaden konnte das auf keinen Fall.

Chow sagte: „Dionysos ist in manche Frauen so vollständig eingedrungen, daß auch sie dadurch unsterblich wurden oder zumindest einen Zustand erreichten, der der Unsterblichkeit sehr nahe kommt. Dionysos war natürlich der Gott der Traube, also interessieren sich die Mänaden sehr stark für Bars. Ihr Interesse, wenn man so sagen kann, ist derart intensiv, daß sie es wirklich nicht gern sehen, wenn sich andere Geschöpfe der Dunkelheit überhaupt mit dem Alkoholausschank befassen. Mänaden finden, das Gewaltpotential, das sich entwickelt, wenn Alkohol getrunken wird, gehöre ausschließlich ihnen. Nun, da niemand mehr offiziell Dionysos anbetet, ernähren sie sich von diesem Gewaltpotential, und wo sie Stolz wittern, da fühlen sie sich angezogen."

Da fiel bei mir der Groschen. Hatten nicht Bill und ich beide in dieser Nacht deutlich unseren Stolz zu spüren bekommen?

„Wir hatten nur gerüchteweise gehört, daß sich eine in der Gegend aufhält", sagte Eric. „Bis Bill dich herbrachte."

„Wovor warnte sie euch? Was will sie?"

„Tribut", sagte Pam. „Wir glauben zumindest, daß sie das will."

„Was für eine Art Tribut?"

Pam zuckte die Achseln. Wie es aussah, würde ich keine weiteren Antworten mehr bekommen.

„Oder wen als Tribut?" bohrte ich weiter. Die Antwort war Schweigen. Wortlos starrten die Vampire mich an. Ich stieß einen übertriebenen Seufzer aus. „Was tut sie, wenn ihr ihr keinen Tribut zahlt?"

„Dann schickt sie ihren Wahnsinn." Bill klang besorgt.

„In die Bar? Ins Merlottes?" Es gab allerdings auch noch genügend andere Bars in der Gegend.

Die Vampire sahen einander an.

„Oder in einen von uns“, sagte Chow. „Das kam schon vor. Das Halloween-Massaker in St. Petersburg 1876.“

Alle drei nickten. Sie wirkten sehr ernst. „Ich war da“, sagte Eric. „Zwanzig von uns mußten anrücken, um aufzuräumen. Wir sahen uns gezwungen, Gregory zu pfählen; dazu waren wir allesamt vonnöten. Danach hat die Mänade, Phryne, ihren Tribut bekommen, das kannst du mir glauben.“

Die Dinge mußten ziemlich ernst gewesen sein, wenn die Vampire einen der ihren gepfählt hatten. Einmal hatte Eric einen Vampir gepfählt, der ihn bestohlen hatte, und Bill hatte mir hinterher erzählt, Eric habe für diese Tat eine erhebliche Strafe zahlen müssen. An wen, das hatte Bill mir nicht erzählt. Es gab Dinge, die ich nicht wissen wollte. Es war mir einfach lieber so.

„Ihr werdet also Tribut an die Mänade zahlen?“

Die vier tauschten sich gedanklich aus, das spürte ich deutlich. „Ja“, erwiderte Eric dann. „Es ist besser so.“

„Mänaden sind schwer zu töten“, sagte Bill, und in seiner Stimme lag ein fragender Unterton.

Eric erschauderte. „Ja“, sagte er. „Oh ja.“

*　　　　*　　　　*

Auf der Fahrt zurück nach Bon Temps wechselten Bill und ich nur wenige Worte. Ich hatte unzählige Fragen, die den vergangenen Abend betrafen, aber ich war einfach hundemüde und fühlte mich immer noch wie zerschlagen.

„Sam sollte davon erfahren“, sagte ich schließlich, als wir bereits vor meinem Haus standen.

Bill ging um das Auto herum, um mir die Beifahrertür zu öffnen. „Warum?“ Damit reichte er mir die Hand, um mich aus dem Wagen zu ziehen, denn er wußte, daß ich immer noch kaum laufen konnte.

„Weil ...“ Dann hielt ich inne. Zwar wußte Bill, daß Sam ein übernatürliches Wesen war, aber ich wollte ihn nur ungern daran erinnern. Sam besaß eine Bar, und als uns die Mänade angehalten hatte, waren wir näher an Bon Temps gewesen als an Shreveport.

„Sam hat zwar eine Bar, aber eigentlich dürfte ihm nichts geschehen“, erklärte Bill, und das klang im Grunde auch ganz vernünftig. „Außerdem sagte die Mänade, ihre Botschaft sei für Eric bestimmt.“

Das stimmte.

„Du denkst zu viel über Sam nach. Das paßt mir nicht", fuhr Bill fort, woraufhin ich mit offenem Mund zu ihm hinaufstarrte.

„Bist du etwa eifersüchtig?" wollte ich wissen. Bill war es ganz und gar nicht recht, wenn sich andere Vampire für mich zu interessieren schienen, aber bisher hatte ich angenommen, hier handle es sich um eine Frage des Reviers. Mir war nicht klar, was ich von dieser neuen Entwicklung halten sollte. Noch nie war jemand meinetwegen eifersüchtig geworden.

Bill schwieg auf eine sehr unhöfliche Art und Weise.

„Na ja", sagte ich nachdenklich. „Na ja!" Dabei grinste ich vor mich hin, während Bill mir aus dem Auto und die Stufen hinauf half. Dann begleitete er mich fürsorglich durch mein altes Haus bis in mein Zimmer. Mein Zimmer war das, in dem so viele Jahre lang meine Großmutter geschlafen hatte. Jetzt waren die Wände in einem freundlichen Pastellgelb gestrichen. Fensterrahmen und Panelen hatte ich mattweiß lackiert, und auch die Vorhänge waren mattweiß, mit vielen Blumen. Die Tagesdecke auf dem Bett paßte zu den Vorhängen.

Ich ging ins Bad, um mir die Zähne zu putzen und ein, zwei andere unbedingt notwendige Dinge zu erledigen. Dann trat ich, immer noch mit Erics Hemd bekleidet, wieder ins Schlafzimmer.

„Zieh das aus", sagte mein Liebster.

„Bill, hör zu, normalerweise wäre ich ja bestimmt genauso scharf wie du, aber heute ..."

„Ich mag dich nur nicht in dem Hemd sehen."

Na, na, *na*! Daran könnte ich mich ja glatt gewöhnen. Andererseits – sollte Bill diese Eifersucht wirklich bis ins Extrem ausleben wollen, dann konnte das unter Umständen auch ganz schön anstrengend werden!

„Na gut", sagte ich mit einem tiefen, unüberhörbaren Seufzer. „Dann ziehe ich das olle Hemd eben aus." Ganz langsam machte ich mich an den Knöpfen zu schaffen, wobei mir nicht entging, daß Bill jeder einzelnen Bewegung meiner Finger ganz genau folgte. Immer weiter ging es die Knopfleiste herunter, immer weiter klafft das Hemd vorn auseinander. Schließlich ließ ich es fallen. Nackt, nur mit Pams blütenweißer Unterhose bekleidet, stand ich vor Bill.

„Oh!“ keuchte er. Das war Tribut genug für mich. Die Mänade konnte getrost zur Hölle fahren. Allein der Anblick von Bills Gesicht sorgte dafür, daß ich mir vorkam wie eine Göttin.

Vielleicht sollte ich an meinem nächsten freien Tag einmal das „Foxy Femme“, den Dessousladen in Ruston, aufsuchen? Unter Umständen führte ja auch der neue Laden, den Bill gekauft hatte, schicke Unterwäsche.

* * *

Sam zu erklären, warum ich unbedingt nach Dallas reisen mußte, war nicht ganz einfach. Sam hatte sich wunderbar verhalten, als meine Großmutter ums Leben gekommen war, und ich sah mittlerweile einen guten Freund in ihm, einen wunderbaren Chef ohnehin. Manchmal spielte er sogar (wirklich nur von Zeit zu Zeit) in meinen sexuellen Phantasien mit. Letztlich teilte ich ihm dann lediglich mit, ich würde ein paar Tage Urlaub nehmen. Um Urlaub hatte ich noch nie zuvor gebeten. Es war Sam gelungen, ganz allein darauf zu kommen, was ich vorhatte und worin meine Abmachung mit den Vampiren bestand. Die Sache schien ihm nicht zu gefallen. Mit glühenden Augen saß er vor mir, das Gesicht wie in Stein gemeißelt. Selbst seine rotgoldenen Haare schienen mißbilligend zu lodern. Er wollte das Thema nicht ansprechen, hatte sich in der Frage praktisch selbst einen Maulkorb verpaßt, aber es war ganz offensichtlich so, daß Sam dachte, Bill hätte in die Pläne seiner Kollegen nicht einwilligen, nicht zulassen dürfen, daß ich nach Dallas fuhr. Aber die Umstände, auf denen meine Beziehung zu den Vampiren beruhte, waren Sam nicht im einzelnen vertraut. Umgekehrt verhielt es sich ebenso: Von den Vampiren, die ich kannte, wußte nur Bill, daß Sam ein Gestaltwandler war. Allerdings bemühte ich mich stets, Bill nicht noch extra an diese Tatsache zu erinnern; ich wollte nicht, daß Bill mehr über Sam nachdachte, als er es ohnehin schon tat. Sonst kam er womöglich noch auf die Idee, in Sam einen Feind zu sehen und sich entsprechend zu verhalten. Das wollte ich ganz und gar nicht. Wenn man Bill zum Feind hatte, dann bedeutete das, man hatte einen wirklich furchterregenden Feind.

Nach all den Jahren, in denen ich ununterbrochen unerwünschte Informationen aus den Köpfen anderer Leute hatte aufschnappen müssen, beherrschte ich die Kunst, Geheimnisse zu wahren und mir nichts anmerken zu lassen wirklich meisterhaft. Aber ich muß zugeben, daß es mir sehr schwerfiel, Sam und Bill säuberlich voneinander getrennt zu halten.

Sam lehnte sich in seinem Schreibtischsessel zurück, nachdem er sich einverstanden erklärt hatte, mir ein paar Tage frei zu geben. Er trug an diesem Tag ein riesiges, eisvogelblaues T-Shirt mit dem Logo des Merlottes, das kaum etwas von seinem muskulösen Oberkörper sehen ließ, dazu alte, aber saubere Jeans und uralte Stiefel mit dikken Sohlen. Ich hockte auf der Kante des Besucherstuhls vor Sams Schreibtisch. Die Bürotür in meinem Rücken war zu. Ich wußte, daß dahinter unmöglich jemand stehen und unserer Unterhaltung zuhören konnte. Im Lokal ging es wie stets laut zu. Die Musikbox spielte Zydeco, Leute, die alle schon etwas getrunken hatten, unterhielten sich in voller Lautstärke. Aber wenn man von Mänaden spricht, dann will man trotzdem rein instinktiv die Stimme senken, und so beugte ich mich vor und legte die Unterarme auf Sams Schreibtisch.

Unwillkürlich tat Sam es mir nach und beugte sich nun auch vor. Ich legte ihm die Hand auf den Arm und flüsterte: „Sam, draußen auf der Straße nach Shreveport ist eine Mänade." Einen Moment lang wirkte er völlig verblüfft. Dann brach er in schallendes Gelächter aus.

Er brauchte mindestens drei Minuten, um sich von seinem Anfall zu erholen. In der Zeit wurde ich ordentlich wütend. „Es tut mir leid, es tut mir leid", wiederholte Sam ständig, aber das half auch nichts, er prustete gleich danach immer wieder los. Können Sie sich vorstellen, wie nervtötend so ein Lachkrampf ist, wenn man selbst der Auslöser ist? Sam stand auf und kam um den Tisch herum, wobei er sich immer noch sichtlich zusammenreißen mußte, um nicht gleich wieder loszukichern. Da er nun stand, stand auch ich auf, aber ich schäumte vor Wut. Er packte mich bei den Schultern. „Es tut mir wirklich leid, Sookie", beteuerte er noch einmal. „Ich habe noch nie eine Mänade gesehen, aber von dem, was man so hört, sind sie ziemlich gräßlich. Was aber hat das mit dir zu tun? Die Mänade, meine ich."

„Weil sie nicht besonders glücklich ist, was du leicht selbst feststellen könntest, würdest du einen Blick auf die Narben auf meinem Rücken werfen", zischte ich, und schlagartig verging Sam das Lachen.

„Du bist verletzt? Wie ist das passiert?"

Also erzählte ich ihm die Geschichte, wobei ich mir Mühe gab, die Dramatik des Geschehens abzuschwächen und den Beitrag, den die

Vampire von Shreveport zu meiner Heilung geleistet hatten, herunterzuspielen. Trotzdem beharrte Sam darauf, die Narben zu sehen. Ich wandte ihm also den Rücken zu, und er hob mein T-Shirt an, allerdings nicht weiter als bis zu meinem BH. Sam gab keinen Laut von sich, aber ich spürte eine leise Berührung auf der Haut, und eine Sekunde später wurde mir klar, daß mein Chef mich gerade auf den Rücken geküßt hatte. Ich erzitterte. Er zog das T-Shirt wieder über die Narben und drehte mich um.

„Sookie, es tut mir wirklich sehr leid!“ murmelte er, und von seinem Lachkrampf war keine Spur mehr vorhanden. Sam stand ganz nah bei mir, schrecklich nah, ich konnte praktisch die Hitze spüren, die von seiner Haut ausging, die Elektrizität, die in den feinen Härchen auf seinen Unterarmen knisterte.

Ich holte tief Luft. „Ich befürchte, sie könnte irgendwann auch auf dich aufmerksam werden“, erklärte ich. „Was für einen Tribut fordern Mänaden?“

„Sie lieben stolze Männer – das zumindest pflegte meine Mutter meinem Vater zu predigen.“ Einen Augenblick lang dachte ich, Sam mache sich über mich lustig – aber dann sah ich ihn an und stellte fest, daß dem nicht so war. „Sie lieben es, den Stolz eines stolzen Mannes zu brechen und ihn sozusagen kleinzukriegen, das ist ganz wörtlich gemeint.“

„Igitt!“ sagte ich. „Was verschafft ihnen sonst noch Befriedigung?“

„Großwild. Bären, Tiger, so was.“

„Tiger sind in Louisiana schwer aufzutreiben. Vielleicht könnten wir einen Bären auftun, aber wie schaffen wir den dann ins Revier der Mänade?“ Ich dachte eine Weile darüber nach, mir wollte aber keine Lösung einfallen. „Sie will das Wild wohl lebend, nehme ich an“, sagte ich mit einem fragenden Unterton in der Stimme.

Sam, der gar nicht über das Problem nachgedacht, sondern statt dessen mich betrachtet zu haben schien, nickte; dann beugte er sich vor, um mich zu küssen.

Ich hätte es kommen sehen müssen!

Wie warm er war – ganz anders als Bill, dessen Körper nie ganz warm wird. Lauwarm, ja, aber richtig warm nie. Sams Lippen dagegen waren heiß; seine Zunge ebenso. Sein Kuß war lang, intensiv und so unerwartet – sehr aufregend! Als würde einem etwas geschenkt, von dem man nicht gewußt hatte, daß und wie sehr man es sich wünscht.

Sams Arme schlossen sich um mich; meine eigenen schlossen sich um ihn; wir beide legten alles in diesen Kuß – bis ich mit einem Plumps zur Erde zurückkehrte. Ich entzog mich ihm ein wenig, und Sam hob ganz langsam sein Gesicht von meinem.

„Dann wird es ja wirklich Zeit, daß ich mal für ein paar Tage die Stadt verlasse!" sagte ich.

„Es tut mir wirklich leid, Sookie, aber das wollte ich schon seit ein paar Jahren tun."

Darauf hätte ich einiges zu erwidern gehabt! Ich riß mich aber zusammen und entschied mich, mich ehrenvoll aus der Affäre zu ziehen. „Sam, du weißt doch, ich bin ..."

„... in Bill verliebt", vollendete er den Satz.

Ich war nicht ganz sicher, ob ich in Bill verliebt war, aber ich liebte ihn und hatte mich auf eine feste Beziehung mit ihm eingelassen. Um die Sache nicht unnötig kompliziert zu machen, nickte ich nur.

Sams Gedanken konnte ich nie deutlich lesen, denn er war ja ein übernatürliches Wesen. Ich hätte jedoch eine komplette Vollidiotin sein müssen, eine telepathische Null, wenn ich die Wellen der Frustration und Sehnsucht, die von ihm ausgingen, nicht aufgefangen hätte.

„Was ich eigentlich hatte sagen wollen", meinte ich nach einer Weile – wir hatten uns inzwischen voneinander gelöst und waren ein paar Schritte auseinandergetreten –, „ist folgendes: Wenn diese Mänade ein besonderes Interesse an Bars hat, dann muß man bedenken, daß unsere Bar nicht irgendeine ist. Sie wird, genau wie die Erics in Shreveport, nicht von einem Menschen geleitet. Es wäre also gut, wenn du dich ein wenig in acht nehmen würdest."

Daß ich ihn warnen wollte, schien Sam aufzumuntern; er schien Hoffnung daraus zu schöpfen. „Ich danke dir, daß du mir von der Sache erzählt hast, Sookie", sagte er. „Wenn ich mich das nächste Mal wandle, werde ich im Wald auf der Hut sein."

Auf die Idee, Sam könnte bei einem seiner gestaltwandlerischen Abenteuer mit der Mänade zusammentreffen, war ich noch gar nicht gekommen. Als ich mir ausmalte, wie eine solche Begegnung verlaufen könnte, mußte ich mich ganz schnell wieder setzen.

„Oh nein", sagte ich vehement. „Wandle dich erst einmal gar nicht mehr."

„In vier Tagen ist Vollmond“, sagte Sam nach einem Blick in den Kalender. „Dann muß ich es tun. Ich habe schon mit Terry vereinbart, daß er in der Nacht für mich einspringt.“

„Was sagst du Terry, wenn du so etwas mit ihm ausmachst?“

„Ich sage ihm, ich wolle mit einer Frau ausgehen. Er hat noch nie in den Kalender geschaut und nachgerechnet, daß ich ihn jedes Mal bei Vollmond bitte, am Tresen für mich einzuspringen.“

„Das ist ja immerhin etwas. War die Polizei nochmal wegen Lafayette hier?“

„Nein.“ Sam schüttelte den Kopf. „Ich habe einen Freund Lafayettes eingestellt, Khan.“

„Wie in Shirkan?“

„Wie in Chaka Khan.“

„Gut, aber kann er auch kochen?“

„Er hat auf einem Krabbenkutter gearbeitet, aber die haben ihn gefeuert.“

„Warum?“

„Seines künstlerischen Temperamentes wegen, wenn ich recht verstanden habe“, meinte Sam.

„Davon kann er hier aber auch nicht viel gebrauchen“, erwiderte ich, die Hand schon auf der Türklinke. Ich war froh, noch etwas mit Sam über ganz normale Alltagsdinge geplaudert zu haben, so hatte sich die so plötzliche, aufgeladene Stimmung zwischen uns beiden ein wenig legen können. Wir hatten einander bei der Arbeit noch nie umarmt und uns überhaupt nur ein einziges Mal geküßt: als Sam mich vor einigen Monaten nach unserer einzigen Verabredung heimgebracht hatte. Sam war mein Chef. Es ist nie gut, mit dem Chef etwas anzufangen. Wenn man jedoch noch dazu mit einem Vampir liiert ist, ist es noch weniger gut, mit dem Chef etwas anzufangen, dann kann es unter Umständen sogar fatal sein. Es war an der Zeit, daß Sam eine Frau fand. Möglichst rasch.

Wenn ich Angst habe, lächle ich. Ich strahlte also über das ganze Gesicht, als ich munter verkündete, ich würde mich wieder an die Arbeit machen. Dann trat ich aus der Tür und zog sie hinter mir zu. Was die Dinge betraf, die gerade in Sams Büro geschehen waren, so waren meine Gefühle in höchstem Maße verwirrt. Resolut schob ich sie beiseite und konzentrierte mich darauf, Alkohol unter die Leute zu bringen.

Es war nichts Außergewöhnliches an den Gästen, die sich an diesem Abend im Merlottes drängten. An einem der Tische saß Hoyt Fortenberry, ein guter Freund meines Bruders, und trank mit einigen seiner Kumpel. Kevin Prior – den ich eher in seiner Polizeiuniform zu sehen gewohnt war als in Zivil – saß auch dort, aber es schien ihm an diesem Abend nicht allzugut zu gehen. Er sah aus, als säße er viel lieber neben Kenya, seiner Partnerin, im Streifenwagen. Nun kam auch mein Bruder Jason, am Arm Liz Barrett, die ihm in jüngster Zeit immer häufiger als Armschmuck diente. Liz wirkte stets so, als sei sie erfreut, mich zu sehen, versuchte aber nie, sich einzuschmeicheln. Das rechnete ich ihr hoch an. Meine Oma wäre froh gewesen zu wissen, daß Jason so viel mit Liz zusammen war. Jahrelang hatte sich Jason intensiv und ausschweifend in der Szene herumgetrieben, mit dem Resultat, daß die Szene ihn langsam satt hatte. Der Bestand an Frauen in Bon Temps und Umgebung ist begrenzt; zu lange hatte Jason ungehemmt darin gewildert. Nun war es an der Zeit, dafür zu sorgen, daß der Bestand sich erholen konnte.

Liz schien außerdem bereit, Jasons gelegentliche kleine Zusammenstöße mit dem Gesetz nicht weiter zu beachten.

„Meine kleine Schwester!" begrüßte mein Bruder mich strahlend. „Bringst du mir und Liz je ein Seven und Seven?"

„Gern", sagte ich lächelnd. Ich fühlte mich plötzlich so froh und optimistisch, da konnte ich nicht anders, ich hörte Liz einen Moment lang zu. Liz hoffte, Jason würde ihr bald die entscheidende Frage stellen. Je eher, desto besser, denn sie war ziemlich sicher, schwanger zu sein.

Wie gut, daß ich jahrelange Übung darin hatte, mir nichts anmerken zu lassen! Ich brachte den beiden ihre Cocktails, wobei ich mich sorgfältig gegen weitere Gedanken Liz' abschirmte, um nicht unwillentlich noch mehr mitzubekommen, als ich ohnehin schon gehört hatte. Stattdessen grübelte ich fieberhaft darüber nach, was ich nun tun sollte. Das ist eine der unangenehmsten Seiten der Telepathie: Die Dinge, die Menschen nur denken, über die sie aber nicht reden mögen, sind natürlich oft auch die, die andere Menschen (zu denen ich schließlich auch gehöre) nicht wissen wollen. Oder die wir anderen nicht erfahren sollen. Ich habe mehr Geheimnisse zu hören bekommen, als auf eine Kuhhaut gehen, und das können Sie mir gern glauben, nicht eines von ihnen hat mir je irgendwie zum Vorteil gereicht.

Ganz gleich, wer der Papa von Liz' Baby war: Sollte sie schwanger sein, dann war Alkohol das Letzte, was sie jetzt gebrauchen konnte.

Aus den Augenwinkeln beobachtete ich die junge Frau, wobei ich mitbekam, daß sie an ihrem Glas nur nippte. Dann legte sie beide Hände darum, um es wenigstens teilweise vor eventuellen neugierigen Blicken zu schützen. Jason und Liz unterhielten sich miteinander. Dann wurde mein Bruder von Hoyt angesprochen, weswegen er sich auf seinem Barhocker umdrehte, um seinen alten Schulfreund ansehen zu können. Liz starrte in ihren Drink, als würde sie ihn sich am liebsten in einem Zug einverleiben. Rasch schob ich ihr ein neues Glas zu, das nur 7Up enthielt und ließ das Mixgetränk verschwinden.

Liz blickte erstaunt aus runden braunen Augen zu mir auf. „Cocktails sind nichts für dich", sagte ich ruhig, woraufhin Liz' mattbraune Haut so weiß wurde, wie es ihr überhaupt nur möglich war. „Du bist vernünftig", sagte ich. Wie schwierig es mir fiel zu begründen, warum ich mich überhaupt eingemischt hatte, wo es doch meinem persönlichen Verhaltenskodex widersprach, auf unter der Hand erhaltene Informationen in keiner Weise einzugehen. „Du bist vernünftig", wiederholte ich. „Du kriegst das bestimmt hin."

In diesem Augenblick drehte sich Jason wieder um, und von einem anderen Tisch riefen sie nach mir und verlangten nach einem weiteren Krug Bier. Ich trat hinter dem Tresen vor, um dem Ruf nach Bier zu folgen – da sah ich Portia in der Tür stehen. Sie sah sich suchend um, die Augen angestrengt zusammengekniffen, um im Halbdunkel, das im Lokal herrschte, überhaupt etwas erkennen zu können. Zu meiner großen Verwunderung stellte sich rasch heraus, daß ich diejenige war, nach der sie Ausschau gehalten hatte.

„Hast du vielleicht mal einen Augenblick Zeit für mich, Scokie?" sprach sie mich an.

Die persönlichen Gespräche, die ich bisher mit Portia gehabt hatte, ließen sich problemlos an einer Hand abzählen – besser gesagt, fast an einem Finger, und ich konnte mir beim besten Willen nicht vorstellen, was Portia von mir wollte.

„Setz dich", sagte ich und wies mit dem Kinn auf einen freien Tisch in meinem Bereich. „Ich bin gleich bei dir."

„Gut. Dann sollte ich wohl auch etwas trinken. Ich hätte gern ein Glas Wein. Merlot."

„Kommt sofort!" Sorgfältig schenkte ich ein Glas Wein ein und stellte es auf ein Tablett. Ich ließ einen prüfenden Blick über den Rest meiner Tische gleiten, und als ich sicher sein konnte, daß all meine Gäste zufrieden waren, trug ich das Tablett hinüber zu Portias Tisch. Ich setzte mich auf den Stuhl, der ihr gegenüberstand, wobei ich mich allerdings nur auf die äußerste Kante hockte, so daß jeder, dessen Glas tendenziell zur Neige ging, sehen konnte, daß ich nicht lange sitzen bleiben, sondern gleich wieder aufspringen wollte.

„Was kann ich für dich tun?" Ich hob unwillkürlich die rechte Hand, um verstohlen zu prüfen, ob mein Pferdeschwanz noch richtig saß. Die ganze Zeit über strahlte ich Portia an.

Die jedoch schien völlig in den Anblick ihres Weinglases versunken. Sie drehte es in den Fingern, hob es an den Mund, um einen Schluck zu trinken und stellte es dann genau auf der Mitte des Untersetzers wieder ab. „Ich muß dich um einen Gefallen bitten", verkündete sie dann.

Na, Sherlock, das kam doch nicht wirklich unerwartet, oder? Da ich mit Portia noch nie eine zwanglose Unterhaltung geführt hatte, die aus mehr als zwei Sätzen bestand, hätte mir eigentlich gleich klar sein müssen, daß sie nur gekommen war, weil sie etwas von mir wollte.

„Laß mich raten. Dein Bruder hat dich geschickt. Ich soll den Leuten hier im Lokal ein wenig beim Denken zuhören. Ich soll etwas über die Orgie herausfinden, an der Lafayette teilgenommen hat." Das hatte ich kommen sehen!

Portia wirkte betreten, aber entschlossen, ihre Mission zu erfüllen. „Er würde dich nie um diesen Gefallen bitten, wenn er nicht in einer ernsthaften Patsche säße, Sookie."

„Er hätte mich nie gebeten, weil er mich nicht leiden kann. Obwohl ich sein ganzes Leben lang nett und höflich zu ihm war! Nur jetzt, wo es nicht anderes geht, bringt er es über sich, mich zu bitten. Jetzt, wo er mich braucht."

Portias helle Haut verfärbte sich auf sehr unschöne Weise und wurde dunkelrot. Eigentlich war es nicht recht, die Probleme, die ich mit ihrem Bruder hatte, an ihr auszulassen, was ich natürlich auch wußte, aber Portia hatte sich nun einmal darauf eingelassen, die Botin zu spielen! Wir alle wissen ja, wie es Boten ergeht. Ich dachte an meine eigene Botenrolle vom Abend zuvor und fragte mich, ob ich mich nicht einfach glücklich schätzen und großzügig sein sollte.

„Ich war dagegen", murmelte Portia. Ihr widerstrebte es zutiefst, eine Kellnerin, noch dazu eine namens Stackhouse, um Hilfe bitten zu müssen; das ging ihr gegen den Stolz.

Niemand mochte meine ‚Gabe'. Niemand mochte das Objekt sein, das mit ihrer Hilfe erforscht wurde. Aber alle wollten nur zu gern, daß ich etwas für sie herausfand. Es scherte sie wenig, wie es mir ging, wenn ich die oft unangenehmen und irrelevanten Gedanken von Gästen durchsieben sollte, um unter Umständen eine einzige relevante Information zu erhalten.

„Du hast wohl vergessen, daß Andy vor nicht allzu langer Zeit meinen Bruder wegen Mord verhaftet hat, was? Natürlich mußte er Jason wieder laufen lassen, aber immerhin!"

Wäre Portia noch stärker errötet, hätte sie mit ihren Wangen ein Feuer entfachen können. „Vergiß die ganze Sache!" sagte sie, wobei sie mühsam ihren letzten Rest Würde zusammenkratzte. „Wir brauchen überhaupt keine Hilfe von einer Mißgeburt wie dir."

Ich hatte sie bis ins Mark getroffen. Sonst war Portia immer höflich zu mir gewesen, wenn auch nicht gerade warmherzig und liebevoll.

„Hör zu, Portia. Ich werde mich umhören, aber nicht, um deinem Bruder zu helfen, sondern wegen Lafayette. Er war ein Freund von mir, und er war mir immer wesentlich lieber als du oder Andy."

„Ich kann dich nicht leiden."

„Das ist mir egal."

„Gibt es ein Problem?" fragte in diesem Moment eine kühle Stimme dicht hinter mir.

Bill. Ich ließ meine Sinne wandern und spürte die Stille, die ihn umgab, die für mich so unendlich entspannende Stille. In anderen Köpfen summte es ununterbrochen, wie Bienen in einem Glas. Bills Kopf war jedoch wie ein mit Luft gefüllter Globus. Es war wunderbar. Portia erhob sich so hastig, daß der Stuhl, auf dem sie gesessen hatte, um ein Haar nach hinten gekippt wäre. Sie hatte Angst, sich in Bills Nähe zu befinden – als sei mein Freund eine giftige Schlange oder so.

„Portia kam, um mich um einen Gefallen zu bitten", erklärte ich, wobei mir mit einem Mal klar wurde, daß unser seltsames kleines Trio allmählich ein nicht unerhebliches Maß an Aufmerksamkeit auf sich zog.

„Als Dankeschön für all die vielen lieben Dinge, die die Bellefleurs für dich getan haben?" wollte Bill wissen. Da riß Portia der Geduldsfaden. Sie machte auf dem Absatz kehrt und stolzierte hoch erhobenen Hauptes aus dem Lokal. Bill sah ihr nach, im Gesicht einen ganz merkwürdigen Ausdruck der Zufriedenheit.

„Nun sollte ich wohl herausfinden, was das gerade war!" sagte ich und lehnte mich zurück, bis ich den Kopf an Bill lehnen konnte. Bill legte die Arme um mich und zog mich zu sich heran. Es war, als würde man von den starken Ästen eines Baumes umarmt.

„Die Vampire in Dallas haben die notwendigen Vorbereitungen getroffen", erwiderte er. „Könntest du morgen abreisen?"

„Was ist mit dir?"

„Ich kann in meinem Sarg reisen, wenn du willens bist, dafür zu sorgen, daß sie mich auf dem Flughafen auch wieder ausladen. Dann haben wir die ganze Nacht, um herauszufinden, was die Vampire in Dallas wollen."

„Heißt das, ich muß dich in einem Leichenwagen zum Flughafen schaffen?"

„Nein, Süße. Sorge nur dafür, daß du selbst hinkommst. Es gibt einen Transportservice, der sich um derlei kümmert."

„Der Vampire bei Tageslicht von A nach B schafft?"

„Ja. Der Betrieb ist offiziell zugelassen und wird von der Zollbehörde kontrolliert."

Da hatte ich wieder allerhand, worüber es nachzudenken galt. „Magst du ein Fläschchen Blut? Sam hat ein paar warmgestellt."

„Ja bitte. Eine Flasche Null positiv."

Meine Blutgruppe – wie süß! Ich warf Bill ein strahlendes Lächeln zu. Nicht mein gewöhnliches, ängstliches Lächeln, sondern ein echtes, das von Herzen kam. Ganz gleich, wie viele Probleme wir als Paar auch haben mochten, ich konnte mich glücklich schätzen, Bill an meiner Seite zu haben. Kaum zu glauben, daß ich einen anderen geküßt hatte, und ich verbannte den Gedanken daran sofort wieder aus meinem Kopf.

Bill lächelte zurück; kein ganz beruhigender Anblick, denn er freute sich sehr, mich zu sehen. „Wie bald kannst du hier weg?" wollte er wissen, wobei er sich näher zu mir herunterbeugte.

Ich sah auf die Uhr. „In etwa einer halben Stunde", konnte ich versprechen.

„Ich warte auf dich." Bill setzte sich an den Tisch, den Portia geräumt hatte, und ich brachte ihm *tout de suite* sein Blut.

Kevin kam herangetrabt, um ein wenig mit meinem Freund zu plaudern. Das endete damit, daß sich der Polizist zu Bill an den Tisch setzte. Ich kam nur zweimal nahe genug an den beiden vorbei, um Bruchstücke der Unterhaltung aufschnappen zu können. Sie unterhielten sich darüber, welche Verbrechen in unserer kleinen Stadt verübt wurden; sie sprachen über die Benzinpreise und darüber, wer die nächste Sheriffwahl gewinnen würde. Sie sprachen über ganz normale Dinge! Ich platzte fast vor Stolz. Als Bill angefangen hatte, ins Merlottes zu kommen, war die Atmosphäre jedesmal ziemlich angespannt gewesen. Nun kamen und gingen die Gäste ungezwungen, wenn er im Lokal war. Sie begrüßten Bill und plauderten mit ihm oder nickten ihm nur beiläufig zu, aber sie machten weder so noch so eine große Sache daraus, wenn er anwesend war. Vampire hatten sich mit so vielen legalen Problemen herumzuschlagen, da war es wirklich nicht notwendig, daß sich auch noch soziale Probleme dazugesellten.

Bill schien ziemlich aufgekratzt, als er mich in dieser Nacht nach Hause fuhr. Ich konnte mir nicht erklären, woran das liegen mochte – aber dann wurde mir mit einem Mal klar, daß er sich auf den Besuch in Dallas freute.

„Hat dich das Reisefieber gepackt?" fragte ich. Bills plötzliche Wanderlust machte mich neugierig, gefiel mir gleichzeitig aber nicht besonders.

„Jahrelang war ich nur auf Reisen", erklärte er. „Die letzten Monate in Bon Temps waren wunderbar" – mit diesen Worten griff er nach meiner Hand –, „aber natürlich besuche ich gern meinesgleichen, und die Vampire in Shreveport haben zuviel Macht über mich. Wenn ich mit ihnen zusammen bin, kann ich nicht entspannen."

„Als ihr Vampire noch nicht legal und öffentlich lebtet, wart ihr da auch schon so straff organisiert?" Im allgemeinen bemühte ich mich, über die gesellschaftlichen Strukturen der Vampire keine Fragen zu stellen, denn ich war mir nie sicher, wie Bill auf solche Fragen reagieren würde. In diesem Fall überwog meine Neugierde.

„Nicht wie jetzt", antwortete er ausweichend, woraufhin ich seufzte. Eine bessere Antwort würde ich nicht erhalten, das war klar. Der Herr der Geheimnisse! Immer noch achteten die Vampire darauf, bestimmte Grenzen zu ziehen und zu wahren. So durfte kein Arzt sie untersuchen, und man durfte von keinem Vampir erwarten, daß er sich den Streitkräften anschloß. Diese rechtlichen Zugeständnisse hatten ihren Preis gehabt: Die Amerikaner hatten verlangt, daß sämtliche Vampire, die als Ärzte, Krankenschwestern und Pfleger gearbeitet hatten (und das waren nicht gerade wenige), ihr Stethoskop an den Nagel hängten. Das Mißtrauen gegenüber bluttrinkenden Beschäftigten im Gesundheitswesen war eben immer noch erheblich, und das, obwohl, soweit die Menschen das offizielle wußten, Vampirismus offiziell als extreme allergische Reaktion auf eine Kombination aus einer Vielzahl von Dingen dargestellt wurde, zu denen unter anderem auch Knoblauch und Sonnenlicht gehörten.

Auch ich war Mensch – obschon zugegebenermaßen ein ziemlich merkwürdiger –, auch ich hatte die offizielle Version oft gehört und lange geglaubt; ich war unvergleichlich glücklicher gewesen, als ich noch hatte annehmen dürfen, Bill litte unter einer von medizinischen Lehrbüchern genau definierten Krankheit. Nun aber hatte ich erfahren müssen, daß viele Wesen, die wir sicher im Bereich der Mythen und Legenden wägen, die unangenehme Angewohnheit besitzen, unerwartet real zu werden. Nehmen Sie nur die Mänade! Wer hätte geglaubt, daß eine uralte griechische Legende einfach so in den Wäldern des nördlichen Louisiana herumspazierte?

Vielleicht lebten ja wirklich Feen in unserem Garten. Meine Oma pflegte ein Lied zu singen, in dem das behauptet wurde. Sie hatte es gern gesungen, wenn sie draußen im Garten Wäsche aufhängte.

„Sookie?“ Bills Stimme klang liebevoll, aber drängend.

„Ja?“

„Du hast konzentriert über irgend etwas nachgedacht.“

„Ich habe mir Gedanken über die Zukunft gemacht“, antwortete ich ausweichend, „und über den Flug. Du mußt mir noch genau erklären, welche Arrangements getroffen wurden und mir sagen, wann ich am Flughafen sein soll – und was soll ich zum Anziehen einpacken?“

Über den letzten Punkt dachte Bill nach, während wir in die Einfahrt zu meinem Haus einbogen. Ich wußte, er nahm meine Bitte um Beratung sehr ernst. Das war eine der vielen guten Seiten an Bill.

„Ehe du packst“, verkündete er und unter dem kühnen Schwung seiner Brauen leuchteten die dunklen Augen ganz ernst, „ehe du packst, müssen wir uns mit etwas anderem befassen.“

„Womit?“ Ich stand mitten im Schlafzimmer und starrte nachdenklich auf die geöffnete Schranktür, ehe ich überhaupt registriert hatte, das er etwas gesagt hatte.

„Entspannungstechniken!" rief Bill.

Ich fuhr herum, die Hände an den Hüften. „Was zum Teufel meinst du damit?"

„Das hier!" In einer klassischen Rhett-Butler-Geste hob er mich mit beiden Armen hoch. Obwohl ich Hosen trug und kein langes, rotes – Gewand? Negligé? –, schaffte er es, daß ich mir so schön, so unvergeßlich vorkam wie Scarlett O'Hara. Bill hatte mit mir als süßer Last in den Armen keine Treppenstufen zu bewältigen; mein Bett stand ganz nahe. An den meisten Abenden ließ sich Bill sehr viel Zeit mit allem, manchmal so viel, daß ich dachte, ich müßte schreien, wenn wir nicht bald zum Punkt kämen – sozusagen. Aber an diesem Tag war sein Tempo beschleunigt. Das mochte an der Vorfreude auf die Reise liegen. Gemeinsam gelangten wir am Ende des Tunnels an, und während wir noch beieinander lagen und die Nachbeben genossen, mit denen ein erfolgreicher Liebesakt sich verabschiedet, fragte ich mich, was die Vampire in Dallas wohl von unserer Beziehung halten mochten.

Ich war nur einmal in Dallas gewesen. Die Abschlußklasse unserer Oberschule hatte eine Klassenfahrt nach Six Flags unternommen. Ich hatte keine guten Erinnerungen daran. Ich war noch sehr unbeholfen darin gewesen, meinen Kopf gegen die nicht enden wollenden Übertragungen aus den Hirnen anderer Menschen zu schützen. Dann hatte es mich völlig unvorbereitet getroffen, daß meine damalige beste Freundin Marianne plötzlich mit einem Mitschüler namens Dennis zusammenkam und die beiden fürderhin als Pärchen agierten, und ich war noch nie zuvor von zu Hause fortgewesen.

Diesmal würde das anders sein, wies ich mich streng zurecht. Ich reiste auf Anfrage der Vampire von Dallas – ganz schön glamourös, oder? Ich wurde gebraucht, weil ich über einmalige Fähigkeiten verfügte. Ich sollte mich wirklich darauf konzentrieren, meine Fähigkeit nicht länger als Behinderung zu sehen! Ich hatte gelernt, kontrolliert mit der Telepathie umzugehen. Zumindest handhabte ich mein Talent weitaus präziser und vorhersehbarer als früher. Ich würde meinen Mann dabeihaben. Niemand würde mich im Stich lassen.

Trotzdem muß ich zugeben, daß ich, ehe ich einschlief, noch ein paar Tränen vergoß, weil für mich damals als Teenager alles so maßlos traurig gewesen war.

Kapitel 4

In Dallas war es heißer als im Vorhof zur Hölle; das galt besonders für den Asphaltbelag des Flughafens. Unser kurzer, schöner Herbst hatte einen Rückfall in den Sommer erlitten. Glühend heiße Windstöße schienen alle Gerüche und Geräusche des Flughafens Dallas-Fort Worth zusammentragen zu wollen, all die Abgase der Flugzeuge und Maschinen, den Gestank des Treibstoffs, den Lärm beim Laden und Entladen von Lasten, um sich dann am Fuß der Laderampe zu sammeln, an der das Flugzeug, auf das ich gewartet hatte, stand. Ich war mit einer normalen Maschine geflogen; Bill hatte man gesondert verfrachten müssen.

Als der Priester sich neben mich stellte, fächelte ich mir gerade mit der Kostümjacke Luft zu, in der Hoffnung, so für halbwegs trockene Achselhöhlen sorgen zu können.

Anfangs hatte ich nichts dagegen, von ihm angesprochen zu werden; sein klerikaler Hemdkragen flößte mir Respekt ein. Aber eigentlich wollte ich mich mit niemandem unterhalten, denn ich hatte gerade meinen ersten Flug hinter mir – eine völlig neue Erfahrung –, und vor mir lagen bestimmt noch etliche Hürden derselben Art.

„Wenn ich Ihnen irgendwie behilflich sein kann?" sagte der kleine, in das nüchterne Schwarz seiner Profession gehüllte Mann, wobei seine Stimme sozusagen bis zum Stehkragen voll Mitgefühl klang. „Ich konnte nicht umhin zu bemerken, in welcher traurigen Situation Sie sich befinden." Er zeigte das Selbstvertrauen eines Menschen, der es gewohnt ist, Fremde anzusprechen und von den Angesprochenen respektvoll behandelt zu werden. Aber wie ein Priester sah er eigentlich nicht aus: Sein braunes Haar war meiner Meinung nach viel zu lang, noch dazu verfilzt und ungepflegt. Zudem trug er einen dichten Schnurrbart. Aber ich hatte andere Dinge im Kopf, weswegen ich diese Einzelheiten nur am Rande wahrnahm.

„Situation?" wiederholte ich erstaunt, schenkte dem Mann aber keine wirkliche Beachtung. Gerade hatte ich einen ersten Blick auf den blankpolierten Holzsarg erhaschen können, der hinten im Laderaum aufgetaucht war. Bill war wirklich ein Traditionalist! Für die Reise wäre ein Metallsarg viel praktischer gewesen. Nun rollten uniformierte

Flugbegleiter den Sarg zum Kopf der Rampe; sie hatten ihn irgendwie auf Rollen gesetzt. Die Fluglinie hatte Bill versprochen, daß der Sarg ohne den geringsten Kratzer am Holz an seinem Bestimmungsort eintreffen würde. In meinem Rücken stand weiteres Personal, bewaffnete Männer, die dafür sorgen sollten, daß kein Fanatiker herbeieilen und den Deckel vom Sarg reißen konnte. Diese Wachen gehörten zu den Extraleistungen, die Anubis Air, die Fluglinie, mit der Bill reiste, ihren Passagieren versprach und die einen zentralen Punkt in ihrer Werbung darstellten. Gemäß der Instruktionen, die Bill mir erteilt hatte, hatte ich auch Anweisung gegeben, Bill als erstes auszuladen.

So weit, so gut!

Ich warf einen Blick auf den nachtdunklen Himmel. Vor wenigen Minuten waren die Lichter angegangen, die die Landebahnen säumten. Ihr kaltes Licht warf Schatten, wo zuvor keine gewesen waren und sorgte dafür, daß der schwarze Schakalkopf, der die Rückflosse des Anubis Air-Flugzeuges zierte, wild und bedrohlich wirkte. Ich warf einen Blick auf die Uhr – nicht den ersten, wohlbemerkt.

„Ja. Ich fühle mit Ihnen“, meldete sich erneut der Priester.

Ich warf einen Seitenblick auf meinen unerwünschten Gefährten. Ob er in Baton Rouge zugestiegen war? An sein Gesicht konnte ich mich zwar nicht mehr erinnern, aber das hatte nicht viel zu bedeuten, da ich den ganzen Flug über ziemlich ängstlich gewesen war. „Ich bitte um Entschuldigung“, sagte ich, „aber warum fühlen Sie mit mir? Sind etwa Probleme aufgetreten?“

Erstaunt sah der Mann mich an, wobei dieses Erstaunen allerdings nicht echt, sondern irgendwie sorgfältig einstudiert wirkte. „Na ja!“ sagte er sanft und wies mit dem Kinn auf Bills Sarg, der gerade auf einem Rollband die Laderampe herunterkam. „Ihr Verlust. Handelt es sich um eine Person, die Ihnen nahestand?“ Damit drängte er sich noch etwas näher an mich heran.

„Natürlich!“ erwiderte ich halb verärgert, halb verständnislos. Warum war der Mann hier? Bestimmt stellte die Luftaufsichtsbehörde nicht auch noch einen Priester für jeden Menschen, der in Begleitung eines Sarges reiste. Besonders dann nicht, wenn dieser Sarg aus einer Maschine der Anubis Air ausgeladen wurde! „Sonst würde ich hier doch nicht stehen, oder?“

Allmählich machte ich mir ein wenig Sorgen.

So schob ich langsam und vorsichtig mein geistiges Visier hoch, um den Mann neben mir einer eingehenden Prüfung zu unterziehen. Eine Verletzung seiner Privatsphäre, ich weiß! Aber schließlich war ich hier nicht nur für meine eigene Sicherheit verantwortlich, sondern auch noch für die Bills.

Der Priester – der im übrigen starke, klar verständliche Signale sendete – dachte ebenso intensiv an das bevorstehende Dunkelwerden wie ich, hatte dabei aber allerdings wesentlich mehr Angst. Er hoffte, seine Freunde hätten sich postiert, wie sie es geplant hatten.

Ich warf einen erneuten Blick nach oben, versuchte aber, mir meine wachsende Besorgnis nicht anmerken zu lassen. Der Himmel über Texas zeigte nur noch einen winzigen Lichtstreif, ganz hinten am Horizont.

„Ihr Mann vielleicht?" Mit diesen Worten packte der Priester mich am Oberarm.

Was war denn mit dem los? Nun sah ich mir den Mann neben mir genauer an, wobei ich feststellen mußte, daß seine Augen unverwandt auf die beiden Arbeiter oben im Flugzeug gerichtet waren, die sich um das Gepäck kümmerten und die von unserer Warte aus deutlich zu sehen waren. Sie trugen Overalls in den Farben Schwarz und Silber, auf deren linker Brusttasche das Logo der Anubis Air zu sehen war. Dann flackerte der ängstliche Blick meines Priesters hinüber zu einem weiteren Angestellten der Fluglinie, der wohl zum Bodenpersonal gehörte und sich gerade anschickte, meinen Sarg auf einen gepolsterten, flachen Gepäckwagen umzuladen. Der Priester wollte – ja, was? Er wollte einen Moment abpassen, in dem all die Männer nicht zu uns herübersahen, in dem sie zu beschäftigt waren, um zu sehen, was bei uns geschah. Er wollte nicht, daß sie mitbekamen ... daß sie was mitbekamen?

„Nein, mein Freund", sagte ich höflich, wobei man allerdings sagen muß, daß meine Großmutter mich zu Höflichkeit erzogen hat, nicht aber dazu, dumm zu sein. Während ich also höflich mit dem Priester plauderte, tastete ich gleichzeitig so, daß der Mann nichts davon mitbekam, vorsichtig mit einer Hand nach dem Verschluß der Handtasche, die ich über der Schulter trug. Dann öffnete ich die Tasche und entnahm ihr behutsam das Pfefferspray, das Bill mir geschenkt hatte. Den kleinen Zylinder dicht an den Oberschenkel gedrückt strebte ich fort von dem falschen Priester mit seinen unklaren Absichten; der jedoch packte immer fester meinen Oberarm – und dann ging plötzlich der Sargdeckel auf.

Die beiden Männer aus dem Flugzeug hatten sich inzwischen zu Boden gleiten lassen und verbeugten sich nun tief. Der, der den Sarg auf den Gepäckwagen umgeladen hatte, murmelte leise: „Scheiße!“, verneigte sich dann aber. Er war neu im Metier, nahm ich an. Unterwürfiges Auftreten des Personals gehörte auch zu den kleinen Sonderleistungen, mit denen Anubis Air um Kunden warb – meiner Meinung nach war das nun wirklich völlig übertrieben.

„Jesus, hilf mir!“ sagte der Priester, aber anstatt nun andächtig auf die Knie zu fallen, tat er einen Satz um mich herum, packte den Arm, dessen Hand das Spray hielt und schickte sich an, mich mit sich fortzuzerren.

Zuerst dachte ich, er wolle mich vor irgendwelchen Gefahren bewahren, die seiner Meinung nach in dem offenen Sarg schlummern mochten, mich sozusagen in Sicherheit bringen. Ich nehme an, diesen Eindruck machte sein Verhalten auch auf die Menschen, die sich um die Ladung gekümmert hatten und nun weiterhin damit beschäftigt waren, ihre Rolle als devote Mitarbeiter der Anubis Airline zu spielen. Jedenfalls eilte niemand zur Unterstützung herbei, als ich den Mund auftat, mit der ganzen Kraft meiner wohlentwickelten Lungen herzhaft um Hilfe schrie und den Priester aufforderte, mich gefälligst loszulassen. Der zerrte weiterhin an meinem Arm herum und versuchte jetzt, mit mir im Schlepptau fortzulaufen. Ich stemmte meine gut vier Zentimeter hohen Absätze in den Boden und zerrte mit aller Kraft in die andere Richtung, während ich mit der freien Hand auf ihn einschlug. Ich lasse mich von niemandem irgendwo hinzerren, wohin ich nicht will. Jedenfalls nicht ohne Gegenwehr.

„Bill!“ kreischte ich als nächstes, denn inzwischen hatte ich wirklich ziemliche Angst. Zwar war der Priester weder groß noch stark, aber er war größer und schwerer als ich und anscheinend fast ebenso wild entschlossen. Ich machte es ihm so schwer wie möglich, aber dennoch schaffte er es, mich Stück für Stück näher an einen Durchgang für Angestellte heranzuziehen, durch den hindurch man ins eigentliche Terminal gelangte. Von irgendwoher war Wind aufgekommen; ein heißer, trockener Wind. Wenn ich jetzt mit Chemikalien um mich sprühte, würde dieser Wind sie mir einfach ins Gesicht blasen.

Ganz langsam setzte sich der Mann im Sarg auf, und seine großen dunklen Augen fingen an, die Geschehnisse rings umher zu registrieren. Ich erhaschte einen Blick darauf, wie er mit einer Hand durch sein weiches, braunes Haar fuhr.

Der Personaleingang flog auf, und ich sah, daß jemand direkt dahinter stand – Verstärkung für den Priester!

„Bill!"

Dann war ein Sausen in der Luft, die mich umgab; der Priester ließ von mir ab und huschte durch die offene Tür, schneller als das Kaninchen beim Windhundrennen. Ich stolperte und wäre wohl auf meinem Hinterteil gelandet, hätte Bill nicht die Verfolgung des Gottesmannes eingestellt, um mich aufzufangen.

„Hallo Schatz", sagte ich unendlich erleichtert. Ich zupfte an der Jacke meines grauen Kostüms, froh, frischen Lippenstift aufgetragen zu haben, ehe mein Flugzeug in Dallas gelandet war. Dann sah ich nachdenklich in die Richtung, in die der Priester entschwunden war. „Das war ja nun wirklich mehr als merkwürdig!" meinte ich und steckte das Pfefferspray zurück in die Handtasche.

„Sookie!" begrüßte mich Bill besorgt. „Ist alles in Ordnung?" Er bückte sich, um mir einen Kuß zu geben, wobei er das ehrfürchtige Flüstern einfach nicht beachtete, mit dem die Männer, die das neben dem Flieger der Anubis Air geparkte Charterflugzeug entluden, seinen Auftritt kommentierten. Die Welt als solche hatte zwar bereits zwei Jahre zuvor erfahren, daß Vampire mitnichten nur in Legenden und Horrorfilmen vorkamen, sondern seit Jahrhunderten mitten unter uns lebten, aber dennoch gab es genügend Menschen, die noch nie einen leibhaftigen Vampir zu Gesicht bekommen hatten.

Bill ignorierte sie. Er ist ziemlich gut darin, Sachen nicht zu beachten, die er seiner Meinung nach nicht beachten muß.

„Mir ist nichts passiert", antwortete ich immer noch ein wenig benommen. „Ich verstehe nur nicht, warum der Mann versucht hat, mich wegzuschleppen."

„Kann es sein, daß er unsere Beziehung mißverstanden hat?"

„Das glaube ich nicht. Ich glaube, er wußte genau, daß ich hier auf dich warte und wollte mich wegschaffen, ehe du wach wurdest."

„Darüber werden wir nachdenken müssen", erklärte Bill, der es wie kein anderer versteht, Dinge herunterzuspielen. „Abgesehen von diesem bizarren Zwischenfall – wie ist dein Abend sonst verlaufen?"

„Der Flug war soweit in Ordnung", sagte ich, bemüht, nicht schmollend die Unterlippe vorzuschieben.

„Was heißt ‚soweit in Ordnung'? Sind irgendwelche widrigen Umstände aufgetreten?" fragte Bill eine Spur zu trocken. Es war ihm nicht entgangen, daß ich mich ein ganz klein wenig schlecht behandelt fühlte.

„Da ich noch nie zuvor geflogen bin, könnte ich nicht sagen, was bei einer Flugreise als normal gilt", erwiderte ich säuerlich. „Ich glaube, alles lief normal – bis dann dieser angebliche Priester auftauchte." Bill zog in dieser überheblichen Art, die er so exzellent beherrscht, eine Braue hoch – das sollte ich ihm genauer erklären. „Ich glaube nicht, daß der Mann ein richtiger Priester war. Warum war er hier am Flughafen? Warum ist er herübergekommen, um mit mir zu reden? Er hat die ganze Zeit nur darauf gewartet, daß keiner der Leute, die in und am Flugzeug arbeiteten, hier herübersah."

„Darüber sollten wir uns lieber nicht hier in der Öffentlichkeit unterhalten", sagte mein Vampir und warf einen Blick auf die vielen Männer und Frauen, die sich inzwischen um das Flugzeug versammelt hatten, um zu sehen, was eigentlich los war. „Wir reden darüber, wenn wir allein sind." Dann ging Bill hinüber zu den Angestellten von Anubis, um diese leise, aber heftig zu tadeln, weil sie mir, als ich schrie, nicht zur Hilfe geeilt waren. Zumindest ging ich davon aus, daß Bills Unterhaltung mit den Anubis-Leuten sich um dieses Thema drehte: Die betroffenen Männer wurden jedenfalls alle schneeweiß und fingen wohl auch an zu stottern. Dann kam Bill zurück. Er legte mir den Arm um die Taille, und wir machten uns gemächlich auf den Weg hinüber zum Terminal.

„Den Sarg schicken Sie bitte an die Adresse auf dem Deckel", rief Bill im Gehen über die Schulter zurück. „Ins Silent Shore Hotel." Das Silent Shore hatte als einziges Hotel in der Innenstadt von Dallas die umfangreichen Um – und Ausbauten vornehmen lassen, die notwendig waren, wollte man neben normalen Besuchern auch Vampire beherbergen. Noch dazu gehörte das Silent Shore zu den großen alten Hotels in Dallas – das zumindest behaupteten seine Betreiber in ihrer Werbebroschüre. Nicht, daß ich vor meiner Reise mit Bill je im Zentrum von Dallas gewesen wäre oder eins der großen alten Hotels dort zu Gesicht bekommen hätte.

Am Fuß einer Treppe in einem schäbigen, schmalen Treppenaufgang, der zum eigentlichen Flughafengelände führte, blieben wir stehen, und Bill bat mich, ihm den Vorfall mit dem Priester ausführlich zu schildern. Ich kam seiner Bitte nach und beschrieb den merkwürdigen kleinen Zwischenfall an der Laderampe in allen Einzelheiten, wobei ich die ganze Zeit zu ihm aufsah. Der Ärmste war kreidebleich, und ich ahnte, wie hungrig er war. Seine Brauen wirkten fast schwarz auf der bleichen Haut, und seine Augen erstrahlten in einem noch intensiveren Dunkelbraun, als sie es ohnehin schon taten.

Dann hielt er mir eine Tür auf, und ich trat hinaus in das geschäftiges Treiben auf einem der größten Flughäfen der Welt.

„Hast du ihn nicht gehört?" Ich wußte genau, was Bill meinte, wenn er vom ‚Hören' sprach.

„Mein Visier war von der Flugreise her noch dicht geschlossen", erklärte ich. „Ich fing gerade an, ihm zuzuhören, weil mir die ganze Sache unheimlich wurde – aber da kamst du auch schon aus dem Sarg, und er hat das Weite gesucht. Ehe er anfing zu rennen, hatte ich allerdings ein merkwürdiges Gefühl ..." Ich zögerte. Was ich empfunden hatte, schien ziemlich weit hergeholt, das war mir durchaus bewußt.

Bill wartete. Er geht nicht verschwenderisch mit Worten um; er läßt mich immer ausreden. Einen Moment lang blieben wir stehen und rückten dann näher zur Wand.

„Irgendwie fühlte es sich an, als hätte er vor, mich zu entführen", sagte ich schließlich. „Das hört sich durchgeknallt an, ich weiß. Wer weiß hier denn überhaupt, wer ich bin? Wer hätte wissen können, an welchem Flugzeug man mich abfangen konnte? Aber ich hatte eindeutig den Eindruck, er habe vor, mich zu entführen."

Liebevoll legte Bill seine kalten Hände um meine warmen. Ich sah in seine Augen. Nun bin ich nicht besonders klein, und Bill kann man auch nicht wirklich als übermäßig groß bezeichnen, aber ich muß trotzdem zu ihm aufsehen. Ich bin ein wenig stolz darauf, daß ich ihm direkt in die Augen zu blicken vermag, ohne daß er mich dabei bezirzen kann. Manchmal hätte ich ja nichts dagegen, wenn Bill mir die eine oder andere umgedichtete Erinnerung bescherte – so hätte ich zum Beispiel die Sache mit der Mänade nur zu gerne wieder vergessen –, aber das kann er nicht.

Bill dachte über das, was ich ihm erzählt hatte, nach und verstaute es dann in seinem Gedächtnis, um später darauf zurückzukommen. „Der Flug an sich war wohl eher langweilig?“ wollte er dann wissen.

„Eigentlich fand ich den Flug ziemlich aufregend!“ mußte ich gestehen. „Erst habe ich zugesehen, wie die Anubis-Leute dich in ihr Flugzeug geladen haben, dann habe ich mein Flugzeug bestiegen, und als erstes hat uns eine Frau erklärt, was wir zu tun haben, wenn die Maschine abstürzt. Ich saß neben dem Notausgang. Wir wurden aufgefordert, mit anderen Fluggästen die Plätze zu tauschen, wenn wir meinten, damit nicht umgehen zu können. Aber ich glaube, ich könnte das – mit einer Notsituation umgehen, meine ich. Meinst du nicht auch, daß ich das könnte? Dann hat die Flugbegleiterin mir eine Zeitschrift gebracht und etwas zu trinken.“ Ich werde selten bedient, denn ich bin ja Kellnerin, also die, die andere bedient. Insofern genoß ich es immer sehr, wenn ich mich zurücklehnen konnte und nichts zu tun brauchte.

„Du kommst mit so gut wie allem klar, Sookie, da bin ich sicher. Hattest du beim Start Angst?“

„Nein. Ich war nur ein wenig besorgt wegen heute abend. Abgesehen davon war alles toll.“

„Es tut mir sehr leid, daß wir nicht zusammen reisen konnten“, murmelte Bill sanft, und seine kühle, fast flüssige Stimme umhüllte mich liebevoll. Dann drückte er mich an sich.

„Ach, das war schon ganz in Ordnung so“, erwiderte ich an seine Hemdbrust gerichtet, und mir war es im großen und ganzen auch ernst mit meinen Worten. „Der erste Flug im Leben – das ist einfach nervenaufreibend, dagegen kann man nichts tun. Es ist ja alles gut gelaufen – bis zur Landung.“

Auch wenn mir immer noch nach Schmollen war und ich mich gern ein wenig beklagt hätte, war ich doch ungeheuer froh darüber, daß Bill rechtzeitig aufgewacht war, um mich durch das Flughafengebäude zu lotsen. Mehr und mehr fühlte ich mich nämlich wie die arme Verwandte vom Lande beim ersten Großstadtbesuch.

Wir erwähnten den Priester erst einmal nicht mehr, aber ich wußte, daß Bill den Mann nicht vergessen hatte. Bill brachte mich dahin, wo wir unser Gepäck in Empfang nehmen konnten, und dann machten wir uns gemeinsam auf die Suche nach einem Taxi. Mein Vampir hätte mich auch gut irgendwo abstellen und alles allein regeln können, aber das tat er nicht, und zwar aus einem einleuchtenden Grund, wie er nicht müde wurde mir zu erklären. Irgendwann, meinte er, würde ich auf jeden Fall lernen müssen, mich selbst um diese Dinge zu kümmern, denn es konnte uns bei unseren gemeinsamen geschäftlichen Aktivitäten ja durchaus auch passieren, daß wir am hellichten Tag irgendwo ankamen.

Der Flughafen kam mir heillos überlaufen vor – zu viele Menschen, alle mit viel zu viel Gepäck beladen und zudem anscheinend noch unglücklich. Trotzdem schaffte ich es, nachdem ich mein geistiges Visier wieder geschlossen hatte, den Hinweisschildern zu folgen, so daß Bill mir nur von Zeit zu Zeit einen kleinen Wink zu geben brauchte. Auch ohne den spezifischen Klagen einzelner Reisender lauschen zu müssen, war es anstrengend genug für mich, all die Erschöpfung, all das Elend um mich herum so hautnah miterleben zu müssen, daß ich mich förmlich fühlte, als bade ich darin. Endlich konnte ich den Gepäckträger mit unseren Koffern (die Bill sich auch mühelos unter einen Arm hätte klemmen können) zum Taxistand dirigieren, und knappe vierzig Minuten nach Bills Auftauchen aus dem Sarg befanden wir uns auf dem Weg in unser Hotel. Die Anubis-Leute hatten geschworen, daß auch der Sarg innerhalb der nächsten drei Stunden dort eintreffen würde.

Nun, das würden wir ja sehen. Schafften sie es nicht, stand uns ein Freiflug zu.

Mein Ausflug nach Dallas damals, mit der Abschlußklasse der Oberschule, lag bereits sieben Jahre zurück; so hatte ich vergessen, wie groß, wie ausgedehnt diese Stadt ist. All die Lichter, all die Geschäftigkeit: Das war schon ziemlich überwältigend. Fasziniert starrte ich aus dem Autofenster auf die Gebäude und Sehenswürdigkeiten, an denen wir vorbeifuhren. Bill dagegen sah mich an: liebevoll und leicht belustigt von der Seite. Das war irritierend.

„Du siehst sehr hübsch aus, Sookie. Deine Aufmachung ist sehr passend! Genau richtig!"

„Danke", sagte ich erfreut. Als Bill mich bei den Vorbereitungen auf die Reise um ‚professionelle' Kleidung gebeten hatte, hatte ich wissen wollen, welche Profession ich seiner Meinung nach repräsentieren sollte. Mit dieser Frage hatte ich mir einen tadelnden Blick und einen tiefen Seufzer eingehandelt – eine Antwort erhielt ich nicht. Letztlich hatte ich mich dann für ein graues Kostüm, eine weiße Bluse, Perlenohrringe, eine schwarze Handtasche und hochhackige Pumps entschieden. Ich war sogar soweit gegangen, mein Haar mit Hilfe eines Hairagami, das ich im Teleshop gekauft hatte, am Hinterkopf zu einem Knoten zusammenzudrehen, wobei mir meine Freundin Arlene hatte helfen müssen. Danach hatte ich meiner Meinung nach ‚professionell' genug ausgesehen: wie die professionelle Angestellte eines Bestattungsunternehmens. Aber scheinbar war Bill mit meiner Kleiderwahl einverstanden, und das stimmte mich froh. Ich hatte das Kostüm mit allem drum und dran bei Taras Togs auf Bills Rechnung setzen lassen: Immerhin handelte es sich um ganz legitime Betriebskosten. Ich konnte mich also nicht über den Preis beklagen.

Allerdings hätte ich mich in meiner Kellnerinnentracht wohler gefühlt. Ich gehe jederzeit lieber in Shorts und T-Shirts als in Kleid und Strumpfhose. Zur Kellnerinnentracht hätte ich auch meine Adidas tragen können statt dieser verdammten hochhackigen Pumps. Ich seufzte.

Unser Taxi fuhr vor dem Hotel vor, und der Fahrer stieg aus, um unser Gepäck auszuladen. Wir hatten Kleidung für drei Tage dabei. Wenn die Vampire in Dallas meinen Anweisungen gefolgt waren, würden wir mit etwas Glück bereits am nächsten Abend die ganze Sache abschließen und heimfahren können, um dort still und von allen Vampirangelegenheiten unbehelligt vor uns hinzuleben – bis Bill den nächsten Anruf erhielt. Aber darauf konnte man sich nicht verlassen – also hatten wir für drei Tage gepackt.

Bill war ausgestiegen und bezahlte das Taxi. Ich rutschte auf dem Sitz hinüber zur Wagentür auf der Gehsteigseite und kletterte ebenfalls aus dem Auto. Ein uniformierter Page, Angestellter des Silent Shore Hotel, lud gerade unser Gepäck auf einen Rollwagen. Als das erledigt war, wandte er Bill sein blasses, schmales Gesicht zu und sagte: „Willkommen im Silent Shore Hotel. Ich heiße Barry und werde ..." In diesem Moment trat Bill einen Schritt vor, so daß das Licht, das aus der Tür zur Hotelhalle fiel, sein Gesicht beleuchtete. „Ihnen das Gepäck tragen", beendete Barry ziemlich kläglich seinen Satz.

„Danke", sagte ich rasch, um dem Jungen, der nicht älter als achtzehn sein konnte, Zeit zu lassen, sich zu fangen. Seine Hände zitterten. Ich hätte gern gewußt, warum ihm so unbehaglich zu Mute war, also warf ich mein geistiges Netz aus, um zu sehen, was sich herausfinden ließe.

Barry war Telepath; das stellte ich bereits nach kurzem Stöbern in seinen Gedanken fest, und diese Tatsache überraschte und erstaunte mich. Der Junge war allerdings ziemlich durcheinander; er hatte seine Gabe ungefähr so gut entwickelt und im Griff, wie ich die meine im Alter von zwölf Jahren gehabt hatte, und das hieß, der arme Barry war völlig durch den Wind. Er hatte so gut wie keine Kontrolle über das, was in seinem Kopf ein- und ausging; sein geistiges Visier war praktisch ein einziger Trümmerhaufen. Zudem dachte er, alles würde gut werden, wenn er leugnete, was mit ihm los war. Auf dieses Leugnen verschwendete er viel zuviel Energie. Ich wußte nicht, ob ich ihn nun in die Arme nehmen und einmal ganz lieb drücken oder aber ihm eine kräftige Ohrfeige verpassen sollte. Dann erinnerte ich mich daran, daß es nicht meine Sache sein konnte, Barrys Geheimnis zu verraten. Also tat ich, als langweile ich mich; ich starrte auf die Straße hinaus und klopfte ungeduldig mit dem Fuß auf den Gehsteig.

„Wenn Sie vorgehen wollen? Ich folge Ihnen dann mit dem Gepäck", stotterte der verwirrte Page, woraufhin Bill ihn charmant anstrahlte. Es gelang dem Jungen, das Lächeln vorsichtig zu erwidern; dann konzentrierte er sich darauf, den Gepäckwagen ins Hotel zu schaffen. Wahrscheinlich hatte Bills Erscheinung Barry derart aus der Fassung gebracht, denn Bills Gedanken konnte er unmöglich lesen – das war ja der Grund, weswegen die Untoten für Leute wie mich so unendlich faszinierend waren. Da Barry sich zur Arbeit in einem auf die Unterbringung von Vampiren spezialisierten Hotel bereiterklärt hatte, würde er lernen müssen, sich in Gegenwart dieser Wesen zu entspannen.

Manche Leute finden alle Untoten furchterregend; für mich hängt das ganz vom jeweiligen Vampir ab. Ich erinnere mich noch gut an meine erste Begegnung mit Bill und daran, wie ich dachte, er sei so völlig anders als jede andere Person, die mir in meinem ganzen bisherigen Leben begegnet war. Gefürchtet habe ich mich nie vor Bill.

Die Vampirin dagegen, die in der Hotelhalle des Silent Shore Hotels auf uns wartete, wirkte wirklich furchterregend. Ich hätte wetten können, daß der arme alte Barry sich bei ihrem Anblick am liebsten in die Hose gemacht hätte. Die Frau trat auf uns zu, nachdem wir uns eingetragen hatten. Bill hatte gerade seine Kreditkarte wieder im Portemonnaie verstaut (versuchen Sie mal, eine Kreditkarte zu beantragen, wenn Sie hundertsechzig Jahre alt sind – das Verfahren war die reine Tortur gewesen!) und schickte sich an, Barry Trinkgeld zu geben.

Ich schob mich unauffällig ein wenig näher an meinen Vampir heran, in der Hoffnung, die Fremde würde mich dann übersehen.

„Bill Compton?" begrüßte sie uns. „Der Ermittler aus Louisiana?" Eine Stimme, so kühl und ruhig wie die Bills, allerdings mit wesentlich weniger Modulation; die Frau war schon seit sehr langer Zeit tot. Sie war weiß wie Papier, dünn wie ein Brett, und das bis zu den Knöcheln reichende, blaugoldene Kleid aus hauchdünnem Stoff unterstrich diese Blässe und Magerkeit noch, statt sie irgendwie zu kaschieren. Dazu trug sie ihr hellbraunes Haar zu unglaublich langen, bis auf ihren Po reichenden Zöpfen geflochten, und glitzernde grüne Augen rundeten das Bild des totalen Andersseins ab.

„Ja." Bill erwiderte den Gruß der Frau mit einem kurzen, höflichen Nicken, wobei die beiden einander einen Augenblick lang in die Augen sahen. Vampire geben einander nicht die Hand.

„Das ist die Frau?" Wahrscheinlich hatte sie mit einer jener kaum merklichen, unglaublich raschen Gesten auf mich gedeutet, denn ich hatte aus den Augenwinkeln einen huschenden Schatten wahrnehmen können.

„Meine Lebensgefährtin und Mitarbeiterin Sookie", erklärte Bill.

Die Vampirin zögerte, dann gab sie mit einem kaum merklichen Nicken zu erkennen, daß sie den Wink verstanden hatte. „Isabel Beaumont", stellte sie sich vor. „Sie sollen mitkommen, wenn Sie Ihr Gepäck auf das Zimmer geschafft und dort alles Notwendige erledigt haben."

„Ich muß trinken", sagte Bill.

Isabel warf mir einen nachdenklichen Blick zu. Zweifellos fragte sie sich, woran es wohl liegen mochte, daß ich meinen Begleiter nicht versorgte. Aber das ging sie nichts an. „Rufen Sie den Zimmerservice an, wenn Sie auf Ihrem Zimmer sind", erwiderte sie lediglich. „Die werden für alles sorgen."

* * *

Ich war nur eine schäbige kleine Sterbliche; ich würde mir irgend etwas von der Speisekarte aussuchen müssen, um meinen Hunger zu stillen. Das hatte ich eigentlich auch vorgehabt; dann aber überdachte ich noch einmal unsere Zeitplanung und entschied, ich würde mich besser fühlen, wenn ich erst nach Erledigung der Geschäfte des Abends aß.

Nachdem wir das Gepäck ins Schlafzimmer unserer Suite (groß genug für ein Doppelbett und einen Sarg) verfrachtet hatten, wurde das Schweigen, das im kleinen Wohnzimmer herrschte, schier unerträglich. Ein Miniaturkühlschrank voller PureBlood stand hier in einer Ecke, aber Bill würde an diesem wichtigen Abend wohl lieber richtiges Blut zu sich nehmen wollen.

„Ich rufe den Zimmerservice an", sagte mein Vampir schließlich. „Ich muß das tun." Wir hatten vor der Abreise ausführlich darüber gesprochen.

„Klar." Ich zog mich ins Schlafzimmer zurück und schloß die Tür hinter mir, ohne Bill noch einmal anzusehen. Natürlich mußte er von jemand anderem trinken, denn ich brauchte all meine Kraft für das, was uns an diesem Abend bevorstand – aber das hieß noch lange nicht, daß die Sache mir auch gefallen mußte. Oder daß ich am Ende noch zusah! Nach einer Weile hörte ich, wie jemand an der Tür der Suite klopfte und Bill diesen Jemand – sein Essen auf Rädern! – einließ. Dann folgte leises Gemurmel, gefolgt von einem unterdrückten Stöhnen.

Leider besaß ich genug gesunden Menschenverstand, um nicht meine Haarbürste oder einen meiner blöden hochhackigen Schuhe einmal quer durchs Zimmer zu schleudern. Leider, weil ich durch einen solch törichten Akt unter Umständen ein wenig der ungeheuren Spannung hätte abbauen können, unter der ich stand. Aber vielleicht hatte mein Verhalten auch weniger mit gesundem Menschenverstand zu tun als vielmehr mit dem Bedürfnis, ein Mindestmaß an Würde zu wahren und mit einem guten Gespür für das Ausmaß an Launenhaftigkeit, das Bill bereit wäre, in Kauf zu nehmen. Statt sinnlos zu toben packte ich also meinen Koffer aus und legte mir im Bad mein Make-up zurecht. Ich ging auch gleich noch aufs Klo, auch wenn das eigentlich noch nicht zwingend notwendig gewesen wäre. Toiletten, so hatte ich gelernt, galten in der Welt der Vampire nicht unbedingt als erforderlich, und selbst wenn man in einem von Vampiren bewohnten Haus auf eine funktionierende Einrichtung stieß, hieß das noch lange nicht, daß auch an Toilettenpapier gedacht worden war.

Bald hörte ich, wie die Tür der Suite auf – und wieder zuging; dann klopfte Bill leise an und trat ein, rosig und mit deutlich volleren Wangen als zuvor.

„Bist du soweit?“ wollte er wissen, und mit einem Mal wurde mir klar, daß ich kurz davor stand, zu meinem ersten wirklichen Job in der Vampirwelt aufzubrechen. Da wurde mir noch einmal ganz von vorn mulmig zu Mute. Blieb ich erfolglos in meinen Bemühungen, dann würde mein Leben fürderhin voller Gefahren stecken, und Bill wäre unter Umständen noch toter, als er ohnehin schon war. Ich nickte, aber mein Mund war trocken vor Angst.

„Nimm die Handtasche lieber nicht mit.“

„Wieso nicht?“ Erstaunt starrte ich einen Moment lang meine Handtasche an. Wer sollte dagegen etwas einzuwenden haben?

„Handtaschen sind potentielle Verstecke“, erklärte Bill. Ich nehme an, er dachte an Pfähle und ähnliches. „Steck deine Keycard ... hat der Rock eine Tasche?“

„Nein.“

„Dann bewahr die Keycard in deiner Unterwäsche auf.“

Da hob ich meinen Rocksaum, um Bill Gelegenheit zu geben, die Unterwäsche genau zu betrachten, in der ich seiner Meinung nach etwas verstecken sollte. Den Ausdruck, der sich beim Anblick meiner Dessous im Gesicht meines Liebsten breit machte, genoß ich mehr, als ich hätte sagen können.

„Das ist also ein ... Tanga?“ Plötzlich schien Bill nicht recht bei der Sache.

„Kann man so sagen. Ich sah keine Notwendigkeit für Professionalität bis auf die Haut.“

„Und was für eine Haut!“ murmelte Bill selbstvergessen. „So braun. So weich ...“

„Ja, nicht? Eine Strumpfhose zu tragen fand ich nämlich auch nicht unbedingt notwendig.“ Mit diesen Worten schob ich mir das viereckige Stück Plastik, das meinen Zimmerschlüssel darstellte, unter das seitliche Gummi meines Tangas.

„Das wird nicht halten“, sagte Bill mit großen, verzückt schimmernden Augen. „Vielleicht werden wir getrennt – du mußt die Keycard also auf jeden Fall mitnehmen. Versuch es bitte an einer anderen Stelle.“

Ich versteckte die Keycard an einer anderen Stelle.

„Sookie! Da kommst du nie dran, wenn du es eilig hast. Wir müssen ... wir müssen los!“ Mühsam schien Bill sich aus einer Art Trance zu lösen.

„Na schön, wie du meinst!“ erwiderte ich und glättete den Kostümrock, der meine ‚Unterwäsche‘ verhüllte.

Bill warf mir einen finsteren, unergründlichen Blick zu. Dann klopfte er seine Jackentaschen ab, wie Männer das nun einmal tun, um sicherzustellen, daß sie auch wirklich alles Notwendige dabeihaben. Eine merkwürdig menschliche Geste, die mich sehr berührte; warum genau, hätte ich selbst nicht sagen können. Dann nickten wir einander kurz zu und machten uns auf den Weg zu den Fahrstühlen. Bestimmt wartete Isabel Beaumont schon. Ich hatte das Gefühl, daß sie Warten nicht gewöhnt war.

Die uralte Vampirin, die keinen Tag älter wirkte als fünfunddreißig Jahre, stand genau dort, wo wir sie verlassen hatten. Isabel konnte sich hier im Silent Shore Hotel frei und ungehindert geben, wie sie war; dazu gehörte bei ihr die Fähigkeit, völlig unbeweglich zu verharren, wenn sie eine Auszeit nahm. Menschen zappeln herum; sie fühlen sich genötigt, so zu tun, als seien sie in irgendwelche Aktivitäten vertieft, als hätten sie immer und unter allen Umständen etwas vor. Vampire sind anders. Sie schaffen es, Raum in Anspruch zu nehmen, ohne dies gleich rechtfertigen zu wollen. Isabel wirkte wie eine Statue, als wir aus dem Fahrstuhl in die Hotelhalle traten. Man hätte auf die Idee kommen können, sie als Hutablage zu benützen – das hätte einem hinterher dann aber ziemlich leid getan.

Bill und ich waren noch ungefähr zwei Meter von der Vampirin entfernt, als bei der wohl irgendein Frühwarnsystem anschlug. Isabels Augen flackerten und richteten sich auf uns, dann bewegte sich ihre rechte Hand ein wenig, was insgesamt den Eindruck erweckte, als hätte jemand bei ihr den Einschaltknopf betätigt. „Folgen Sie mir“, wies sie uns an, wobei sie mit einer fließenden Bewegung aus der Vordertür glitt, die der arme Barry gerade noch rechtzeitig hatte öffnen können. Er schlug die Augen nieder, als Isabel an ihm vorüberglitt; das hatte er also schon gelernt. Sie müssen nämlich wissen, daß alles, was man sich so über die Dinge, die einem unweigerlich widerfahren, wenn man einem Vampir direkt in die Augen schaut, erzählt, wirklich wahr sind.

Isabel fuhr einen schwarzen Lexus mit allen Schikanen – wie zu erwarten gewesen war. In einem Corsa fährt kein Vampir durch die

Gegend. Isabel wartete, bis ich den Sicherheitsgurt angelegt hatte (weder sie noch Bill machten sich die Mühe, es mir gleichzutun). Erst dann fädelte sie sich in den Straßenverkehr ein, ein Verhalten, das ich erstaunlich rücksichtsvoll fand. Bald waren wir auf einer der Hauptverkehrsadern von Dallas gelandet und fuhren so dahin. Isabel schien zu den Personen zu gehören, die lieber schweigen statt plaudern, aber nach einer Weile war ihr wohl eingefallen, daß sie ja Anweisungen erhalten hatte und diese lieber befolgen sollte.

Wir fuhren gerade in eine Linkskurve hinein. Links konnte ich einen grasbewachsenen Bereich erkennen, darauf einen vagen Schatten, der ein historisches Wahrzeichen sein mochte oder aber auch nicht. Isabel wies mit einem langen, knochigen Finger nach rechts: „Texas School Book Depository", erklärte sie kurz; man hatte sie wohl angewiesen, mir ein wenig die Gegend zu zeigen, was sehr interessant war. Eifrig schaute ich in die Richtung, in die der Finger deutete und versuchte, so viel von dem alten Ziegelsteingebäude mitzubekommen, wie im Vorbeifahren irgend möglich war, mußte jedoch verwundert feststellen, daß das Haus nicht wirklich bedeutungsvoll wirkte.

„Dann ist das da drüben der berühmte Grashügel!" hauchte ich ehrfurchtsvoll und beeindruckt. Mir war zumute, als hätte ich gerade eben mal so im Vorüberfahren die *Hindenburg* oder etwas ähnlich Berühmtes gezeigt bekommen.

Isabel nickte, eine kaum merkliche Bewegung, die ich nur mitbekam, weil ihr Zopf zuckte. „Im alten Lagerhaus ist jetzt ein Museum", sagte sie.

Das war etwas, was ich mir gern bei Tageslicht angesehen hätte. Wenn wir lange genug hierblieben, würde ich vielleicht einen Spaziergang dorthin unternehmen, während Bill in seinem Sarg schlummerte oder herausfinden, wie man sich in Dallas ein Taxi besorgt.

Bill, der immer genau mitbekommt, in welcher Stimmung ich bin, was mir in achtzig Prozent aller Fälle auch recht ist, lächelte mich über die Schulter hinweg an.

Ungefähr zwanzig Minuten fuhren wir durchs Geschäftsviertel von Dallas, um dann in die Wohngebiete überzuwechseln. Die Häuser, die nun die Straßen säumten, waren bescheiden und glichen kleinen Schuhschachteln; dann wurden sie nach und nach immer größer, als hätten sie Wachstumshormone geschluckt, wobei die Grundstücke, auf denen sie standen, allerdings nicht mitgewachsen waren. Unser Ziel war letztlich eine Riesenvilla, die man auf ein winziges Baugrundstück gequetscht hatte. Selbst im Dunkeln wirkte dieses kleine Rüschenröckchen Land um den Riesenklumpen Haus herum albern.

Ich hätte nichts dagegen gehabt, noch ein wenig herumzufahren und meine Begegnung mit den Vampiren von Dallas noch etwas hinauszuzögern!

Wir parkten auf der Straße vor der Villa – ein anderer Begriff fiel mir für das Haus nicht ein –, und Bill öffnete mir die Wagentür. Kurz verharrte ich in der geöffneten Tür und zögerte, das – Projekt – zu beginnen. In der Villa warteten Vampire, das wußte ich; viele Vampire. Das festzustellen fiel mir leicht; ebenso wenig, wie es mir schwergefallen wäre, die Anwesenheit vieler Menschen mitzubekommen, ohne das Haus selbst betreten zu müssen. Hätten sich Menschen im Haus aufgehalten, dann hätte ich eindeutig Gedankenströme auffangen können. Bei Vampiren war das anderes. Bei ihnen empfing ich geistige Bilder von ... wie soll ich das sagen? Es gab Löcher in der Luft, die das Haus vor mir füllte, und jedes dieser Löcher stand für einen Vampir. Erst als ich die wenigen Schritte einen gepflasterten Gehweg hinauf zur Eingangstür gegangen war, stiegen mir auch die geistigen Ausdünstungen von Menschen sozusagen in die Nase.

Über der Tür brannte Licht; so konnte ich sehen, daß die Villa aus sandfarbenen Ziegeln gebaut war. Fenster und Holzverkleidungen waren weiß lackiert. Das Licht hatte man aus Rücksicht auf mich brennen lassen, denn jeder Vampir sieht um Längen besser als selbst Menschen mit ausgezeichnetem Sehvermögen. Isabel ging mir voran auf den Hauseingang zu, der von einem Rundbogen aus abgestuften Ziegelsteinen umgeben war. Die Tür selbst zierte ein geschmackvoller Kranz aus Weinranken und Trockenblumen, der den darunterliegenden Spion fast gänzlich verdeckte. Die hier wohnenden Vampire legten großen Wert darauf, sich dem bürgerlichen Leben anzupassen und hatten ihrem Haus geschickt den Anstrich von Normalität gegeben. Auf den ersten Blick unterschied sich das Haus nicht von all den anderen übergroßen Villen, an denen wir vorübergekommen waren. Von außen wies nichts darauf hin, daß Vampire hier hausten.

Aber sie waren da, und zwar in großer Zahl! Ich zählte vier in der Eingangshalle, als ich nun Isabel ins Haus hinein folgte; zwei weitere standen im Flur und mindestens sechs in der riesigen Küche, die aussah, als sei sie entworfen, um dort Mahlzeiten für jeweils mindestens zwanzig Personen zuzubereiten. Da wußte ich sofort, daß das Haus von einem Vampir gekauft und nicht erbaut worden war. Vampire planen ihre Häuser mit winzigen Küchen oder bauen überhaupt keine ein. Sie brauchen ja auch nur einen Kühlschrank für das synthetische Blut und eine Mikrowelle, in der sie sich das Blut bei Bedarf warm machen konnten. Was sollten sie auch kochen?

An der Spüle stand ein langer, schlaksiger Mann und wusch Teller ab; vielleicht lebten hier ja außer den Vampiren auch ein paar Menschen. Als ich an dem Mann vorbeiging, drehte er sich zu mir um und nickte mir zu. Er trug eine Brille und hatte die Hemdsärmel aufgerollt. Ich erhielt jedoch nicht die Gelegenheit, mich mit ihm zu unterhalten, denn Isabel geleitete uns ohne weitere Umschweife in ein Zimmer, das aussah, als sei es das Eßzimmer des Hauses.

Bill war angespannt und auf der Hut. Ich mag ja seine Gedanken nicht lesen können, aber ich kann die Art interpretieren, wie er die Schultern hochzieht. Keinem Vampir ist wohl in seiner Haut, wenn er das Revier eines anderen betritt. Vampire haben für ihr Zusammenleben ebenso viele Regeln und Vorschriften aufgestellt wie jede andere Gesellschaft auch; sie versuchen lediglich, diese Regeln und Vorschriften nicht publik werden zu lassen. Aber langsam begriff ich, wie die Dinge liefen.

Schon bald wußte ich, wer der Anführer der Vampire hier im Haus war. Er gehörte zu denen, die an dem langen Tisch im Eßzimmer saßen und sah aus wie ein Stubenhocker, ein Streber, der nur seinen Computer im Sinn hat. Das zumindest war mein erster Eindruck. Dann jedoch erkannte ich, daß hier das Image eines Strebers sorgfältig eingeübt worden war, um zu verbergen, wen man da wirklich vor sich hatte: eine Person nämlich, die entschieden ... anders war. Der Vampir trug sein sandfarbenes Haar mit Hilfe von reichlich Gel streng zurückgekämmt; sein Gesicht wirkte schmal und irgendwie nichtssagend. Die Brille mit dem dicken schwarzen Rand war aus Fensterglas und reine Tarnung, das Nadelstreifenhemd aus Leinen steckte in einer Hose aus einem Baumwoll-Polyester-Gemisch. Er war blaß – na, das war ja zu erwarten gewesen – und hatte Sommersprossen; seine Wimpern waren so gut wie unsichtbar und seine Brauen praktisch nicht vorhanden.

„Bill Compton", begrüßte uns dieser Stubenhocker.

„Stan Davis", entgegnete Bill.

„Willkommen in Dallas". Im Englisch des Stubenhockers schwang kaum hörbar ein ausländischer Akzent mit. *Er war früher einmal Stanislaus Davidowitz,* dachte ich, nur um gleich darauf erschrocken meinen Kopf blitzblank zu putzen wie eine Schiefertafel: Es ging nicht an, daß auch nur ein einziger Vampir mitbekam, daß ich von Zeit zu Zeit einen Gedanken aufschnappte, der sich aus der Stille um ihre Köpfe schlich. Wenn das nämlich ruchbar wurde, dann wäre ich mein Blut im Handumdrehen los, und zwar bis auf den letzten Tropfen!

Selbst Bill ahnte nichts davon.

Rasch verfrachtete ich meine Angst in den hintersten Winkel meines Bewußtseins, denn nun richteten sich blasse Augen auf mich und schienen jede auch noch so kleine Einzelheit meiner Erscheinung in sich aufnehmen zu wollen.

„Sie kommt in einer angenehmen Verpackung daher", sagte Stan zu Bill. Das war wohl für meinen Vampir als Kompliment gemeint; eine Art wohlwollendes Schulterklopfen sozusagen.

Bill nahm es mit einem kurzen Nicken zur Kenntnis.

Menschen in so einer Situation hätten viel unnützes Zeug gesagt; Vampire verschwenden ihre Zeit nicht mit solchen Dingen. Ein menschlicher Konzernchef hätte sich bestimmt bei Bill nach Erics, Bills unmittelbarem Vorgesetzten, Befinden erkundigt. Er hätte leise Drohungen einfließen lassen für den Fall, daß ich nicht funktionieren und die gewünschte Leistung nicht erbringen würde; er hätte Bill und mir zumindest die wichtigeren Anwesenden im Zimmer vorgestellt. Das Oberhaupt der Vampire von Dallas tat nichts dergleichen. Er hob nur die Hand, woraufhin ein junger Vampir lateinamerikanischer Abstammung mit widerborstigem schwarzen Haar das Zimmer verließ und fast umgehend mit einer jungen Frau, einer Sterblichen, im Schlepptau zurückkehrte. Als die junge Frau mich sah, stieß sie einen Schrei aus und versuchte, sich loszureißen. Der schwarzhaarige Vampir jedoch hielt sie mühelos am Oberarm fest.

„Hilfe!" kreischte das Mädchen, und dieser Hilferuf galt mir. „Du mußt mir helfen!"

Vom ersten Moment an wußte ich, daß diese Frau dumm war. Was hätte ich ihrer Meinung nach gegen ein ganzes Zimmer voller Vampire ausrichten sollen? Ihr Appell war lächerlich. Lächerlich! Das wiederholte ich ein paarmal rasch hintereinander, denn sonst hätte ich das, was ich nun tun mußte, gar nicht tun können.

Ich fing den Blick der jungen Frau auf und hielt einen Finger hoch, um ihr zu verstehen zu geben, sie solle ruhig sein. Als sie mir dann in die Augen gesehen und mich richtig wahrgenommen hatte, gehorchte sie. Über den hypnotisierenden Blick eines Vampirs verfüge ich zwar nicht, dafür sehe ich aber auch kein Stück bedrohlich aus. Ich sehe aus wie ein Großteil der Mädchen, die in den Kleinstädten der Südstaaten schlechtbezahlter Arbeit nachgehen: blond, mit großem Busen, braungebrannt und jung. Vielleicht wirke ich auf den ersten Blick nicht sehr intelligent. Obwohl ich das eigentlich nicht glaube. Ich glaube vielmehr, daß die Leute (und die Vampire!) einfach davon ausgehen, daß blonde hübsche Mädchen, die schlechtbezahlter Arbeit nachgehen, notwendigerweise auch dumm sein müssen. Für die meisten gehört das einfach zusammen.

Nun wandte ich mich an Davis, wobei ich froh war, Bill hinter mir zu wissen. „Sie werden verstehen, Mr. Davis", sagte ich, „daß ich unmöglich vor all dem Publikum hier das Mädchen befragen kann und daß ich wissen muß, was Sie brauchen."

Die junge Frau begann zu weinen. Ihr Schluchzen war langsam, herzzerreißend und unter den gegebenen Umständen extrem irritierend.

Davis heftete die farblosen Augen auf mich, wobei er weder versuchte, mich zu bezirzen, noch mich seinem Willen zu unterwerfen: Er beobachtete mich lediglich prüfend und genau. „Dein Begleiter hat von den Einzelheiten meines Abkommens mit seinem Chef Kenntnis", sagte er. „So habe ich es zumindest verstanden." Schon gut! Auch ich hatte verstanden: Ich war es noch nicht einmal wert, daß man mich verachtete. Ich war ja nur ein Mensch. Wandte ich mich an Stan, so war das ungefähr, als würde sich ein Huhn an den Einkäufer von Kentucky Fried Chicken wenden. Trotzdem mußte ich erfahren, worauf meine Arbeit hinauslaufen sollte. „Sie haben alle Vorbedingungen des fünften Bezirks erfüllt", sagte ich, wobei ich mich bemühte, ruhig und unbeeindruckt zu klingen. „Ich bin mir dessen durchaus bewußt und werde mein Bestes tun. Aber ich kann niemanden befragen, wenn ich nicht weiß, worauf die Befragung hinauslaufen soll."

„Wir wollen wissen, wo unser Bruder ist", sagte Stan nach kurzem Zögern.

Ich versuchte, nicht ganz so erstaunt auszusehen, wie ich war.

Einige Vampire, das hatte ich bereits erwähnt, leben allein; Bill zum Beispiel. Anderen ist wohler, wenn sie sich mit einem Klüngel zusammentun – solche Vampirgruppen heißen Nester. Vampire, die eine Weile gemeinsam dasselbe Nest bewohnen, nennen einander Brüder und Schwestern. Einige dieser Nester existierten seit Jahrzehnten. (In New Orleans gab es sogar eines, das bereits mehr als zweihundert Jahre alt war.) Die Vampire in Dallas hausten in einem besonders großen Nest; das hatte ich den Informationen entnehmen können, die Bill mir hatte zukommen lassen, ehe wir abgereist waren.

Bei mir mag es ja vielleicht nicht zur Gehirnchirurgin gereicht haben, aber daß es für einen Vampir von der Größe und Bedeutung eines Stan Davis nicht nur ungewöhnlich, sondern auch höchst beschämend war, einen Bruder zu verlieren, das wußte ich.

Beschämen lassen Vampire sich ungefähr ebenso gern wie Menschen.

„Wenn Sie mir bitte noch die näheren Umstände erläutern könnten", sagte ich, weiter um einen neutralen Tonfall bemüht.

„Seit fünf Nächten ist mein Bruder Farrell nicht in sein Nest zurückgekehrt", sagte Stan.

Mir war klar, daß sie sich in den von Farrell bevorzugten Jagdgründen bereits selbst umgesehen hatten. Auch wußte ich, daß wahrscheinlich jeder zweite Vampir in Dallas gebeten worden war, nach dem verschwundenen Bruder Ausschau zu halten. Nichtsdestoweniger öffnete ich den Mund, um nach all diesen Dingen zu fragen, wie Menschen es nun einmal tun, auch wenn sie es besser wissen sollten. Da berührte mich Bill leicht an der Schulter, und ich drehte mich zu ihm um. Mein Vampir schüttelte kaum merklich den Kopf. In diesen Kreisen würden meine Fragen als schwerwiegende Beleidigung aufgefaßt werden.

„Was hat es mit diesem Mädchen auf sich?" fragte ich statt dessen. Die junge Frau war immer noch still, aber sie zitterte am ganzen Leib. Nur der Vampir mit dem lateinamerikanischen Aussehen schien sie aufrecht zu erhalten.

„Sie arbeitet in dem Nachtclub, in dem er zuletzt gesehen wurde. Der Club gehört uns; er heißt Bat's Wing." Vampire betrieben gern Gaststätten und Bars; das war nur natürlich, denn solche Etablissements werden nachts am stärksten frequentiert. Eine chemische Reinigung, die rund um die Uhr geöffnet ist und deren Management Fangzähne trägt, birgt nun einmal nicht dieselben Reize wie eine mit Vampiren bestückte Bar.

Vampirbars waren groß in Mode; seit mehreren Jahren waren sie das Heißeste, was das innerstädtische Nachtleben überhaupt zu bieten hatte. Da gab es die erbarmungswürdigen Gestalten, denen Vampire zur Obsession geworden waren, die Fangbanger; sie trieben sich oft kostümiert in den einschlägigen Bars herum, wobei sie hofften, die Aufmerksamkeit eines wirklichen, echten Vampirs auf sich lenken zu können. Die Touristen, die solche Bars aufsuchten, waren an Untoten und Fangbangern gleichermaßen interessiert. Wer in so einer Bar arbeitete, ging stets ein gewisses Risiko ein.

Ich fing den Blick des dunkelhaarigen Vampirs auf und deutet mit den Augen auf einen Stuhl, der an meiner Seite des langen Eßtischs stand. Der Vampir ließ das Mädchen vorsichtig auf diesen Stuhl gleiten. Nachdenklich blickte ich hinunter auf die junge Frau und machte mich bereit, in ihre Gedanken zu schlüpfen, die ungeschützt waren. Ich schloß die Augen.

Die junge Frau hieß Bethany. Sie war einundzwanzig und hatte sich immer für ein wildes Mädchen gehalten, eine wirklich tolle, aufsässige Hummel. Daß diese Haltung sie in Schwierigkeiten bringen könnte – und in was für welche –, das hatte sie bisher nicht geahnt. Die prägnanteste rebellische Geste ihres Lebens war gewesen, Arbeit im Bat's Wing zu finden. Nun stellte sich heraus, daß eben diese eine Rebellion sich unter Umständen als fatal erweisen könnte.

Ich öffnete die Augen und richtete meinen Blick noch einmal auf Stan. „Sie denken daran", erinnerte ich ihn, wobei ich ein ziemliches Risiko einging, „daß die Frau sofort freikommt und ihr nichts geschieht, sobald sie die Informationen preisgegeben hat, um die es Ihnen geht." Zwar hatte Stan gesagt, er habe die Bedingungen verstanden, unter denen ich zu arbeiten bereit war, aber ich wollte noch einmal sicher gehen.

Hinter mir stieß Bill, offenbar unzufrieden mit meinem Verhalten, einen tiefen Seufzer aus. Stans Augen schienen einen Moment lang Funken zu sprühen, so wütend war der Vampir. „Ja!" Seine Fangzähne waren vollständig ausgefahren, und er spie jedes Wort einzeln aus. „Ich habe mich mit den Bedingungen einverstanden erklärt." Einen Moment lang kreuzten sich unsere Blicke. Noch vor zwei Jahren, das wußten Stan und ich beide ganz genau, hätten die Vampire von Dallas Bethany einfach entführt und so lange gefoltert, bis sie jeden einzelnen

Brocken Information ihr eigen nennen konnten, den die Frau in ihrem Hirn aufbewahrte. Dazu noch ein paar, die sie dazuerfunden hätte.

Das bürgerliche Leben, die Tatsache, daß sie nun öffentlich zu ihrer Existenz stehen konnten, brachte durchaus Vorteile für die Vampire – aber es hatte auch seinen Preis. In diesem Fall war der Preis, daß sie gezwungen waren, meine Dienste in Anspruch zu nehmen.

„Wie sieht Farrell aus?"

„Wie ein Cowboy", sagte Stan, und das war seiner Stimme nach zu urteilen in keiner Weise humoristisch gemeint. „Er trägt einen dünnen Lederschlips, Jeans und ein Hemd mit Druckknöpfen aus unechten Perlen."

Haute Couture schien die Vampire von Dallas nicht zu interessieren. Vielleicht hätte ich doch meine Kellnerinnentracht tragen können. „Haarfarbe? Augenfarbe?"

„Braunes Haar, schon ziemlich grau. Braune Augen, markantes Kinn. Ungefähr ... einen Meter achtzig." Das hatte Stan anscheinend erst ausrechnen müssen; er war wohl mit anderen Maßeinheiten aufgewachsen. „Man würde ihn für etwa achtunddreißig halten", fuhr er fort. „Er ist glatt rasiert und dünn."

„Wäre es Ihnen lieber, ich ginge mit Bethany in ein anderes Zimmer? Hätten Sie eines, das nicht so voll ist?" Ich versuchte, ein freundliches Gesicht zu machen, denn das schien mir das beste zu sein.

Stan machte eine rasche Geste, die so schnell war, daß ich sie fast nicht mitbekam. Eine Sekunde später – und zwar ganz wortwörtlich eine Sekunde – hatten alle Vampire bis auf Bill und Stan selbst Eßzimmer und Küche geräumt. Ohne genau hinzusehen wußte ich, daß Bill gegen die Wand gelehnt stand, auf alle Eventualitäten eingerichtet. Ich holte tief Luft. Es war Zeit, die Sache anzugehen.

„Wie geht es dir, Bethany?" fragte ich mit samtweicher Stimme.

„Woher kennst du meinen Namen?" fragte die junge Frau und sackte in ihrem Stuhl zusammen. Es handelte sich um einen Drehstuhl auf Rädern, der in die Frühstücksecke der Küche gehörte. Ich zog ihn dichter zu mir heran und drehte ihn so, daß er direkt vor einem weiteren Stuhl zu stehen kam, auf dem ich mich dann niederließ. Stan saß immer noch am Kopfende des Eßtisches, was bedeutete, daß er nun ein wenig schräg links hinter mir saß.

„Ich weiß einiges über dich", erwiderte ich, wobei ich versuchte, mitfühlend und allwissend dreinzuschauen. Dann pflückte ich ein paar von Bethanys Gedanken aus der Luft, wie Äpfel von einem üppig tragenden Baum. „Du hattest als Kind einen Hund. Er hieß Wuff. Deine Mutter backt den besten Kokosnußkuchen der Welt. Einmal hat dein Vater beim Kartenspiel so viel Geld verloren, daß du dein Videogerät versetzen mußtest, damit er seine Spielschulden bezahlen konnte, ohne daß deine Mutter etwas davon mitbekam."

Ihr Mund stand offen. Soweit das unter diesen Umständen möglich war, hatte die junge Frau vergessen, daß sie sich in schrecklicher Gefahr befand. „Da ist ja irre! Du bist glatt so gut wie das Medium in der Werbung!"

„Nun, Bethany, ein Medium bin ich nicht", stellte ich klar, vielleicht eine kleine Spur zu scharf. „Ich bin Telepathin. Ich kann deine Gedanken lesen, vielleicht sogar ein paar, von denen du noch nicht einmal etwas ahntest. Jetzt werde ich erst einmal dafür sorgen, daß du dich völlig entspannen kannst, und dann gehen wir beide deine Erinnerungen an einen bestimmten Abend in dem Club durch. Nicht die Erinnerung an den heutigen Abend – wir befassen uns mit dem Abend, der nun fünf Tage zurückliegt." Über die Schulter warf ich Stan einen Blick zu. Er nickte.

„Aber an den Kokosnußkuchen meiner Mutter hatte ich gar nicht gedacht." Diesen Punkt konnte Bethany scheinbar nicht so einfach übergehen.

Es gelang mir gerade noch, einen Seufzer zu unterdrücken. „Vielleicht hast du nicht bewußt daran gedacht, aber daran gedacht hast du trotzdem. Der Gedanke schoß dir beim Anblick des blassesten Vampirs hier im Zimmer durch den Kopf – Isabel – ihr Gesicht fandest du so weiß wie die Glasur auf dem Kuchen deiner Mutter. Als du daran dachtest, wie sehr du deinen Eltern fehlen wirst, schoß dir durch den Kopf, wie sehr dir wiederum dein Hund fehlt."

Kaum hatte ich die letzten Worte gesprochen, da wußte ich auch schon, daß ich einen Fehler begangen hatte: Bethany fing auf der Stelle wieder an zu weinen. Ich hatte sie daran erinnert, in welch prekärer Lage sie sich befand.

„Warum bist du hier?" wollte sie dann von mir wissen.

„Ich bin hier, weil ich dir helfen kann, dich zu erinnern", antwortete ich.

„Aber du hast gesagt, du bist gar kein Medium."

„Das bin ich auch nicht." Das stimmte doch, oder? Ein Medium war ich nicht – nur überkam mich manchmal der Verdacht, ich könne zusätzlich zu meiner ‚Gabe' (wie die Vampire es sahen) der Telepathie auch noch eine mediale Ader besitzen. Ich hatte sie ja immer eher als einen Fluch gesehen – bis ich Bill traf. „Ein Medium arbeitet anders", erklärte ich. „Ein Medium berührt Gegenstände und erhält so Informationen über Menschen, die diese Gegenstände bei sich tragen oder getragen haben. Manch ein Medium hat Visionen von Dingen, die sich in der Vergangenheit ereigneten oder die sich in der Zukunft ereignen werden. Manche Medien können mit Verstorbenen kommunizieren. Ich dagegen bin Telepathin, und das heißt, ich kann bei manchen Menschen die Gedanken lesen. Wahrscheinlich könnte ich auch Gedanken senden, aber das habe ich noch nie versucht." Nun, da ich einen weiteren Telepathen kennengelernt hatte, war die Versuchung groß, es auszuprobieren; aber diese Idee schob ich fürs erste beiseite. Ich wollte sie mir aufsparen, in aller Ruhe darüber nachdenken. Zuerst einmal mußte ich mich auf die Aufgaben konzentrieren, die unmittelbar vor mir lagen.

Ich saß da, Bethany so dicht gegenüber, daß unsere Knie einander berührten, und traf eine Reihe von Entscheidungen. Es war immer noch vergleichsweise ungewohnt für mich, mein Talent gezielt einzusetzen, um absichtlich irgendwem ‚zuzuhören'. Ich hatte den größten Teil meines Lebens im Bemühen verbracht, eben nichts zu ‚hören'. Nun war das Zuhören für mich zum Job geworden; höchstwahrscheinlich hing Bethanys Leben davon ab, wie gut ich diesen erledigte. Auch, daß mein Leben von der Qualität meiner Arbeit abhing, konnte ich mit einiger Gewißheit annehmen.

„Paß auf, wir machen jetzt folgendes: Du erinnerst dich an den betreffenden Abend, und wir gehen ihn gemeinsam durch. Im Kopf."

„Tut das weh?"

„Nein, nicht ein bißchen."

„Was geschieht dann mit mir?"

„Du kannst gehen."

„Heim?"

„Klar doch." Sie würde gehen können, den Kopf voller Erinnerungen, die dank des freundlichen Zutuns eines Vampirs weder mich noch die Ereignisse des heutigen Abend beinhalteten.

„Die töten mich nicht?"

„Auf keinen Fall."

„Das versprichst du?"

„Ja." Es gelang mir, aufmunternd zu lächeln.

„Einverstanden", sagte sie, aber es klang immer noch ein wenig zögerlich. Ich rückte ihren Stuhl so zurecht, daß sie den hinter mir sitzenden Stan nicht sehen konnte. Auch ich konnte ihn so nicht mehr sehen und wußte nicht, was er tat. Aber Bethany in dieses absolut farblose Gesicht blicken zu lassen, während ich versuchte, sie zu entspannen, war ja nun wirklich nicht notwendig.

„Du bist hübsch!" verkündete die junge Frau mit einem Mal.

„Danke gleichfalls!" Unter anderen Umständen hätte Bethany bestimmt hübsch ausgesehen. Ihr Mund war ein wenig zu klein für das Gesicht, aber einige Männer fanden gerade das attraktiv, denn so sah es aus, als zöge die junge Frau ständig eine niedliche kleine Schnute. Sie hatte dichtes, volles Haar, eine Menge davon, dazu einen winzigen Körper mit großen Brüsten. Sie war bekümmert, weil eine andere Frau sie ansah und wünschte sich, ihre Kleider wären nicht so zerknittert und ihr Make-up frisch.

„Du siehst prima aus", versicherte ich der jungen Frau, wobei ich ihre Hand nahm. „Wir sitzen jetzt hier einfach ein wenig und halten Händchen – ich schwöre auch, daß ich dir nicht an die Wäsche will!" Da mußte sie kichern. Ihre Finger entspannten sich ein wenig – es konnte losgehen.

Wie ungewohnt das Ganze für mich noch war! Statt alles daranzusetzen, meine Telepathie zu unterdrücken und zu verhindern, daß sie zum Einsatz kam, hatte ich in letzter Zeit begonnen, sie zu perfektionieren. Bill hatte mich dabei unterstützt, wobei die Menschen, die im Fangtasia arbeiteten, als Versuchskaninchen dienten. Dabei hatte ich mehr oder weniger per Zufall entdeckt, daß ich die meisten Menschen sozusagen im Handumdrehen hypnotisieren konnte. Was nicht hieß, daß sie dadurch in meinen Bann gerieten, aber ich gelangte so mit fast schon erschreckender Leichtigkeit in ihre Köpfe. Hat man jemanden beim Denken belauscht und festgestellt, wie dieser Mensch sich am besten entspannt, dann ist es vergleichsweise einfach, diesen Menschen so zu lockern, daß sein Zustand einer leichten Trance gleichkommt.

„Was magst du am liebsten, Bethany?" fragte ich. „Läßt du dich ab und zu massieren? Gehst du dir manchmal die Nägel machen lassen?"

Vorsichtig und sanft spähte ich in Bethanys Kopf. Dann wählte ich den Kanal, der mir am erfolgversprechendsten schien.

„Du sitzt beim Friseur", verkündete ich mit sanfter, gleichmäßiger Stimme. „Du bist bei Jerry, deinem Lieblingsfriseur. Er hat ganz lange und ausführlich dein Haar ausgekämmt. Jetzt ist keine einzige Strähne mehr verfilzt. Er hat die Strähnen auch schon abgeteilt, was nicht einfach war, weil du so volles, dichtes Haar hast. Das Schneiden dauert immer lange, aber Jerry freut sich darauf, denn dein Haar ist so gesund und glänzend. Jetzt nimmt er sich die erste Strähne vor und schneidet sie zurecht ... die Schere klappert. Ein paar Haare fallen auf den Plastikumhang, den du um die Schultern trägst, und gleiten zu Boden. Dann spürst du erneut seine Finger in deinem Haar. Sie bewegen sich, sie heben eine Strähne nach der anderen, sie schneiden, sie heben, sie schneiden. Manchmal kämmt er eine Strähne aus, um zu sehen, ob er sie gerade geschnitten hat. Wie schön das ist: Du sitzt einfach da, und jemand anderes beschäftigt sich mit deinem Haar. Außer dir ist niemand ..." Nein, Moment – da hatte ich eine leise Verunsicherung gespürt, „nur wenige Menschen sind im Salon, aber sie sind alle ebenso beschäftigt wie Jerry. Irgendwo läuft ein Fön. Die Stimmen in der Nische neben dir kannst du hören, aber du verstehst nicht, was sie sagen. Jerrys Finger gleiten durch dein Haar; sie schneiden, sie kämmen, sie schneiden, sie kämmen ..."

Was ein ausgebildeter Hypnotiseur zu meiner Technik sagen würde, wußte ich nicht, aber ich war erfolgreich damit. Zumindest bei der Person, die gerade vor mir saß. Bethanys Bewußtsein befand sich nun in einem friedvollen, vergleichsweise brachliegenden Zustand und wartete nur darauf, daß ich ihm etwas zu tun gab. „Jerry ist also mit deinem Haar befaßt. Wir beide werden jetzt gemeinsam diesen Abend im Club durchgehen. Jerry schneidet derweil weiter, keine Sorge, er schneidet und kämmt. Wir fangen damit an, daß du dich fertig machst, um zur Arbeit zu gehen. Achte nicht auf mich. Ich bin ein Lufthauch hier hinter deiner Schulter. Du kannst mich hören, aber ich sitze in einer anderen Nische des Friseursalons. Du verstehst nicht, was ich sage, es sei denn, ich rufe dich beim Namen." Das alles erklärte ich nicht nur, um Bethany zu beruhigen, sondern auch, um den hinter mir sitzenden Stan über mein Vorgehen zu informieren. Dann erst drang ich tiefer in die Erinnerungen des Mädchens ein.

Bethany sah sich in ihrer Wohnung um. Diese war klein, recht ordentlich, und Bethany teilte sie mit einer anderen Frau, die ebenfalls im Bat's Wing angestellt war. Diese Frau nannte sich Desiree Dumas und sah, zumindest durch Bethanys Augen betrachtet, genauso aus wie der Name, den sie sich zweifelsohne selbst zugelegt hatte. Sie war eine selbsternannte Sirene, ein wenig zu rundlich, ein wenig zu blond und felsenfest überzeugt von der eigenen erotischen Ausstrahlung.

Die Kellnerin durch ihre Erinnerungen an die Geschehnisse jener Nacht zu führen war ein wenig so, als sähe ich mir einen zugegebenermaßen ziemlich langweiligen Film an. Bethany konnte sich fast schon zu gut an alles erinnern. Rasch überging ich die absolut langweiligen Teile – etwa einen Streit zwischen den beiden Frauen über die Vor- und Nachteile verschiedener getönter Tagescremes –, um mich ganz auf den roten Faden zu konzentrieren. Bethany erinnerte sich daran, sich für die Arbeit zurechtgemacht zu haben, wie sie das immer tat. Dann waren Desiree und sie gemeinsam hingefahren. Desiree arbeitete in der Geschenkboutique des Bat's Wing, wo sie, bekleidet mit einem roten Bustier und schwarzen Stiefeln, Vampir-Souvenirs zu Höchstpreisen verkaufte. Manchmal legte sie auch künstliche Fangzähne an und war dann gegen ein fürstliches Trinkgeld bereit, Arm in Arm mit Touristen für ein Erinnerungsfoto zu posieren. Die eher knochige und schüchterne Bethany dagegen arbeitete als einfache Kellnerin, wartete aber seit mehr als einem Jahr darauf, daß auch für sie eine Stelle in der Geschenkboutique frei würde. Die Arbeit dort hätte ihr mehr gelegen als das Kellnern; zwar brachte sie nicht dieselben Trinkgelder ein, dafür war der Grundlohn höher, und man konnte sich hinsetzen, wenn nichts zu tun war. Aber noch hatte Bethany ihr Ziel nicht erreicht, und das nahm sie Desiree ziemlich übel. Diese Information war unerheblich; dennoch hörte ich, wie ich sie an Stan weitergab, als sei sie wichtig.

Nie zuvor war ich so tief in das Bewußtsein eines anderen Menschen eingedrungen. Ich war bemüht, gleich von Anfang an Wichtiges von Unwichtigem zu trennen, aber das gelang mir nicht, weswegen ich schließlich alles einfach so kommen ließ, wie es kommen wollte, derweil Bethany völlig entspannt beim Friseur hockte und sich die Haare schneiden ließ. Präzise und anschaulich, einfach exzellent, waren die Bilder aus der Bar, die in ihrem Gedächtnis auftauchten; sie hatte sich ebenso in die Geschehnisse jenes Abends vertieft wie ich.

Bethany erinnerte sich an vier Vampire, denen sie an jenem Tag synthetisches Blut serviert hatte: eine rothaarige Frau, eine kleine, untersetzte Frau lateinamerikanischer Herkunft mit kohlrabenschwarzen Augen, einen blonden Teenager mit Tätowierungen, deren Muster aus uralten Zeiten zu stammen schien und an einen braunhaarigen Mann mit ausladendem Kinn und Cowboykrawatte. Da! Farrell kam also in Bethanys Erinnerungen vor. Jetzt hieß es, mir nicht anmerken zu lassen, daß ich diesen Mann kannte und es eigentlich die ganze Zeit um ihn gegangen war. Außerdem mußte ich ab jetzt Bethanys Erinnerungen stärker kontrollieren und steuern.

„Es geht um diesen Mann", flüsterte ich. „Woran erinnerst du dich, wenn du an ihn denkst?"

„Ach der!" sagte Bethany so laut, daß ich vor Schreck fast vom Stuhl gefallen wäre. Dann drehte sie sich – in ihren Erinnerungen – noch einmal zu Farrell um und konzentrierte sich ganz bewußt auf ihn. Er hatte zwei Flaschen synthetisches Blut getrunken, wobei er jedes Mal die Geschmacksrichtung Null positiv bestellt hatte, und hatte ihr ein Trinkgeld hinterlassen.

Zwischen Bethanys Brauen tauchte eine kleine Falte auf, so sehr konzentrierte sich die junge Frau auf das, worum ich sie gebeten hatte. Mittlerweile strengte sie sich wirklich an, ihr Gedächtnis nach allen Einzelheiten zu durchforsten. Die einzelnen Eindrücke des Abends fügten sich mehr und mehr zu Bildern, weswegen sie nun darangehen konnte, sich ganze Episoden noch einmal anzusehen, die Erinnerungen an den braunhaarigen Vampir beinhalteten. „Er ging mit dem Blonden zusammen aufs Klo", verkündete sie dann, wobei in ihrem Gedächtnis das Bild des blonden Vampirs mit den uralten Tätowierungen auftauchte, der so ungeheuer jung aussah. Das Bild war so genau, daß ich, wäre ich Malerin gewesen, mühelos eine Zeichnung hätte anfertigen können.

„Ein junger Vampir, vielleicht sechzehn. Blond, Tätowierungen", raunte ich Stan Davis zu, den diese Auskunft zu verwundern schien. Allerdings nahm ich sein Erstaunen nur ganz nebenbei aus den Augenwinkeln wahr, denn es gab zu viele andere Dinge, auf die ich mich konzentrieren mußte. Ein wenig kam mir meine Arbeit vor wie ein Jonglageakt. Aber der Ausdruck, den ich über Stans Gesicht huschen sah, war eindeutig Erstaunen. Das verwirrte mich etwas.

„Bist du sicher, daß der Junge ein Vampir war?" fragte ich bei Bethany nach.

„Er hat synthetisches Blut getrunken", erklärte sie. „Er hatte blasse Haut. Bei seinem Anblick sind mir Schauer den Rücken hinunter gelaufen. Ja, er war Vampir."

Und er war zusammen mit Farrell auf der Toilette verschwunden. Das brachte mich wirklich ziemlich durcheinander. Es gibt für einen Vampir nur einen einzigen Grund, eine Toilette aufzusuchen: wenn er dort mit einem Menschen verabredet ist, mit dem er schlafen oder von dem er trinken oder (das Höchste für jeden Vampir) mit dem er beides gleichzeitig tun will. Erneut versank ich in Bethanys Erinnerungen. Ich sah, wie sie weitere Gäste bediente, wobei mir keiner dieser Gäste bekannt vorkam, auch wenn ich von ihnen allen ein ganz genaues Bild erhielt. In der Regel schien es sich bei den Barbesuchern um harmlose Touristen gehandelt zu haben. Dann kam mir einer dieser Touristen, ein braungebrannter Mann mit buschigem Schnurrbart, doch irgendwie bekannt vor, weswegen ich mitzubekommen versuchte, mit wem er zusammensaß. Offensichtlich war er in Begleitung eines großen, dünnen Mannes mit schulterlangem blondem Haar und einer vierschrötigen Frau mit der unmöglichsten Frisur, die ich je zu Gesicht bekommen hatte.

Nun hätte ich ein paar Fragen an Stan gehabt, wollte aber zuerst die Arbeit mit Bethany zu Ende bringen. „Hat der Vampir, der wie ein Cowboy aussah, die Toilette auch wieder verlassen, Bethany?" fragte ich.

„Nein", erklärte die junge Frau nach einer Pause. „Ich habe ihn nicht wiedergesehen." Ich überprüfte diese Aussage sorgsam, indem ich besonders nach leeren Stellen in Bethanys Bewußtsein Ausschau hielt. War etwas gelöscht worden, so konnte ich es zwar nicht rekonstruieren, aber ich war in der Lage festzustellen, ob jemand Bethanys Erinnerungen umgeschrieben hatte. Ich fand keine Spuren einer solchen Manipulation, bekam aber erneut mit, wie sehr Bethany versuchte, sich ganz genau an alles zu erinnern. Ich spürte, wie sie sich abmühte, sich weitere Szenen ins Gedächtnis zu rufen, in denen Farrell auftauchte. Ich merkte, daß sie sich inzwischen so anstrengte, daß ich das Gefühl bekam, die Kontrolle über sie zu verlieren.

„Was ist mit dem blonden Jungen mit den Tätowierungen?" fragte ich.

Auch darüber dachte Bethany nach, inzwischen nur noch halb in Trance. „Ihn habe ich auch nicht mehr gesehen." Dann glitt ein Name durch ihren Kopf.

„Was ist das?" hakte ich nach, bedacht, meine Stimme ruhig und gelassen klingen zu lassen.

„Nichts! Nichts!" Bethany hatte die Augen aufgerissen. Ich hatte sie verloren. Ich war eben noch lange nicht perfekt, konnte nicht unbegrenzt die Kontrolle über einen anderen Menschen aufrechterhalten.

Sie wollte jemanden schützen; sie wollte nicht, daß dieser Jemand durchmachen mußte, was sie gerade erlebte. Aber sie konnte sich nicht daran hindern, den Namen der betreffenden Person zu denken. Ebensowenig konnte sie mich daran hindern, diesen Namen aufzuschnappen. Ich bekam nicht mit, warum sie der Meinung war, dieser Mann wisse mehr als sie, aber genau das dachte sie. Wenn ich ihr zu verstehen gab, daß ich ihr Geheimnis kannte, würde ich damit gar nichts bezwecken; also lächelte ich die junge Frau nur beruhigend an und richtete meine nächsten Worte an Stan, ohne mich jedoch dabei zu ihm umzudrehen. „Sie kann gehen. Ich habe alles."

Dann drehte ich mich um, aber der Ausdruck kompletter Erleichterung, der über Bethanys Gesicht huschte, entging mir nicht. Ich war sicher, daß Stan mitbekommen hatte, daß ich etwas in der Hinterhand behalten hatte, und ich wollte nicht, daß er sich einmischte und irgendeinen Kommentar abgab. Wer kann schon sagen, was ein Vampir denkt, wenn er eine verschlossene Miene zur Schau stellt? Trotzdem hatte ich das Gefühl, Stan verstehe mich.

Nun trat, ohne daß ich Stan einen Befehl hätte geben hören, ein weiterer Vampir ins Zimmer, eine junge Frau, die ungefähr in Bethanys Alter gewesen war, als sie hinüberging. Stan hatte eine gute Wahl getroffen. Das Mädchen beugte sich über Bethany, nahm ihre Hand, lächelte sie liebevoll und ohne Fangzähne zu zeigen an und sagte: „Wir bringen dich jetzt heim, Schatz."

„Toll!" Bethanys Erleichterung leuchtete in riesigen Neonbuchstaben. „Toll!" wiederholte sie dann, diesmal jedoch nicht mehr ganz so sicher und überzeugt. „Ihr bringt mich wirklich heim? In meine Wohnung? Sie ..."

Aber da hatte die Vampirin Bethany schon tief in die Augen geschaut. „Du kannst dich an nichts erinnern", sagte sie. „Du weißt nichts mehr über diesen Abend, du erinnerst dich nur noch an die Party."

„Die Party?" Bethanys Worte klangen vernuschelt, nur noch milde verwundert, sondern eher ein wenig neugierig.

„Du bist auf eine Party gegangen", sagte die Vampirin, während sie Bethany aus dem Zimmer führte. „Du warst auf einer wunderbaren Party und hast diesen unglaublich süßen Jungen kennengelernt. Mit ihm bist du dann zusammengewesen." Die beiden verließen das Zimmer, wobei die Vampirin immer noch eindringlich im Flüsterton auf Bethany einredete. Ich hoffte, sie würde der jungen Frau ein paar schöne Erinnerungen bescheren.

„Was war?" wollte Stan nun wissen, nachdem sich die Tür hinter den beiden Frauen geschlossen hatte.

„Bethany schoß der Gedanke durch den Kopf, der Türsteher des Clubs könne mehr wissen. Sie hat gesehen, wie auch er in die Herrentoilette ging, und zwar unmittelbar nach Ihrem Freund Farrel und dem Vampir, den Sie nicht kannten." Was ich nicht wußte und wonach ich Stan auch kaum fragen konnte war, ob Vampire auch Sex miteinander hatten. Im Unleben der Vampire waren Sex und Nahrung so eng miteinander verknüpft, daß ich mir nicht vorstellen konnte, daß ein Vampir mit einer Person schlief, die nicht menschlich war, von der er nicht auch trinken konnte. Kam es vor, daß Vampire das Blut anderer Vampire zu sich nahmen – außer in absoluten Notsituationen? Ich wußte, daß Vampire Blut spenden konnten, wenn das Leben eines anderen Vampirs auf dem Spiel stand, daß sie einen der Ihren so quasi wiederbeleben konnten. Aber von anderen Situationen, in denen Vampirblut getauscht wurde, hatte ich noch nie gehört. Nein, danach mochte ich Stan wirklich nicht fragen! Vielleicht konnte ich das Thema Bill gegenüber ansprechen, aber erst dann, wenn wir dieses Haus wieder verlasen hatten.

„Wir können also zusammenfassen, was du im Gedächtnis unserer Kellnerin lesen konntest: Farrel hat die Bar besucht; er ging mit einem anderen Vampir zusammen auf die Toilette, mit einem jungen Vampir mit langem blonden Haar, der voller Tätowierungen war. Während sich die beiden dort aufhielten, ging der Türsteher der Bar ebenfalls auf die Toilette."

„Ja. Das waren die Informationen, die ich hören konnte."

Es folgte eine ziemlich lange Pause, während Stan überlegte, was weiter zu tun sei. Ich wartete, entzückt darüber, daß ich nicht ein einziges Wort der Debatte hören konnte, die dabei in seinem Inneren stattfand. Keine plötzlich aufflammenden Bilder, kein Einblick in sein Denken!

Ohnehin waren die kurzen Einblicke in die Köpfe irgendwelcher Vampire extrem rar, was ich als angenehm empfand. Von Bills Gedanken hatte ich nie etwas mitbekommen; daß auch Vampire mir Gedankenfetzen senden konnten, war mir überhaupt erst untergekommen, nachdem ich schon eine Weile in der Vampirwelt verkehrt hatte. Das Zusammensein mit Bill blieb weiterhin die reine, ungetrübte Freude für mich, denn zum ersten Mal in meinem Leben war mir eine normale Beziehung mit einem männlichen Wesen möglich. Natürlich handelte es sich bei Bill nicht um ein *lebendes* männliches Wesen, aber man kann nicht alles haben.

In diesem Moment spürte ich Bills Hand auf meiner Schulter, ganz so, als hätte er genau mitbekommen, daß ich gerade an ihn gedacht hatte. Ich legte meine Hand auf die seine und verspürte den heftigen Wunsch, kurz aufzustehen und ihn kräftig an mich zu drücken. Das ging aber nicht, denn Stan sah uns zu. Nicht, daß er noch Hunger bekam!

„Wir kennen den Vampir nicht, der mit Farrell auf die Toilette ging", verkündete Stan, eine recht kurze Bemerkung dafür, daß er so lange nachgedacht hatte, wollte mir scheinen. Vielleicht hatte er mir eine ausführlichere Erklärung zukommen lassen wollen, dann aber befunden, ich sei nicht klug genug, diese auch zu verstehen. Ich habe nichts dagegen, unterschätzt zu werden; das ist mir lieber, als überschätzt zu werden. Unter dem Strich konnte es mir egal sein, was Stan von mir hielt. Aber in meinem Kopf war eine Frage offengeblieben, und ich packte sie zu den anderen, die ich später dann mit Bill würde klären wollen.

„Wer arbeitet denn als Türsteher im Bat's Wing?" fragte ich.

„Ein Mann namens Re-Bar", antwortete Stan reserviert. „Ein Fangbanger."

Dann hatte Re-Bar ja seinen Traumjob gefunden. Er arbeitete mit Vampiren, er arbeitete für Vampire, er war Nacht für Nacht mit Vampiren zusammen. Für jemanden, den die Faszination für die Untoten gepackt hatte, das Paradies. „Was macht der denn, wenn ein Vampir beschließt, sich daneben zu benehmen und eine Schlägerei anfängt?" fragte ich aus reiner Neugier.

„Er ist nur für die betrunkenen Menschen zuständig. Wir haben leider feststellen müssen, daß Vampire sich als Türsteher wenig eignen. Sie neigen dazu, ihre Kräfte zu unterschätzen und rabiat zu werden."

Das wollte ich mir lieber nicht genauer ausmalen. „Ist Re-Bar heute nacht hier im Haus?" fragte ich statt dessen.

„Noch nicht, aber er wird bald hier sein", erwiderte Stan, ohne sich vorher mit irgend jemandem aus seinem Stab beraten zu haben. Wahrscheinlich hielt er den Kontakt zu seinen Untergebenen rein geistig aufrecht. So etwas hatte ich noch nie zuvor erlebt, und ich war sicher, daß Eric nicht auf diese Weise an Bill herantreten konnte. Diese geistige Kommunikation war offenbar eine Gabe, die ganz speziell Stan zu eigen war.

Während wir warteten, setzte sich Bill auf den Stuhl neben mir. Er streckte die Hand nach meiner aus, eine Geste, die ich tröstlich und beruhigend fand und für die ich ihn sehr liebte. Ich versuchte, mich so gut es ging zu entspannen, meine Kräfte für die nächste Befragung aufzusparen, die mir bevorstand. Aber ich konnte nicht verhindern, daß sich in meinem Kopf eine gewisse Besorgnis, eine ziemlich starke Besorgnis sogar, über die Lage der Vampire in Dallas einnistete. Zudem gingen mir immer noch die Bilder aus der Bar durch den Kopf, die ich in Bethanys Bewußtsein hatte sehen können; hier bereitete mir besonders der Mann Kopfzerbrechen, der mir irgendwie bekannt vorgekommen war.

„Nein!" rief ich dann plötzlich laut aus, denn mir war wieder eingefallen, wo ich diesen Mann zuvor schon einmal gesehen hatte.

Die Vampire waren sofort in Alarmbereitschaft. „Was ist, Sookie?" wollte Bill wissen.

Stan wirkte wie aus Eis gemeißelt, selbst seine Augen funkelten eisig grün. Das bildete ich mir nicht nur ein!

So eilig hatte ich es, den beiden meine Überlegungen mitzuteilen, daß ich um ein Haar ins Stottern geraten wäre. „Der Priester!" teilte ich Bill aufgeregt mit. „Der Mann, der auf dem Flughafen fortrannte, der versucht hat, mich festzuhalten und wegzuschleppen. Er war in der Bar!" Solange ich mich noch in den Tiefen von Bethanys Bewußtsein aufgehalten hatte, hatten mich die andere Kleidung des Mannes und die ganz andere Umgebung verwirrt, aber nun wußte ich genau, wen ich dort gesehen hatte.

„Ich verstehe", sagte Bill. Bill scheint sich immer, wenn er will, an alles Erlebte genau erinnern zu können. Ich konnte mich darauf verlassen, daß ihm das Bild dieses Mannes im Gedächtnis eingebrannt war.

„Schon auf dem Flugplatz fand ich nicht, daß er wirklich wie ein katholischer Priester ausgesehen hat, und nun wissen wir, daß er in der Bar saß, als Farrell verschwand", erklärte ich aufgeregt. „In gewöhnlicher Straßenkleidung. Nicht – nun, kein schwarzes Hemd mit weißem Kragen."

Es folgte bedeutungsschwangeres Schweigen.

Dann sagte Stan nachdenklich: „Aber selbst mit Hilfe seiner beiden menschlichen Begleiter hätte dieser falsche Priester Farrell nicht gegen dessen Willen entführen können."

Ich starrte auf meine Hände und sagte nichts. Ich wollte gewiß nicht diejenige sein, die es laut aussprach. Bill schwieg ebenfalls, was ich sehr weise von ihm fand. Endlich sprach Stan Davis, der Obervampir von Dallas, aus, was wir alle dachten: „Bethany hat sich erinnert, daß jemand mit Farrell auf die Toilette ging. Ein Vampir, den ich nicht kannte."

Ich nickte, vermied es aber, Stan dabei anzusehen.

„Dann muß dieser Vampir geholfen haben, Farrell zu entführen."

„Ist Farrell schwul?" fragte ich, wobei ich mich bemühte, das so klingen zu lassen, als hätte nicht ich diese Frage gestellt, sondern als sei sie von ganz allein von irgendwoher durch die Wand gekommen.

„Er bevorzugt Männer. Denkst du ..."

„Ich denke gar nichts!" erklärte ich entschieden, wobei ich den Kopf schüttelte, um Stan zu verstehen zu geben, daß ich zu diesem Thema wirklich nichts, aber auch gar nichts beitragen konnte. Bill drückte mir die Finger zusammen. Autsch.

Das Schweigen im Raum war angespannt, bis die Vampirin, die wie ein Teenager aussah, zurückkam, im Schlepptau einen untersetzten Mann, den ich bereits aus Bethanys Erinnerungen kannte. In natura sah er allerdings anders aus als in Bethanys Bewußtsein, durch ihre Augen betrachtet. Dort hatte er robust gewirkt, nicht fett; er war ihr glamouröser vorgekommen, als er in Wirklichkeit aussah, weniger ungepflegt. Aber ich erkannte den Mann durchaus als Re-Bar wieder.

Mir war auch sofort klar, daß irgend etwas mit ihm nicht stimmen konnte. Völlig friedlich und bereitwillig folgte er dem Vampirmädchen ins Zimmer, wobei er jedem Anwesenden ein strahlendes Lächeln schenkte. Das war meiner Meinung nach völlig unangemessen. Jeder Mensch, der wittert, daß ihm Probleme mit Vampiren bevorstehen, macht sich doch Sorgen und fürchtet sich, oder? Ganz gleich, wie rein sein Gewissen sein mag. Ich stand auf und trat zu dem Mann, der mein Näherkommen mit freudiger Erwartung zur Kenntnis nahm.

„Guten Abend, mein Freund", begrüßte ich ihn leise und schüttelte ihm die Hand. Die ließ ich aber so rasch wieder fallen, wie es die Höflichkeit zuließ. Eilig trat ich ein paar Schritte zurück. Nun wollte ich nur noch zwei Dinge: eine Beruhigungstablette und ins Bett.

„Eins läßt sich ganz klar feststellen", sagte ich zu Stan. „Er hat ein riesiges Loch im Kopf."

Stan ließ einen skeptischen Blick über Re-Bars Schädel gleiten. „Erklär mir das", sagte er.

„Wie geht's , Mr. Stan?" fragte Re-Bar. Ich hätte wetten können, daß noch nie jemand so mit Stan geredet hatte, zumindest in den letzten fünfhundert Jahren nicht.

„Gut, Re-Bar, und wie geht es dir?" Ich rechnete es Stan hoch an, daß er so ruhig und gelassen blieb.

„Mir geht es einfach wunderbar!" erklärte Re-Bar, wobei er baß erstaunt den Kopf schüttelte. „Ich bin der glücklichste Hurensohn der Welt – entschuldigen Sie, meine Dame."

„Aber sicher." Ich mußte mich zwingen, die Worte auszusprechen.

„Was hat man mit ihm gemacht?" wollte Bill wissen.

„Man hat ihm ein Loch in den Schädel gebrannt", erläuterte ich. „Ich weiß nicht, wie ich es sonst beschreiben soll. Wie das gemacht wurde, kann ich nicht sagen, denn ich habe so etwas noch nie zuvor gesehen. Aber als ich anfing, mir seine Erinnerungen anzusehen, stieß ich auf ein großes, ausgefranstes Loch. Als habe Re-Bar einen winzigen Tumor im Leibe gehabt und die Ärzte hätten nicht nur diesen Tumor entfernt, sondern auch gleich noch die Milz und vielleicht auch noch den Blinddarm, nur, um auf Nummer sicher zu gehen. So sieht es in Re-Bars Kopf aus. Ihr wißt doch, wie es ist, wenn ihr die Erinnerungen eines Menschen nehmt und durch ein paar andere ersetzt?" Ich begleitete meine Worte mit einer entsprechenden Geste, um klarzustellen, daß mit ‚ihr' alle Vampire gemeint waren. „Nun, jemand hat ein Stück aus Re-Bars Bewußtsein genommen und nicht ersetzt. Wie bei einer Lobotomie.“ Nun war ich in Fahrt. Ich lese viel, müssen Sie wissen. Die Schule war mir aufgrund meines kleinen Problems schwer gefallen, aber Bücherlesen ganz für mich allein hatte mir kleine Fluchten ermöglicht. Ich glaube, ich kann mich durchaus als Autodidaktin bezeichnen.

„Was immer Re-Bar also über Farrells Verschwinden gewußt haben mag, ist nun fort“, faßte Stan zusammen.

„Ja – und dazu noch ein paar andere Komponenten, die Re-Bars Persönlichkeit ausmachten und viele andere Erinnerungen.“

„Ist er noch funktionsfähig?“

„Nun ja, ich schätze schon.“ So etwas war mir noch nie untergekommen; ich hatte nicht im entferntesten geahnt, daß man Menschen so etwas antun kann. „Aber ich weiß nicht, ob er in Zukunft noch in der Lage sein wird, einen effizienten Türsteher abzugeben“, fügte ich hinzu, denn ich wollte versuchen, so offen und ehrlich wie möglich zu sein.

„Der Mann wurde in unseren Diensten verwundet. Wir werden uns um ihn kümmern. Vielleicht kann er nach der Sperrstunde die Bar putzen“, sagte Stan. Ich hörte an seinem Tonfall, wie sehr er wollte, daß ich mitbekam, daß auch Vampire in der Lage sind, Mitgefühl zu zeigen oder sich zumindest fair zu verhalten.

„Das wäre prima!“ strahlte Re-Bar seinen Chef an. „Danke, Mr. Stan.“

„Bring ihn wieder nach Hause“, wies Stan seinen dienstbaren Geist an, woraufhin sich die Vampirin mit dem hirnamputierten Türsteher im Schlepptau auch gleich auf den Weg machte.

„Wer da wohl derart grobe Arbeit geleistet hat?“ murmelte Stan nachdenklich vor sich hin. Bill antwortete nicht. Er war nicht nach Dallas gekommen, um sich zu profilieren. Er sollte in erster Linie auf mich aufpassen und nur dann selbst detektivisch tätig werden, wenn es sich als notwendig erwies. Nun trat eine hochgewachsene rothaarige Vampirin ins Zimmer, die ich aus Bethanys Erinnerungen kannte. Sie war in der Nacht, in der Farrell entführt worden war, auch im Bat's Wing gewesen.

„Was ist Ihnen an dem Abend, an dem Farrell entschwand, aufgefallen?“ fragte ich sie ohne Umschweife und ohne großartig auf Protokoll zu achten. Daraufhin zischte sie mich an; ihre blendend weißen Zähne leuchteten vor dem Hintergrund der dunklen Zunge und der leuchtend rot bemalten Lippen.

„Kooperieren!" befahl Stan, woraufhin das Gesicht der Vampirin sich glättete und jeglicher Ausdruck daraus verschwand, wie bei einer Tagesdecke, die man glattgestrichen hat, weswegen sie nun keine einzige Falte mehr zeigt.

„Ich erinnere mich an nichts", sagte sie. Also war Bills Fähigkeit, sich auch an das allerkleinste Detail eines Ereignisses zu erinnern, ein ganz persönliches Talent. „Meines Wissens nach habe ich Farrell nicht länger als ein oder zwei Minuten gesehen."

„Kannst du mit Rachel dasselbe machen wie mit der Kellnerin?" wollte Stan wissen.

„Nein", erwiderte ich wie aus der Pistole geschossen, wobei meine Stimme vielleicht etwas zu nachdrücklich klang. „Die Gedanken von Vampiren kann ich nicht lesen. Sind mir Bücher mit sieben Siegeln."

Nun mischte Bill sich ein: „Kannst du dich an einen blonden – an einen von uns – erinnern? An einen, der aussieht wie sechzehn und der auf den Armen und dem Torso eine Tätowierung in einem uralten, blauen Muster trägt?"

„Klar", erwiderte Rachel wie aus der Pistole geschossen. „Die Tätowierung stammt aus der Römerzeit, glaube ich. Etwas krude, aber durchaus interessant. Ich hatte mich schon gefragt, was es mit diesem Vampir auf sich haben mag, denn ich konnte mich nicht erinnern, daß er hier ins Haus gekommen wäre, um Stan um Jagderlaubnis zu bitten."

Man erwartete also von Vampiren, die durch ein von anderen Vampiren bewohntes Revier reisten, daß sie sich im Besucherzentrum vorstellten und eintrugen. Das wollte ich mir merken; vielleicht würde ich später darauf zurückkommen können.

„Er war in Begleitung eines Menschen oder hat zumindest mit einem Menschen geredet." Die Frau trug Jeans und einen Pulli, der aussah, als müßte ihr eigentlich viel zu warm darin sein. Aber um die real herrschenden Temperaturen braucht sich ein Vampir keine Gedanken zu machen. Nun warf Rachel einen fragenden Blick zuerst zu Stan, dann zu Bill. Bill forderte sie mit einer Handbewegung auf, uns alles zu erzählen, was ihr noch im Gedächtnis geblieben war. „Der Mensch war dunkelhaarig und trug einen Schnurrbart, wenn ich mich recht erinnere", erklärte die Frau mit einer Handbewegung, die besagte, daß für sie ein Mensch aussah wie jeder andere – wer kann die schon unterscheiden?

Nachdem Rachel weg war, erkundigte sich Bill, ob im Haus ein Computer vorhanden sei. Stan versicherte, das sei der Fall und wirkte interessiert, als Bill fragte, ob er diesen kurz benutzen dürfe und sich entschuldigte, weil er seinen Laptop nicht dabeihatte. Stan nickte, und Bill war schon fast aus dem Zimmer, als er an der Tür kurz zögerte und einen fragenden Blick auf mich warf. „Kannst du einen Moment lang allein bleiben, Sookie?“ fragte er besorgt.

„Klar!“ Ich bemühte mich, überzeugend zu klingen.

„Ihr wird nichts geschehen“, versicherte Stan. „Da sind noch mehr Leute, die sie sich anschauen soll.“

Ich nickte, und Bill ging. Ich lächelte Stan an, denn ich lächle nun einmal, wenn ich gestreßt bin. Es ist kein glückliches Lächeln, aber es ist besser als hysterisches Kreischen.

„Wie lange seid ihr jetzt zusammen?“ wollte Stan wissen.

„Ein paar Monate.“ Je weniger der Obervampir über uns wußte, desto glücklicher durfte ich mich schätzen.

„Du bist zufrieden mit ihm?“

„Ja.“

„Du liebst ihn?“ Stan klang belustigt.

„Das geht Sie nichts an“, stellte ich fest. „Hatten Sie nicht gesagt, es gäbe noch mehr Leute, die ich überprüfen soll?“

Ich führte die nächsten Befragungen ebenso durch wie die Bethanys. So hielt ich eine ganze Reihe Hände und durchforstete einen langweiligen Haufen Köpfe. Bethany hatte eindeutig am besten abgeschnitten, was Beobachtungsgabe betraf. Die anderen – noch eine Kellnerin, der Barkeeper (ein Mensch) und ein Stammgast (Fangbanger), der sich wahrhaftig freiwillig zum Verhör gemeldet hatte, boten nichts als lauter langweilige, nichtssagende Gedanken, und ihr Erinnerungsvermögen war arg begrenzt. Ich fand allerdings heraus, daß der Barkeeper nebenbei gestohlene Haushaltsgeräte verkaufte, und als der Mann gegangen war, riet ich Stan, sich jemand anderen hinter den Tresen zu stellen, weil er sonst unweigerlich in polizeiliche Ermittlungen hineingezogen würde. Das beeindruckte Stan mehr, als mir lieb war. Ich wollte gewiß nicht, daß er allzu großen Gefallen an meinen Dienstleistungen fand.

Bill kam zurück, als ich gerade ein paar abschließende Worte mit dem letzten zu Vernehmenden wechselte. Er wirkte ein ganz klein wenig erfreut, woraus ich schloß, daß seine Nachforschungen erfolgreich gewesen waren. Bill hatte in letzter Zeit einen Großteil seiner wachen Stunden am Computer verbracht, was bei mir nicht gerade auf begeisterte Zustimmung gestoßen war.

„Der tätowierte Vampir", sagte Bill, als nur noch Stan und ich im Raum waren, „heißt Godric, auch wenn er im letzten Jahrhundert wohl eher unter dem Namen Godfrey geführt worden ist. Er ist einer von denen, die abgeschworen haben." Ich wußte ja nicht, wie es Stan ging: Ich zumindest war ziemlich beeindruckt. Ein paar Minuten am Computer, und Bill hatte ein sauberes Stück Detektivarbeit geleistet.

Stan verzog angewidert das Gesicht, und ich, glaube ich, schaute ziemlich verwirrt drein.

„Er hat sich mit ein paar ziemlich radikalen Menschen zusammengetan und will Selbstmord begehen", erklärte Bill mit leiser Stimme, da Stan völlig in Gedanken versunken schweigend vor sich hinstarrte. „Godfrey hat vor, sich der Sonne zu stellen. Seine Existenz bereitet ihm keine Freude mehr."

„Will er noch jemanden mit in den endgültigen Tod reißen?" Hatte Godfrey vor, sich zusammen mit Farrell der Sonne auszusetzen?

„Er hat uns an die Bruderschaft verraten!" sagte Stan.

Verrat ist ein Wort, das leicht melodramatisch klingt, aber ich dachte nicht im Traum daran, das Gesicht zu verziehen, als Stan sich nun seiner bediente. Von der Bruderschaft hatte ich gehört – auch wenn ich noch niemanden kennengelernt hatte, der von sich behauptete, ihr anzugehören. Was der Klan für Afroamerikaner war, war die Bruderschaft der Sonne für Vampire. Von allen Sekten in Amerika war die Bruderschaft diejenige mit der höchsten Wachstumsrate.

Wieder plagte mich das Gefühl, in Gewässer geraten zu sein, für die meine Schwimmkünste nicht ausreichten.

Kapitel 5

Es gab zahlreiche Menschen, denen es gründlich mißfallen hatte, feststellen zu müssen, daß sie den Planeten mit Vampiren teilten, auch wenn sie das ja – allerdings zugegebenermaßen ohne es zu wissen – immer schon getan hatten. Nun, da diese Menschen um die Existenz der Untoten wußten, waren sie fest entschlossen, alle Vampire zu vernichten. Was die Wahl der Methoden anging, mit der sie ihr Vorhaben umsetzen wollten, so waren diese Menschen auch nicht wählerischer als etwa ein abtrünniger Vampir, was dessen Wahl der Waffen betraf.

Als abtrünnigen Vampir bezeichnete man diejenigen Untoten, denen der Forschritt verhaßt war, die den alten Zeiten nachtrauerten und diese wiederhaben wollten. Diese Abtrünnigen hatten die Menschheit gar nicht von ihrer Existenz in Kenntnis setzen wollen, ebenso wenig, wie bestimmte Menschen bereit gewesen waren, die Existenz von Vampiren zur Kenntnis zu nehmen. Abtrünnige Vampire weigerten sich, das synthetische Blut zu trinken, das heutzutage für Vampire die Ernährungsgrundlage darstellt, und waren der festen Überzeugung, für Vampire läge die einzige Hoffnung auf eine Zukunft im erneuten Untertauchen in der Versenkung, in der Rückkehr zur geheimen Existenz, zur Unsichtbarkeit. Es kam vor, daß abtrünnige Vampire aus lauter Jux und Tollerei Menschen abschlachteten; sie legten es darauf an und sähen es gerne, wenn man sie und ihresgleichen wieder verfolgen würde. Sinnloses Blutvergießen dient den abtrünnigen Vampire als Mittel, Vampire, die eine bürgerliche Existenz anstrebten, davon zu überzeugen, das sei gar nicht möglich und der Weg in die Zukunft für Vampire könne nur einer im Verborgenen sein. Diese Vampire sahen die Verfolgung, unter der alle Untoten früher zu leiden hatten, noch dazu als eine Art Geburtenkontrolle.

Von Bill erfuhr ich zusätzlich noch, daß es Vampire gab, die nach einem langen Leben von schlimmer Reue oder aber auch von Langeweile geplagt wurden. Diese sogenannten Abschwörer legten es darauf an, der Sonne ‚entgegenzutreten' – das ist der Vampirbegriff für Selbstmord. Ein Vampir, der der Sonne entgegentreten will, möchte sich umbringen, indem er sich bei Tagesanbruch eben nicht verbirgt, sondern weiterhin draußen unterwegs ist.

Wieder einmal machte mich der Liebste, den ich mir ausgesucht hatte, mit Dingen bekannt, von denen ich sonst nie im Leben etwas mitbekommen hätte. Von denen ich ja auch sonst nichts hätte mitbekommen müssen! Ich hätte mir, wäre ich nicht mit der Gabe oder Behinderung der Telepathie zur Welt gekommen, wahrscheinlich in meinen kühnsten Träumen nicht ausmalen können, mit jemandem zusammen zu sein, der bereits verstorben war. Aber so, wie die Dinge bei mir standen, galt ich für das Gros der menschlichen Männer als abnormal, als Paria sozusagen. Sicher kann sich jeder vorstellen, wie unmöglich es ist, mit jemandem auszugehen, dessen Gedanken man lesen kann! Als ich Bill traf, begann die glücklichste Zeit meines Lebens. Aber zweifellos hatte ich in den paar Monaten, in denen ich jetzt mit ihm zusammen war, auch mehr um die Ohren gehabt als in den ganzen vorherigen fünfundzwanzig Jahren meiner Existenz. „Ihr seid also der Meinung, Farrell sei bereits nicht mehr am Leben?" fragte ich ihn, wobei ich mich bemühte, mich ganz auf die vorliegende Krise zu konzentrieren. Ich stellte diese Frage nur ungern, aber sie mußte einfach gestellt werden.

„Vielleicht", sagte Stan nach einer langen Pause.

„Vielleicht halten sie ihn versteckt", ergänzte Bill. „Wir wissen, wie gern diese Leute die Presse dabeihaben, wenn eine ... Zeremonie stattfindet."

Wieder starrte Stan eine Weile vor sich hin. Dann erhob er sich. „Derselbe Mann war in der Bar und auf dem Flugplatz", sagte er und es hörte sich an, als würde er diese Worte an sich selbst richten. Dann fing Stan Davis, der Obervampir von Dallas, der aussah wie ein strebsamer Stubenhocker, an, nervös im Zimmer auf und ab zu laufen. Das machte mich wahnsinnig, was ich aber unmöglich so deutlich sagen konnte. Immerhin war Stan hier in seinem eigenen Haus, und sein ‚Bruder' war verschwunden. Aber es fällt mir schwer, lange, unheilschwangere Schweigeminuten zu ertragen. Außerdem war ich müde und wollte ins Bett.

„Also!" sagte ich, wobei ich mir alle Mühe gab, frisch und munter zu klingen. „Woher wußten die, daß ich am Flughafen sein würde?"

Wissen Sie, was schlimmer ist als ein Vampir, der einen anstarrt? Zwei Vampire, die einen anstarren!

„Wenn sie rechtzeitig erfahren wollten, wann und wie du ankommst ... es gibt einen Verräter!“ erklärte Stan, woraufhin die Luft im Zimmer vor lauter Spannung zu vibrieren und Funken zu sprühen schien.

Mir jedoch kam die Idee, daß alles auch wesentlich undramatischer verlaufen sein mochte. Ich schnappte mir den Notizblock, der auf dem Tisch lag und schrieb darauf: „VIELLEICHT WERDEN SIE ABGEHÖRT.“ Daraufhin glotzten die beiden Vampire mich an, als hätte ich die Unhöflichkeit besessen, ihnen einen Big Mäc anzubieten. Vampire verfügen als Individuen über unglaubliche und vielfältige Fähigkeiten und Talente. Oft fehlt ihnen aber das Verständnis dafür, daß auch die Menschheit ein paar Fähigkeiten entwickelt hat und über einige Techniken verfügt. Stan und Bill warfen einander skeptische Blicke zu, aber keiner von ihnen hatte einen praktischen Vorschlag parat.

Na, dann eben nicht! Ich kannte so etwas ja auch nur aus Filmen, aber ich ging davon aus, daß derjenige, der in diesem Haus eine Wanze plaziert hatte, es dabei eilig gehabt und vermutlich ziemliche Ängste ausgestanden hatte. Es war also wahrscheinlich, daß die Wanze nicht allzuweit entfernt und nicht allzu geschickt versteckt angebracht worden war. Also schälte ich mich aus der grauen Kostümjacke und streifte die Pumps ab. Ich war ja nur ein Mensch, was hieß, ich hatte mir nichts zu vergeben, in Stans Augen zumindest; also ließ ich mich auf alle Viere fallen, schlüpfte unter den Tisch und kroch dort von einem Ende zum anderen, wobei ich die Drehstühle zur Seite schob, wenn sie mir im Weg standen. Zum bestimmt millionsten Mal an diesem Tag wünschte ich, ich hätte eine Hose an.

Nur ein paar Meter von dem Stuhl entfernt, auf dem Stan gesessen hatte, fiel mir etwas Merkwürdiges ins Auge. Dort befand sich an der Unterseite des hellen Holztischs eine dunkle Erhebung. Diese sah ich mir so genau an, wie mir das ohne Zuhilfenahme einer Taschenlampe möglich war. Um einen alten Kaugummi handelte es sich nicht!

Nachdem ich die kleine mechanische Abhörvorrichtung gefunden hatte, wußte ich nicht, wie ich weiter vorgehen sollte. Also kroch ich etwas staubiger als zuvor wieder unter dem Tisch hervor und fand mich direkt zu Stans Füßen wieder. Er streckte mir die Hand hin, die ich widerstrebend ergriff. Stan zog ganz sanft an mir – oder zumindest hatte es den Anschein, als zöge er sanft. Urplötzlich jedoch stand ich auf den Füßen, dem Obervampir direkt gegenüber. Stan war nicht groß, und so blickte ich ihm länger in die Augen, als ich eigentlich je vorgehabt hatte. Daraufhin hielt ich mir einen Finger in Augenhöhe vor das Gesicht, um sichergehen zu können, daß Stan auch mitbekam, was ich tat, und zeigte dann mit demselben Finger unter den Tisch.

In Windeseile hatte Bill das Zimmer verlassen. Stans farbloses Gesicht wirkte womöglich noch blasser als sonst: Seine Augen sprühten Funken. Nervös irrte mein Blick im Zimmer umher, um Stan nicht direkt ansehen zu müssen. Ich mochte ungern diejenige sein, auf der sein Blick ruhte, während sein Verstand die Information verarbeitete, daß jemand in seinem Audienzzimmer eine Wanze plaziert hatte. Irgendwer hatte ihn verraten – nur nicht so, wie er zuerst gedacht hatte.

Panisch grübelte ich nach, wie sich meine Lage wohl verbessern ließe. Ich strahlte Stan an; ich langte völlig automatisch hoch, um den Sitz meines Pferdeschwanzes zu überprüfen, wobei ich feststellte, daß mein Haar ja immer noch in diesem komplizierten Knoten hinten am Kopf steckte, der nun allerdings nicht mehr ganz so ordentlich saß. Also befaßte ich mich mit meinem Haar; das bot eine gute Ausrede dafür, konzentriert auf den Boden zu starren.

Ich war ziemlich erleichtert, als Bill zurückkam, begleitet von Isabel und dem Mann, der vorhin in der Küche Geschirr abgewaschen hatte. Nun trug dieser Tellerwäscher eine Schüssel voll Wasser. „Stan?" sagte Bill laut und deutlich, „so leid es mir tut – ich glaube, Farrell ist inzwischen tot. Wenn wir die Informationen zusammenfassen, die wir heute erhalten haben, müssen wir einfach davon ausgehen. Also werde ich morgen mit Sookie nach Louisiana zurückkehren, es sei denn, Sie benötigten uns noch in einer anderen Sache." Während Bill sprach, deutete Isabel auf den Tisch und der Mann, der mit den beiden Vampiren gekommen war, stellte seine Schüssel Wasser dort ab.

„Ich brauche Sie nicht mehr", sagte Stan, dessen Stimme so kalt wie Eis war. „Sie können wieder nach Hause fahren, und schicken Sie mir Ihre Rechnung. In dieser Frage war Eric, Ihr Herr und Meister, ja unerbittlich. Irgendwann werde ich mich einmal mit ihm treffen müssen." Das klang, als plane Stan, ein solches Treffen für Eric sehr unerfreulich verlaufen zu lassen.

„Du dummer Mensch!" rief da mit einem Mal Isabel. „Du hast mein Glas umgekippt!" Im selben Moment langte Bill an mir vorbei, pflückte die Wanze von der Tischunterseite und ließ sie in die Schüssel fallen. Dann packte Isabel die Schüssel vorsichtig mit beiden Händen und verließ das Zimmer, sorgsam darauf bedacht, auch ja den Inhalt nicht zu verschütten. Der Mann, der mit ihr zusammen gekommen war, blieb zurück.

Letztlich waren wir unsere Wanze ja recht einfach losgeworden, und unter Umständen hatten sich die, die uns zuhörten, von unserer inszenierten kleinen Unterhaltung auch in die Irre führen lassen. Nun, wo die Wanze nicht mehr unter uns weilte, entspannten wir uns alle sichtlich. Selbst Stan wirkte plötzlich nicht mehr ganz so furchterregend.

„Laut Isabel haben Sie Anlaß zu der Annahme, Farrell sei von der Bruderschaft entführt worden", sagte nun der Mann, der mit Bill und Isabel gekommen war. „Vielleicht können die junge Dame hier und ich ja morgen in die Zentrale der Bruderschaft gehen, um herauszufinden, ob in nächster Zeit eine Zeremonie geplant ist."

Bill und Stan sahen ihn nachdenklich an.

„Gute Idee", meinte Stan dann. „Als Pärchen würdet ihr weniger auffallen."

„Was denkst du, Sookie?" wollte Bill wissen.

„Von euch kann da niemand hingehen", sagte ich. „Vielleicht können wir uns den genauen Lageplan der Zentrale einprägen, wenn wir dort sind. Falls ihr wirklich denkt, Farrell könnte dort gefangengehalten werden." Wenn es mir gelang herauszufinden, wo in der Zentrale der Bruderschaft sich welche Räume und möglichen Verstecke befanden, dann konnte ich vielleicht verhindern, daß die Vampire die Zentrale angriffen. Das würden sie nämlich ansonsten mit Sicherheit tun! Kein Vampir ging in einer solchen Situation zum nächsten Polizeirevier und erstattete dort Vermißtenanzeige in der Hoffnung, die Polizei würde dazu zu bewegen sein, die Zentrale der Bruderschaft zu durchsuchen. Die Vampire von Dallas mochten ja anstreben, sich ausschließlich innerhalb des von Menschen geschaffenen Gesetzesrahmens zu bewegen, um sich in Gänze der Vorteile erfreuen zu können, die das bürgerliche Leben bietet – sollte jedoch unsere Vermutung zutreffen und in der Zentrale der Bruderschaft der Sonne saß wirklich ein Vampir aus Dallas als Gefangener in der Falle, dann würde das eine Menge Menschen das Leben kosten. Vielleicht gelang es mir ja, ein solches Blutvergießen zu verhindern, indem ich herausfand, wo sich der vermißte Farrell aufhielt.

„Wenn es stimmt, daß der tätowierte Vampir, der mit Farrell zusammen in der Bar war, ein Abschwörer ist und plant, der Sonne entgegenzutreten und Farrell mitzunehmen", sagte Bill, „und wenn die entsprechende Zeremonie von der Bruderschaft vorbereitet wird, dann können wir davon ausgehen, daß der Mann, der sich als Priester verkleidet hat, um dich am Flughafen zu entführen, für die Bruderschaft arbeitet. Das heißt, die Bruderschaft kennt dich. Du wirst die Perücke tragen müssen." Bei den letzten Worten umspielte ein zufriedenes Lächeln Bills Lippen. Das mit der Perücke war seine Idee gewesen.

Eine Perücke bei dieser Hitze! Das hatte mir gerade noch gefehlt. Ich versuchte, nicht allzu verdrossen dreinzuschauen, denn immerhin war es besser, mir juckte der Kopf, als man erkannte mich in der Zentrale der Bruderschaft als die Frau wieder, die sich mit Vampiren eingelassen hatte. „Wahrscheinlich ist es wirklich besser, wenn noch ein Mensch mitkommt", sagte ich, auch wenn mir die Tatsache, daß ich so einen weiteren Menschen einer Gefahr aussetzte, unendlich leid tat.

„Der Mann ist zur Zeit Isabels Liebhaber", sagte Stan. Dann schwieg er. Wahrscheinlich funkte er Isabel jetzt an – oder tat, was immer er sonst tun mochte, wenn er mit seinen Untergebenen Kontakt aufnehmen wollte.

Kurz darauf glitt dann in der Tat Isabel ins Zimmer. Bestimmt war es extrem praktisch, andere so herbeizitieren zu können. Man brauchte weder Gegensprechanlage noch Telefon. Welche Reichweite diese Befehle wohl haben mochten – wie weit durfte ein anderer Vampir entfernt sein, wenn Stans Signale ihn erreichen sollten? Jedenfalls war ich ziemlich froh, daß Bill nicht auf diese Art und Weise mit mir kommunizieren konnte, denn sonst wäre ich mir wie ein Sklavenmädchen vorgekommen. Ob Stan wohl auch Menschen so herbeirufen konnte? Allerdings war ich nicht sicher, ob ich es herausfinden wollte.

Der Mann im Zimmer reagierte auf Isabel wie ein Hund, der Witterung von seinem Lieblingswild aufgenommen hat. Oder wie ein hungriger Mann, der das saftige Steak schon vor sich stehen hat, aber noch abwarten muß, bis die Gastgeberin das Dankgebet gesprochen hat. Man sah jedenfalls förmlich, wie ihm das Wasser im Munde zusammenlief. Ich konnte nur hoffen, daß ich nicht auch so aussah, wenn ich mit Bill zusammen war!

„Isabel, dein Mann hat sich bereiterklärt, zusammen mit Sookie die Zentrale der Bruderschaft aufzusuchen. Meinst du, er kann überzeugend einen frisch Bekehrten spielen?"

„Ja, ich glaube, dazu ist er in der Lage", erwiderte Isabel, wobei sie dem Mann in die Augen starrte.

„Du kannst gehen. Nein – sag mir erst noch, ob sich heute abend Besucher im Haus aufhalten."

„Ja, einer. Aus Kalifornien."

„Wo ist er jetzt?"

„Im Haus."

„War er in diesem Zimmer?" Natürlich hätte es Stan gefallen, wenn derjenige, der die Wanze plaziert hatte, ein Fremder gewesen wäre.

„Ja."

„Bring ihn her."

Fünf Minuten später kam Isabel zurück, gefolgt von einem großen blonden Vampir. Der war bestimmt zwei Meter zwanzig groß, vielleicht sogar noch größer. Er war muskulös, glattrasiert, und sein Haupt zierte eine dichte, weizenblonde Mähne. Sobald ich einen Blick auf ihn geworfen hatte, schlug ich die Augen nieder und studierte angelegentlich den Boden vor meinen Füßen. Auch Bill, der neben mir stand, schien wie erstarrt und verharrte reglos.

Isabel sagte: „Das ist Leif."

„Leif", sagte Stan mit samtweicher Stimme. „Willkommen in unserem Nest. Wir haben ein kleines Problem heute abend."

Ich starrte auf meine Zehen und wünschte mir – mehr als ich mir je in meinem Leben irgend etwas gewünscht hatte –, ich wäre allein mit Bill, und sei es nur für zwei Minuten. Dann hätte ich ihn nämlich fragen können, was zum Teufel hier gespielt wurde. Dieser große blonde Vampir war bestimmt nicht aus Kalifornien, und Leif hieß er auch nicht.

Vor uns stand Eric.

Nun tauchte Bills Hand in meinem Blickfeld auf und schloß sich um die meine. Sanft und vorsichtig drückte mein Liebster meine Finger, und ich erwiderte den Druck. Dann schlang er die Arme um mich, und ich ließ mich gegen ihn sinken. Wie gut es tat, sich etwas anzulehnen! Das hatte ich weiß Gott gebraucht.

„Wie kann ich behilflich sein?" erkundigte sich Eric höflich – nein, Moment: nicht Eric, sondern Leif.

„Allem Anschein nach ist jemand in dieses Zimmer eingedrungen und hat sich als Spion betätigt."

Welch eine nette, harmlose Art, um den heißen Brei herumzureden. Stan schien die Sache mit der Wanze im Moment nicht an die große Glocke hängen zu wollen. Angesichts der Tatsache, daß sich mit Sicherheit ein Verräter im Haus befand, war das keine so schlechte Idee.

„Ich bin Gast in deinem Nest und habe weder mit dir noch mit einem der Deinen irgendwelche Probleme." Leif klang völlig ruhig und überzeugend. Das fand ich eine beeindruckende Leistung, denn allein die Tatsache, daß er sich hier unter falschem Namen eingeschlichen hatte, war ja schon der reinste Schwindel und ein Affront und diente höchstwahrscheinlich der Wahrung irgendwelcher höchstgeheimer vampirischer Eigeninteressen.

„Verzeihen Sie bitte!" warf ich rasch ein, wobei ich versuchte, so zerbrechlich und menschlich wie irgend möglich zu klingen.

Stan schien nicht erfreut über die Unterbrechung, im Gegenteil: Er wirkte reichlich verärgert. Zum Teufel mit ihm!

„Das – das Ding, das betreffende – ist doch bestimmt nicht erst heute hier angebracht worden", sagte ich, wobei ich versuchte, das so klingen zu lassen, als sei ich sicher, daß auch Stan sich bereits über diese Tatsache klar geworden war. „Sonst hätte man keine Einzelheiten über unsere Ankunft in Dallas erfahren können."

Stan fixierte mich mit ausdrucksloser Miene.

Nun steckte ich so weit in der Tinte, da konnte mir eh schon alles egal sein! „Sie müssen mich jetzt entschuldigen, ich bin völlig erschöpft. Könnte mich Bill bitte ins Hotel bringen?"

„Isabel wird dich zurückbringen", sagte Stan. „Allein."

„Nein, Sir."

Hinter den Brillengläsern aus Fensterglas schossen Stans Augenbrauen steil empor. „Nein?" Das hörte sich an, als sei dieses Wort für ihn etwas völlig Neues.

„In meinem Vertrag ist festgeschrieben, daß ich keinen einzigen Schritt tue, es sei denn in Begleitung eines Vampirs aus meiner Region. Dieser Vampir ist Bill. Nachts gehe ich ohne ihn nirgendwo hin."

Wieder fixierte mich Stan ausführlich und mit unnachgiebiger Miene. Ich war froh, daß ich diejenige gewesen war, die die Wanze entdeckt hatte. Ich war froh, daß ich mich auch anderweitig als nützlich erwiesen hatte, denn sonst hätte ich in Stans Wigwam wohl nicht lange überlebt. „Geht", sagte der Obervampir von Dallas schließlich, woraufhin Bill und ich keine Zeit verschwendeten. Wir würden Eric ohnehin nicht helfen können, sollte Stan auf die Idee kommen, ihn zu verdächtigen. Im Gegenteil, es war durchaus möglich, daß wir ihn verrieten, ohne es zu wollen. Das galt besonders für mich: ein Wort, eine falsche Geste, die Stan sah, und schon wäre es geschehen. Immerhin beobachten und studieren die Vampire uns Menschen schon seit Jahrhunderten, und zwar wie Raubtiere, die versuchen, möglichst viel über das Wild herauszufinden, das ihnen als Beute dient.

Isabel ging mit uns aus dem Haus. Wir kletterten wieder in ihren Lexus, um uns zurück ins Silent Shore fahren zu lassen. Man konnte die Straßen von Dallas zwar auch um diese Uhrzeit nicht als leer bezeichnen, aber es ging wesentlich ruhiger zu als noch vor ein paar Stunden bei unserer Ankunft im Nest. Ich schätzte, bis zum Sonnenaufgang würden uns höchstens noch zwei Stunden bleiben.

„Danke", sagte ich höflich, als wir unter dem Baldachin des Hotels hielten.

„Mein Mensch wird dich morgen um fünfzehn Uhr abholen kommen", entgegnete Isabel.

Ich mußte mich zusammenreißen, um nicht die Hacken zusammenzuschlagen und der Vampirin ein forsches ‚Jawoll, die Dame!' zuzurufen. Statt dessen teilte ich ihr zivilisiert mit, fünfzehn Uhr sei mir recht. „Wie heißt der Mann eigentlich?" wollte ich dann noch wissen.

„Sein Name ist Hugo Ayres", antwortete Isabel.

„Gut." Daß der Mann klug war und es ihm nicht an Ideen mangelte, hatte ich bereits mitbekommen. Ich ging in die Hotelhalle, und wenige Sekunden später folgte auch Bill. Schweigend fuhren wir im Fahrstuhl zu unserer Suite.

Als wir an der Zimmertür angekommen waren, fragte Bill, ob ich meine Keycard noch hätte.

Ich hatte schon halb geschlafen. „Wo hast du denn deine?" fragte ich nicht besonders freundlich zurück.

„Ich würde gern zusehen, wenn du deine hervorholst!" erklärte Bill.

Schlagartig hob sich meine Laune, und das ganz erheblich. „Möchtest du selbst danach suchen?" schlug ich vor.

Ein männlicher Vampir mit einer schwarzen Mähne, die ihm bis zur Taille reichte, schlenderte den Flur entlang, den Arm um ein rundliches junges Mädchen mit lockigem rotem Haar gelegt. Sobald sie weiter den Gang entlang hinter einer Tür verschwunden waren, machte sich Bill daran, meine Keycard zu suchen. Er hatte sie schnell gefunden.

Kaum befanden wir uns in unserer Suite, da hob Bill mich hoch und küßte mich lange und ausführlich. Eigentlich hätten wir miteinander reden sollen, denn in der langen Nacht, die hinter uns lag, war wirklich viel passiert, aber mir war überhaupt nicht nach Reden, und Bill ging es ähnlich.

Bald fand ich heraus, daß das Nette an Röcken ist, daß man sie ganz einfach nach oben schieben kann. Wenn man darunter nur einen Tanga trägt, hat man auch den schnell beiseite geschafft. Die graue Kostümjacke landete auf dem Boden, das enge weiße Hemd direkt daneben, und ich hatte Bill die Arme um den Nacken geschlungen, ehe man noch „Fick den Vampir!" hätte sagen können.

Bill hatte sich gerade an die Wand im Wohnzimmer gelehnt, bemüht, seine Hose aufzuknöpfen, während ich mich zärtlich um ihn rankte – da klopfte es an der Tür.

„Verdammt", murmelte mein Liebster leise. „Verschwinde!" rief er dann lauter. Ich rieb mich weiterhin an ihm. Er fummelte das Hairagami und die Haarnadeln aus meiner Frisur, und gleich darauf fiel mir das lange blonde Haar weich auf die Schultern.

„Ich muß unbedingt mit euch reden!" drang eine vertraute Stimme gedämpft durch die Tür.

„Nein", stöhnte ich. „Sag, daß es nicht Eric ist!" Eric war das einzige Wesen auf der ganzen weiten Welt, dem wir die Tür öffnen *mußten*.

„Ich bin's, Eric!" drängte die Stimme.

Ich lockerte den Klammergriff meiner Beine um Bills Taille, und mein Freund ließ mich sanft zu Boden gleiten. Fuchsteufelswild stürmte ich ins Bad, um mir den Morgenmantel überzuwerfen. Ich hatte weiß Gott nicht vor, mühsam all meine Klamotten zusammenzusuchen und mich wieder zuzuknöpfen.

Als ich aus dem Bad kam, erteilte Eric Bill gerade ein Lob für die gute Arbeit, die er an diesem Abend geleistet hatte.

„Du warst natürlich wunderbar, Sookie!" gratulierte er dann auch mir, wobei er meinen recht kurzen, pinkfarbenen Morgenmantel mit anerkennendem Blick zur Kenntnis nahm. Ich blickte zu ihm auf – und auf und auf! – und verdammte ihn in die tiefsten Tiefen des Red River, und zwar mitsamt seinem umwerfenden Lächeln, den goldenen Locken und dem ganzen ansehnlichen Rest.

„Oh", sagte ich unwirsch, „schönen Dank auch, daß du hergekommen bist, um uns das mitzuteilen! Ohne ein wohlwollendes Schulterklopfen von *dir* hätten wir ja unmöglich zu Bett gehen können."

Eric wirkte einfach entzückt – soweit ihm das möglich war. „Du meine Güte!" flötete er. „Habe ich gestört? Sollte das dir gehören?"

Dabei hielt er ein schwarzes Etwas hoch, das einmal eine Hälfte meines Tangas gewesen war.

„Ja", stellte Bill fest. „Ja auf beide Fragen. Gibt es sonst noch etwas, was du mit uns besprechen wolltest, Eric?" Beim Klang von Bills kalter Stimme hätte selbst ein Eisberg angefangen zu zittern.

„Dazu bleibt heute wohl nicht mehr die Zeit." Eric klang, als bedaure er dies sehr. „Bald wird es hell, und ich muß dringend noch ein paar Sachen erledigen, ehe ich mich hinlege. Morgen jedoch müssen wir unbedingt ein Treffen arrangieren. Sobald klar ist, welche Aufträge Stan für euch hat, hinterlaßt ihr mir eine entsprechende Nachricht an der Rezeption, und wir verabreden etwas."

Bill nickte. „Auf Wiedersehen dann", sagte er.

„Ihr wollt nicht noch einen kleinen Schlummertrunk mit mir nehmen?" fragte Eric hoffnungsvoll. Hoffte er, wir würden ihm eine Flasche synthetischen Blutes anbieten? Der Blick des großen Vampirs glitt zum Kühlschrank, um sich dann wieder auf mich zu heften. Da tat es mir leid, daß ich nur ein dünnes Fähnchen aus Nylon trug, nichts anständiges Dickes aus Baumwolle oder Frottee. „Ganz warm?" fuhr Eric fort, „frisch aus der Quelle?" Bill gelang es, eisiges Schweigen zu wahren.

Seufzend trat Eric auf den Flur, den Blick bis zur letzten Sekunde auf mich gerichtet. Kaum stand er draußen, da schloß Bill die Tür hinter ihm.

„Meinst du, er bleibt da stehen und lauscht?" wollte ich nervös wissen, als mein Liebster mir den Gürtel des Morgenmantels aufknüpfte.

„Das ist mir total egal!" verkündete Bill und wandte seinen Kopf anderen Dingen zu.

* * *

Als ich gegen dreizehn Uhr aufstand, herrschte tiefste Stille im ganzen Hotel. Das Gros der Gäste schlief natürlich noch, und tagsüber ließ sich keines der Zimmermädchen hier blicken. Nachts stellten Vampire den Sicherheitsdienst – das war mir am Abend zuvor aufgefallen. Am Tage würde das anders geregelt sein müssen, wobei gerade die Sicherheit, die das Hotel tagsüber garantierte, die Gäste so tief in die Tasche greifen ließ, wenn sie hier ‚übernachten' wollten. Zum ersten Mal in meinem Leben rief ich an der Rezeption eines Hotels an und bestellte Frühstück aufs Zimmer. Da ich in der Nacht zuvor keinen Bissen gegessen hatte, war ich nun hungrig wie ein Wolf. Ich war gerade mit dem Duschen fertig geworden und hatte mich in meinen Bademantel gehüllt, als der Kellner auch schon klopfte. Nachdem ich sichergestellt hatte, daß er auch derjenige war, für den er sich ausgab, ließ ich ihn ein.

Immerhin hatte man am Vortag auf dem Flughafen versucht, mich zu entführen – Gott sei Dank erfolglos. Aber nun wollte ich lieber auf Nummer sicher gehen und nichts als gegeben hinnehmen. Während der junge Mann also mein Frühstück und den Kaffee auf dem Tisch anrichtete, hielt ich die ganze Zeit mein Pfefferspray bereit, entschlossen, dem Mann eine ordentliche Ladung zu verpassen, sollte er auch nur einen einzigen Schritt auf die Tür zu machen, hinter der Bill in seinem Sarg schlummerte. Aber der junge Kellner, Arturo, war nicht neu in diesem Metier und gut geschult. Kein einziges Mal glitt sein Blick hinüber zur Schlafzimmertür und auch mir sah er nicht direkt ins Gesicht. In Gedanken allerdings beschäftigte er sich durchaus mit mir, was dazu führte, daß ich mir wünschte, meinen BH angelegt zu haben, ehe ich ihm die Tür öffnete.

Nachdem Arturo sich zurückgezogen hatte – Bills Anweisungen folgend hatte ich der Rechnung für das Frühstück, ehe ich sie unterzeichnet hatte, noch ein Trinkgeld hinzugefügt –, aß ich alles auf, was er mir gebracht hatte: Würstchen, Pfannkuchen und eine kleine Schüssel mit Melonenbällchen. Wie köstlich das alles war! Es gab echten Ahornsirup zu den Pfannkuchen, und die Melonen waren genau so, wie sie sein sollten, reif genug, aber nicht zu reif. Auch die Würstchen schmeckten toll. Ich war froh, daß Bill nicht da war, um mir zuzusehen. Ich fühlte mich immer ein wenig unwohl, wenn er mir beim Essen zusah, denn er tat es nicht wirklich gern. Besonders verhaßt war ihm, wenn ich Knoblauch aß.

Dann putzte ich mir die Zähne, bürstete mein Haar und richtete mein Make-up, denn es wurde Zeit, mich auf meinen Besuch in der Zentrale der Bruderschaft der Sonne vorzubereiten. Ich teilte mein Haar in Strähnen, die ich oben auf dem Kopf feststeckte; darauf holte ich die Perücke aus ihrer Schachtel. Die Perücke hatte eine unauffällige braune Kurzhaarfrisur, und als Bill angeregt hatte, sie zu kaufen, hatte ich gedacht, er sei übergeschnappt. Noch immer wußte ich nicht genau, wieso er auf die Idee gekommen war, ich würde eine Perücke brauche können, aber mittlerweile war ich froh, das gute Stück zu besitzen. Ich hatte auch eine Brille aus Fensterglas, wie die Stans, die lediglich am unteren Rand ein wenig vergrößerte und die ich so ganz legitim als meine Lesebrille ausgeben konnte. Diese Brille schob ich mir auf die Nase.

Was trug man wohl als Fanatiker, wenn man einen Ort aufsuchen wollte, an dem weitere Fanatiker versammelt waren? Viel Erfahrung hatte ich nicht in dieser Frage, aber ich ging davon aus, daß Fanatiker sich konservativ kleideten – entweder, weil sie zu sehr mit anderen Dingen beschäftigt waren, um sich mit Modeangelegenheiten zu befassen oder weil sie es für eine Sünde hielten, sich schick anzuziehen. Zu Hause hätte ich einfach schnell ins nächste Einkaufszentrum fahren und mir das Nötige zusammensuchen sowie Anregungen holen können. Aber hier hockte ich nun im fensterlosen, teuren Silent Shore ... Bill hatte allerdings gesagt, ich könne jederzeit unten beim Empfang anrufen, wenn ich etwas brauchte! Das tat ich dann auch.

„Rezeption!" meldete sich eine menschliche Stimme, deutlich bemüht, den weichen Tonfall eines Vampirs nachzuahmen, der schon seit geraumer Zeit tot ist. „Womit kann ich dienen?" Am liebsten hätte ich dem Mann gesagt, es sei sinnlos, er solle es lieber lassen. Wer würde sich denn in einem Haus, in dem das Original so vielfach vertreten war, mit einer Kopie zufriedengeben?

„Sookie Stackhouse, Suite dreihundertvierzehn. Ich brauche einen langen Jeansrock, Größe achtunddreißig, und eine pastellfarbene Bluse mit Blümchenmuster oder einen pastellfarbenen Pulli, dieselbe Größe."

„Gern, die Dame", sagte der Mann nach einer längeren Pause. „Wann soll ich Ihnen die Sachen bringen lassen?"

„Bald." Mann, das machte Laune. „Je eher, desto besser." Ich gewöhnte mich rasch an das gute Leben! Es gefiel mir, mich eines Spesenkontos zu bedienen, das jemand anders auffüllte.

Während ich auf die Kleidung wartete, sah ich mir im Fernsehen die Nachrichten an. Es handelte sich um die typischen Nachrichten, wie man sie in jeder amerikanischen Stadt zu sehen bekommt: Verkehrsprobleme, Bebauungsprobleme, Morde.

„Der Polizei ist es gelungen, die Identität einer Frau festzustellen, die gestern nacht im Müllcontainer eines Hotels gefunden wurde", verkündete der Nachrichtensprecher gerade in angemessen ernsthaftem Tonfall. Er zog sogar die Mundwinkel nach unten, um zu zeigen, wie sehr ihn die Geschichte, die er da erzählen mußte, bewegte und bekümmerte. „Man fand die Leiche der einundzwanzigjährigen Bethany Rogers hinter dem Silent Shore. Das Silent Shore ist vielen in unserer Stadt wohlbekannt, da es als erstes und bislang einziges Hotel in Dallas auch untoten Gästen zur Verfügung steht. Rogers kam durch einen einzelnen, gezielten Kopfschuß ums Leben. Die Polizei spricht von Mord im Stil einer Exekution. Wie Detective Tawny Kelner unserem Reporter vor Ort mitteilte, gehen die Ermittlungen zur Zeit in verschiedene Richtungen." Nun wurde der so bemüht ernst und besorgt dreinblickende Sprecher ausgeblendet, und die Kamera richtete sich auf ein Gesicht, das echte Besorgnis ausdrückte. Ich schätzte die Beamtin auf um die vierzig, eine sehr kleine Frau, der ein langer Zopf auf den Rücken hing. Dann schwenkte die Kamera kurz zur Seite, um auch den Reporter ins Bild zu bringen, der Detective Kelner interviewte, einen kleinen, dunkelhäutigen Mann in einem fabelhaft geschnittenen Anzug. „Detective Kelner", fragte der Reporter, „stimmt es, daß Bethany Rogers in einer Vampir-Bar gearbeitet hat?"

Die Sorgenfalten auf der Stirn der Polizistin gruben sich womöglich noch tiefer ein. „Ja", antwortete sie. „Sie arbeitete dort als Kellnerin, nicht als Entertainerin." Entertainerin? Was machten denn Entertainer im Bat's Wing? „Sie arbeitete dort erst seit ein paar Monaten", fuhr die Polizeibeamtin fort.

„Können wir aus der Tatsache, daß die Leiche ausgerechnet dort deponiert worden ist, wo man sie jetzt gefunden hat, schließen, daß Vampire an diesem Verbrechen beteiligt waren?" Der Reporter fragte hartnäckiger, als ich zu fragen gewagt hätte.

„Im Gegenteil. Ich glaube, die Stelle wurde bewußt gewählt, um den Vampiren eine Nachricht zukommen zu lassen", gab Kelner kurz und ein wenig ungehalten zurück, wobei es aber gleich darauf den Anschein hatte, als bereue sie bereits, das gesagt zu haben. „Wenn Sie mich jetzt entschuldigen würden?"

„Aber sicher", erwiderte der Reporter ein wenig verdattert. Dann wandte er sich wieder direkt an die Kamera, als könne er durch sie hindurch den Nachrichtensprecher im Studio sehen. „Nun, Tom", kommentierte er, „man kann wohl sagen, daß dies ein ziemlich brisantes Thema ist."

Wieso das?

Auch der Nachrichtensprecher schien mitbekommen zu haben, daß die Worte seines Reporters wenig Sinn ergaben, denn er wandte sich rasch dem nächsten Thema zu.

Die arme Bethany war also tot, und es gab niemanden, mit dem ich darüber hätte reden können. Hastig wischte ich mir die Tränen aus dem Gesicht, die mir spontan in die Augen geschossen waren. Ich, ganz besonders ich, hatte ja wohl kaum das Recht, um dieses Mädchen zu trauern! Aber ich konnte nicht verhindern, daß ich darüber nachdachte, was mit Bethany geschehen sein mochte, nachdem man sie letzte Nacht aus dem Eßzimmer im Nest der Vampire geführt hatte. Waren an ihr keine Fangzahnspuren festgestellt worden, dann war sie ganz sicher nicht von einem Vampir umgebracht worden. Es kommt nämlich wirklich äußerst selten vor, daß sich Vampire die Gelegenheit zum Blutsaugen entgehen lassen.

Leise schniefte ich vor mich in, der Tränen wegen, die ich zu unterdrücken suchte und auch, weil mir generell miserabel zumute war. Ich ließ mich auf die Couch fallen und durchsuchte meine Handtasche nach einem Bleistift, fand aber nur einen Kugelschreiber, mit dessen Hilfe ich mich dann unter der Perücke am Kopf kratzte. Selbst in der mit einer Klimaanlage ausgestatteten Finsternis des Hotels juckte meine Kopfhaut! Wohl eine halbe Stunde saß ich so da, dann klopfte es an der Tür. Auch diesmal warf ich vorsichtig einen Blick durch den Türspion, und auch diesmal stand Arturo auf dem Flur, über dem Arm ein Bündel Kleider.

„Was Sie nicht wollen, können wir zurückgeben", sagte er, wobei er mir das Bündel reichte und sich Mühe gab, nicht neugierig auf mein Haar zu starren.

Ich bedankte mich und gab dem Mann ein Trinkgeld. Es fiel mir nicht schwer, mich an all die Annehmlichkeiten zu gewöhnen, die das Leben in diesem Hotel mit sich brachte.

Nun war es nicht mehr lange hin zum geplanten Treffen mit diesem Ayres, Isabels Zuckerschnutchen. Ich ließ den Morgenmantel fallen, wo ich gerade stand und sah mir an, was Arturo mir gebracht hatte. Die blaßgelbe Bluse mit den cremefarbenen Blümchen war genau das richtige, und der Rock ... nun ja. Einen Jeansrock hatte Arturo wohl nicht auftreiben können; so hatte er mir zwei khakifarbene Leinenröcke zur Auswahl gebracht. Aber einer von denen würde wohl auch gehen. Also probierte ich den ersten an. Er lag für meine Zwecke zu eng an, und so war ich froh, daß mir der junge Mann auch gleich noch einen zweiten gebracht hatte, der ganz anders, viel züchtiger, geschnitten war, genau richtig für den Eindruck, den ich machen wollte. Ich schlüpfte in flache Sandalen, steckte mir winzige Ohrringe in die Ohren, und schon war ich fertig zum Ausgehen. Sogar eine alte, schon etwas zerknautschte Strohhandtasche, die das ganze Ensemble abrunden würde, nannte ich mein eigen. Zwar handelte es sich leider um die Handtasche, die ich auch sonst immer trug, aber sie paßte perfekt auch zu meinem neuen Stil. Rasch nahm ich alles heraus, anhand dessen man mich als Sookie Stackhouse identifizieren konnte, wobei ich mir wünschte, darauf wäre ich schon eher gekommen und nicht erst in letzter Sekunde. Welche weiteren dringend erforderlichen Sicherheitsmaßnahmen hatte ich wohl sonst noch außer acht gelassen?

Fertig getarnt trat ich hinaus auf den stillen Flur. Er sah noch genauso aus, wie er am Abend zuvor ausgesehen hatte. Es gab weder Fenster noch Spiegel, und der Eindruck, völlig eingeschlossen zu sein, war äußerst stark, wozu auch der weinrote Teppich und die in patriotischen Blau-, Rot- und Weißtönen gehaltene Tapete nach Kräften beitrugen. Sobald ich auf den Rufknopf gedrückt hatte, glitt die Fahrstuhltür auch schon auf. Ganz allein fuhr ich hinab ins Foyer. Es gab noch nicht einmal Musik wie sonst immer in Fahrstühlen – das Silent Shore wurde seinem Namen wirklich in allen Punkten gerecht.

Als ich den Fahrstuhl in der Hotelhalle wieder verließ, konnte ich feststellen, daß seine Türen an beiden Seiten von bewaffneten Wachleuten flankiert wurden, die ein wachsames Auge auf den Haupteingang des Hotels gerichtet hielten. Dieser Eingang war offenbar verschlossen. Über den Türen selbst waren Kameras angebracht, und auf einem Bildschirm konnte man verfolgen, was unmittelbar vor dem Hotel passierte. Ein weiterer Monitor vermittelte einen Einblick ins Geschehen auf einem größeren Stück Straße.

Das alles machte den Eindruck, als rechne man hier in nächster Zukunft mit einem schrecklichen Angriff. Erschrocken, stocksteif und mit heftig klopfendem Herzen blieb ich stehen. Nachdem jedoch ein paar Sekunden lang nichts geschehen war, gelangte ich beruhigt zu der Einsicht, die Wachen stünden wohl immer dort und überwachten mit Hilfe der Monitore den Hoteleingang. Deshalb stiegen Vampire in diesem und ähnlich speziell ausgestatteten Hotels ab, wenn sie auf Reisen waren. An den Wachen vor den Fahrstühlen konnte sich nun gewiß niemand vorbeischmuggeln. Also konnte auch niemand in die Zimmer gelangen, in denen sich die schlafenden und von daher völlig hilflosen Vampire aufhielten. Das Hotel hatte horrende Preise – kein Wunder bei dem zusätzlichen Service. Die beiden Männer, die neben den Fahrstuhltüren Wache schoben, waren groß und wirkten sehr kräftig. Sie steckten wie alle Hotelangestellten in einer schwarzen Uniform. (Aus irgendeinem unerfindlichen Grund schien alle Welt der Meinung, Vampire seien von der Farbe Schwarz förmlich besessen.) In meinen Augen wirkten die Pistolen, die die beiden Wachposten am Gürtel trugen, riesig; ich muß aber zugeben, daß ich mich mit Handfeuerwaffen nicht besonders gut auskenne. Mir warfen beide nur einen kurzen Blick zu, als ich aus der Fahrstuhlkabine trat; dann konzentrierten sie sich mit leicht gelangweilten Mienen wieder ganz auf die Überwachung des Eingangsbereiches.

Selbst das Personal an der Rezeption war bewaffnet, und hinter dem Empfangstresen hingen Gewehre in einer Vorrichtung, die speziell dafür angebracht worden war. Ich fragte mich, wie weit die Angestellten wohl gehen würden, um ihre Gäste zu schützen. Waren sie bereit, andere Menschen zu erschießen, wenn diese als Eindringlinge kamen? Was wären die juristischen Folgen, wenn so etwas geschah?

In einem der Sessel, die in Abständen den Marmorboden der Eingangshalle zierten, hatte es sich ein Mann mit Brille bequem gemacht. Er mochte etwa dreißig Jahre alt sein, groß und schlaksig mit sandfarbenem Haar. Er trug einen leichten khakifarbenen Sommeranzug aus Leinen, dazu Halbschuhe. Der Tellerwäscher aus dem Nest der Vampire!

„Hugo Ayres?“ fragte ich.

Er sprang auf, um mir die Hand zu schütteln. „Sie sind Sookie? Aber Ihr Haar ... Sie waren gestern nacht blond.“

„Ich bin nach wie vor blond. Das ist nur eine Perücke.“

„Sieht aus wie echt.“

„Wunderbar. Sind Sie so weit? Können wir gehen?“

„Mein Wagen steht vor der Tür.“ Der Mann berührte leicht meinen Rücken, um mir die Richtung zu zeigen, als fürchte er, ich könne ohne seine Hilfe den Weg zur Tür nicht finden. Ich wußte die Höflichkeit dieser Geste zu schätzen, nicht jedoch das, was sie mir unter Umständen unterstellte. Ich versuchte, ein Gefühl dafür zu bekommen, was für ein Mensch dieser Hugo Ayres war. Das Englisch, das er sprach, hatte einen texanischen Einschlag; er hatte sich nicht die Mühe gemacht, es zu nivellieren und den Nachrichtensprechern aus dem Radio anzupassen, die sich eine Mischung aus dem Akzent des nördlichen Mittleren Westens und der Hochsprache der Ostküste zuzulegen pflegten.

„Wie lange sind Sie jetzt schon mit Isabel zusammen?“ fragte ich ihn, als wir in seinem Caprice saßen und gerade dabei waren, die Sicherheitsgurte anzulegen.

„Das dürften mittlerweile elf Monate sein“, erwiderte Hugo. Was für große Hände der Mann hatte – beide Handrücken von Sommersprossen übersät. Es wunderte mich sehr, daß Hugo nicht irgendwo in einem Vorort lebte, zusammen mit einer Frau, die sich Strähnchen ins Haar machen ließ und zwei sandfarbenen, sommersprossigen Kindern.

„Sind Sie geschieden?“ fragte ich impulsiv. Dann tat es mir leid, mit ansehen zu müssen, wie sich sein Gesicht bekümmert verzog.

„Ja“, sagte er. „Noch nicht lange.“

„Das tut mir leid.“ Ich wollte schon nach Kindern fragen, aber dann wurde mir klar, daß mich das eigentlich gar nichts anging. Ich hatte seinen Gedanken gut genug folgen können, um zu wissen, daß er eine kleine Tochter hatte, hatte aber weder Alter noch Namen des Kindes mitbekommen können.

„Stimmt es, daß Sie Gedanken lesen können?“ wollte er von mir wissen.

„Ja, das stimmt.“

„Kein Wunder, daß die Sie so attraktiv finden.“

Autsch, Hugo, das tat weh. „Das ist wahrscheinlich einer der Gründe“, sagte ich, wobei ich mich bemühte, möglichst unbeteiligt zu klingen. „Welchem Broterwerb gehen Sie nach?“

„Ich bin Anwalt“, erwiderte Hugo.

„Kein Wunder, daß Sie für die so attraktiv sind“, sagte ich daraufhin, und mein Tonfall war weiterhin so neutral, wie ich es irgend fertig brachte.

„Das hatte ich verdient, nehme ich an“, sagte Hugo nach einer längeren Pause.

„Vergessen wir das. Wir sollten uns eine gute Geschichte zur Tarnung ausdenken.“

„Könnten wir Schwester und Bruder sein?“

„Das ist denkbar. Ich habe schon Geschwisterpaare erlebt, die einander weniger ähnlich sahen, als wir das tun. Aber wenn wir uns als

Liebespaar ausgeben, würde das eher erklären, warum wir so wenig voneinander wissen. Falls wir getrennt werden und man uns einzeln befragt. Ich sage ja nicht, daß so etwas auf jeden Fall passieren wird; ich wäre sogar sehr erstaunt, wenn es wirklich passierte. Aber für den Fall aller Fälle: Wären wir Geschwister, so würde man erwarten können, daß wir alles voneinander wissen."

„Da haben Sie recht. Warum erzählen wir denen nicht einfach, wir hätten uns vor kurzem in der Kirche kennengelernt? Sie sind gerade erst nach Dallas gezogen, und ich lernte Sie im Bibelkreis der Sonntagsschule der Methodistengemeinde von Glen Craigue kennen. Das ist die Gemeinde, der ich wirklich auch angehöre."

„Das hätten wir dann also. Was halten Sie davon, wenn ich behaupte, ich sei die Managerin eines Restaurants?" Die Rolle würde ich spielen können, wenn man mich nicht allzu eingehend befragte. Immerhin kellnerte ich ja im Merlottes.

Hugo schien überrascht, meinte dann aber, die Geschichte höre sich gut an und sei auch nah genug an der Wahrheit, um glaubwürdig vorgetragen werden zu können. „Ich bin kein guter Schauspieler", sagte er dann. „Ich bleibe lieber der, der ich bin. Mir wird schon nichts geschehen."

„Wie haben Sie und Isabel einander kennengelernt?" fragte ich, denn natürlich war ich ungeheuer neugierig, was diese Frage betrifft.

„Ich vertrat Stan vor Gericht. Nachbarn hatten gegen ihn geklagt. Sie wollten die Vampire nicht in ihrer Wohngegend dulden. Die Nachbarn verloren." Hugo hatte gemischte Gefühle, was seine Beziehung zu einer Vampirin betraf und war sich auch nicht sicher, ob es wirklich richtig gewesen war, das Verfahren vor Gericht damals zu gewinnen.

Hugos Gefühle Isabel gegenüber waren unter dem Strich total gemischt!

Das hatte mir gerade noch gefehlt! Nun hatte ich noch mehr Angst vor der Mission, zu der wir aufgebrochen waren, als zuvor schon. „Wurde in der Zeitung darüber berichtet? Daß Sie Stan als Anwalt vertreten haben?" fragte ich.

Hugo wirkte niedergeschlagen. „Ja. Es stand in der Zeitung. Verdammt! Vielleicht erkennt ja jemand dort meinen Namen wieder! Oder mich – mein Bild war nämlich auch in der Zeitung."

„Das kann unter Umständen ein Vorteil sein. Sie erzählen denen einfach, nachdem Sie die Vampire besser kennengelernt hätten, hätten Sie erkannt, daß es ein Fehler war, sie vor Gericht zu vertreten."

Hugo dachte über meinen Vorschlag nach, während sich seine riesigen sommersprossigen Hände ruhelos auf dem Lenkrad hin- und herbewegten. „Gut", sagte er schließlich. „Wie gesagt: Ein großer Schauspieler bin ich nicht, aber ich denke, das bringe ich schon zustande."

Ich schauspielere eigentlich die ganze Zeit, um mich machte ich mir weiter keine Sorgen. Wenn man als Kellnerin die Bestellung eines Mannes aufnimmt und gleichzeitig so tut, als bekäme man gar nicht mit, daß er sich fragt, ob die Haare, die man an anderen Stellen des Körpers hat, wohl auch so blond sind wie die auf dem Kopf, dann ist das eine ungeheuer gute Übung in Schauspielerei. Meist kann man den Leuten ja keine Vorwürfe machen für das, was sie denken. Man muß einfach lernen, es sich nicht zu Herzen zu nehmen und über den Dingen zu stehen.

Ich hatte Hugo eigentlich vorschlagen wollen, mich bei der Hand zu nehmen, sollten die Dinge irgendwie heikel werden, um mir so gedanklich mitteilen zu können, wie er sich unser weiteres Vorgehen vorstellte. Aber die gemischten Gefühle, die um den Mann waberten wie billiges Rasierwasser, veranlaßten mich zu schweigen. Gut möglich, daß der Mann Isabel sexuell verfallen war; unter Umständen liebte er sie sogar, liebte die Gefahr, die sie repräsentierte. Aber ich glaube nicht, daß er sich ihr ganz und gar, mit Herz und Hirn, verschrieben hatte.

Es folgte ein kurzer, unangenehmer Moment, in dem ich mich selbstkritisch fragte, ob Ähnliches nicht auch auf Bill und mich zutraf. Es war jetzt aber weder die rechte Zeit noch der rechte Ort, dieser Frage nachzugehen. Aus Hugos Kopf drangen genügend Gedanken zu mir herüber, die die Frage nahelegten, ob ich ihm auch wirklich voll und ganz vertrauen konnte, was unsere kleine Mission betraf. Von dieser Überlegung zur Frage, wie sicher ich mich in seiner Gegenwart fühlen konnte, war nur ein kleiner Schritt. Zudem fragte ich mich, wie viel Hugo Ayres wohl von mir wußte. Letzte Nacht hatte er sich nicht in dem Zimmer aufgehalten, in dem ich arbeitete, und Isabel machte auf mich nicht den Eindruck einer besonders schwatzhaften Frau. Es war also durchaus möglich, daß der Mann gar nicht allzuviel über mich mitbekommen hatte.

Die vierspurige Straße, die durch einen großen Vorort führte, war lange gesäumt von den Filialen verschiedener Schnellimbißketten sowie aller möglichen überall in den USA vertretenen Ladenketten, aber nach und nach wurden die Geschäfte weniger, Wohnhäuser traten an ihre Stelle, und aus dem Beton links und rechts der Fahrspuren wurden grüne Rasenflächen. Die Verkehrsdichte jedoch schien nicht nachlassen zu wollen. In einer Stadt von dieser Größe hätte ich auf Dauer nicht leben können! Mit einem solchen Leben würde ich im Alltag nicht fertig werden.

Nun näherten wir uns einer großen Kreuzung. Hugo fuhr langsamer und blinkte. Wir schickten uns an, auf den Parkplatz einer riesigen Kirche einzubiegen; zumindest hatte das Gebäude früher einmal als Kirche gedient. Das Gotteshaus war an den Maßstäben von Bon Temps gemessen ungeheuer groß. Wo ich herkam, hätten es nur die Baptisten geschafft, ein solches Gotteshaus zu füllen, und das auch nur, wenn sie alle Gemeinden der Gegend zusammenriefen. Das Gotteshaus war zweistöckig; es wurde rechts und links von zwei langen, einstöckigen Flügeln flankiert. Das ganze Haus war aus weißgestrichenen Ziegeln errichtet worden, die Fenster bestanden aus Buntglas. Das Haus war von einer Rasenfläche umgeben, die so grün war, daß man unwillkürlich geneigt war zu glauben, hier sei Chemie zum Einsatz gekommen, und der Parkplatz, der zu dem Komplex gehörte, war enorm.

Auf dem gepflegten Rasen stand ein großes Schild mit der Aufschrift: ZENTRALE DER BRUDERSCHAFT DER SONNE – nur Jesus ist von den Toten auferstanden!

Während ich meine Wagentür öffnete und Hugos Auto entstieg, schnaubte ich: „Das stimmt doch gar nicht. Lazarus ist auch auferstanden. Diese Typen haben noch nicht mal die Bibel richtig gelesen."

„Mit dieser Haltung kommen Sie im Moment nicht weit", warnte mich Hugo, während er ausstieg und den Wagen abschloß. „Die sollten Sie sich schleunigst aus dem Kopf schlagen. Sie werden mir zu sorglos, wenn Sie so verächtlich über die Bruderschaft denken! Diese Leute sind gefährlich. Sie haben öffentlich erklärt, zwei Vampire an kommerzielle Blutsauger übergeben zu haben. Das haben sie damit begründet, daß so die Menschheit zumindest vom Tod dieser Vampire profitieren könne."

„Die geben sich mit kommerziellen Blutsaugern ab?" Mir wurde schlecht. Diese Blutsauger gingen einer extrem gefährlichen Arbeit nach: Sie lockten Vampire in die Falle, fesselten sie mit silbernen Ketten und ließen sie zur Ader, bis die armen Wesen völlig blutleer waren.

Das Blut wurde auf dem Schwarzmarkt teuer verkauft. „Die Leute in dieser Zentrale haben Vampire an die Blutsauger weitergegeben?"

„Das behauptete zumindest ein Mitglied der Bruderschaft in einem Zeitungsinterview. Natürlich hat sich der Anführer der Bruderschaft am nächsten Tag vor allen Fernsehkameras lautstark von dieser Erklärung distanziert und die ganze Sache vehement geleugnet, aber ich glaube, das war nur Show. Die Bruderschaft vernichtet Vampire auf jede nur denkbare und mögliche Art und Weise. Sie ist der Ansicht, Vampire seien abartig und des Teufels und von daher zu allem bereit und in der Lage. Wenn man der beste Freund eines Vampirs ist, können die Leute hier einen ganz schön unter Druck setzen, wenn sie es darauf anlegen. Das sollten Sie nicht vergessen, ehe Sie da drin den Mund aufmachen."

„Das gilt aber auch für Sie, Sie Experte für düstere Warnungen."

Langsam näherten wir uns dem Gebäude, wobei wir Gelegenheit hatten, es uns erst einmal von außen ganz genau anzusehen. Etwa zehn Wagen standen auf dem Parkplatz – alte, teilweise recht zerbeulte, aber auch funkelnagelneue Wagen der gehobenen Fahrzeugklasse. Am besten gefiel mir ein schneeweißer Lexus, der so schön war, daß man fast hätte denken können, er gehöre einem Vampir.

„Irgendwer macht wohl gute Geschäfte mit dem Haß", bemerkte Hugo.

„Wer ist der Chef hier?"

„Ein Typ namens Steve Newlin."

„Wetten, daß das sein Auto ist?"

„Das würde den Aufkleber auf der Stoßstange erklären."

Ich nickte. Der Aufkleber lautete WEG MIT DEM ‚UN' BEI DEN UNTOTEN. Am Rückspiegel baumelte die Nachbildung eines Pfahls – oder war es gar keine Nachbildung?

Dafür, daß Samstag war, herrschte in der Zentrale reges Treiben. Neben dem Gebäude befand sich ein umzäuntes Stück Land mit einigen Schaukeln und Klettergerüsten. Dort spielten, beaufsichtigt von einem gelangweilten Teenager, ein paar Kinder. Von Zeit zu Zeit schaffte es der Teenager sogar, von den Fingernägeln aufzusehen, an denen er herumfeilte, und einen Blick auf die spielenden Kleinen zu werfen, um festzustellen, ob noch alles in Ordnung war. Da es bei weitem nicht so heiß war wie am Tag zuvor – anscheinend hatte der Sommer nun wirklich seine letzte Schlacht geschlagen und war verdammt dazu, sich zurückzuziehen, wofür Gott gedankt sein sollte – stand die Tür zum Haus offen, um den schönen Tag und die milden Temperaturen einzulassen.

Hugo nahm meine Hand. Überrascht zuckte ich zusammen, aber rasch wurde mir klar, daß er das nur tat, damit wir eher wie ein Pärchen aussahen. Er persönlich hatte kein Interesse an mir, was mir gerade recht war. Wir brauchten ein paar Sekunden, um unsere Schritte einander anzupassen, aber dann, glaube ich, sahen wir recht normal aus. Durch den Körperkontakt waren mir Hugos Gedanken noch leichter zugänglich als vorher; ich stellte fest, daß er wohl besorgt, aber auch fest entschlossen war. Er fand es unangenehm, mich anfassen zu müssen. Dieses Gefühl kam stark zu mir herüber, danach fühlte ich mich so Hand in Hand mit ihm nicht mehr wirklich wohl. Es war ja wunderbar, daß der Mann kein Interesse an mir hatte! Aber daß er einen regelrechten Widerwillen mir gegenüber empfand, verunsicherte mich nun doch nicht unerheblich. Hinter diesem Widerwillen verbarg sich nämlich noch etwas anderes, eine Grundhaltung ... aber nun tauchten direkt vor uns Leute auf, und so konzentrierte ich mich auf meine Arbeit. Ich spürte, wie sich meine Lippen wieder einmal zu dem vertrauten Lächeln verzogen.

Bill hatte in der Nacht zuvor daran gedacht, meinen Hals in Ruhe zu lassen; so brauchte ich keine Fangzahnspuren zu verbergen. Der Tag war schön, ich trug die passende Kleidung für die Gelegenheit – da fiel es mir nicht schwer, einen fröhlichen, ausgeglichenen Eindruck zu machen, als Hugo und ich nun einem Pärchen mittleren Alters zunickten, das gerade aus der Eingangstür der Zentrale der Bruderschaft trat.

An den beiden vorbei betraten wir das Haus, in dem ein angenehmes Halbdunkel herrschte. Der Hautpeingang hatte uns in den Seitenflügel geführt, der früher einmal wohl die Räume der Sonntagsschule der Kirche beherbergt hatte. An den Türen zu beiden Seiten des Flures hingen Hinweisschilder, die relativ neu wirkten: ‚Haushalt und Finanzen' stand dort, ‚Werbung' und, in meinen Augen besonders vielsagend, ‚Öffentlichkeitsarbeit und Pressekontakte'.

Aus einer Tür weiter hinten im Flur trat nun eine Frau und kam den Flur hinunter auf uns zu. Sie mochte Mitte vierzig sein, mit wunderschöner Haut und kurzen braunen Haaren. Auf den ersten Blick machte die Frau einen sehr angenehmen Eindruck auf mich; sie wirkte irgendwie lieb und nett. Das sehr rosafarbene Rosa auf ihren Lippen war farblich perfekt abgestimmt auf das sehr rosafarbene Rosa auf ihren Fingernägeln, und ihre Unterlippe ragte ein wenig über die Oberlippen hinaus, was ihr einen überraschend sinnlichen Schmollmund verschaffte. Diese Sinnlichkeit stand in provokantem Widerspruch zu den angenehmen Rundungen, die der Körper der Frau sich zugelegt hatte. Sie trug einen Jeansrock und einen Strickpulli, den sie sich ordentlich in den Rockbund gesteckt hatte – es sah fast haargenau so aus wie die Kombination, die ich gewählt hatte. Im Geiste klopfte ich mir lobend auf die Schulter.

„Kann ich Ihnen helfen?" fragte die Frau, wobei sie hoffnungsvoll dreinschaute.

„Wir würden uns gern über die Bruderschaft informieren", sagte Hugo, wobei er einen mindestens ebenso netten und ernsthaften Eindruck machte wie unsere neue Bekannte. Diese trug, wie ich jetzt erst bemerkte, ein Namensschild, auf dem der Name S. NEWLIN stand.

„Wir freuen uns, daß Sie den Weg zu uns gefunden haben!" verkündete die Frau. „Ich bin die Frau des Direktors, Steve Newlin. Ich heiße Sarah." Daraufhin schüttelte sie Hugo die Hand, mir nicht. Manche Frauen finden es falsch, anderen Frauen die Hand zu schütteln, also machte ich mir darüber keine Gedanken.

Höflich versicherten wir einander reihum, wie froh wir seien, einander kennenzulernen. Dann wies Sarah mit einer perfekt manikürten Hand auf eine Doppeltür am Ende des Flurs. „Wenn Sie mir folgen würden, zeige ich Ihnen, wie wir die Dinge bewegen, die wir bewegen wollen." Dabei lachte sie leise, als sei die Vorstellung, wirklich das zuwege zu bringen, was man sich vorgenommen hatte, ein wenig lächerlich.

Entlang des Flures standen sämtliche Türen offen, und in den Räumen dahinter herrschte eine geschäftige, aber völlig offene Arbeitsatmosphäre. Das, was hier getan wurde, durfte jeder sehen, und jeder konnte sich daran beteiligen. Sollte die Organisation, der der Mann von Mrs. Newlin vorstand, irgendwo Gefangene verstecken oder der Planung und Durchführung verdeckter Operationen nachgehen, dann wurden diese Dinge in einem anderen Teil des Gebäudes betrieben. Ich sah mir alles so genau wie möglich an, entschlossen, meinen Kopf mit denkbar vielen Informationen zu füllen. Bis jetzt wirkte das Innere der Zentrale der Bruderschaft der Sonne ebenso blendend sauber wie deren Äußeres und die Menschen, die hier arbeiteten, machten beileibe keinen finsteren oder heimtückischen Eindruck.

Mit scheinbar lockeren, in Wirklichkeit aber zügigen, ausgreifenden Schritten ging Sarah vor uns her, wobei sie in kurzer Zeit eine erstaunliche Wegstrecke bewältigte. Sie hielt einen Stapel Aktenmappen an die Brust gedrückt und plauderte munter über die Schulter mit uns; das von ihr angeschlagene Tempo jedoch stellte sowohl Hugo als auch mich vor eine ziemliche Herausforderung. Wir hielten nicht länger Händchen; wir mußten lange Schritte machen und uns ordentlich anstrengen, wenn wir mit der Frau Schritt halten wollten.

Der Gebäudekomplex erwies sich als viel größer, als ich zunächst vermutet hatte. Am äußersten Ende des rechten Flügels hatten wir das Haus betreten; nun durchquerten wir gerade das, was einmal das eigentliche Gotteshaus gewesen war. Inzwischen hatte man das Kirchenschiff mit Tischen und Bänken ausgestattet und nutzte es offenbar als Versammlungshalle. Von dort aus gelangten wir in den zweiten Seitenflügel. In diesem gab es weniger Räume als im ersten, und sie waren insgesamt größer. Das Zimmer, das dem eigentlichen Gotteshaus am nächsten lag, hatte früher wohl dem Pfarrer als Büro gedient. Nun prangte ein Schild mit der Aufschrift: G. *STEVEN NEWLIN, DIREKTOR* an seiner Tür.

Dies war die erste geschlossene Tür, die ich in diesem Haus bisher zu Gesicht bekommen hatte.

Sarah klopfte, wartete kurz und trat ein. Hinter dem Schreibtisch saß ein großer, schlaksiger Mann, der sich bei unserem Eintreten erhob, um uns erwartungsvoll und strahlend entgegenzusehen. Irgendwie schien der Kopf des Mannes zu klein für den Körper. Seine Augen waren blau und wirkten verschwommen; seine Nase war so spitz und so stark gebogen, daß sie fast schon wie ein Schnabel wirkte, und sein Haar war fast ebenso braun wie das seiner Frau, nur daß sich bereits einige Strähnchen Grau in dieses Braun mischten. Ich hätte nicht genau sagen können, welche Vorstellungen von einem Fanatiker bei mir im Kopf herumspukten, aber der Mann da hinter dem Schreibtisch wollte diesen Vorstellungen so ganz und gar nicht entsprechen. Fast schien es, als würde ihn das Leben, das zu führen er sich entschieden hatte, eher belustigen, als könne er sich selbst nicht recht ernst nehmen.

Er hatte sich gerade mit einer Frau unterhalten, die stahlgraues Haar hatte. Die Frau trug Hosen und eine Bluse, machte aber den Eindruck, als hätte sie sich in einem Geschäftskostüm wohler gefühlt. Sie war perfekt und nicht gerade unauffällig geschminkt und wirkte verärgert über irgend etwas – vielleicht über die Störung, die wir durch unser Eintreten verursacht hatten.

„Was kann ich denn heute für Sie tun?" fragte Steve Newlin, während er gleichzeitig Hugo und mich mit einer Handbewegung aufforderte, doch Platz zu nehmen. Wir setzten uns auf die beiden grünen Ledersessel direkt vor dem Schreibtisch, und Sarah, die eigentlich gar nicht zum Sitzen aufgefordert worden war, wählte einen ähnlichen Sessel, der an der einen Wand stand. „Entschuldige, Steve", sagte sie dabei, um gleich darauf fortzufahren: „Kann ich Ihnen etwas zu trinken bringen? Kaffee? Limo?"

Hugo und ich sahen einander an und schüttelten den Kopf.

„Schatz, das sind – oh, ich habe noch nicht einmal nach Ihren Namen gefragt!" Sie warf uns einen charmant verwirrten, fragenden Blick zu.

„Mein Name ist Hugo Ayres", erklärte Hugo, „und das hier ist meine Freundin Marigold."

Marigold? War der Typ *meschugge?* Es fiel mir schwer, das Lächeln, das mir auf den Lippen klebte, nicht verrutschen zu lassen. Dann sah ich die Vase mit Ringelblumen auf dem Tisch neben Sarah und wußte zumindest, wie er auf die Idee gekommen war. Einen Fehler hatten wir also bereits gemacht; natürlich hätten wir die Frage mit den Namen auf der Herfahrt klären müssen. Wenn die Bruderschaft für die Wanze verantwortlich war, dann konnte man mit Fug und Recht annehmen, daß ihr der Name Sookie Stackhouse vertraut war. Gott sei Dank war Hugo das wohl klar gewesen.

„Hugo Ayres – der Name sagt uns etwas, nicht wahr, Sarah?" Steve Newlins Gesicht drückte aus, daß der Mann angestrengt nachdachte: die Stirn gerunzelt, die Brauen fragend emporgezogen, der Kopf leicht zur Seite geneigt.

„Ayres?" wiederholte die Frau mit dem stahlgrauen Haar nachdenklich. „Ich bin im übrigen Polly Blythe, die Zeremonienmeisterin der Bruderschaft."

„Oh Polly, das tut mir so leid! Ich war abgelenkt und habe ganz vergessen, dich vorzustellen!" Sarah warf den Kopf leicht nach hinten, und auch ihre Stirn legte sich in Falten – um sich dann aber umgehend wieder zu glätten. Sie strahlte ihren Mann an: „Gab es da nicht einen Anwalt, der Hugo Ayres hieß? Der, der die Vampire im Rechtsstreit mit den Anwohnern am University Park vertreten hat?"

„Stimmt", sagte Newlin, wobei er sich in seinem Stuhl zurücklehnte und die langen Beine übereinander schlug. Er winkte jemandem zu, der auf dem Flur entlanggging, dann schlang er die ineinander gefalteten Hände um die Knie. „Interessant, daß Sie uns einen Besuch abstatten! Dürfen wir hoffen, daß Sie inzwischen auch die andere Seite des Vampirproblems zu Gesicht bekommen haben?" Aus sämtlichen Poren des Direktors drang tiefe Befriedigung, so greifbar wie der Gestank, der von einem Stinktier ausgeht kann.

„So kann man es ausdrücken, und das wäre vielleicht auch angemessen ...", setzte Hugo an, aber Steves Stimme rollte über ihn hinweg und immer weiter und weiter.

„Die blutsaugende, die finstere Seite der Vampirexistenz? Haben auch Sie herausgefunden, daß sie uns alle umbringen wollen, daß sie über uns herrschen wollen mit ihrer verräterischen Art und ihren leeren Versprechungen?"

Meine Augen waren so rund wie Untertassen. Sarah nickte ernst und nachdenklich vor sich hin, wobei sie immer noch so süß und nichtssagend aussah wie ein Vanillepudding. Polly dagegen machte den Eindruck, als erlebe sie gerade einen düsteren Orgasmus. Steve fuhr immer noch lächelnd fort: „Wissen Sie, es mag sich ja gut anhören, die Sache mit dem ewigen Leben hier auf Erden, aber sie verlieren dabei die Seele und dann, irgendwann einmal, wenn ich sie erwische nämlich – das muß natürlich nicht ich selbst sein, vielleicht ist es auch erst mein Sohn oder irgendwann meine Enkelin –, dann pfählen wir sie und verbrennen sie und dann landen sie in der finstersten Hölle. Die wird nicht besser dadurch, daß man die Reise dorthin aufgeschoben hat! Für Vampire hält unser Herr nämlich eine spezielle Ecke bereit! Für Vampire, die Menschen benutzt haben wie Klopapier, benutzt und ins Klo gespült und ..."

Igittigitt. Das ganze ging rasend schnell den Bach runter. Von Steve bekam ich nichts weiter mit als diese schier bodenlose, strahlende Selbstzufriedenheit, gepaart mit einem ordentlichen Schuß Schlauheit – keine einzige konkrete Information.

„Entschuldige, Steve?" erklang mit einem Mal von der Tür her eine tiefe Stimme. Ich drehte mich um und sah einen gutaussehenden, schwarzhaarigen Mann mit kurzgeschnittenem Haar und der Muskulatur eines Gewichthebers dort stehen. Er lächelte die im Zimmer Anwesenden mit derselben Herzlichkeit und Gutwilligkeit an, die alle hier zur Schau stellten. Anfänglich hatte diese Herzlichkeit mich beeindruckt. Inzwischen fand ich sie einfach unheimlich. „Unser Gast wartet", fuhr der Neuling fort.

„Wirklich? Noch eine Minute“, antwortete Steve.

„Mir wäre es lieber, du kämest jetzt gleich. Ich bin sicher, deine Besucher haben nichts dagegen, etwas zu warten?“ Der Schwarze mit dem Kurzhaarschnitt warf Hugo und mir einen bittenden Blick zu, und Hugo dachte unvermittelt an einen dunklen Ort tief unter dem Erdboden. Ein kurzer Gedanke nur, der ihm in Bruchteilen einer Sekunde durch den Kopf huschte, den ich aber höchst merkwürdig fand.

„Gabe, ich komme, sobald ich das Gespräch mit unseren Gästen beendet habe“, erklärte Steve fest und entschieden.

„Aber Steve ...“ Gabe wollte nur ungern nachgeben, aber da traf ihn ein wütender Blick aus Steves Augen. Der Direktor hatte sich im Stuhl aufgerichtet und hielt die Beine nicht mehr lässig übereinandergeschlagen. Gabe verstand die Botschaft. Er warf seinem Vorgesetzten einen Blick zu, der wenig Verehrung beinhaltete, dann ging er.

Der Wortwechsel der beiden hatte vielversprechend geklungen. Ich fragte mich, ob sich Farrell wohl irgendwo in diesem Haus befand, hinter einer verschlossenen Tür. Ich malte mir schon aus, wie es sein würde, wenn ich ins Nest der Vampire von Dallas zurückkehrte, um Stan haargenau mitzuteilen, wo sein verschwundener Nestbruder gefangengehalten wurde. Dann ...

Ja, was dann? Dann würde Stan zum Angriff auf die Bruderschaft blasen, alle Mitglieder umbringen, Farrell befreien und dann ... ach du meine Güte!

* * *

„Wir wollten eigentlich nur wissen, ob hier in nächster Zeit irgendwelche größeren Veranstaltungen geplant sind, an denen wir vielleicht teilnehmen könnten. Irgend etwas, was uns einen Einblick in die Arbeit geben könnte, die hier geleistet wird.“ Hugo klang interessiert. „Vielleicht kann uns ja auch Miss Blythe diese Frage beantworten, wo sie doch gerade hier ist.“

Ich bekam mit, daß Polly Blythe Steve einen Blick zuwarf, ehe sie antwortete und daß Steves Miene recht verschlossen wirkte. Polly Blythe erklärte, sie sei höchst erfreut darüber, von uns um Auskunft gebeten worden zu sein und freue sich überhaupt darüber, daß wir den Weg hierher gefunden hatten, um die Bruderschaft zu besuchen und uns über deren Aktivitäten zu informieren.

„Es sind in der Tat einige größere Veranstaltungen geplant", fuhr die grauhaarige Frau fort. „Heute nacht wird es zum Beispiel eine besondere Nacht der Kirche geben und danach, am Sonntagmorgen, planen wir ein Sonnenaufgangsritual." „Das klingt sehr interessant!" warf ich ein. „Ist das wörtlich zu verstehen? Das Ritual findet bei Sonnenaufgang statt?"

„Oh ja, haargenau bei Sonnenaufgang sogar. Wir rufen vorher den Wetterdienst an, um ganz sicher zu gehen", sagte Sarah lachend.

„Unser Gottesdienst bei Sonnenaufgang ist unvergleichlich", meinte Newlin. „Unglaublich inspirierend – Sie werden ihn nie vergessen."

„Was für eine Zeremonie – nun: Was genau geschieht bei Sonnenaufgang?" wollte Hugo nun wissen.

„Es erfolgt der Beweis dafür, daß Gott allmächtig ist", lächelte Newlin. „Sie werden diesen Beweis mit eigenen Augen sehen können."

Das klang wirklich äußerst unheilverkündend! „Oh Hugo!" rief ich aus. „Wie aufregend, nicht?"

„Wirklich aufregend!" pflichtete Hugo mir bei. „Wann soll die Nacht der Kirche denn anfangen?"

„Um achtzehn Uhr dreißig. Wir möchten, daß unsere Mitglieder hier eintreffen, ehe *sie* sich erheben."

Einen Moment lang war ich verwirrt, dann wurde mir klar, daß Steve damit meinte, er wolle alle Mitglieder versammelt haben, ehe die Vampire sich erhoben.

„Aber irgendwann wird die Gemeinde ja auch wieder heimgehen. Was dann?" Ich konnte nicht anders, ich mußte diese Frage einfach stellen.

„Oh, Sie haben wohl nie als Teenanger an einer Nacht der Kirche teilgenommen?" rief Sarah aus. „Es macht solchen Spaß! Die ganze Gemeinde kommt, und alle bringen ihre Schlafsäcke mit. Wir kochen und essen zusammen, spielen ein paar Spiele, lesen aus der Bibel vor, eine Predigt gibt es auch, und wir alle verbringen die ganze Nacht zusammen in der Kirche." Also war die Bruderschaft durchaus eine Gemeinde, zumindest in Sarahs Augen, und das Haus, in dem wir uns gerade befanden, war und blieb für sie ein Gotteshaus. Wahrscheinlich sahen die anderen Mitglieder der Geschäftsführung das ähnlich. Wenn es aussah wie eine Kirche und arbeitete wie eine Kirche, dann war es auch eine Kirche, ganz gleich, welchen Steuerstatus die Bruderschaft hatte.

Ich hatte als Teenager durchaus an ein paar solchen Kirchennächten teilgenommen und war damals kaum in der Lage gewesen, diese Veranstaltungen zu ertragen. Ein Haufen Pubertierender, die ganze Nacht streng bewacht in einem Gebäude eingesperrt, dazu eine schier endlose Flut an Filmen, Süßkram, irgendwelchen Aktivitäten, Limonade und Cola. Zudem für mich außer all dem Gekreische und Gejohle ein wahres mentales Bombardement aus den hormongesteuerten Ideen und Impulsen der anderen Teenager, unter dem ich jedesmal stark gelitten hatte.

Das würde jetzt anders sein, versicherte ich mir. Hier würden heute nacht nur Erwachsene beisammen sein, und zwar Erwachsene, die alle durch ein bestimmtes Vorhaben miteinander verbunden waren. Da würden bestimmt nicht Millionen Chipstüten herumliegen, und unter Umständen konnte man sogar halbwegs vernünftig schlafen. Wenn Hugo und ich daran teilnahmen, ergab sich vielleicht die Gelegenheit, das ganze Gebäude zu durchsuchen und Farrell zu retten. Ich war sicher, daß er derjenige war, der am Sonntag bei Tagesanbruch der Sonne entgegentreten sollte, ob er nun die Wahl hatte oder nicht.

„Sie sind herzlich willkommen", sagte Polly. „Es ist genug zu essen da, und wir haben auch genügend Feldbetten."

Wir warfen einander unsichere Blicke zu.

„Lassen Sie uns zuerst einen Rundgang durch das Haus machen", schlug Sarah vor. „Ich begleite Sie. Dann können Sie sich alles in Ruhe ansehen und sich danach entscheiden." Ich nahm Hugos Hand und empfing einen wahren Schwall gemischter Gefühle. Die zerrissene Gefühlswelt meines Begleiters erfüllte mich nicht gerade mit Vertauen. *Bloß weg hier! d*achte er.

Ich warf meine bisherigen Pläne über Bord. Wenn Hugo so verstört war, dann sollten wir eigentlich wirklich nicht mehr hier sein. Alle Fragen, die wir noch nicht geklärt hatten, konnten warten. „Wir gehen zu mir und packen unsere Schlafsäcke und die Kissen, Schatz!" verkündete ich fröhlich. „Was meinst du?"

„Ich muß auch noch die Katze füttern", meinte Hugo. „Aber wir kommen wieder. Um halb sieben, sagten Sie?"

„Steve, haben wir im Lager nicht noch ein paar alte Schlafsäcke?" fragte Sarah. „Noch von damals, als das andere nette Pärchen eine Weile hier bleiben wollte?"

„Sie sehen, am liebsten würden wir Sie hier behalten, bis die anderen kommen!" drängte Steve, dessen Lächeln wieder so strahlend war wie eh und je. Ich wußte, daß man uns irgendwie bedrohte; ich wußte, wir mußten das Weite suchen – aber konkret bekam ich rein psychisch von den Newlins nur eine solide Mauer der Entschiedenheit. Polly Blythe dagegen schien voller Schadenfreude. Also war es wohl so, daß man Hugo und mich irgendwie verdächtigte. Ich wollte allerdings ungern nachbohren – sollten wir es schaffen, hier herauszukommen, versprach ich mir, würde ich nie wieder in dieses Haus zurückkehren. Auch würde ich nie wieder als Detektivin für Vampire tätig werden. Fürderhin wollte ich im Merlottes kellnern und mit Bill schlafen – mehr nicht.

„Wir müssen aber jetzt wirklich los", sagte ich fest, aber höflich. „Wir sind sehr beeindruckt von der Arbeit hier und wollen heute abend auch gern wiederkommen und an der Nacht in der Kirche teilnehmen, aber vorher müssen wir noch ein, zwei Sachen erledigen und dafür ist ja auch noch genügend Zeit. Sie wissen ja selbst, was sich alles ansammelt, wenn man die Woche über arbeiten muß. All die Kleinigkeiten, die liegen bleiben."

„Die laufen Ihnen schon nicht weg!" meinte Steve jovial. „Die sind bestimmt noch da, wenn die Nacht der Kirche morgen vorbei ist. Sie müssen einfach hier bleiben – Sie beide!"

Nun gab es kaum noch die Möglichkeit, uns zu verabschieden, ohne daß unsere Tarnung endgültig aufflog. Ich wollte auch ungern die erste sein, die unser Inkognito lüftete, jedenfalls nicht, solange noch die Hoffnung bestand, vielleicht doch noch irgendwie einfach zu verschwinden. Hier waren ja ziemlich viele Leute. Wir traten aus dem Büro und wandten uns nach links. Sarah ging voran, Polly zu unserer Rechten und Steve folgte. So trotteten wir gemeinsam den Flur entlang. Sobald wir an einer offenen Tür vorbeikamen, rief jemand: „Steve, kann ich dich kurz sprechen?" oder: „Steve, Ed sagt, hier an der Stelle müssen wir uns einen anderen Text einfallen lassen." Aber Newlin ging nicht weiter auf diese Bitten ein. Seine einzige Reaktion war ein gelegentliches Zwinkern oder ein leichtes Zucken um den Mund.

Ich fragte mich, wie lange die Bruderschaft wohl weiterbestehen würde, wenn man Steve entfernte. Dann aber schämte ich mich für diesen Gedanken, denn eigentlich hatte ich damit ja gemeint: wenn man Steven umbrächte. Sowohl Polly als auch Sarah schienen durchaus in der Lage, in Steves Fußstapfen zu treten, wenn man es ihnen erlaubte, denn beide Frauen machten einen stahlharten Eindruck.

Alle Bürotüren, an denen wir vorbeikamen, standen sperrangelweit offen, und die Arbeit, die in diesen Büros stattfand, schien völlig harmlos und unschuldig zu sein – gesetzt den Fall, man hielt die ideologische Grundlage der Bruderschaft für harmlos und unschuldig. Die Menschen, die hier arbeiteten, wirkten durchweg völlig durchschnittlich – vielleicht ein wenig geleckter als der gewöhnliche Amerikaner. Es gab sogar ein paar farbige Helfer – und einen gab es, der war nicht menschlich.

Wir kamen an einer zierlichen kleinen Frau lateinamerikanischer Abstammung vorbei. Ihr Blick glitt neugierig über uns – da fing ich ein geistiges Signal von einer Art auf, wie ich es bisher nur einmal zuvor aufgefangen hatte, von Sam Merlotte nämlich. Diese Frau war Gestaltwandlerin! Ihre Augen weiteten sich erstaunt, als sie spürte, daß auch ich ‚anders' war. Ich versuchte, ihren Blick aufzufangen. Einen Moment lang sahen wir einander an. Ich bemühte mich, ihr eine Botschaft zu senden; sie strengte sich an, sie nicht zu empfangen.

„Sagte ich schon, daß die erste Kirche auf diesem Gelände in den frühen 60er Jahren errichtet wurde?" fragte Sarah, als die zierliche Gestaltwandlerin sich an uns vorbeigezwängt hatte, um dann in Windeseile den Flur hinab zu verschwinden. Sie war fast schon nicht mehr zu sehen, da drehte sie sich noch einmal um, und unsere Blicke trafen sich. Die Augen der Frau blickten verängstigt; meine riefen eindeutig um Hilfe.

„Nein", antwortete ich auf Sarahs Frage, verwirrt über die plötzliche Wendung, die die Unterhaltung genommen hatte.

„Jetzt sind es nur noch ein paar Schritte", lockte Sarah. „Dann haben Sie die ganze Kirche gesehen." Wir hatten die hinterste Tür in diesem Flügel erreicht, durch deren Pendant man im anderen Flügel nach draußen gelangte. Von außen betrachtet schienen die beiden Seitenflügel der Kirche völlig identisch. Klar, meine Beobachtungen waren offensichtlich fehlerhaft gewesen, aber dennoch ...

„Genug Platz haben Sie hier ja", kommentierte Hugo freundlich. Welch gemischte Gefühle ihn auch umgetrieben haben mochten, sie hatten sich nun alle gegeben. Im Gegenteil: Hugo machte sich überhaupt keine Sorgen mehr. Nur jemand, der über kein hellseherisches Talent verfügt, würde sich in einer solchen Situation keine Sorgen machen.

Auf Hugo traf das mit dem Mangel an hellseherischen Talenten offenbar zu: Er wirkte lediglich interessiert, als Polly die letzte Tür öffnete, die sich am hintersten Ende des Flurs befand. Die Tür, die uns nach draußen hätte führen müssen.

Die statt dessen jedoch in die Tiefe führte.

Kapitel 6

„Nein!“ rief ich spontan. „Ich leide doch ein wenig unter Platzangst! Ehe ich hierherzog, wußte ich gar nicht, wie viele Häuser in Dallas einen Keller haben. Ich muß Ihnen leider gestehen, daß ich den hier nicht besichtigen will. Es geht nicht.“ Um meine Worte zu untermauern, klammerte ich mich hilfesuchend an Hugo, wobei ich versuchte, charmant und gleichzeitig peinlich berührt zu lächeln, als schäme ich mich meiner Schwäche.

Hugos Herz raste, als würde es jeden Moment zerspringen. Ich hätte schwören können, daß der Mann vor Angst völlig außer sich war. Beim Anblick der Kellertreppe war ihm die Ruhe irgendwie mit einem Schlag vergangen. Was war nur los mit ihm? Trotz seiner Angst brachte Hugo es fertig, aufmunternd meine Schulter zu tätscheln und unsere Begleiter entschuldigend anzulächeln. „Vielleicht sollten Marigold und ich lieber gehen“, schlug er vor.

„Nein! Ich finde, Sie müssen unbedingt sehen, was wir da unten alles haben“, rief Sarah, wobei sie fast laut gelacht hätte, so sehr freute sie sich darauf, uns in den Untergrund zu führen. „Wir besitzen einen Bunker, stellen Sie sich das einmal vor! Einen voll eingerichteten Bunker – stimmt's, Steve?“

„Wir haben da unten alles mögliche“, gab Steve ihr recht. Der Mann war immer noch so entspannt, jovial und Herr der Lage wie zu Beginn unserer Begegnung, aber inzwischen fand ich diese Eigenschaften an ihm ganz und gar nicht mehr sympathisch. Nun trat er einen Schritt vor, und da er direkt hinter uns stand, mußte ich es ihm nachtun, denn ansonsten hätte er mich womöglich noch berührt, und das wollte ich auf jeden Fall vermeiden.

„Kommen Sie!“ Sarah war immer noch hellauf begeistert. „Ich wette, Gabe ist auch unten. Dann kann Steve gleich fragen, was er wollte, während wir uns in aller Ruhe den Rest unserer Einrichtung ansehen.“ Ebenso flink, wie sie uns voran den Flur entlanggeeilt war, kletterte Sarah nun auch die Kellertreppe hinunter, wobei sie ihr rundliches Hinterteil schwenkte, ein Anblick, den ich wahrscheinlich niedlich gefunden hätte, wäre ich nicht kurz davor gewesen, gründlich die Nerven zu verlieren.

Polly Blythe gab uns mit einer Handbewegung zu verstehen, daß wir ihr vorangehen sollten, und das taten wir dann schließlich auch. Ich machte mit, weil Hugo fest davon überzeugt war, daß ihm nichts passieren würde. Das war die geistige Botschaft, die ich nun klar und deutlich von ihm erhielt. Keine Spur mehr von der Panik, unter der er gerade eben noch gelitten hatte. Es war, als hätte er sich mit etwas abgefunden, weil er es sich nun einmal vorgenommen hatte. Als betrachte er seine gemischten Gefühle nunmehr als irrelevant und habe sie von daher ad acta gelegt. Ich wünschte mir vergebens, in Hugos Kopf sei mehr und Detaillierteres zu lesen und wandte meine Aufmerksamkeit Steve Newlin zu, da ich mit Hugo nicht weiterkam. Von ihm empfing ich aber nach wie vor nichts weiter als eine solide Mauer aus Selbstzufriedenheit.

Immer tiefer drangen wir in das Kellergeschoß vor, auch wenn meine Schritte auf den Treppenstufen immer langsamer und langsamer wurden. Hugo, das konnte ich ‚hören', war der festen Überzeugung, er werde diese Stufen auch wieder hinaufsteigen können – immerhin war er ein zivilisierter Mensch und befand sich in Gesellschaft anderer, ebenfalls zivilisierter Menschen.

Hugo konnte sich nicht vorstellen, daß ihm etwas nicht wieder Gutzumachendes zustoßen könnte: Er war ein weißer Amerikaner aus der Mittelschicht, der studiert hatte, genau wie alle anderen, die mit uns diese Treppe hinuntergingen.

Leider vermochte ich Hugos Überzeugung nicht zu teilen. Ich war kein durch und durch zivilisierter Mensch.

Eine neue, interessante Überlegung, die Sache mit dem zivilisierten Menschen, aber eine, die, wie viele andere, die ich an diesem Nachmittag angestellt hatte, erst einmal hintangestellt werden mußte, um später darüber nachzudenken. In Ruhe – falls mir eine solche Ruhe je wieder beschert sein würde.

Am Fuß der Treppe stießen wir auf eine weitere Tür. Sarah klopfte – und zwar in einem bestimmten Rhythmus, den ich mir sofort merkte: dreimal kurz, Pause, zweimal kurz. Ich hörte, wie ein Riegel zurückgeschoben wurde.

Der Typ mit dem schwarzen Igelschnitt – Gabe – öffnete. „Besucher!" begrüße er uns begeistert. „Wie wunderbar!" Gabes Polohemd war fein säuberlich in die gebügelten Leinenhosen gestopft, die Nike-Turnschuhe, die er trug, waren makellos rein und ohne einen einzigen

Fleck, und der Mann war so glatt rasiert, glatter wäre nicht möglich gewesen. Gabe läutete seine Tage mit fünfzig Liegestützen ein, da wäre ich jede Wette eingegangen, und er war auf Speed; in jeder Geste, in jedem Wort schwang kaum verhüllte Erregung mit. Irgend etwas sorgte zweifellos dafür, daß Gabe auf Hochtouren lief.

Ich bemühte mich, das Areal, das vor uns lag, auf Spuren von Leben ‚abzuhören', war aber viel zu nervös und aufgeregt, um mich konzentrieren zu können.

„Ich bin froh, daß du gekommen bist, Steve", fuhr Gabe fort. „Wenn du vielleicht einen kleinen Blick in unser Gästezimmer werfen könntest, während Sarah unseren Besuchern den Luftschutzbunker zeigt?" Dabei wies er mit dem Kopf auf eine Tür an der rechten Seite eines kleinen Durchgangs, dessen Wände und Decke aus Beton waren. An der linken Seite dieses Durchgangs befand sich auch eine Tür; eine weitere bildete das Ende des kleinen Flurs.

Mir mißfiel es hier unten gründlich. Ich hatte nur vorgegeben, unter Platzangst zu leiden, weil ich der Kellerbesichtigung hatte entgehen wollen; nun, da man mich die Treppe hinuntergelockt hatte, mußte ich feststellen, daß mir so eingesperrt unter der Erde tatsächlich mulmig zumute war. Der modrige Geruch hier unten, das gleißende Kunstlicht, das Gefühl, eingekerkert zu sein – das alles war mir aus tiefster Seele zuwider. Ich wollte keine Sekunde länger bleiben! Auf meinen Handflächen bildete sich ein Schweißfilm, meine Füße fühlten sich an, als seien sie am Fußboden festgewachsen. „Hugo!" flüsterte ich. „Ich will das hier nicht!" Nur ein Bruchteil meiner Verzweiflung war noch gespielt, was ich meiner Stimme auch anhörte. Es war mir unrecht, was ich hörte, aber ich konnte nichts dagegen machen.

„Marigold muß wohl wirklich wieder nach oben", sagte Hugo entschuldigend. „Wenn Sie nichts dagegen haben, gehen wir einfach vor und warten oben auf Sie."

Ich hoffte, meine kleine Theatervorstellung gut und überzeugend gespielt zu haben, wandte mich zum Gehen – und prallte gegen Steve. Ich blickte in sein Gesicht, nur um feststellen zu müssen, daß der Mann mit einem Mal überhaupt nicht mehr jovial lächelte. „Ich fürchte, Sie werden in einem der anderen Zimmer hier warten müssen, bis meine Arbeit beendet ist", sagte er. „Dann werden wir uns unterhalten." Sein Tonfall verbot jede weitere Diskussion. Sarah öffnete die

Tür zu einem winzigen Zimmerchen, in dem sich nur zwei Stühle sowie zwei Feldbetten befanden.

„Nein!“ rief ich, „ich kann nicht!“ Mit diesen Worten versetzte ich Steve einen Stoß. Seit ich Vampirblut zu mir genommen habe, bin ich stark, wirklich sehr stark, und so geriet der Mann, der doch so viel größer war als ich, heftig ins Wanken. So rasch ich konnte lief ich an ihm vorbei die Treppe hinauf. Dann aber schloß sich plötzlich eine kräftige Hand um meinen Knöchel, und ich ging äußerst schmerzhaft zu Boden. Die Kanten der Treppenstufen erwischten mich einfach überall – ich prallte mit dem linken Jochbein auf, mit beiden Brüsten, mit dem linken Knie, und das tat so weh, daß ich mich um ein Haar übergeben hätte.

Wieder unten angekommen, half Gabe mir unsanft auf die Beine. „Kommen Sie schon, meine Dame!“ bemerkte er dazu. „Was haben Sie nur – wie konnten Sie ihr derart wehtun?“ stotterte Hugo ehrlich besorgt und verärgert. „Wir sind hier, weil wir uns mit dem Gedanken tragen, Ihrer Gruppierung beizutreten, und dann behandeln Sie uns so?“

„Ach, lassen Sie doch das Theater!“ empfahl Gabe meinem Begleiter. Dann drehte er mir, ehe ich mich noch von dem Sturz erholen und wieder sammeln konnte, mit viel Schwung den Arm auf den Rücken. Der Schmerz verschlug mir schier den Atem. So gelang es Gabe, mich in das kleine Zimmer zu bugsieren. Als letztes packte er meine Perücke und riß sie mir vom Kopf. Hugo folgte mir freiwillig ins Zimmer, obwohl ich ihm ein heiseres „Nein!“ zugerufen hatte. Hinter ihm fiel die Tür ins Schloß.

Als Nächstes hörten wir, wie die Tür verriegelt wurde, und das war es dann auch.

* * *

„Sookie!“ sagte Hugo. „An Ihrem linken Jochbein ist die Haut abgeschürft.“

„Was Sie nicht sagen!“ murmelte ich leise, aber sarkastisch.

„Sind Sie schlimm verletzt?“

„Was glauben Sie denn?“

Er nahm meine Frage wörtlich. „Ich glaube, Sie haben blaue Flekken, Prellungen und Quetschungen; vielleicht auch eine Gehirnerschütterung. Knochen sind nicht gebrochen, oder?“

„Höchstens ein oder zwei“, gab ich zurück.

„Schwer verletzt können Sie nicht sein, wenn ihnen das Spotten nicht vergangen ist“, sagte Hugo. Ihm wäre es lieber gewesen, er hätte wütend auf mich sein können – das entnahm ich seinen Gedanken. Erstaunt fragte ich mich, warum das wohl so sein mochte, warum er lieber wütend auf mich gewesen wäre, als mich bedauern zu müssen. Obwohl – eigentlich ahnte ich, warum. Nein, eigentlich wußte ich es inzwischen sogar ganz genau.

Ich ruhte auf einem der Feldbetten und hatte den rechten Arm über die Augen gelegt. Ich wollte ein wenig nachdenken. Von dem, was nach unserem Einschluß auf dem Flur vor sich gegangen war, hatten wir nur sehr wenig mitbekommen. Einmal war mir gewesen, als hätte ich gehört, wie eine Tür aufging und gedämpfte Stimmen an mein Ohr drangen, aber das war auch schon alles gewesen. Diese Mauern waren errichtet worden, um einer Atomexplosion standzuhalten; die Stille hier unten war wohl normal, etwas anderes hätten wir gar nicht erwarten können.

„Haben Sie eine Uhr?“ fragte ich Hugo.

„Ja. Es ist siebzehn Uhr dreißig.“

Noch gut zwei Stunden, ehe sich die Vampire erhoben.

Ich schwieg, und wieder legte sich die Stille um uns. Als ich ganz sicher sein konnte, daß sich der schwer lesbare Hugo vollständig in die eigenen Gedanken zurückgezogen hatte, öffnete ich mein Bewußtsein ganz weit und hörte ihm mit all der Konzentration, die ich irgend aufbringen konnte, zu.

Aber das hätte gar nicht geschehen dürfen, das gefällt mir nicht, bestimmt wird alles gut, was, wenn ich mal muß, ich kann doch nicht hier vor ihr mein Ding rausholen, vielleicht erfährt Isabel ja nichts von alldem, ich hätte es wissen müssen nach der Sache gestern nacht mit dem Mädchen, wie soll ich hier bloß rauskommen, ohne meine Zulassung zu verlieren, wenn ich gleich morgen anfange, mich zu distanzieren, vielleicht kann ich dann Schritt für Schritt ...

Ich preßte mir den Arm so fest gegen die Augen, daß es schmerzte. Sonst wäre ich aufgestanden, hätte mir einen der Stühle gegriffen und Hugo windelweich geschlagen. Er hatte wohl noch nicht wirklich begriffen, worum es bei meiner Telepathie ging, und dasselbe traf offenbar auch auf die Bruderschaft zu, denn ansonsten hätten sie ihn nie und nimmer hier unten mit mir eingesperrt.

Andererseits konnte es durchaus sein, daß Hugo für die Bruderschaft ebenso entbehrlich war wie für mich und wie er es ganz sicherlich für die Vampire sein würde: Ich konnte es kaum erwarten, Isabels Reaktion zu erleben, wenn ich ihr erzählte, daß ihr kleiner Lustknabe ein Verräter war.

Bei diesem Gedanken verging mir mein Blutdurst auch schon wieder. Sobald mir klar war, was Isabel Hugo antun würde, war mir auch klar, daß es mir keine Genugtuung verschaffen würde, ihr dabei zuzusehen. Ganz im Gegenteil: Ich würde Todesängste bei einem solchen Schauspiel ausstehen, und mir wäre unter Garantie speiübel.

Irgendwo hinten in meinem Kopf jedoch beharrte ein kleiner Teil meines Bewußtseins weiterhin darauf, daß der Mann hier bei mir im Zimmer eine solche Behandlung eigentlich voll und ganz verdient hätte.

Wem nun aber galt die Loyalität unseres zwiegespaltenen Anwalts?

Es gab nur eine Möglichkeit, es herauszufinden.

Mühsam richtete ich mich auf, was ziemlich wehtat, und lehnte mich mit dem Rücken an die Wand. Eigentlich erhole ich mich ziemlich schnell von Verletzungen – auch das habe ich dem Vampirblut zu verdanken –, aber unter dem Strich bin ich eben doch lediglich ein Mensch, und von daher war mir ziemlich elend zumute. Ich wußte genau, daß mein Gesicht schlimm zerschunden war und mußte dazu noch befürchten, daß ich mir den verletzten Wangenknochen gebrochen hatte. Meine linke Gesichtshälfte schwoll jedenfalls erschreckend schnell immer stärker an. Aber meine Beine waren in Ordnung, die hatten sie mir nicht gebrochen. Ich konnte also immer noch laufen, wenn sich die Gelegenheit dazu bot.

Nachdem ich es mir so gemütlich gemacht hatte, wie es unter diesen Umständen möglich war, sagte ich: „Wie lange sind Sie schon ein Verräter?“

Wie rot er da wurde! „Verräter?“ wehrte er sich. „Wen habe ich denn verraten? Isabel? Die menschliche Rasse?“

„Das dürfen Sie sich aussuchen.“

„Die menschliche Rasse habe ich verraten, als ich mich vor Gericht auf die Seite der Vampire schlug. Hätte ich auch nur die geringste Ahnung gehabt, wie Vampire wirklich sind ... ich habe den Fall damals übernommen, ohne ihn mir wirklich angesehen zu haben. Ich dachte, es sei eine interessante juristische Herausforderung, genau das richtige für mich. Ich habe als Anwalt immer gern Bürgerrechtsfälle übernommen, und damals fand ich, Vampire hätten dieselben Bürgerrechte wie andere Personen auch."

Nun hatten sich bei Hugo alle Schleusen geöffnet, und er nahm kein Blatt mehr vor den Mund. „Klar doch", stichelte ich.

„Ich dachte, ihnen die freie Wahl des Wohnorts zu verweigern sei unamerikanisch", fuhr er erregt fort, wobei er gleichzeitig sehr bitter klang und so, als habe er die ganze Welt gründlich satt.

Er hatte ja keine Ahnung, *wie* bitter die Welt sein konnte!

„Aber wissen Sie was? Vampire sind unamerikanisch. Sie sind auch keine Schwarzen. Sie sind weder asiatischer noch indianischer Abstammung, weder Rotarier noch Baptisten – sie sind einfach nur Vampire. Vampir: Das ist ihre Hautfarbe und ihre Religion und auch ihre Nationalität."

Nun, so läuft es nun mal, wenn eine Minderheit Jahrtausende illegal im Untergrund leben muß! Das hat man davon!

„Zu der Zeit dachte ich, wenn Stan Davis an der Green Vale Road oder im Hundred-Acre Wood wohnen wollte, dann sei das sein gutes Recht als Amerikaner. Also habe ich ihn gegen seine Nachbarn verteidigt und den Prozeß für ihn gewonnen. Ich war sehr stolz auf mich. Dann lernte ich Isabel kennen. Eines Abends ging ich mit ihr ins Bett, wobei ich mir verwegen und mutig vorkam, mich ungeheuer stark fühlte. Was für ein Mann, was für ein emanzipierter Geist!"

Ohne mit der Wimper zu zucken starrte ich ihn an und sagte kein Wort.

„Der Sex ist wunderbar, einzigartig, das wissen Sie ja. Ich geriet in Isabels Bann, konnte nicht genug von ihr bekommen. Meine Kanzlei litt. Ich verabredete mich nur noch nachmittags mit Klienten, weil ich morgens nicht aus dem Bett kam. Morgendliche Gerichtstermine konnte ich nicht mehr wahrnehmen, und nach Einbruch der Nacht war es mir unmöglich, Isabel zu verlassen."

In meinen Ohren klang das wie die Geschichte eines Trinkers. Hugo war vom Sex mit einer Vampirin abhängig geworden – daß so etwas möglich war, fand ich abstoßend und faszinierend zugleich.

„Dann fing ich an, kleinere Botengänge für Isabel zu übernehmen. Im letzten Monat habe ich mich in dem Haus, das die Vampire bewohnen, um den Haushalt gekümmert, einfach nur, um mit ihr zusammensein zu können. Als sie mich gestern abend bat, eine Schüssel ins Eßzimmer zu tragen, war ich ganz aufgeregt. Nicht der Aufgabe selbst wegen, das war eine simple Sache, reine Handarbeit, und ich bin immerhin Anwalt. Nein, ich war aufgeregt, weil die Bruderschaft mich angerufen hatte, um zu fragen, ob ich vielleicht für sie herausfinden könnte, was die Vampire von Dallas in nächster Zeit planten. Ich war wütend auf Isabel, als die Bruderschaft sich bei mir meldete. Wir hatten einen schlimmen Streit gehabt, wegen der Art, wie sie mit mir umging. So stand ich dem, was die Bruderschaft zu sagen hatte, offen gegenüber. Ich hatte ein Gespräch zwischen Stan und Isabel belauscht und gehört, wie Ihr Name fiel. Den gab ich an die Bruderschaft weiter. Sie hat ein Mitglied, das für Anubis Air arbeitet. Der Mann konnte herausfinden, wann Bills Maschine landen würde, woraufhin die Bruderschaft dann versucht hat, Ihrer am Flughafen habhaft zu werden. Sie wollten herausfinden, was die Vampire von Ihnen wollten und zu welchen Leistungen sie bereit wären, um Sie zurückzubekommen. Als ich dann mit der Schüssel ins Zimmer kam, nannten entweder Bill oder Stan Sie beim Namen, und da wußte ich, daß die Sache mit dem Flughafen nicht geklappt hatte. Nun hatte ich der Bruderschaft etwas wirklich Interessantes mitzuteilen. Wie froh ich war, konnte ich doch so wieder gutmachen, daß die Wanze, die ich ins Eßzimmer geschmuggelt hatte, verloren war."

„Sie haben Isabel verraten", sagte ich, „und mich haben Sie auch verraten. Dabei bin ich ein Mensch wie Sie."

„Na ja", sagte er, wobei er mir nicht in die Augen sehen konnte.

„Was ist mit Bethany?"

„Der Kellnerin?"

Er wich mir aus. „Der toten Kellnerin", berichtigte ich.

„Sie haben sie sich geschnappt", sagte er, wobei sein Kopf von der einen Seite zur anderen pendelte, als wolle er eigentlich sagen: ‚Nein, es ist völlig unmöglich, sie können das gar nicht getan haben, es ist bestimmt nicht wahr'. „Sie haben sie sich geschnappt", wiederholte er, „und ich hatte keine Ahnung, was sie mit ihr tun würden. Ich wußte nur, daß die Frau die einzige war, die Godfrey und Farrell zusammen gesehen hatte; das hatte ich Newlin und den anderen auch gesagt. Als ich dann heute aufstand und erfahren mußte, daß die Frau tot aufgefunden worden war, mochte ich es einfach nicht glauben!"

„Die Bruderschaft hat Bethany entführt, nachdem Sie gemeldet hatten, daß sie bei Stan gewesen war. Nachdem Sie verraten hatten, daß die junge Frau sich als einzige an das Treffen der beiden Vampire erinnern konnte!"

„Sie haben recht, so muß es wohl gewesen sein."

„Sie haben gestern nacht bei der Bruderschaft angerufen."

„Ja. Ich habe ein Handy. Damit ging ich in den Garten hinter dem Haus und rief hier an. Ich ging ein ziemliches Risiko ein – Sie wissen ja selbst, wie gut die Vamps hören. Aber ich habe angerufen!" Wie gern er vor sich selbst als Held dastehen wollte: ein Anruf direkt aus dem Hauptquartier der Vampire, um die arme kleine Bethany ans Messer zu liefern, die dann wenig später erschossen in einer Sackgasse aufgefunden wird.

„Sie wurde erschossen, nachdem Sie sie verraten hatten."

„Ja, ich ... ich habe es in den Nachrichten gehört."

„Raten Sie mal, wer das war, Hugo."

„Ich ... weiß nicht."

„Aber sicher wissen Sie das. Bethany war eine Augenzeugin. Noch dazu diente sie als Lektion. Eine Lektion für die Vampire – das machen wir mit Leuten, die für euch arbeiten oder ihren Lebensunterhalt bei euch verdienen, wenn sie sich gegen die Bruderschaft stellen. Verraten Sie mir mal, was die Bruderschaft nun Ihrer Meinung nach mit Ihnen vorhat."

„Ich habe der Bruderschaft geholfen", erwiderte er verwirrt.

„Wer außer Ihnen weiß das?"

„Niemand".

„Wer wäre also tot? Letztlich doch nur der Anwalt, der dafür gesorgt hat, daß Stan Davis dort wohnen kann, wo er wohnen will!"

Hugo war sprachlos.

„Wenn Sie für die Bruderschaft so überaus wichtig sind", fuhr ich gnadenlos fort, „warum hat man Sie denn dann zusammen mit mir hier eingesperrt?"

„Weil Sie ja bis jetzt gar nicht wußten, was ich getan habe!" triumphierte er. „Bis jetzt bestand die Möglichkeit, aus Ihnen noch mehr Informationen herauszulocken, die sich dann später gegen die Vampire verwenden lassen könnten."

„Also werden die Sie jetzt, jetzt, wo ich weiß, wer Sie sind und was Sie getan haben, laufen lassen, ja? Versuchen Sie es doch mal! Ich wäre nämlich lieber allein."

Genau in diesem Moment ging eine Luke in der Tür auf, von deren Existenz ich vorher nichts mitbekommen hatte, da ich draußen auf dem Flur, wo sie mir hätte auffallen können, zu sehr mit anderen Dingen beschäftigt gewesen war. In der Öffnung, die etwa zwanzig Quadratzentimeter groß sein mochte, erschien das vertraute Gesicht eines Mannes.

Gabe grinste fröhlich. „Na?“ fragte er. „Wie steht's da drin?“

„Sookie braucht einen Arzt,“ erklärte Hugo. „Sie jammert nicht, aber ich glaube, ihr Jochbein ist gebrochen.“ Er klang vorwurfsvoll. „Sie weiß über meine Allianz mit der Bruderschaft Bescheid, also können Sie mich genauso gut auch freilassen.“

Obgleich ich nicht wußte, was Hugo vorhatte, versuchte ich, einen möglichst zerschlagenen Eindruck zu machen. Schwer fiel mir das nicht.

„Da habe ich eine prima Idee!“ sagte Gabe. „Ich fing nämlich gerade an, mich hier unten ziemlich zu langweilen, und ich erwarte nicht, daß Steve und Sarah hier in nächster Zeit aufkreuzen. Selbst die gute alte Polly Blythe wird sich eine Weile nicht sehen lassen. Wir haben hier unten noch einen Gefangenen, und der freut sich vielleicht, dich zu sehen. Farrell! Erinnerst du dich an Farrell? Vielleicht hast du ihn ja im Hauptquartier der Bösen kennengelernt?“

„Ja“, erwiderte Hugo. Er schien nicht erbaut über die Wende, die die Unterhaltung mit Gabe genommen hatte.

„Kannst du dir vorstellen, wie froh Farrell bei deinem Anblick sein wird? Wo er doch noch dazu schwul ist. Ein schwuler Blutsauger. Wir sitzen hier so tief unter der Erde, daß er sich angewöhnt hat, früh wach zu werden. Da habe ich mir gedacht, ich stecke dich und ihn zusammen und amüsiere mich derweil mit unserer kleinen Verräterin hier.“ Dabei grinste mich der Kurzgeschorene auf eine Art und Weise an, die mir den Magen umdrehte.

Hugos Gesicht bot einen beeindruckenden Anblick. Einen wahrhaft beeindruckenden Anblick! Mir schossen eine Menge Dinge durch den Kopf, die ich gern gesagt und die auch gut hierher gepaßt hätten, es gelang mir jedoch, mir dies höchst zweifelhafte Vergnügen zu verkneifen. Es war besser, mir die Energie für Wichtigeres aufzusparen.

Dabei sah Gabe so gut aus! Ohne daß ich es wollte, kam mir einer der Lieblingssprüche meiner Oma in den Sinn. „Wahre Schönheit kommt von innen!“ murmelte ich finster vor mich hin, woraufhin ich mich dem äußerst schmerzhaften Prozeß widmete, auf die Beine zu kommen, um mich besser wehren zu können. Gebrochen waren meine Beine nicht, aber das linke Knie befand sich in einem wahrhaft jämmerlichen Zustand, verfärbt und ziemlich geschwollen.

Ob Hugo und ich gemeinsam es schaffen würden, Gabe zu Boden zu werfen, wenn er die Tür öffnete? Diese Frage erübrigte sich, denn als die Tür nun wirklich aufging, mußte ich feststellen, daß der Gefängniswärter sich mit einer Pistole und einem ziemlich gemein aussehenden schwarzen Objekt bewaffnet hatte. Bei dem gemein aussehenden Objekt handelte es sich um einen Knüppel, mit dessen Hilfe man jemanden durch einen Stromstoß betäuben konnte.

„Farrell!" rief ich. Wenn Farrell wach war, dann konnte er mich hören, er war ja schließlich Vampir.

Gabe zuckte sichtlich zusammen und beäugte mich mißtrauisch.

„Ja?" erklang eine tiefe Stimme aus dem Raum, der weiter hinten im Flur lag. Ich hörte Kettenrasseln: Der Vampir bewegte sich. Natürlich hatten sie ihn mit Silberketten fesseln müssen, sonst hätte er einfach die Tür aus den Angeln gerissen.

„Stan schickt uns!" schrie ich, aber da versetzte mir Gabe auch schon mit dem Rücken der Hand, in der er die Pistole hielt, einen kräftigen Schlag. Ich stand direkt an der Wand; der Schlag ließ meinen Kopf schmerzhaft dagegen schlagen. Ich gab einen halb erstickten, schrecklichen Laut von mir, nicht ganz Schrei, aber zu laut, für ein Stöhnen.

„Halts Maul, du Schlampe!" zischte Gabe mich an. Mit der Pistole hielt er Hugo in Schach, während er den Betäubungsknüppel nur Zentimeter von meinem Körper entfernt in Bereitschaft hielt. „Auf geht's, Herr Anwalt. Raus auf den Flur, und komm mir bloß nicht zu nahe, hast du mich verstanden?"

Mit schweißüberströmtem Gesicht schob sich Hugo in den Flur. Ich sah nicht genau, was da draußen geschah, aber anscheinend war der Flur so eng, daß Gabe Hugo sehr nahe kam, als er nun Farrells Zelle aufschloß. Gerade dachte ich, Gabe sei weit genug entfernt und ich könnte einen Ausfall wagen, da erhielt Hugo den Befehl, meine Zellentür zu schließen und kam diesem Befehl nach, auch wenn ich ihm durch verzweifeltes Kopfschütteln zu verstehen gab, er möge das doch bitte sein lassen.

Ich glaube nicht, daß Hugo mich überhaupt sah. Er hatte sich ganz in sich zurückgezogen. In seinem Inneren brach gerade alles zusammen. Seine Gedankenwelt war ein einziges Chaos. Ich hatte mein Bestes getan, ihm zu helfen, indem ich Farrell mitteilte, daß Stan uns geschickt hatte. Was ja, zumindest was Hugo betraf, eine ziemlich gewagte Interpretation der tatsächlichen Ereignisse war, aber Hugo war viel zu verängstigt, desillusioniert oder beschämt, um irgendwelches Rückgrat zu zeigen. Ein wenig wunderte ich mich über mich selbst. Warum hatte ich es angesichts der Tragweite von Hugos Verrat überhaupt noch auf mich genommen, Farrell Bescheid zu sagen? Sicher hätte ich das nicht getan, wenn ich nicht die Hand des Anwalts gehalten und die Bilder seiner Tochter gesehen hätte.

„Na toll, Hugo", sagte ich. Kurz tauchte sein Gesicht noch einmal an der Luke in der Tür meiner Zelle auf, ein bleiches Gesicht, verängstigt, verwirrt, dann verschwand es. Ich hörte, wie eine Tür geöffnet wurde, ich hörte Ketten rasseln, ich hörte, wie die Tür wieder geschlossen wurde.

Also hatte Gabe Hugo wirklich gezwungen, zu Farrell in die Zelle zu gehen. Ich holte rasch und tief mehrmals hintereinander Luft, so lange, bis ich das Gefühl hatte, bald hyperventilieren zu müssen. Dann ergriff ich einen der beiden Stühle in der Zelle. Es war ein Plastikstuhl mit vier Metallbeinen, wie jeder ihn kennt, weil wir alle mehr als einmal in einem Gemeindehaus, in einem Klassenzimmer oder bei irgendeiner Versammlung auf so einem Stuhl gesessen haben. Diesen Stuhl hielt ich, wie ein Löwenbändiger ihn gehalten hätte: Die Beine zeigten von mir weg. Mehr war mir zu meinem Schutz nicht eingefallen. Ich dachte an Bill, aber das tat zu weh. Ich dachte an Jason und wünschte mir, er wäre bei mir. Es war schon lange nicht mehr vorgekommen, daß ich diesen Wunsch gehegt hatte.

Die Tür ging auf, und Gabe lächelte schon beim hereinkommen. Es war ein sehr häßliches Lächeln, das die ganze Häßlichkeit seiner Seele offenbarte. Das hier entsprach tatsächlich seiner Vorstellung von Spaß.

„Der kleine Stuhl soll dich schützen?" fragte er hämisch.

Ich antwortete nicht; mir war nicht nach reden. Auch wollte ich den Schlangen im Kopf dieses Mannes nicht zuhören müssen; also schottete ich meinen Kopf ab und konzentrierte mich ganz auf mich selbst, machte mich stark, um den Dingen entgegenzusehen, die auf mich zukamen.

Gabe hatte die Pistole ins Halfter gesteckt, hielt den Betäubungsknüppel aber nach wie vor griffbereit. Doch dann schien er zu denken, er könne auch ohne Hilfsmittel spielend mit mir fertig werden: Der Knüppel wurde in einer Schlaufe links an seinem Gürtel verstaut. Dann griff er nach den Stuhlbeinen und fing an, den Stuhl von einer Seite zur anderen zu schwingen.

Da griff ich an.

Mein heftiger Gegenangriff traf Gabe so unerwartet, daß ich den Mann fast schon aus der Tür geschoben hatte, als es ihm in letzter Sekunde gelang, die Stuhlbeine seitwärts zu kippen, so daß es mir unmöglich war, ihn durch die enge Tür zu bugsieren. Er stand gegen die Wand mir gegenüber gepreßt, keuchend, mit krebsrotem Gesicht.

„Schlampe!" zischte er erbost, dann stürzte er sich auf mich, wobei er diesmal versuchte, mir den Stuhl aus den Händen zu winden. Aber ich habe wie gesagt Vampirblut getrunken. Den Stuhl würde Gabe nicht bekommen, und mich auch nicht.

Ohne daß ich es mitbekommen hatte, hatte Gabe den Betäubungsstab wieder gezogen. Nun hob er ihn rasch und geschickt wie eine Schlange über den Stuhl und zog mir den Knüppel über die Schulter.

Er hatte damit gerechnet, daß ich zusammenbrechen würde. Das tat ich zwar nicht, aber ich sank in die Knie, wobei ich immer noch die Stuhllehne umklammert hielt. Ehe mir klar war, was mit mir geschehen war, hatte Gabe mir den Stuhl aus der Hand gerissen und versetzte mir einen kräftigen Stoß, so daß ich umkippte und auf dem Rücken landete.

Ich konnte mich kaum bewegen, aber ich konnte schreien und meine Beine zusammenpressen, und beides tat ich dann auch.

„Halts Maul!" schrie Gabe. Er hockte auf mir, wir hatten also Körperkontakt; ganz deutlich konnte ich in seinen Gedanken lesen, wie gern er mich bewußtlos gesehen hätte, wie sehr er es genossen hätte, mich in ohnmächtigem Zustand zu vergewaltigen. Einer bewußtlosen Frau Gewalt anzutun, erfuhr ich, machte ihn richtig scharf, das war seine Idealvorstellung überhaupt.

„Wach magst du die Frauen nicht, die du dir nimmst!" zischte ich keuchend. „Habe ich recht?" Daraufhin streckte er die Hand aus und zerriß meine Bluse.

In der Ferne hörte ich Hugo schreien, als würde ihm das irgend etwas nützen. Ich biß Gabe in die Schulter.

Der beschimpfte mich daraufhin erneut als Schlampe – es hätte ihm ja auch ruhig mal etwas anderes einfallen können –, fummelte an seinem Hosenschlitz herum und versuchte, meinen Rock hochzuschieben. Eine Sekunde lang war ich dankbar dafür, einen so langen Rock gekauft zu haben.

„Du hast wohl Angst, die Frauen könnten sich beschweren, wenn sie wach sind, was?" kreischte ich. „Laß mich los, du Schwein! Runter, runter, *runter*!"

Irgendwie hatte ich es geschafft, die Arme freizubekommen. Sie hatten den elektrischen Schlag inzwischen auch soweit verkraftet, daß sie wieder funktionsfähig waren, also formte ich mit beiden Händen zwei Schalen und schlug sie Gabe auf die Ohren, während ich gleichzeitig weiter auf ihn einschrie.

Er brüllte auf, fuhr zurück und griff sich mit beiden Händen an den Kopf. Gabe war wütend, so ungeheuer wütend, daß diese Wut sich Bahn brach und über mich hinwegschwemmte, bis ich das Gefühl hatte, von Kopf bis Fuß in Wut und Haß zu baden. Da wußte ich, der Mann würde mich umbringen, wenn sich die Gelegenheit bot, ganz gleich, welche Repressalien er danach zu erwarten hätte. Ich versuchte, mich zur Seite wegzurollen, aber er hielt mich mit den Beinen am Boden fest. Ich konnte zusehen, wie sich seine rechte Hand zur Faust ballte, wie diese Faust auf mich zukam und dabei immer größer wurde, bis sie so groß war wie ein Felsbrocken. Mit einem Gefühl hilfloser Verzweiflung erkannte ich, daß dieser Schlag mich endgültig außer Gefecht setzen würde, und dann wäre alles aus und vorbei ...

Doch dann traf der Schlag mich gar nicht!

Statt dessen flog Gabe durch die Luft, mit offenem Hosenstall und baumelndem Pimmel, seine Faust traf nichts als Luft, seine Füße traten hilflos und vergeblich nach meinen Beinen.

Der Mann, der Gabe durch die Luft gewirbelt hatte und nun festhielt, war nicht sehr groß. Er war auch kein Mann, wie ich auf den zweiten Blick sah; er war ein Teenager. Ein uralter Teenager.

Er war blond, trug kein Hemd, und seine Arme sowie der Torso waren über und über mit blauen Tätowierungen bedeckt. Gabe schrie und schlug um sich, aber der Junge stand einfach nur da, ruhig, mit völlig ausdruckslosem Gesicht, bis Gabe die Luft wegblieb. Als der

Widerling endlich den Mund hielt, schlang der junge Mann beide Arme um Gabes Taille und drückte zu, bis der Oberkörper meines Widersachers schlaff nach vorne sackte.

Der junge Mann sah auf mich herab, ohne auch nur im Geringsten eine Miene zu verziehen. Mir stand die Bluse offen, und mein BH war in der Mitte entzweigerissen.

„Sind Sie sehr schwer verletzt?" erkundigte sich der Teenager schließlich, allerdings offenbar nur recht ungern.

Ich hatte einen Retter, aber keinen besonders enthusiastischen.

Ich stand auf. Das hört sich leichter an, als es war: Eigentlich war es eine ziemliche Leistung, daß ich mich überhaupt hochrappeln konnte, und es dauerte auch eine ganze Weile. Ich stand unter Schock, weswegen ich am ganzen Leib zitterte wie Espenlaub. Als ich endlich stand, konnte ich feststellen, daß ich ebenso groß war wie mein Retter. Der mochte ungefähr sechzehn gewesen sein – in Menschenjahren gerechnet –, als er Vampir wurde. Wie lange das her war, vermochte ich nicht zu sagen. Der Junge war wahrscheinlich älter als Stan, älter als Isabel. Er sprach ein deutliches, klares Englisch, jedoch mit einem hörbaren Akzent, den ich nicht einzuordnen vermochte. Vielleicht wurde seine Muttersprache, inzwischen tot, schon nicht mehr gesprochen. Wie einsam er sich fühlen mußte!

„Vielen Dank!" sagte ich. „Wird schon wieder werden." Ich versuchte, mir die Bluse zuzuknöpfen – ein paar Knöpfe waren noch dran –, aber das gelang mir nicht, da meine Hände zu sehr zitterten. Ohnehin schien der Vampir nicht sehr erpicht darauf, meine Haut zu sehen. Seine Augen blickten absolut leidenschaftslos.

„Godfrey!" sagte Gabe mit ganz dünner Stimme. „Godfrey! Sie hat zu entkommen versucht!"

Godfrey schüttelte den Mann, woraufhin er den Mund hielt.

Das war also Godfrey, der Vampir, den ich in Bethanys Erinnerung, mit Bethanys Augen gesehen hatte. Mit den einzigen Augen, die sich daran erinnern konnten, ihn an jenem Abend im Bat's Wing gesehen zu haben. Godfrey, den ich durch Augen gesehen hatte, die nie wieder irgend etwas erblicken würden.

„Was haben Sie nun mit mir vor?" wollte ich wissen, wobei ich mich anstrengte, ruhig und gleichmäßig zu reden.

Godfreys blaßblaue Augen flackerten verunsichert. Er wußte es nicht.

Die Tätowierungen hatte sich der Junge machen lassen, als er noch gelebt hatte. Sie waren sehr merkwürdig: Symbole, deren Bedeutung, darauf hätte ich jede Wette abgeschlossen, schon vor Jahrhunderten in Vergessenheit geraten war. Irgendwo saß wahrscheinlich ein Gelehrter, der sein letztes Hemd gegeben hätte, um einen Blick auf diese Tätowierungen werfen zu können, und ich Glückspilz bekam sie einfach so zu Gesicht, ohne auch nur einen Heller dafür zu bezahlen.

„Bitte lassen Sie mich hier raus“, sagte ich mit so viel Würde, wie ich aufzubringen vermochte. „Die töten mich sonst.“

„Aber du verkehrst mit Vampiren“, erwiderte Godfrey.

Verzweifelt zuckte mein Blick im Zimmer hin und her, während ich versuchte, mir auf seine Worte einen Reim zu machen.

„Na ja“, sagte ich endlich ein wenig zögerlich. „Sie selbst sind doch auch Vampir, oder nicht?“

„Morgen tue ich öffentlich Buße für meine Sünden“, sagte Godfrey. „Morgen werde ich den Sonnenaufgang begrüßen. Zum ersten Mal seit tausend Jahren werde ich die Sonne sehen, und dann werde ich das Antlitz Gottes schauen.“

Na dann. „Sie haben Ihre Wahl getroffen“, sagte ich.

„Ja“, erwiderte Godfrey.

„Aber ich nicht, ich hatte keine. Ich will leben.“ Ich gönnte mir einen kurzen Blick in Gabes Gesicht, das inzwischen blau angelaufen war. Offenbar hatte Godfrey in seiner Erregung meinen Beinah-Vergewaltiger enger an sich gedrückt, als für diesen gut gewesen war. Ich fragte mich, ob ich den Vampir darauf hinweisen sollte.

„Du verkehrst mit Vampiren“, warf Godfrey mir vor, und ich sah ihm wieder ins Gesicht. Ich wußte, ich sollte meine Gedanken besser nicht mehr abschweifen zu lassen.

„Ich bin verliebt“, erklärte ich.

„In einen Vampir.“

„Ja. In Bill Compton.“

„Vampire sind verdammt und sollten der Sonne entgegentreten. Wir sind ein Schandfleck auf dem Antlitz der Erde, wir sind Schmutz.“

„Was ist mit den Menschen hier?“ Ich deutete nach oben, um klarzustellen, daß ich die Anhänger der Bruderschaft meinte, „sind die denn soviel besser?“

Der Vampir schaute verunsichert und unglücklich. Mir fiel auf, daß er kurz vorm Verhungern war; sein Haar war derart elektrisch aufgeladen, daß es förmlich um seinen Kopf zu schweben schien, und in dem wachsbleichen Gesicht glühten die Augen wie glanzlose Murmeln. „Sie sind wenigstens Menschen, sie sind Teil von Gottes Plan", sagte er. „Vampire sind Mißgeburten."

„Dennoch haben Sie sich mir gegenüber netter verhalten als dieser Mensch da in ihren Armen." Der jetzt tot war, wie ich nach einem Seitenblick auf sein Gesicht feststellen konnte. Ich versuchte, mir mein Wissen nicht anmerken zu lassen, nicht sichtlich zusammenzuzucken, sondern konzentrierte mich wieder voll und ganz auf Godfrey, der für mein weiteres Schicksal schließlich entscheidender war.

„Aber wir trinken das Blut der Unschuldigen." Godfreys Augen fixierten meine.

„Wer ist denn unschuldig?" Meine Frage war rein rhetorisch gemeint, und ich hoffte, ich hörte mich nicht allzusehr an wie Pontius Pilatus, als er fragte: ‚Was ist die Wahrheit?', obwohl er verdammt genau wußte, was die Wahrheit war.

„Kinder", erwiderte Godfrey.

„Oh, Sie ... haben von Kindern getrunken?" Entsetzt schlug ich die Hand vor den Mund.

„Ich habe Kinder getötet."

Daraufhin wußte ich lange nichts zu sagen. Godfrey stand da und sah mich traurig an, wobei er Gabes Leiche, die er völlig vergessen zu haben schien, immer noch in den Armen trug.

„Was hat Sie veranlaßt, damit aufzuhören?"

„Nichts, ich kann nicht damit aufhören. Nur mein Tod kann dem ein Ende setzen."

„Das tut mir sehr leid", sagte ich, was natürlich in dieser Situation eine völlig inadäquate Reaktion war. Aber Godfrey litt und tat mir von daher wirklich von Herzen leid. Wäre er jedoch ein Mensch gewesen, dann hätte ich, ohne einen weiteren Gedanken daran zu verschwenden, befunden, er verdiene den elektrischen Stuhl.

„Wann wird es dunkel?" fragte ich, denn mir fiel sonst nichts ein, was ich hätte sagen können.

Godfrey besaß keine Uhr. Ich nahm an, er war nur deswegen so früh wach geworden, weil er so alt war und sich so tief unter der Erde aufhielt. „In einer Stunde", sagte er.

„Lassen Sie mich gehen. Ich schaffe es, hier herauszukommen, wenn Sie mir helfen."

„Aber du wirst alles den Vampiren weitersagen. Sie werden angreifen. Man wird mich daran hindern, die Morgendämmerung zu begrüßen."

„Warum bis morgen warten?" fragte ich, plötzlich verärgert. „Gehen Sie hinaus. Tun Sie es jetzt."

Er war verblüfft. Er ließ Gabe fallen, der mit einem satten Plumps landete. Godfrey hatte nicht einmal einen Blick für ihn übrig. „Die Zeremonie ist für das Morgengrauen geplant. Viele Gläubige werden dort sein und sie bezeugen", erklärte er. „Auch Farrell wird man nach oben bringen, damit er der Sonne entgegentritt."

„Welche Rolle hätte ich denn bei der ganzen Sache spielen sollen?"

Er zuckte die Achseln. „Sarah wollte herausfinden, ob die Vampire bereit wären, einen der Ihren gegen dich einzutauschen. Steve hatte andere Pläne: Er wollte dich an Farrell ketten, damit auch du in Flammen aufgehst, wenn er zu brennen anfängt."

Ich war wie vor den Kopf geschlagen. Nicht, weil Newlin auf eine solch widerwärtige Idee gekommen war, nein, mich erstaunte zutiefst, daß der Mann davon ausging, so etwas könne seiner Gemeinde – und eine Gemeinde stellte die Bruderschaft ja dar – gefallen. Das bedeutete, daß Newlin weitaus durchgeknallter war, als ich bisher angenommen hatte. „Meinen Sie denn auch, das würde vielen Menschen Spaß machen? Zuzusehen, wie eine junge Frau auf so brutale Weise hingerichtet wird, ohne irgendein Gerichtsverfahren? Dachten Sie auch, die Menschen würden das für eine legitime religiöse Zeremonie halten und halten wiederum Sie die Menschen, die einen derart schrecklichen Tod für mich geplant hatten, wirklich für fromm, für gottesfürchtig?"

Zum ersten Mal schien es so, als kämen dem Vampir Zweifel. „Es scheint wirklich ein wenig extrem", räumte er ein. „Selbst nach menschlichen Maßstäben gemessen. Aber Steve war der Meinung, es ließe sich damit ein wirkungsvolles Zeichen setzen."

„Natürlich würde man damit ein Zeichen setzen! Besser ließe sich nämlich kaum zeigen, wie durchgeknallt Newlin ist. Ich weiß, es gibt viele schlechte Menschen auf dieser Welt und eine Menge schlechte Vampire, aber ich bezweifle, daß die Mehrheit der Menschen in diesem Lande – oder auch nur im Bundesstaat Texas – den Anblick einer Frau, die vor ihren Augen laut schreiend bei lebendigem Leibe verbrennt, wirklich erbaulich fände."

Mehr und mehr schien Godfrey von Zweifeln geplagt. Offenbar hatte ich Gedanken ausgesprochen, die er selbst auch schon gehabt hatte, sich aber nicht wirklich hatte eingestehen mögen. „Sie haben den Medien Bescheid gegeben!" verteidigte er sich, wobei er sich anhörte wie eine Braut, die plötzlich kein Vertrauen mehr in den ihr zugedachten Bräutigam hat, aber die Vorbereitungen zur Hochzeit laufen auf Hochtouren: Aber die Einladungen sind draußen, Mutter!

„Das glaube ich gern. Aber diese Sache wäre das Ende der Bruderschaft, das sage ich Ihnen. Ich kann nur erneut betonen: Wenn Sie persönlich ein Zeichen setzen wollen, wenn Sie sich entschuldigen, um Verzeihung bitten wollen, dann gehen Sie jetzt, in diesem Moment, hier aus dem Haus und stellen sich draußen auf den Rasen. Gott sieht Sie, das verspreche ich Ihnen, und Gott ist der einzige, um den Sie sich momentan Gedanken machen sollten."

Damit hatte er zu kämpfen, so viel will ich zugestehen.

„Sie haben eine spezielle weiße Robe genäht, die ich tragen soll." Aber ich habe das Kleid doch schon gekauft, und die Kirche ist auch schon geschmückt!

„Na und? Wenn wir uns jetzt mit der Kleiderfrage befassen müssen, dann kann ich Ihnen gleich sagen, daß es Ihnen nicht ernst mit der Sache ist, daß Sie es eigentlich gar nicht wollen. Ich wette, Sie kneifen zum Schluß!"

Damit hatte ich doch offenbar mein Ziel aus den Augen verloren! Kaum hatte ich die Worte gesagt, da bereute ich sie auch schon aus ganzem Herzen.

„Du wirst es ja sehen!" sagte Godfrey bestimmt.

„Das möchte ich aber gar nicht, jedenfalls nicht an Farrel gekettet. Ich bin nicht des Teufels, und ich will nicht sterben."

„Wann warst du das letzte Mal in der Kirche?" Die Frage warf er mir hin wie einen Fehdehandschuh.

„Vor einer Woche. Ich bin auch zum Abendmahl gegangen." Noch nie hatte mich die Tatsache, daß ich regelmäßig zur Kirche ging, so glücklich gemacht – auf eine solche Frage hätte ich nämlich unmöglich lügen können.

„Oh!" Mit dieser Antwort hatte der Vampir nicht gerechnet.

„Sehen Sie?" Ich bekam das Gefühl, daß unsere Unterhaltung Godfrey den letzten Rest seiner ohnehin angeschlagenen Würde raubte, aber das scherte mich nicht. Ich wollte nicht bei lebendigem Leibe verbrennen! Ich wollte Bill, vermißte ihn mit einer Sehnsucht, die derart intensiv war, daß ich fast schon hoffte, sie würde seinen Sargdeckel spontan aufspringen lassen. Wenn ich ihm doch nur mitteilen könnte, was hier los war ... „Komm", sagte Godfrey plötzlich und streckte mir die Hand hin.

Nach diesem langen Vorspiel wollte ich ihm ungern Gelegenheit geben, sich die Sache noch einmal zu überlegen – also ergriff ich die Hand, die er mir hinstreckte, und stieg über Gabes reglosen Körper hinweg in den Flur hinaus. Aus dem Zimmer von Farrell und Hugo drang auf unheilverkündende Art und Weise kein Laut. Um die Wahrheit zu sagen, ich war viel zu verängstigt, um nach den beiden zu rufen und herauszufinden, was mit ihnen los sein mochte. Wenn mir die Flucht gelang, dachte ich, wäre ich ja auch in der Lage, sie zu retten.

Godfrey roch das Blut an mir und wirkte einen Moment lang hungrig und begierig. Den Ausdruck kannte ich nur zu gut, aber hier begegnete er mir zum ersten Mal ohne Beimischung von Lust. Godfrey machte sich nichts aus meinem Körper. Blut und Sex sind für jeden Vampir eng miteinander verbunden. Da konnte ich wohl von Glück sagen, daß meine Figur eindeutig erwachsene Formen hat. Aus Höflichkeit neigte ich den Kopf und hielt Godfrey mein Gesicht hin. Er zögerte, leckte dann aber letztlich doch das Blut auf, das mir aus der Wunde am Jochbein geflossen war, wobei er eine Sekunde lang die Augen schloß, um sich den Geschmack auf der Zunge zergehen zu lassen. Dann gingen wir Richtung Treppe.

Godfrey mußte mir helfen, die steilen Stufen zu bewältigen, aber gemeinsam schafften wir es. Oben tippte er mit der Hand, die er nicht brauchte, um mich zu stützen, eine Zahlenkombination in die Tür, die daraufhin aufging. „Ich habe hier gewohnt", erklärte er mit einer Stimme, die kaum lauter war als ein Lufthauch. „Im Zimmer am Ende des Ganges."

Der Flur hier im Erdgeschoß war leer, aber jederzeit konnte jemand aus einem der Büroräume treten. Godfrey schien das nicht zu befürchten, ich aber schon, und ich war ja schließlich die, deren Freiheit auf dem Spiel stand. Stimmen hörte ich nicht. Anscheinend war die Belegschaft nach Hause gegangen, um sich auf die Nacht der Kirche vorzubereiten, und von den Gästen für diese Nacht war noch niemand eingetroffen. Ein paar der Bürotüren waren geschlossen, wobei die Fenster in den Büros die einzigen Quellen waren, durch die Licht in den Flur drang. Anscheinend war es dunkel genug, daß Godfrey sich wohlfühlte, denn er zuckte kein einziges Mal mit der Wimper. Unter der Tür zu Newlins Büro drang ein breiter Streifen Kunstlicht hinaus auf den Flur.

Wir beeilten uns. Besser gesagt: Wir gaben uns Mühe, uns zu beeilen; meine Beine jedoch waren nicht besonders kooperativ. Ich war mir nicht sicher, auf welche Ausgangstür Godfrey zustrebte, vielleicht ja auf die Doppeltür, die ich vorhin an der Rückwand der eigentlichen Kirche bemerkt hatte. Wenn ich heil und sicher bis zu diesem Ausgang käme, würde ich nicht auch noch den gesamten anderen Flügel durchqueren müssen. Wie ich weiter vorgehen sollte, wenn ich mich erst einmal an der frischen Luft befand, war mir nicht ganz klar; auf jeden Fall hatte ich aber außerhalb des Gebäudes mehr Chancen als innerhalb. Gerade waren wir an der Tür des vorletzten Büros auf der linken Seite angekommen – das Büro, aus dem, als ich mit Steve und den anderen diesen Flur entlanggegangen war, die winzige Frau lateinamerikanischer Abstammung getreten war –, da öffnete sich Newlins Bürotür. Wir erstarrten. Godfreys Arm, den er fürsorglich um mich gelegt hatte, fühlte sich plötzlich an wie ein Band aus Eisen. Aus Steves Büro trat Polly Blythe, und zwar rückwärts, das Gesicht nach wie vor dem Zimmer zugewandt, das sie sich gerade zu verlassen anschickte. Wir standen nur wenige Meter von ihr entfernt.

„... Lagerfeuer", sagte sie.

„Nein, ich denke, wir haben genug", erklang Sarahs süße Stimme. „Wenn alle ihre Kärtchen zurückgeschickt hätten, dann wüßten wir auch genauer Bescheid. Ich verstehe wirklich nicht, wie unzuverlässig die Leute sind, was die Bestätigung von Einladungen angeht. Das ist so rücksichtslos, und dabei haben wir es ihnen doch so einfach wie möglich gemacht – sie brauchten einfach nur die Karte zu schicken, um uns mitzuteilen, ob sie heute teilnehmen werden oder nicht."

Sie regte sich wirklich über Benimmfragen auf! Mein Gott, was hätte Knigge wohl dazu zu sagen gehabt: *Ich besuchte neulich, ohne ausdrücklich eingeladen worden zu sein, eine kleine Kirchengemeinde und ging, ohne mich zu verabschieden. Muß ich mich jetzt schriftlich bedanken oder reicht es, wenn ich ein paar Blumen schicke?*

Polly schickte sich an, den Kopf zu wenden; nicht lange, dann würde sie uns sehen können. Kaum war mir dieser Gedanke durch den Kopf geschossen, da schob mich Godfrey auch schon in das finstere, leere Büro, vor dessen offener Tür wir gestanden hatten.

„Godfrey? Was tust denn du hier oben?" Polly hörte sich zwar nicht an, als habe sie Angst vor dem blonden Vampir, besonders glücklich schien sie dessen Anblick aber auch nicht zu machen. Ein wenig hörte sie sich an wie eine Hausherrin, die feststellen muß, daß ihr Gärtner es sich in ihrem Wohnzimmer gemütlich gemacht hat.

„Ich wollte nur nachsehen, ob es noch etwas für mich zu tun gibt."

„Ist es nicht viel zu früh für dich? Solltest du überhaupt schon wach sein?"

„Ich bin sehr alt", erklärte Godfrey höflich. „Die Alten brauchen nicht so viel Schlaf wie die Jungen."

Daraufhin mußte Polly lachen. „Sarah?" rief sie vergnügt. „Godfrey ist wach."

Sarahs Stimme klang näher als zuvor. „Godfrey!" zwitscherte die Frau des Direktors ebenso hell und vergnügt wie Polly. „Hallöchen! Aufgeregt? Ich wette, du kannst es kaum erwarten."

Sie redeten mit einem tausend Jahre alten Vampir, als sei er ein Kind am Vorabend seines Geburtstags.

„Deine Robe ist fertig", sagte Sarah Newlin. „Mit Volldampf voraus, was?"

„Was, wenn ich es mir nun anders überlegt habe?" fragte Godfrey.

Dann sagte ziemlich lange niemand mehr etwas. Ich versuchte, leise und gleichmäßig zu atmen. Je näher die Dunkelheit rückte, desto größer, hatte ich mir überlegt, waren meine Chancen, hier heil und lebend rauszukommen.

Wenn ich nur telefonieren könnte ... ich schielte hinüber zum Schreibtisch des Büros, in dem ich mich versteckt hatte. Richtig, dort stand ein Telefon. Aber würden nicht, wenn ich es benutzte, auch bei allen anderen Telefonen im Haus die Knöpfe für die Leitung, auf der ich sprach, aufleuchten, um zu zeigen, daß diese Leitung belegt war? Zudem wäre es im Moment viel zu laut und zu riskant zu telefonieren.

„Anders überlegt?" Polly Blythe klang wütend. „Wie kann das sein? Du warst schließlich derjenige, der zu uns gekommen ist, oder hast du das vergessen? Du hast uns von deinem sündigen Leben erzählt, von dem tiefen Schuldgefühl, das dich jedesmal plagte, wenn du ein Kind ermordet hattest und ... nun, auch bei anderen Dingen. Hat sich daran irgend etwas geändert?"

„Nein", erwiderte Godfrey sehr nachdenklich. „Daran hat sich nichts geändert. Aber ich sehe keine Notwendigkeit, mit mir zusammen auch Menschen zu opfern, und ich glaube inzwischen, daß es auch Farrell selbst überlassen bleiben sollte, wann und wie er seinen Frieden mit Gott schließt. Wir sollten ihn nicht opfern."

„Wir brauchen Steve", sagte Polly Blythe leise zu Sarah. „Er muß herkommen."

Danach hörte ich nur noch Pollys Stimme, weswegen ich davon ausging, daß Sarah zurück ins Büro geeilt war, um ihren Mann anzurufen.

Kurz darauf leuchtete am Telefon in dem Büro, in dem ich mich befand, ein Lämpchen. Sarah sprach mit Steve, und ich hatte recht gehabt mit der Vermutung, daß man in diesem Haus nicht unbemerkt telefonieren konnte; Sarah hätte es mitbekommen, wenn ich eine der anderen Leitungen benutzt hätte. Vielleicht würde ich es in ein paar Minuten versuchen können.

Inzwischen redete Polly Blythe mit Engelszungen auf Godfrey ein. Der sagte nicht viel; ich hätte nicht erraten können, was sich in seinem Kopf abspielte. Ich stand hilflos gegen die Wand gedrückt und konnte nur hoffen: daß niemand in dieses Büro kommen würde, daß niemand in den Keller gehen und dann Alarm schlug, daß Godfrey es sich nicht noch einmal anders überlegte.

Hilfe, Hilfe, Hilfe, dachte ich. Wenn ich doch nur mittels meines siebten Sinnes wirklich um Hilfe rufen könnte!

Da kam mir eine Idee. Oder vielmehr noch keine Idee, sondern eher das Schattenbild einer solchen. Meine Beine zitterten, denn ich stand immer noch unter Schock, und mein ganzes Gesicht tat so entsetzlich weh, daß es kaum auszuhalten war – trotzdem zwang ich mich dazu, einfach ganz ruhig dazustehen und mich zu konzentrieren. Vielleicht würde ich ja wirklich um Hilfe rufen können! Barry nämlich, den Hotelpagen! Barry war Telepath wie ich, er sollte mich hören können. Nicht, daß ich je zuvor einen solchen Versuch gewagt hätte – aber ich hatte ja bisher auch keine anderen Telepathen gekannt. Ich versuchte, mir den Stadtplan von Dallas vorzustellen, um herauszufinden, wo ich mich in Relation zu Barry befand. Ich ging davon aus, daß der Junge bei der Arbeit war. Inzwischen war es so spät, wie es bei unserer

Ankunft aus Shreveport gewesen war; es konnte hinkommen, wenn er dieselbe Schicht hatte wie am Abend zuvor. Glücklicherweise hatte ich mir, ehe wir am Nachmittag losgefahren waren, mit Hugo zusammen den Stadtplan angesehen – auch wenn ich nun wußte, daß der Anwalt nur so getan hatte, als wisse er nicht, wo sich die Zentrale der Bruderschaft befand. Meinen Berechnungen nach hielt ich mich hier südwestlich vom Silent Shore auf.

Das geistige Terrain, das ich nun betrat, war vollkommen neu für mich. Ich nahm alle Energie zusammen, die mir noch verblieben war und versuchte, sie in meinem Kopf zu bündeln. Eine Sekunde lang kam ich mir lächerlich vor, aber dann sagte ich mir, es könne nichts schaden, lächerlich zu wirken, wenn die Hoffnung bestand, daß ich auf diese Weise den Menschen und dem Ort hier entfliehen konnte. Ich lenkte meine Gedanken in die Richtung, in der ich Barry wähnte. Wie ich das tat, könnte ich nicht genau beschreiben; am besten läßt es sich so erklären, daß ich meine Gedanken projizierte, wobei es half, daß ich den Namen desjenigen kannte, der sie auffangen sollte und auch wußte, wo er sich aufhielt.

Ich entschied mich, einfach anzufangen. *Barry Barry Barry Barry ...*

Was wollen Sie? Er war völlig panisch. Das war ihm noch nie passiert.

Ich habe das auch noch nie getan. Ich hoffte, ermutigend zu klingen. *Ich brauche Hilfe. Ich befinde mich in einer üblen Situation.*

Wer sind Sie?

Gute Frage! Wie dumm von mir, das nicht gleich klarzustellen. *Ich bin Sookie, die blonde Frau, die gestern nacht mit dem braunhaarigen Vampir zusammen eingetroffen ist. Eine Suite im dritten Stock.*

Die mit den Titten? Oh, Entschuldigung.

Zumindest hatte er sich entschuldigt. *Ja. Die mit den Titten und dem Freund.*

Gut, was ist los?

Nun klingt das alles sehr klar und gut durchdacht, aber Barry und ich verständigten uns nicht wirklich mit Worten. Es war eher, als würden wir uns gegenseitig emotionale Telegramme und Bilder schicken.

Wie sollte ich meine mißliche Lage schildern? *Bitte sag meinem Vampir Bescheid, sobald er wach ist.*

Was dann?

Sag ihm, ich sei in Gefahr. Gefahrgefahrgefahr ...

Schon gut, ich habe verstanden! Wo?

Kirche. Ich ging davon aus, daß das als Kurzform für Zentrale der Bruderschaft reichen würde. Ich hätte nicht gewußt, wie ich Barry das hätte übermitteln können.

Er weiß, wo?

Ja. Sag ihm, er soll die Treppe runtergehen.

Sie gibt es wirklich? Ich wußte nicht, daß noch jemand ...

Mich gibt es wirklich. Bitte hilf mir.

In Barrys Schädel tobten die widersprüchlichsten Emotionen, das spürte ich genau. Er fürchtete sich davor, mit einem Vampir zu reden, er hatte Angst, seine Vorgesetzten könnten herausfinden, daß er in seinem Kopf ein ‚merkwürdiges Ding am Laufen' hatte, er war froh und erregt, weil es da offenbar noch jemanden gab, der so war wie er. Aber am meisten fürchtete er sich vor dem telepathischen Teil seines Ichs, das ihm nun schon so lange Überraschungen und Ängste beschert hatte.

Mir waren solche Gefühle bekannt. *Mach dir keine Sorgen,* gab ich Barry zu verstehen, *ich kann nachvollziehen, wie dir zumute ist. Ich würde dich auch nicht um Hilfe bitten, wenn die hier nicht vorhätten, mich umzubringen.*

Das verängstigte Barry noch zusätzlich, denn nun war ihm die Verantwortung zu viel, die in dieser Angelegenheit auf seinen Schulten lastete. Ich hätte das mit dem Umbringen einfach nicht sagen dürfen.

Dann schaffte es der Junge, eine zwar wacklige, aber undurchdringliche Mauer zwischen sich und mir zu errichten. Mir war nicht klar, wie er sich verhalten würde.

* * *

Während ich konzentriert mit Barry beschäftigt gewesen war, hatten sich die Dinge auf dem Flur weiterentwickelt, und als ich nun meine Aufmerksamkeit wieder dorthin richten konnte, war Steve zurückgekommen und gab sich nun ebenfalls Mühe, Godfrey gegenüber gelassen und strahlend gutgelaunt zu bleiben.

„Godfrey", sagte er gerade, „Sie hätten uns doch nur Bescheid sagen müssen, wenn Sie sich gegen die Zeremonie entschieden haben. Letztlich haben Sie sich uns gegenüber zu dieser Sache verpflichtet. Wir haben uns auch verpflichtet; zudem haben wir alle nötigen Schritte unternommen, weil wir darauf vertrauten, daß Sie Wort halten würden. Wenn Sie ihr Versprechen, an der Zeremonie teilzunehmen, nun widerrufen, enttäuschen Sie damit eine ganz Menge Menschen, und zwar erheblich."

„Was haben Sie mit Farrell, mit dem Mann Hugo und der blonden Frau vor?"

„Farrell ist ein Vampir", erklärte Steve, als sei damit alles gesagt. „Hugo und die Frau sind Kreaturen der Vampire. Auch sie sollen der Sonne entgegentreten, an einen Vampir gefesselt. Sie haben sich frei entschieden, so zu leben, dann soll es auch im Tod ihr Schicksal sein."

„Ich bin ein Sünder, und ich weiß es, wenn ich also endgültig sterbe, dann geht meine Seele zu Gott", sagte Godfrey. „Aber Farrell weiß nicht, daß er ein Sünder ist. Stirbt er, dann gibt es für ihn keine Chance mehr, zu bereuen und zu Gott zu kommen. Das gilt auch für den Mann und die Frau. Auch sie erhalten nicht die Chance zu bereuen, sich von dem Weg abzukehren, den sie eingeschlagen haben. Ist es denn gerecht, die beiden umzubringen und so zu einer Existenz in der Hölle zu verdammen?"

„Wir sollten wohl doch lieber in mein Büro gehen!" sagte Steve mit Bestimmtheit.

Da wurde mir klar, daß Godfrey es die ganze Zeit genau darauf abgesehen hatte. Ich hörte Füße, die über den Boden scharrten, ich hörte Godfrey ungeheuer höflich „Nach Ihnen" murmeln.

Er wollte als letzter ins Büro gehen, um die Tür hinter sich schließen zu können.

Mein Haar, das unter der Perücke pitschnaß geschwitzt gewesen war, war inzwischen wieder trocken. Ich hatte, während ich der Konversation auf dem Flur lauschte, leise und vorsichtig sämtliche Haarnadeln aus dem Knoten gezogen, so daß mir die einzelnen Haarsträhnen nun wirr ins Gesicht hingen. Angesichts der Tatsache, daß ich immerhin einem Gespräch lauschte, in dem mein weiteres Schicksal entschieden wurde, war es wohl eine ziemlich banale Tätigkeit, sich mit Haaren und Haarnadeln zu beschäftigen, aber ich war derart nervös, daß ich meinen Händen irgend etwas hatte zu tun geben müssen. Nun steckte ich die Haarnadeln vorsichtshalber in die Tasche, fuhr mir mit den Fingern durch das völlig verfilzte Haar und schickte mich an, mich auf Zehenspitzen aus der Kirche zu schleichen.

Vorsichtig spähte ich auf den Flur. Steves Bürotür war geschlossen, wie ich angenommen hatte; also verließ ich leise und vorsichtig den finsteren Raum, in dem ich mich versteckt gehalten hatte, wandte mich nach links und huschte leise weiter bis zur Tür, die in das eigentliche Gotteshaus führte. Dort angekommen drückte ich ganz sachte die Klinke herunter, um behutsam die Tür zu öffnen. Dann trat ich ins Gotteshaus, in dem es bereits recht dämmrig war. Durch die großen Mosaikfenster fiel gerade genug Licht, um mir den Weg durch den Mittelgang zu beleuchten, so daß ich nicht über eine der Sitzreihen stolpern mußte.

Dann hörte ich Stimmen, die immer lauter wurden und sich aus dem weiter entfernten Gebäudeflügel zu nähern schienen. Die Lichter gingen an. Rasch tauchte ich in eine Sitzreihe und ließ mich unter eine der Bänke fallen. Wenig später betrat eine Familie den Raum, deren Mitglieder alle laut miteinander stritten. Besonders die jüngste Tochter der Familie beklagte sich lauthals darüber, daß sie irgendeine Lieblingssendung im Fernsehen verpaßte, nur weil sie zu solch einer blöden Kirchenveranstaltung gehen mußte.

Wie es sich anhörte, brachte ihr das Jammern lediglich einen kräftigen Klaps auf den Po sowie die tadelnde Bemerkung ihres Vaters ein, sie könne sich glücklich schätzen, denn sie würde schon bald mit eigenen Augen einen ganz erstaunlichen Beweis für die Existenz und Macht Gottes sehen dürfen. Hautnah würde sie miterleben können, wie Gott sich eines Sünders erbarmte und ihn rettete!

Selbst unter den gegebenen Umständen, wo ich mir doch eigentlich über andere Dinge hätte den Kopf zerbrechen sollen, konnte ich nicht umhin, die Worte dieses Vaters zu mißbilligen. Hatte der Mann eigentlich verstanden, was der Führer seiner Gemeinde plante? Daß er, seine Familie und die gesamte Gemeinde würden zusehen müssen, wie zwei Vampire bei sozusagen lebendigem Leib in den Flammen den Tod fanden? Wobei mindestens einer der Vampire noch dazu einen Menschen im Arm halten würde, der ebenfalls verbrennen sollte? Ich fragte mich, wie es wohl um die geistige Gesundheit des kleinen Mädchens bestellt sein würde, wenn es erst einmal einen solchen ‚erstaunlichen Beweis' für die Existenz und Macht Gottes mit angesehen hatte.

Bekümmert sah ich, wie sich die Familie munter plaudernd anschickte, ihre Schlafsäcke an der Außenwand der Kirche auszubreiten. Immerhin redete man in dieser Familie miteinander! Außer dem immer noch jammernden kleinen Mädchen waren noch zwei ältere Kinder dabei, ein Junge und ein weiteres Mädchen. Die beiden stritten die ganze Zeit wie Hund und Katze, wie es unter Geschwistern üblich ist.

Plötzlich trabte ein Paar kleine, flache rote Schuhe am Ende meiner Sitzreihe vorbei, um durch die Tür zu verschwinden, die zu dem Gebäudeflügel führte, in dem Steves Büro lag. Ob die kleine Gruppe dort wohl immer noch mit ihrer Debatte beschäftigt war?

Wenig später kehrten die rotbekleideten Füße auch schon wieder; diesmal bewegten sie sich erheblich schneller. Was das wohl zu bedeuten hatte?

Ich wartete. Es vergingen etwa fünf Minuten, in denen gar nichts geschah.

Es wurde spät; jetzt würden immer mehr Menschen hier eintreffen. Jetzt oder nie! Ich rollte unter der Bank hervor und stand auf, wobei ich von Glück sagen konnte, daß die Familie davon nichts mitbekam, weil alle gerade anderweitig beschäftigt waren. Zielstrebig und mit großen Schritten eilte ich auf die Doppeltür am hinteren Ende der Kirche zu. Als die Familie nun plötzlich verstummte, wußte ich, daß die Leute meine Anwesenheit mitbekommen hatten.

„Hallo!“ rief die Mutter, richtete sich auf und stand nun, im Gesicht nichts als freundliche Neugierde, neben ihrem leuchtend blauen Schlafsack. „Sie sind wohl neu bei der Bruderschaft? Ich bin Francie Polk.“

„Ja, ich bin neu!“ rief ich und winkte der Frau fröhlich zu. „Ich habe es ein wenig eilig. Bis später!“

Leider kam die Frau näher. „Sind Sie verletzt?“ wollte sie wissen. „Sie müssen entschuldigen, aber Sie sehen fürchterlich aus! Ist das Blut? Das da?“

Ich blickte hinunter auf meine Bluse; auf meiner Brust waren ein paar kleinere Flecken zu sehen.

„Ich hin gefallen“, erwiderte ich, wobei ich versuchte, ein wenig kläglich dreinzuschauen. „Deswegen will ich nochmal nach Hause. Ich brauche ein paar Pflaster und möchte mir auch etwas anderes anziehen. Ich komme aber wieder.“

Es war deutlich zu sehen, daß Francie Polk da ihre Zweifel hatte. „Im Büro ist ein Verbandskasten“, sagte sie. „Ich hole den eben mal schnell. Was sollte dagegen sprechen?“

Dagegen spricht, daß ich es nicht will! „Ich brauche doch aber auch eine frische Bluse!“ sagte ich, wobei ich die Nase rümpfte, um ihr zu zeigen, was ich davon hielt, die ganze Nacht in einer dreckigen Bluse herumzulaufen.

Nun war auch noch eine weitere Frau durch genau die Tür hereingekommen, durch die ich entweichen zu können hoffte. Sie blieb stehen und hörte unserer Unterhaltung zu, wobei ihre schwarzen Augen unablässig zwischen mir und der wild entschlossenen Francie hin- und herhuschten.

„He, Mädel!“ sagte sie mit einem leichten Akzent. „Grüß dich!“ Dann nahm mich die kleine, schwarzhaarige Frau lateinamerikanischer Abstammung, die ich vorher schon im Flur getroffen und als Gestaltwandlerin erkannt hatte, herzhaft in die Arme. Da ich aus einem Kulturkreis stamme, in dem man sich gern und oft umarmt, erwiderte ich die Umarmung automatisch. Während wir einander so in den Armen hielten, zwickte mich die kleine Schwarzhaarige bedeutungsvoll in den Arm.

„Wie geht es dir denn?“ erkundigte ich mich daraufhin strahlend bei ihr. „Wir haben einander so lange nicht mehr gesehen.“

„Bei mir gibt es nichts Neues. Immer das Gleiche, du weißt schon.“ Auch sie lächelte, als sie mich von unten herauf ansah, aber in ihren Augen lag eine gewisse Wachsamkeit. Ihr Haar war dunkel, sehr dunkel, bei näherem Hinsehen stellte ich aber fest, daß es nicht ganz schwarz war, dafür dick und rauh und reichlich vorhanden. Die Haut der Frau hatte die Farbe von Sahnekaramel; ihr Gesicht war voller dunkler Sommersprossen. Ihre üppigen Lippen waren verschwenderisch fuchsienrot bemalt, und sie hatte große, weiße Zähne, die mir in einem breiten Lächeln entgegenstrahlten. Ich starrte auf ihre Füße hinab, und richtig: Sie trug flache, rote Schuhe.

„Komm, gehen wir eine rauchen“, sagte die Gestaltwandlerin.

Francie Polk sah aus, als sei sie bereits ein wenig beruhigt.

„Luna, siehst du denn gar nicht, daß deine Freundin dringend zum Arzt müßte?“ fragte sie.

„Stimmt, du hast da ein paar heftige Beulen und Abschürfungen“, befand auch Luna, wobei sie mich prüfend anschaute. „Bist du etwa schon wieder hingefallen?“

„Du weißt doch bestimmt noch, was meine Mama immer sagt: ‚Marigold, du bist so ungeschickt wie ein Elefant im Porzellanladen!‘“

„Deine Mama!“ Mißbilligend schüttelte Luna den Kopf. „Als ob solche Sprüche helfen würden.“

„Was soll ich machen?“ bemerkte ich achselzuckend. „Würden Sie uns bitte entschuldigen?“

„Aber natürlich!“ sagte Francie. „Ich nehme an, wir sehen uns später?“

„Klar“, erwiderte Luna. „Die Sache heute werde ich mir gewiß nicht entgehen lassen.“

So kam es, daß ich das Versammlungshaus der Bruderschaft der Sonne an Lunas Seite verließ, wobei ich mich ganz und gar darauf konzentrierte, meinem Gang nichts anmerken zu lassen. Francie durfte auf keinen Fall mitbekommen, daß ich humpelte, denn dann wäre sie nur mißtrauischer geworden.

„Gott sei Dank!“ seufzte ich erleichtert, als wir endlich draußen vor der Tür standen.

„Sie wußten, wer und was ich bin“, sagte Luna als erstes, wie aus der Pistole geschossen. „Woher?“

„Ich habe einen Freund, der Gestaltwandler ist.“

„Wie heißt er?“

„Er lebt nicht hier. Ohne seine Einwilligung werde ich Ihnen nicht sagen, wie er heißt.“

Da starrte Luna mich mit einem Blick an, in dem von der Freundschaft zwischen uns beiden, die sie Francie so gekonnt vorgespielt hatte, nichts mehr zu sehen war.

„Das muß ich respektieren“, sagte sie. „Warum sind Sie hier?“

„Warum interessiert Sie das?“

„Immerhin habe ich Ihnen das Leben gerettet.“

Da hatte sie recht, sehr recht sogar. „Also: Ich bin Telepathin, und euer Fürst hier hat mich angeheuert, um das Schicksal eines Vampirs zu klären, der vermißt wird.“

„Schon besser. Aber *mein* Fürst ist es nicht. Ein Meta mag ich sein, aber ein verdammter Vampir bin ich deswegen noch lange nicht. Mit welchem Vamp hatten Sie denn zu tun?“

„Das muß ich Ihnen nicht sagen.“

Luna zog die Brauen hoch.

„Wirklich nicht!“

Sie öffnete den Mund, als wolle sie schreien.

„Schreien Sie nur! Es gibt ein paar Sachen, die sage ich einfach nicht. Was ist ein Meta?"

„Ein übernatürliches Wesen. Jetzt hören Sie mir mal zu!" Luna und ich gingen inzwischen über den Parkplatz, auf den mittlerweile ziemlich regelmäßig Wagen einbogen. Luna hatte viel zu lächeln und zu winken, und ich versuchte, zumindest glücklich auszusehen. Aber inzwischen war nicht zu übersehen, daß ich humpelte und daß mein Gesicht, wie meine Freundin Arlene gesagt hätte, anschwoll wie nichts Gutes.

Mein Gott, wie ich mich plötzlich nach Hause sehnte. Entschlossen schob ich das Gefühl beiseite, um mich ganz auf Luna konzentrieren zu können, die mir offenbar allerhand zu erzählen hatte.

„Du kannst den Vampiren ausrichten, *wir* überwachen das Teil hier."

„Wer ist denn ‚wir'?"

„‚Wir' sind die Gestaltwandler im Großraum Dallas."

„Ihr seid organisiert? He, das ist ja Klasse! Das muß ich unbedingt ... meinem Freund sagen."

Luna verdrehte die Augen; offenbar war sie nicht sehr beeindruckt von den Leistungen, zu denen mein Verstand imstande war. „Hör mal, Fräuleinchen, du sagst deinen Vampiren, daß auch wir die Bruderschaft auf dem Hals haben, wenn sie erst mal mitkriegt, was es mit uns auf sich hat, und wir haben nicht vor, uns zu erkennen zu geben und Bürgerrechte einzuklagen. Wir leben verdeckt, und das soll auch so bleiben. Diese verdammten Vampire sind aber auch zu doof! Also: Wir haben ein Auge auf die Bruderschaft, sag ihnen das."

„Wenn ihr die Bruderschaft so gut im Auge habt, warum habt ihr den Vampiren denn nicht Bescheid gesagt, daß Farrell hier im Keller ist und daß Godfrey öffentlich Selbstmord begehen will?"

„Hör mal, dieser Godfrey will sich endgültig umbringen – das kann uns völlig egal sein. Er ist von sich aus zur Bruderschaft gekommen, sie ist nicht an ihn herangetreten. Die Typen haben sich vor Freude fast in die Hosen gemacht, als er hier einlief – nachdem sie sich daran gewöhnt hatten, mit einem Verdammten im selben Zimmer zu hokken."

„Aber was ist mit Farrell?"

„Ich wußte nicht, was im Keller war oder was dort vor sich ging", mußte Luna gestehen. „Ich wußte wohl, daß sie irgendwen gefangen hatten, aber bis in den inneren Kreis bin ich noch nicht vorgedrungen. Ich konnte nicht herausfinden, wer der Gefangene war. Ich habe sogar versucht, mich bei diesem Arschloch Gabe einzuschleimen, aber das hat nichts gefruchtet."

„Wahrscheinlich wird es dich freuen zu hören, daß er tot ist."

„Mann!" Zum ersten Mal schien mir Lunas Lächeln spontan und herzlich. „Das ist eine prima Neuigkeit."

„Dann hör dir auch noch den Rest an. Sobald es mir gelungen ist, mit den Vampiren Kontakt aufzunehmen, werden die sich hierher in Bewegung setzen, um Farrell zu holen. Wenn ich du wäre, würde ich heute nacht nicht zur Bruderschaft zurückgehen."

Daraufhin nagte Luna eine Weile nachdenklich an der Unterlippe. Wir standen mittlerweile am äußersten Rand des Parkplatzes.

„Eigentlich", sagte ich, nachdem wir lange genug geschwiegen hatten, „wäre es toll, wenn du mich zu meinem Hotel fahren würdest."

„Es ist nun aber nicht meine Hauptbeschäftigung zu tun, was für dich toll wäre!" zischte Luna, der wohl gerade wieder eingefallen war, was für eine zähe, harte Person sie war. „Ehe hier die Kacke zu dampfen beginnt, muß ich zurück in die Kirche und ein paar Papiere retten. Denk nach, Mädel: Was werden die Vampire mit Godfrey machen? Können sie ihn einfach existieren lassen? Er ist ein Serienmörder und Kinderschänder – er hat so oft gemordet, daß noch nicht mal die Vampire das genau zählen können. Er kann nicht aufhören, und das weiß er auch."

Die Kirche hatte also auch ihre guten Seiten ... indem sie nämlich Vampiren wie Godfrey die Möglichkeit zum öffentlich bezeugten Selbstmord bot?

„Vielleicht sollten sie die Zeremonie ja auf einem dieser Kabelkanäle zeigen, für die man extra bezahlen muß", sagte ich zynisch.

„Wenn sie könnten, würden sie das auch tun", gab Luna zurück, und ihr war ganz ernst damit. „Diese Vampire, die so gern ein bürgerliches Leben führen wollen, können ganz schön rabiat werden, wenn jemand versucht, ihre Kreise zu stören. Godfrey ist nicht gerade der Junge, den man für eine Werbekampagne einsetzen kann."

„Ich kann nicht alle Probleme lösen, Luna. Ich heiße übrigens in Wirklichkeit Sookie. Sookie Stackhouse. Ich habe jedenfalls getan, was ich konnte. Ich habe die Arbeit erledigt, für die ich eingestellt worden bin, und jetzt muß ich zurück und Bericht erstatten. Godfrey wird entweder weiterexistieren oder endgültig sterben. Ich persönlich glaube an letzteres."

„Es wäre besser, wenn du recht behieltest", erwiderte Luna unheilschwanger.

Ich hätte nicht sagen können, warum Luna dachte, es könne meine Schuld sein, wenn Godfrey seine Meinung änderte. Dabei hatte ich nur die Art und Weise, wie er gehen wollte, in Frage gestellt. Aber unter Umständen hatte sie ja recht; vielleicht trug ich in dieser Sache wirklich ein wenig Verantwortung.

Das war alles viel zu viel für mich!

„Auf Wiedersehen!" sagte ich von daher und fing an, am hinteren Ende des Parkplatzes entlang Richtung Straße zu humpeln. Ich war noch nicht weit gekommen, als von der Kirche her plötzlich großes Geschrei ertönte, woraufhin mit einem Schlag alle Außenlichter angingen. Der plötzliche Glanz ließ mich fast erblinden.

„Vielleicht gehe ich doch nicht zur Bruderschaft zurück!" kommentierte Luna. „Vielleicht wäre das im Augenblick wirklich nicht besonders schlau." Die kleine Gestaltwandlerin lehnte sich aus dem Fenster eines Subaru Outback, der neben mir gehalten hatte. Mühsam kletterte ich auf den Beifahrersitz neben ihr, und schon rasten wir auf die nächste Auffahrt zur vierspurigen Straße zu, die direkt am Parkplatz der Bruderschaft vorbeiführte. Automatisch legte ich den Sicherheitsgurt an.

Aber so schnell wir auch waren, andere waren noch schneller gewesen: Hilflos mußten wir zusehen, wie verschiedene Familienkutschen so plaziert wurden, daß sie sämtliche Ausfahrten des Parkplatzes blokkierten.

„Scheiße!" sagte Luna.

Eine Minute lang hockten wir schweigend da, während Luna nachdachte.

„Die lassen mich hier nie raus, selbst wenn wir dich irgendwie verstecken. Zurück in die Kirche kann ich dich nicht schaffen. Den Parkplatz haben sie im Handumdrehen durchsucht ..." Wieder kaute Luna nachdenklich auf ihrer Unterlippe.

„Ach, scheiß doch auf den Job!" sagte sie dann forsch und schaltete schwungvoll in den ersten Gang. Zuerst fuhr sie noch recht maßvoll, um möglichst wenig Aufsehen zu erregen. „Diese Leute wüßten doch noch nicht mal, was Religion ist, wenn sie ihnen direkt ins Gesicht springt!“ Bei der Kirche angekommen gab Luna Gas und fuhr auf die Auffahrt, die den Parkplatz von der Rasenfläche vor dem Gotteshaus trennte. Dann flogen wir in Höchstgeschwindigkeit über diesen Rasen, drehten eine Runde um den eingezäunten Parkplatz, und ich stellte fest, daß ich von einem Ohr zum anderen grinste, auch wenn das höllisch wehtat.

„Jaaaa!“ schrie ich, als wir nun einen der Sprinkler umfuhren, mit denen der Rasen bewässert wurde. Nun flogen wir durch den Vorgarten der Kirche, und noch waren alle so geschockt, daß niemand auf die Idee kam, uns verfolgen zu wollen. Aber es würde nicht lange dauern, bis diese Unverbesserlichen sich wieder berappelt hatten! Dann würden alle hier, die die extremeren Methoden der Bruderschaft noch nicht kannten, ein ziemlich unsanftes Erwachen erleben.

Da bemerkte Luna, die den Rückspiegel im Auge behalten hatte, auch schon: „Sie haben die Ausfahrten freigemacht, und jemand ist hinter uns her.“ Abrupt fädelten wir uns in den Verkehr auf der Straße ein, die an der Vorderfront der Kirche entlang verlief. Auch diese Straße war vierspurig und vielbefahren; unser plötzliches Auftauchen dort wurde mit einem heftigen Hupkonzert kommentiert.

„Heilige Scheiße!“ sagte Luna. Sie drosselte ihr Tempo, bis sich ihre Fahrweise der anderen Verkehrsteilnehmer angepaßt hatte, ließ aber den Rückspiegel nicht aus den Augen. „Es ist schon zu finster. Ich weiß nicht, welche Scheinwerfer unseren Verfolgern gehören.“

Ich fragte mich, ob Barry Bill Bescheid gesagt hatte.

„Hast du ein Handy?“ fragte ich sie.

„Es ist in meiner Handtasche, zusammen mit meinem Führerschein. Die Handtasche steht in meinem Büro in der Kirche. So habe ich überhaupt mitbekommen, daß du frei bist. Ich bin in mein Büro gegangen, wo ich deine Witterung aufgenommen habe. Ich wußte auch, daß du verletzt bist. Also bin ich nach draußen gegangen, um mich dort ein wenig umzusehen, und als ich dich draußen nicht finden konnte, bin ich zurück in die Kirche gegangen. Wir können von Glück sagen, daß ich wenigstens meine Autoschlüssel dabeihatte.“

Gott schütze die Gestaltwandler. Ich bedauerte sehr, daß Luna ihr Handy nicht bei sich im Auto hatte, aber in dieser Frage konnten wir im Moment nichts unternehmen. Ich fragte mich plötzlich, wo meine Handtasche wohl war. Wahrscheinlich im Büro der Bruderschaft. Zumindest hatte ich meinen Führerschein herausgenommen, so würde man mich wenigstens nicht als Sookie Stackhouse identifizieren können.

„Halten wir an einer Telefonzelle oder gleich bei der nächsten Polizeiwache?"

„Was meinst du: Was macht die Polizei, wenn du da Bescheid sagst?" Luna sprach mit mir wie mit einem dummen Kind, dem man beim Nachdenken auf die Sprünge helfen muß.

„Sie fährt zur Kirche?"

„Ja, und dann? Was geschieht dann?"

„Dann fragen die Polizisten Steve, warum er versucht hat, in seinem Luftschutzkeller einen Menschen gefangenzuhalten."

„Richtig, und was antwortet Steve?"

„Ich weiß nicht."

„Steve antwortet: ‚Wir haben die Frau nie im Leben gefangengehalten! Sie hat mit unserem Angestellten Gabe Streit bekommen, und Gabe ist tot. Verhaften Sie die Frau'." „Oh. Meinst du wirklich?"

„Oh ja."

„Was ist mit Farrell?"

„Sollte die Polizei auftauchen, so kannst du sichergehen, daß die Bruderschaft für diesen Fall jemanden abgestellt hat, der sich dann in den Keller schleicht und Farrell pfählt. Bis die Bullen kommen, gibt es keinen Farrell mehr. Dasselbe könnten sie mit Godfrey machen, wenn er nicht bereit ist, der Polizei gegenüber ihre Version der Ereignisse zu bestätigen. Godfrey würde wahrscheinlich sogar stillhalten. Der Typ will wirklich nicht mehr existieren."

„Was ist mit Hugo?"

„Meinst du, Hugo erklärt irgendwelchen Polizisten, wie es dazu kam, daß er im Keller eingesperrt wurde? Ich weiß nicht, was der Idiot den Bullen erzählen würde, wenn sie ihn befragen, aber die Wahrheit bestimmt nicht. Der Mann führt seit Monaten ein Doppelleben. Der weiß doch selbst nicht mehr, ob er noch klar im Kopf ist!"

„Die Polizei können wir also nicht rufen. Wen können wir rufen?"

„Ich muß dich zu deinen Leuten bringen. Meine brauchst du nicht kennenzulernen. Sie wollen nicht, daß unsere Existenz bekannt wird, verstanden?"

„Klar."

„Du bist wohl selbst irgendein Kuriosum, was? Sonst hättest du mich wohl kaum erkannt."

„Ja."

„Was bist du? Ein Vamp wohl kaum, das ist mir schon klar. Eine von uns bist du auch nicht."

„Ich bin Telepathin."

„Echt? Kein Witz? Wahnsinn! Buh buh, was?" Luna gab den Laut von sich, mit dem man sich traditionell über Gespenster lustig macht.

„Nicht mehr ‚Buh' als du auch!" gab ich zurück, wobei ich fand, niemand dürfe es mir übel nehmen, wenn ich ein wenig angestoßen klang.

„Tut mir leid", sagte Luna, aber es war ihr nicht ernst damit. „Gut – nun also mein Plan ..."

Aber ich kam nicht mehr dazu, mir ihren Plan anzuhören, denn in diesem Moment fuhr jemand von hinten auf unser Auto auf.

* * *

Als ich wieder zu mir kam, hing ich kopfüber im Sicherheitsgurt. Eine Hand schob sich durchs Autofenster und wollte mich nach draußen zerren. Ich erkannte die Fingernägel: Diese Hand gehörte Sarah. Da biß ich zu.

Es ertönte ein schriller Schrei; zugleich verschwand die Hand blitzschnell wieder. „Offenbar hat sie den Verstand verloren", plapperte Sarahs süßes Stimmchen draußen auf jemanden ein. Dieser jemand, erkannte ich, konnte unmöglich mit der Kirche in Verbindung stehen. Da wurde mir klar, daß ich rasch handeln mußte.

„Hören Sie nicht auf die Frau! Sie hat uns gerammt! Lassen Sie nicht zu, daß sie mich anfaßt", rief ich.

Ich sah hinüber zu Luna, deren Haarspitzen die Wagendecke berührten. Sie war wach, gab aber keinen Laut von sich. Sie drehte und wendete sich geschickt hin und her, wobei sie wohl versuchte, sich aus ihrem Gurt zu befreien.

Vor der Windschutzscheibe fanden eine Menge Unterhaltungen gleichzeitig statt, von denen ein Großteil kontrovers verlief.

„Wenn ich es Ihnen doch sage: Die Frau ist meine Schwester, und sie ist lediglich betrunken!" versuchte Polly, einen der Umstehenden zu überzeugen.

„Ich bin nicht betrunken. Ich verlange, daß ein Alkoholtest gemacht wird", verkündete ich so würdevoll, wie es mir angesichts der Tatsache, daß ich unter Schock stand und noch dazu sozusagen kopfüber in den Seilen hing, möglich war. „Benachrichtigen Sie sofort die Polizei und einen Rettungswagen."

Sarah spuckte Gift und Galle. Doch nun mischte sich eine tiefe männliche Stimme in die Unterhaltung. „Sie möchte doch offenbar nicht, daß Sie ihr beistehen, meine Dame, und so, wie es sich anhört, hat sie auch allen Grund dazu."

Als Nächstes tauchte das Gesicht eines Mannes am Fenster auf. Der Mann hatte sich hingekniet und beugte den Kopf zur Seite, um zu mir hereinschauen zu können. „Ich habe den Rettungsdienst verständigt", sagte die tiefe Stimme, die ich auch gerade zuvor schon gehört hatte. Der Sprecher war unrasiert und wirkte auch sonst etwas ungepflegt, und ich fand ihn hinreißend schön.

„Bleiben Sie, bis der Rettungswagen kommt", flehte ich.

„Das werde ich ganz bestimmt tun!" versicherte er mir, und mit diesen Worten war sein Gesicht auch schon wieder verschwunden.

Mittlerweile hatten sich draußen weitere Stimmen dazugesellt. Sarah Newlin und Polly klangen immer schriller. Die beiden waren mit dem Auto auf unseren Wagen aufgefahren. Mehrere Menschen hatten den Unfall mitangesehen; daß die beiden Frauen sich nun gebärdeten, als seien sie unsere Schwestern oder ähnliches, machte auf die umstehende Menge keinen großen Eindruck. Inzwischen hatten sich zu den beiden, wie ich nach einer Weile mitbekam, wohl auch zwei männliche Gemeindemitglieder gesellt, die sich auch nicht gerade beliebt machten.

„Dann gehen wir eben", verkündete Polly gerade schnippisch und ziemlich wütend.

„Das lassen Sie schön bleiben", erwiderte mein wundervoller, streitbarer Mann mit der tiefen Stimme. „Sie müssen auf jeden Fall erst die Angaben ihrer Autoversicherungen austauschen."

„Stimmt", sagte eine viel jüngere, auch männliche Stimme. „Sie wollen nur nicht für den Schaden am Wagen der beiden Frauen aufkommen. Was ist, wenn die beiden verletzt sind? Haften Sie dann nicht für die Krankenhauskosten?"

Luna hatte es geschafft, ihren Sicherheitsgurt zu lösen und drehte sich nun so, daß es ihr gelang, auf die Innenseite des Autodachs zu fallen, das sich dort befand, wo eigentlich der Boden hätte sein sollen. Mit einer Wendigkeit, um die ich sie nur beneiden konnte, streckte sie den Kopf zum offenen Fenster hinaus und angelte mit den Füßen nach allem, worauf sie sich abstützen konnte. So gelang es ihr, sich aus dem Fenster zu schlängeln. Eines der Dinge, die sie dabei als Fußstütze zur Hilfe nahm, war meine Schulter, aber ich gab keinen Laut von mir. Eine von uns mußte es unbedingt schaffen, sich zu befreien.

Sobald Luna draußen auftauchte, wurde sie von lauten Rufen begrüßt. Dann hörte ich sie fragen: „Wer von Ihnen beiden saß am Steuer?“

Verschiedene Stimmen mischten sich ein, von denen die eine dies, die andere jenes sagte, aber offenbar war allen Umstehenden klar, daß Polly, Sarah sowie deren Gefolgsleute die Täter waren und Luna ein Opfer. Inzwischen standen so viele Menschen um die Unfallstelle herum, daß es die Bruderschaft selbst dann nicht schaffte, uns einfach vom Tatort wegzuschleppen, als ein weiterer Wagen mit Getreuen vorgefahren kam. Gott schütze den amerikanischen Gaffer, dachte ich rührselig, denn ich war in sentimentaler Stimmung.

Der Sanitäter, der mich schließlich aus dem Auto befreite, war der hübscheste Mann, den ich je zu Gesicht bekommen hatte. Er hieß Salazar, zumindest stand das auf seinem Namensschild, und ich sagte: „Salazar“, nur um sicher zu gehen, daß ich so etwas noch sagen konnte. Es kostete mich große Anstrengung, den Namen richtig und vollständig auszusprechen.

„Ja, so heiße ich“, sagte der Sanitäter, und dann hob er mein Lid, um mir ins Auge zu schauen. „Sie sehen reichlich lädiert aus.“

Ich wollte ihm gerade erklären, daß ich mir ein paar Verletzungen bereits vor dem Unfall zugezogen hatte, da hörte ich Luna sagen: „Mein Terminkalender flog vom Armaturenbrett und traf sie voll ins Gesicht.“

„Es wäre wesentlich sicherer, wenn sie nichts auf dem Armaturenbrett liegen ließen“, sagte eine unbekannte Stimme, die etwas flach klang.

„Da haben Sie recht, Officer, inzwischen sehe ich das ja ein.“

Officer? Ich versuchte, den Kopf zu wenden und wurde von Salazar getadelt. „Sie halten sich ruhig, bis ich sie mir von Kopf bis Fuß angesehen habe“, sagte der Mann streng.

„Gut.“ Eine Sekunde später fragte ich: „Ist die Polizei hier?“

„Ja. Wo tut es weh?“

Wir gingen eine ganze Menge Fragen zusammen durch, und die meisten von ihnen konnte ich auch beantworten.

„Ich glaube, Sie werden sich rasch wieder erholen und keine bleibenden Schäden davontragen, aber wir müssen Sie und Ihre Freundin mit ins Krankenhaus nehmen und untersuchen, nur um ganz sicher zu gehen." Salazar und seine Partnerin, eine schwergewichtige weiße Frau, taten so, als sei diese Sache etwas völlig Selbstverständliches.

„Nein", rief ich besorgt. „Wir müssen nicht ins Krankenhaus, oder, Luna?"

„Na klar müssen wir ins Krankenhaus!" Luna schien völlig überrascht, daß ich mich so dagegen sträubte. „Du mußt dich röntgen lassen. Deine Wange sieht schlimm aus."

„Ach ja?" Ich verstand nicht, welche Richtung Lunas Überlegungen inzwischen eingeschlagen hatten. „Na, wenn du meinst, es muß wirklich sein ..."

„Allerdings!"

Also begab sich Luna auf ihren eigenen Beinen zum Krankenwagen; ich wurde auf eine Bahre verladen und ebenfalls dorthin geschafft, und dann machten wir uns mit heulenden Sirenen auf den Weg. Das letzte, was ich sah, ehe Salazar die Türen des Krankenwagens schloß, waren Sarah und Polly. Die beiden unterhielten sich mit einem sehr großen Polizisten und sahen aus, als hätten sie völlig die Fassung verloren. Das fand ich prima.

Das Krankenhaus war, wie Krankenhäuser nun einmal sind. Luna heftete sich an meine Fersen. Sie ließ mich keine Sekunde lang aus den Augen. Als wir zusammen in einer der kleinen Untersuchungskabinen saßen, die jeweils durch einen Vorhang abgetrennt sind, bat sie die Schwester, die gekommen war, um unsere Versicherungsdaten und weitere Einzelheiten aufzunehmen: „Sagen Sie bitte Dr. Josephus, daß Luna Garza und ihre Schwester hier sind."

Die Schwester, eine junge Afroamerikanerin, warf Luna einen skeptischen Blick zu, sagte jedoch lediglich: „Wenn Sie wünschen", und verschwand umgehend.

„Wie hast du das denn geschafft?" wollte ich wissen.

„Wie ich die Schwester dazu gebracht habe, mit dem Ausfüllen der Karteikarten aufzuhören? Ich habe die Sanitäter extra gebeten, uns in dieses Krankenhaus zu bringen. Wir haben in jedem Hospital der Stadt jemanden, aber unseren Mann hier kenne ich am besten."

„Unseren?"

„Unseren. Die, die zwei Wesen haben."

„Ach." Die Gestaltwandler. Ich konnte es kaum erwarten, Sam davon zu berichten.

„Ich bin Dr. Josephus", sagte eine ruhige Stimme über mir. Ich hob den Kopf und stellte fest, daß ein zierlicher Mann mit silbergrauem Haar in unser kleines Kabuff getreten war. Sein Haar war bereits ein wenig schütter und sein Gesicht wurde von einer scharfgeschnittenen Nase dominiert, auf der eine Brille mit Stahlrand thronte. Er hatte strahlend blaue Auge, die durch die Brillengläser noch vergrößert wurden.

„Ich bin Luna Garza, und dies ist meine Freundin – Marigold." Luna klang mit einem Mal so anders – ich warf ihr einen prüfenden Blick zu, um sicherzugehen, daß wirklich dieselbe Person neben mir saß. „Wir hatten heute nacht bei der Erfüllung unserer Pflichten leider etwas Pech."

Der Arzt musterte mich mißtrauisch.

„Sie ist es wert", sagte Luna gewichtig. Mir war nach Kichern zumute. Ich wollte die Feierlichkeit dieses Moments wahrlich nicht stören, aber das fiel mir recht schwer, und ich mußte mich kräftig auf die Innenseite meiner Wangen beißen, um nicht loszuprusten.

„Wir müssen Sie röntgen", verkündete der Arzt, nachdem er sich mein Gesicht und das grotesk geschwollene Knie angesehen hatte. Ich hatte noch weitere Prellungen und Abschürfungen vorzuweisen, die aber harmlos waren. Knie und Wange stellten die beiden einzigen wirklich schwerwiegenden Verletzungen dar.

„Das müßte dann ziemlich schnell geschehen, und danach müssen wir hier verschwinden, und zwar auf einem sicheren Weg", sagte Luna in einem Tonfall, der es dem Arzt unmöglich machte, ihr zu widersprechen oder seine Hilfe zu verweigern.

Noch nie hatte ich eine Krankenhausmaschinerie so rasch arbeiten sehen! Wahrscheinlich saß Josephus hier im Aufsichtsrat oder war der Chefarzt, etwas anderes konnte ich mir nicht vorstellen. Das fahrbare Röntgengerät kam angerollt, die Aufnahmen wurden gemacht, und bereits wenige Minuten später teilte Dr. Josephus mir mit, daß mein Jochbein einen Haarriß abbekommen hatte, der aber von ganz allein wieder heilen würde. Wenn ich wollte, könnte ich, sobald die Schwellung abgeklungen war, einen Chirurgen aufsuchen, der auf kosmetische Chirurgie spezialisiert war. Josephus stellte mir ein Rezept für ein Schmerzmittel aus, erteilte mir eine Unmenge Ratschläge und gab mir einen Eisbeutel für meine Wange und einen weiteren für mein Knie. Das Knie, erklärte er, sei ‚geprellt'.

Knapp zehn Minuten später waren wir bereits auf dem besten Weg, das Krankenhaus wieder zu verlassen. Ich saß in einem Rollstuhl, der von Luna geschoben wurde, und Dr. Josephus führte uns durch einen langen unterirdischen Korridor zu einem Lieferanteneingang. Unterwegs kamen uns ein paar Angestellte des Krankenhauses auf dem Weg zur Arbeit entgegen. Keiner von ihnen machte einen vornehmen, wohlhabenden Eindruck; sie alle schienen hier im Krankenhaus eher unterbezahlter Arbeit nachzugehen, etwa als Köchinnen und Putzfrauen. Ich konnte mir nicht vorstellen, daß der ungeheuer selbstsicher wirkende Dr. Josephus sich je zuvor in diesen Tunnel verirrt hatte, aber offenbar kannte er den Weg gut, und anscheinend wunderte sich keiner der Angestellten allzusehr darüber, ihn hier unten anzutreffen. Am Ende des Tunnels drückte er eine schwere Metalltür auf.

Mit wahrhaft königlicher Grazie und Würde nickte Luna dem Mann zu, bedankte sich und rollte mich hinaus in die Nacht. Draußen stand ein großer, alter Wagen, entweder dunkelrot oder braun. Neugierig sah ich mich um, wobei ich feststellte, daß wir uns in einer Gasse hinter dem Krankenhaus befanden. Große Müllcontainer standen an einer Wand entlang aufgereiht, und dazwischen war eine Katze gerade dabei, sich auf irgend etwas zu stürzen – auf was, das wollte ich lieber nicht so genau wissen. Die Krankenhaustür war mit einem unheilverkündenden Zischen hinter uns zugefallen; nun war es mucksmäuschenstill in der Gasse. Erneut beschlich mich ein flaues Gefühl.

Wie satt ich es hatte, mich zu fürchten!

Luna ging hinüber zum Wagen, öffnete eine rückwärtige Tür und sagte etwas zu demjenigen, der im Wagen saß – wer immer das auch sein mochte. Die Antwort, die sie erhielt, schien sie sehr zornig zu stimmen. Sie fing an, in einer mir unbekannten Sprache zu schimpfen.

Der oder die im Auto hielten sich nicht zurück. Ein handfester Streit entstand.

Dann stapfte Luna wütenden Schrittes dorthin zurück, wo sie mich und den Rollstuhl abgestellt hatte. „Ich werde dir eine Augenbinde anlegen müssen!" sagte sie, wobei sie offenbar fest damit rechnete, bei mir auf Widerstand zu stoßen.

„Damit habe ich kein Problem", sagte ich und gab ihr mit einer Handbewegung zu verstehen, daß ich das auch so meinte und mir eine Augenbinde keine große Sache zu sein schien.

„Du hast nichts dagegen?"

„Nein. Ich kann es verstehen. Jeder schätzt seine Privatsphäre."

„Wie du meinst". Sie eilte zum Auto zurück, um mit einem Schal aus grüner und taubenblauer Seide zurückzukehren. Diesen faltete sie zusammen, als wollten wir Blindekuh spielen und verknotete ihn dann sorgfältig an meinem Hinterkopf. „Glaub mir", flüsterte sie mir ins Ohr. „Die beiden im Auto sind harte Burschen. Nimm dich in acht." Na toll, genau das hatte ich mir gewünscht: noch mehr Leute, vor denen ich mich fürchten konnte.

Luna rollte mich zum Auto und half mir beim Einsteigen. Ich nehme an, daß sie den Stuhl danach wieder zum Krankenhauseingang rollte, damit er dort später abgeholt werden konnte; es dauerte jedenfalls fast eine Minute, ehe sie ebenfalls in den Wagen kletterte und neben mir Platz nahm.

Vorn im Wagen saßen zwei Personen, das spürte ich. Ich bekam beide geistig mit, aber nur sehr vage; sie waren wohl Gestaltwandler. Zumindest fühlte sich das, was ich von ihrem Bewußtsein mitbekam, für mich an wie das Bewußtsein von Gestaltwandlern: so ein halb durchsichtiges, verworrenes, dorniges Durcheinander, wie ich es auch bei Sam und Luna wahrnehmen konnte. Sam verwandelte sich in der Regel in einen Collie; nun fragte ich mich, welche Gestalt Luna wohl bevorzugen mochte. Mit den beiden auf den vorderen Sitzen war irgend etwas anders, als ich es von Luna und Sam gewohnt war; eine Art pulsierende Schwere umgab sie. Auch wirkten die Umrisse ihrer Köpfe leicht verändert, nicht wie Umrisse von Menschenköpfen.

Ein paar Minuten lang herrschte Stille im Auto, während es die Gasse entlang holperte, um dann, als wir eine richtige Straße erreicht hatten, schneller und lautloser durch die Nacht zu fahren.

„Silent Shore, nicht?" ließ sich dann mit einer Stimme, die fast wie ein Knurren klang, die Fahrerin des Wagens hören. Da fiel mir ein, daß wir schon bald Vollmond haben würden. Scheiße! Bei Vollmond mußten die sich doch wandeln! Vielleicht hatte Luna in der Zentrale der Bruderschaft auch deswegen so leicht mit sich reden lassen, hatte ihre Pläne so bereitwillig geändert, nachdem es dunkel geworden war. Sie war nervös geworden, nachdem sie beobachtet hatte, wie der Mond aufging.

„Ja, bitte", beantwortete ich höflich die Frage nach dem Fahrziel.

„Fressen, das redet!" kommentierte der Gestaltwandler auf dem Beifahrersitz, dessen Stimme einem Knurren noch ähnlicher war als die der Fahrerin.

Dieser Spruch gefiel mir nicht, aber mir wollte beim besten Willen nichts einfallen, womit ich ihm hätte kontern können. Anscheinend hatte ich über Gestaltwandler noch ebensoviel zu lernen wie über Vampire. „Hört jetzt auf", herrschte Luna sie an. „Sie ist mein Gast."

„Luna treibt sich mit Welpennahrung rum!" sagte der Beifahrer, der mir von Minute zu Minute unsympathischer wurde.

„Mir riecht sie eher wie ein Burger", bemerkte die Fahrerin. „Hat wohl den einen oder anderen Kratzer abbekommen, was?"

„Ihr beide seid ja wirklich eine prima Reklame für den Zivilisationsgrad, den wir erreicht haben!" zischte Luna erbost. „Reißt euch zusammen. Sie hat schon eine schlimme Nacht hinter sich. Noch dazu hat sie sich einen Knochen gebrochen."

Dabei war die Nacht war noch nicht einmal zur Hälfte um! Ich schob den Eisbeutel, den ich gegen das Gesicht gedrückt hielt, zurecht. Direkt über den Nebenhöhlen kann man einfach nur ein bestimmtes Maß an Kälte ertragen.

„Warum hat Josephus auch ausgerechnet gottverdammte Werwölfe kommen lassen?" flüsterte Luna wütend in mein Ohr. Aber die beiden vorn im Wagen konnten sie trotzdem verstehen, das wußte ich. Sam hört einfach alles, und er ist beileibe nicht so fit wie ein richtiger Werwolf. Zumindest war das meine Einschätzung. Um bei der Wahrheit zu bleiben: Wie sollte ich beurteilen können, wozu ein Werwolf in der Lage war? Ich hatte bis zu diesem Zeitpunkt ja nicht einmal geahnt, daß es Werwölfe wirklich gab!

„Ich nehme an", sagte ich laut und deutlich, um die Umgangsformen zu wahren, „Dr. Josephus dachte, die beiden würden uns am ehesten verteidigen können, sollten wir erneut angegriffen werden."

Ich spürte, wie die Wesen auf den Vordersitzen die Ohren spitzten – gut möglich, daß sie das auch wirklich wortwörtlich so taten.

„Wir haben uns doch auch allein nicht schlecht geschlagen", meinte Luna beleidigt. Sie rutschte unruhig neben mir auf ihrem Sitz hin und her, so aufgeladen, als hätte sie mindestens sechzehn Tassen Kaffee getrunken.

„Luna, wir sind gerammt worden; dein Auto hat einen Totalschaden erlitten; wir waren in der Notaufnahme eines Krankenhauses – was meinst du mit ‚gut durchgeschlagen'?"

Gleich darauf fiel mir aber auch schon selbst die Antwort ein: „Luna, tut mir leid! Du hast mich da rausgeholt! Die hätten mich sonst umgebracht! Es war ja schließlich nicht deine Schuld, daß sie uns hinterher gerammt haben."

„Ihr beiden hattet heute abend wohl schon eine kleine Keilerei?" fragte der Beifahrer, wobei er wesentlich höflicher klang als zuvor. Wie gern er an dieser Keilerei teilgenommen hätte, wie liebend gern er sich prügeln wollte. Ich wußte nicht, ob Werwölfe von Natur aus so reizbar waren wie dieser hier oder ob es eine Sache der individuellen Persönlichkeit war.

„Ja, mit der verdammten Bruderschaft", verkündete Luna, wobei in ihrer Stimme mehr als nur ein kleines bißchen Stolz mitschwang. „Die hatten das Mädel hier in eine Zelle gesteckt. In einen unterirdischen Kerker."

„Im Ernst?" fragte die Fahrerin ungläubig. Ihre Aura – ich muß es einfach Aura nennen, ein anderer Ausdruck fällt mir nicht ein – pulsierte auf dieselbe hektische Weise wie die Lunas und des Beifahrers.

„Ja!" erwiderte ich. „Mein Chef ist übrigens auch Wandler", fügte ich hinzu, im Bemühen, ein wenig höfliche Konversation zu machen.

„Echt? Was für einen Betrieb hat dein Chef denn?"

„Eine Kneipe. Mein Chef besitzt eine Kneipe."

„Wo denn? Bis du hier weit weg von zu Hause?"

„Viel zu weit weg", sagte ich.

„Die kleine Fledermaus hier hat dir heute echt das Leben gerettet?"

„Ja." Darüber mochte ich auf keinen Fall Witze machen. „Luna hat mir das Leben gerettet." War das mit der Fledermaus ein Spitzname oder ernst gemeint? Wandelte sich Luna am Ende gar wirklich in eine ... ach du meine Güte!

„Bravo, gut gemacht!" In der tieferen der beiden Knurrstimmen lag eine winzige Spur Respekt.

Luna freute sich über das Lob, ganz zu Recht, wie ich fand, und tätschelte meine Hand. Ein paar Minuten glitten wir durch die Finsternis, ohne daß jemand etwas sagte, wobei sich das Schweigen nunmehr weitaus freundlicher anfühlte als zuvor. Dann verkündete die Fahrerin, wir seien beim Silent Shore Hotel angekommen.

Ich stieß einen tiefen, langen Seufzer der Erleichterung aus.

„Vor der Tür steht ein Vampir und scheint auf jemanden zu warten."

Fast hätte ich mir die Augenbinde vom Gesicht gerissen, aber in letzter Sekunde wurde mir bewußt, welch würdelose, armselige Geste das gewesen wäre. „Wie sieht er aus?" fragte ich statt dessen.

„Sehr groß und blond, mit einer ziemlichen Mähne. Freund oder Feind?"

Darüber mußte ich kurz nachdenken. „Freund", sagte ich dann, wobei ich hoffte, überzeugend zu klingen.

„Lecker", bemerkte die Fahrerin. „Geht der nur mit Menschen, oder macht er Ausnahmen?"

„Ich weiß nicht. Soll ich ihn fragen?"

Luna und der Beifahrer taten lautstark so, als müßten sie sich gleich übergeben. „Du kannst doch nicht mit einem Toten losziehen!" protestierte Luna. „Nun mach mal halblang, Deb– Mädel!"

„Schon gut, regt euch ab", antwortete die Fahrerin. „Ein paar von denen sind noch nicht mal übel. Also, mein kleiner Kalbsknochen, jetzt biege ich in die Hoteleinfahrt ein."

„Mit Kalbsknochen meint sie dich!" flüsterte mir Luna ins Ohr.

Wir hielten an. Luna beugte sich über mich, um meine Wagentür zu öffnen. Als ich, von ihren Händen gelenkt und geschoben, langsam aus dem Wagen kletterte, hörte ich vom Bürgersteig her einen erstaunten Ausruf, und ehe ich noch mit der Wimper hätte zucken können, hatte Luna die Wagentür bereits wieder zugeschlagen. Mit quietschenden Reifen rasten die Gestaltwandler aus der Hotelauffahrt. Lediglich ein Heulen blieb noch ein wenig in der dicken, heißen Nachtluft hängen.

„Sookie?" fragte eine wohlbekannte Stimme.

„Eric?" fragte ich zurück.

*　　　*　　　*

Ich fummelte an der Augenbinde herum und wollte sie aufknüpfen, aber Eric schnappte sich einfach den Knoten und riß ihn mit einem

Ruck auseinander. Nunmehr war ich stolze Besitzerin eines wunderschönen, wenn auch leicht fleckigen Schals. Ich sah mich um. Das Hotel mit seinen riesigen Türen leuchtete hell in der finsteren Nacht; Eric war bemerkenswert blaß. Er trug einen ungeheuer konventionell wirkenden marineblauen Nadelstreifenanzug.

Ich war ganz ehrlich froh darüber, den großen Vampir zu sehen. Der wiederum griff nach meinem Arm, um zu verhindern, daß ich allzusehr schwankte, und blickte mit einem ganz merkwürdigen Gesichtsausdruck, den ich beim besten Willen nicht hätte interpretieren können, auf mich herab. Vampire beherrschen derlei perfekt. „Was ist dir widerfahren?" wollte Eric wissen.

„Ich ... das läßt sich so schnell nicht erzählen. Wo ist Bill?"

„Zuerst ist er los zur Bruderschaft der Sonne, um dich da rauszuholen. Unterwegs hörten wir von einem der Unsrigen, der als Polizist arbeitet, daß du in einen Unfall verwickelt warst und man dich ins Krankenhaus gebracht hatte. Also eilte auch Bill ins Krankenhaus. Dort mußte er jedoch feststellen, daß du bereits wieder gegangen warst, und zwar nicht auf einem der üblichen Wege. Niemand wollte ihm etwas sagen, und er konnte die Leute ja wohl auch kaum wirklich bedrohen." Das schien Eric zu fuchsen; er wirkte frustriert. Die Tatsache, daß er jetzt im Rahmen der von Menschen geschaffenen Gesetze leben und agieren mußte, irritierte und verärgerte den uralten Vampir mit konstanter Regelmäßigkeit immer wieder aufs neue, auch wenn er die Vorteile, die diese Gesetze ihm boten, wirklich aus ganzem Herzen genoß und ausschöpfte. „Danach fehlte von dir jede Spur. Geistig hatte der Page nur einmal von dir gehört."

„Der arme Barry. Geht es ihm gut?"

„Der arme Barry ist um ein paar hundert Dollar reicher und von daher sehr zufrieden", meinte Eric trocken. „Nun fehlt nur noch Bill. Was du aber auch für Ärger machst!" Mit diesen Worten zog er ein Handy aus der Tasche und tippte eine Nummer ein. Nach einer Weile, die mir unendlich lang vorkam, reagierte jemand am anderen Ende.

„Bill? Sie ist hier. Ein paar Gestaltwandler haben sie gebracht." Eric musterte mich. „Ziemlich demoliert, aber laufen kann sie." Dann hörte er zu. „Bill will wissen, ob du deine Keycard dabeihast." Ich sah in der Rocktasche nach, in der ich das Plastikviereck vor ungefähr einer Million Jahre verstaut hatte.

„Ja“, sagte ich, wobei ich kaum glauben mochte, daß an diesem schrecklichen Abend mal etwas wirklich gut gelaufen sein sollte. „Moment“, fuhr ich fort, „nicht auflegen. Haben sie Farrell befreit?“

Eric hob die Hand, um mir zu verstehen zu geben, daß er gleich alles erklären würde. „Ich bringe sie jetzt hoch und verarzte sie.“ Dann versteiften sich Erics Schultern. „Wie du meinst“, sagte er mit leicht drohendem Unterton. „Auf Wiederhören.“ Daraufhin wandte er sich an mich, als hätte es in der Unterhaltung zwischen uns beiden keine Unterbrechung gegeben.

„Ja, Farrell ist in Sicherheit. Die Bruderschaft wurde überfallen.“

„Sind ... viele Menschen verletzt worden?“

„Die meisten waren völlig verängstigt und sind gar nicht erst nahe ans Geschehen herangegangen. Sie haben sich einfach in alle Himmelsrichtungen verteilt und den Heimweg angetreten. Farrell war zusammen mit Hugo in einer unterirdischen Zelle.“

„Ach ja! Was ist mit Hugo?“

Ich hatte wohl ziemlich neugierig geklungen, denn Eric sah mich von der Seite an, während wir gemeinsam hinüber zu den Fahrstühlen gingen, wobei sich der lange Vampir meinen Schritten anpaßte und ich unbeholfen und langsam daherhumpelte.

„Darf ich dich tragen?“ fragte Eric höflich.

„Nein. Ich habe es bisher ja auch geschafft.“ Wäre das Angebot von Bill gekommen, hätte ich es angenommen, ohne mit der Wimper zu zucken. Barry saß am Tresen der Hotelpagen und winkte mir zu. Wenn ich nicht mit Eric zusammengewesen wäre, wäre er sicher herübergekommen. Ich warf ihm einen beredten Blick zu – zumindest hoffte ich, der Blick sei beredt ausgefallen –, der ihm sagen sollte, daß ich mich später mit ihm unterhalten würde, und dann ging mit einem leisen Klingeln die Fahrstuhltür auf, und Eric und ich traten in den Fahrstuhl. Eric drückte auf den Knopf für das dritte Stockwerk und lehnte sich dann gegen den großen Spiegel, der die Wand direkt mir gegenüber zierte. Ich sah ihn an und erhielt dabei auch gleich einen kleinen Eindruck von der miserablen Verfassung, in der ich mich befand.

„Oh nein!“ Der Anblick gab mir den Rest. „Nein!“ wiederholte ich. Ich sah aber auch wirklich zu schrecklich aus: Mein Haar, von der Perücke plattgedrückt und von mir flüchtig mit den Fingern wieder ausgekämmt, war das reine Desaster. Instinktiv flogen meine Finger hoch, um meine Frisur zu richten, ein äußerst schmerzhafter Vorgang und noch dazu sinnlos, und meine Lippen zitterten, so sehr mußte ich mich anstrengen, nicht einfach in Tränen auszubrechen. Dabei war die Sache mit den Haaren noch relativ harmlos! Prellungen und Quetschungen zierten ein Großteil dessen, was von meinem Körper sichtbar war; manche dieser Verletzungen waren harmlos und oberflächlich, andere gingen tiefer und würden eine Weile brauchen, um zu heilen – und das waren nur die Wunden, die man sah. Die eine Hälfte meines Gesichts war geschwollen und verfärbt. Das gebrochene Jochbein zierte direkt in der Mitte eine offene Rißwunde. An meiner Bluse fehlte die Hälfte der Knöpfe, mein Rock war zerrissen und verdreckt. Mein rechter Arm war mit blutigen roten Klümpchen bedeckt.

Nun fing ich doch an zu weinen. Ich sah so fürchterlich aus; bei diesem Anblick verabschiedete sich das, was von meinen Lebensgeistern noch übrig geblieben war.

Man muß es Eric zugute halten, daß er nicht lachte, auch wenn ihm vielleicht zum Lachen zumute war. „Sookie, ein Bad, saubere Kleider, und du bist so gut wie neu!“ versicherte er mir, als sei ich ein Kind, dem man gut zureden mußte, und um die Wahrheit zu sagen fühlte ich mich in diesem Augenblick auch nicht viel älter als ein Kind.

„Die Werwölfin am Steuer fand dich niedlich“, teilte ich Eric schniefend mit. Dann waren wir im dritten Stock und traten aus dem Fahrstuhl.

„Die Werwölfin? Du hast ja heute wirklich allerhand erlebt.“ Mit diesen Worten nahm Eric mich einfach in die Arme, als sei ich ein Bündel Kleider, und drückte mich an sich. Unter dem unablässigen Strom meiner Tränen wurde sein wunderschönes Anzugjackett im Handumdrehen pitschnaß, und auch sein strahlend weißes Oberhemd war auf einmal nicht mehr so blütenrein.

„Entschuldige!“ Besorgt lehnte ich mich zurück, um Erics Anzug zu mustern. Dann tupfte ich hilflos mit meinem neuen Schal daran herum.

„Bitte nicht wieder anfangen zu weinen“, bat Eric verzweifelt. „Wenn du nicht wieder anfängst zu weinen, dann macht es mir wirklich nichts aus, den Anzug in die Reinigung zu geben, das verspreche ich dir! Dann würde es mir noch nicht einmal etwas ausmachen, einen neuen Anzug zu kaufen.“

Eric, der gefürchtete Obervampir, hatte Angst vor heulenden Frauen! Das fand ich so witzig, daß ich kichern mußte. Das Kichern mischte sich unter die Schluchzer, die ich nicht hatte unterdrücken können, und so entstand ein ziemliches Durcheinander.

„Was ist denn so witzig?“ wollte Eric wissen.

Ich schüttelte hilflos den Kopf.

Als wir vor meiner Suite standen, zog ich meine Keycard aus der Tasche, schloß auf, und wir traten ein. „Wenn du willst, helfe ich dir, in die Badewanne zu klettern“, erbot sich Eric charmant.

„Nein danke, das wird nicht notwendig sein.“ Ich sehnte mich nach einem Bad. Baden und diese Kleider nie wieder anziehen müssen, das wäre mir jetzt das liebste gewesen. Aber ich würde gewiß nicht in die Wanne steigen, wenn Eric daneben stand.

„Ich wette, nackt bis du ein Augenschmaus“, sagte Eric, um mich aufzumuntern.

„Das weißt du. Ich bin so lecker wie ein Rieseneclair“, antwortete ich, während ich mich vorsichtig in einen Sessel sinken ließ. „Auch wenn ich mir momentan eher wie Boudain vorkomme.“ Boudain ist eine Soße, die in der Cajun-Küche verwendet wird. Sie wird aus allen möglichen Zutaten zusammengebraut, von denen man keine als raffiniert bezeichnen kann. Eric schob einen einfachen Stuhl zu mir heran und hob mein Bein darauf, um mein Knie höher zu lagern. Ich legte den Eisbeutel auf mein Knie und schloß die Augen. Eric rief beim Empfang an, wo er um eine Pinzette, eine Schüssel, antiseptische Wundsalbe und einen Rollstuhl bat. Zehn Minuten später trafen all diese Dinge bei uns ein. Die Leute in diesem Hotel waren wirklich gut.

Im Zimmer stand an der einen Wand ein kleiner Tisch, den Eric neben meinen Sessel stellte. Dann hob er meinen rechten Arm auf die Tischplatte. Er schaltete die Stehlampe neben dem Sessel ein. Nachdem er mit Hilfe eines Waschlappens den Arm gesäubert hatte, fing er an, mit der Pinzette die kleinen blutigen Klümpchen zu entfernen, bei denen es sich um winzige Glasstückchen der Windschutzscheibe von Lunas Outback handelte. „Wärst du ein gewöhnliches Mädchen, dann könnte ich dich jetzt so bezirzen, daß du nichts mitbekommst“, kommentierte Eric beiläufig. „Du aber wirst einfach die Zähne zusammenbeißen müssen.“ Es tat furchtbar weh. Die ganze Zeit über rannen mir die Tränen in Strömen über die Wangen, und es fiel mir unendlich schwer, ruhig dazusitzen.

Endlich hörte ich, wie eine weitere Keycard ins Schloß unserer Suite geschoben wurde und öffnete die Augen. Bill warf einen Blick in mein Gesicht, zuckte sichtlich zusammen und sah sich dann an, was Eric mit meinem Arm tat. Das schien seine Zustimmung zu finden, jedenfalls nickte er seinem Chef wohlwollend zu.

„Wie ist das passiert?" wollte er wissen, wobei er ganz sanft, wirklich ganz sanft mein Gesicht berührte. Dann zog er den letzten noch verbliebenen Stuhl näher heran und setzte sich neben mich, während Eric weiter meinen Arm versorgte.

Ich fing also an, die Geschichte zu erzählen, war allerdings so müde, daß mir von Zeit zu Zeit die Stimme versagte. Als ich zu der Sache mit Gabe kam, hatte ich meinen Verstand nicht mehr so weit beisammen, daß ich die Episode ein wenig hätte herunterspielen können und mußte mit ansehen, wie Bill mit aller Kraft darum rang, die Fassung zu wahren und nicht auszurasten. Vorsichtig hob er meine Bluse, um sich meinen zerrissenen BH sowie all die Prellungen und Abschürfungen auf meiner Brust anzusehen, und das, obwohl Eric direkt daneben saß (und natürlich auch guckte).

„Was wurde aus diesem Gabe?" fragte Bill sehr ruhig.

„Er ist tot", sagte ich. „Godfrey hat ihn getötet."

„Du hast Godfrey gesehen?" Eric, der die ganze Zeit geschwiegen hatte, beugte sich angespannt vor. Mein Arm war versorgt; Eric hatte ihn dick mit antiseptischer Wundsalbe bestrichen, als sei mein Arm der Po eines Babys, das sich nicht wund liegen sollte.

„Du hattest recht, Bill: Godfrey hatte Farrell entführt. Das weiß ich jetzt, auch wenn ich keine Details herausfinden konnte. Godfrey hat Gabe auch daran gehindert, mich zu vergewaltigen. Wobei ich allerdings sagen muß, daß ich selbst dem Widerling auch ein paar gute Schläge verpassen konnten."

„Gib nicht so an", sagte Bill mit einem schiefen Lächeln. „Der Mann ist also tot." Aber er schien nicht zufrieden.

„Godfrey hat Gabe sehr geschickt aufgehalten und mir dann zur Flucht verholfen. Besonders angesichts der Tatsache, daß er sich ganz auf den Sonnenaufgang konzentrieren und an nichts anderes denken wollte. Wo ist er jetzt?"

„Er ist in die Nacht hinausgerannt, als wir die Bruderschaft angriffen", erklärte Bill. „Von uns konnte ihn niemand einholen."

„Was ist in der Bruderschaft alles passiert?"

„Gleich. Ich werde dir alles genau schildern, aber zuerst wollen wir uns von Eric verabschieden. Dann setze ich dich in die Wanne und erzähle dir alles."

Damit war ich einverstanden. „Gute Nacht, Eric", sagte ich. „Danke für die Erste Hilfe."

„Ich denke, die wesentlichen Punkte haben wir damit erfaßt", sagte Bill zu Eric. „Wenn sich weitere Fragen ergeben, komme ich später nochmal in Ihr Zimmer."

„Gut." Eric musterte mich aus halb geschlossenen Augen. Er hatte ein- oder zweimal an meinem blutverschmierten Arm geleckt, während er diesen verarztete, und der Geschmack meines Blutes schien ihn förmlich berauscht zu haben. „Ruh dich gut aus", empfahl er mir.

Da fiel mir etwas ein. „Oh!" rief ich und riß die Augen auf, „wir stehen jetzt bei den Gestaltwandlern in der Kreide."

Beide starrten mich an. „Na ja, ihr vielleicht nicht", korrigierte ich mich, „aber ich auf jeden Fall."

„Die werden das bestimmt nicht vergessen", meinte Eric. „Sie werden ihre Ansprüche bald geltend machen. Diese Gestaltwandler tun niemandem umsonst einen Gefallen. Gute Nacht. Ich bin froh, daß dich niemand vergewaltigt hat und daß du noch lebst." Er warf mir das plötzlich aufblitzende strahlende Lächeln zu, das ich bereits an ihm kannte und das stets dafür sorgte, daß er dem Mann, der er einst gewesen sein mußte, weit mehr glich als sonst.

„Nochmals danke", sagte ich, wobei mir die Augen schon wieder zufielen. „Nacht."

Sobald sich die Tür hinter Eric geschlossen hatte, hob Bill mich hoch und trug mich ins Badezimmer, das so groß oder vielmehr so klein war, wie Hotelbadezimmer in der Regel zu sein pflegen, aber über eine ausreichend große Wanne verfügte. Diese Wanne ließ Bill nun mit heißem Wasser vollaufen, während er mir ganz vorsichtig die Kleider abstreifte.

„Die schmeißt du einfach weg, Bill!" bat ich ihn.

„Das wäre vielleicht keine schlechte Idee", entgegnete mein Vampir, der sich, die Lippen zu einem dünnen Strich zusammengepreßt, noch einmal all meine Prellungen und Quetschungen ansah.

„Ein paar davon stammen von dem Sturz die Treppe herunter und ein paar vom Autounfall", erklärte ich.

„Wenn Gabe nicht schon tot wäre, würde ich ihn suchen und töten", sagte Bill mehr wie zu sich selbst, „und ich würde mir Zeit dabei lassen." Dann hob er mich hoch, als sei ich so leicht wie ein Baby, setzte mich in die Wanne, nahm sich Waschlappen und Seife und badete mich.

„Mein Haar fühlt sich so eklig an!"

„Ja, dein Haar ist ziemlich verfilzt, aber darum werden wir uns morgen kümmern müssen. Jetzt mußt du erst einmal schlafen."

Beim Gesicht angefangen schrubbte mich Bill sanft und zärtlich von oben bis unten ab. Langsam verfärbte sich das Wasser in der Wanne von all dem Dreck und den Blutresten. Bill untersuchte noch einmal meinen Arm, um wirklich sicher sein zu können, daß Eric alle Glassplitter entfernt hatte, ließ dann das Wasser aus der Wanne und füllte diese neu, während ich einfach sitzen blieb und vor mich hinzitterte. In der zweiten Wannenfüllung wurde ich sauber. Nachdem ich noch einmal den Zustand meines Haars bejammert hatte, gab Bill nach. Er machte es naß, massierte mir Shampoo in die Kopfhaut und spülte es sorgfältig wieder aus, was ein ziemlich langwieriger Vorgang war. Es gibt kaum etwas Schöneres, als sich so von Kopf bis Fuß sauber zu fühlen, wenn man vorher völlig verdreckt war; das und die Aussicht auf ein bequemes Bett mit sauberen Laken, ein Bett, in dem man sich ganz sicher fühlen und gut schlafen kann.

„Erzähl mir, was in der Bruderschaft geschehen ist", sagte ich, als er mich ins Bett trug. „Leiste mir Gesellschaft."

Bill schob mich unter die Laken, um dann von der anderen Seite auch darunter zu kriechen. Er schob mir den Arm unter den Kopf und rückte nah an mich heran. Ich lehnte meine Stirn an seine Brust und rieb mich an seiner kühlen, glatten Haut.

„Die Zentrale glich einem Ameisenhaufen, als wir hinkamen", erzählte Bill. „Einem Ameisenhaufen, in den gerade eine Bombe eingeschlagen ist. Der Parkplatz wimmelte von Autos und Menschen, und immer kamen noch welche dazu. Die wollten wohl alle an dieser Übernachtung teilnehmen?"

„Nacht der Kirche", murmelte ich, und drehte mich vorsichtig auf die Seite, um mich an ihn zu kuscheln.

„Als wir auftauchten, entstand natürlich ein gewisses Durcheinander. Die meisten Mitglieder der Bruderschaft verkrümelten sich ganz rasch wieder in ihre Autos und waren so schnell weg, wie es die Dichte des Verkehrsaufkommens zuließ. Ihr Führer versuchte, uns den Zutritt zur Versammlungshalle zu verwehren. Das war sicher ursprünglich mal eine Kirche, nicht? Newlin sagte, wir würden in Flammen aufgehen, wenn wir dort einen Fuß hineinsetzten, denn wir seien die Verdammten." Bill schnaubte. „Stan hat ihn einfach hochgehoben und beiseite gestellt, und dann sind wir in diese Kirche gegangen, mit Newlin und seiner Frau im Schlepptau. Keiner von uns ging in Flammen auf – das hat die Leute da scheinbar ziemlich erschüttert."

„Das kann ich mir vorstellen", murmelte ich, die Lippen dicht an Bills Brustkorb.

„Barry hatte uns berichtet, er habe, als er mit dir kommunizierte, das Gefühl bekommen, du seiest ‚unten' – unter der Erdoberfläche. Er meinte auch, das Wort ‚Treppe' mitbekommen zu haben. Wir waren zu sechst: Stan, Joseph Velasquez, Isabel, ich und noch zwei weitere. Wir brauchten ungefähr sechs Minuten, um alle anderen Möglichkeiten auszuschließen und die Kellertreppe zu finden."

„Wie habt ihr mit der Tür gemacht?" Ich erinnerte mich, daß sie solide Schlösser gehabt hatte.

„Wir haben sie aus den Angeln gerissen."

„Oh." Damit verschaffte man sich auf jeden Fall im Handumdrehen Zugang.

„Natürlich dachte ich, du seiest immer noch da unten. Als ich den Raum mit dem toten Mann darin fand, dessen Hosenstall offenstand ..." Bill schwieg eine Weile. „Ich wußte genau, daß auch du in dem Raum gewesen warst", fuhr er dann fort. „Ich konnte dich in der Luft dort unten immer noch riechen. Der Mann war stellenweise blutverschmiert – mit deinem Blut –, und ich fand dein Blut auch noch an anderen Stellen im Zimmer. Ich war sehr besorgt."

Ich tätschelte ihn. Ich war zu müde und zu schwach, um ihn wirklich liebevoll tätscheln zu können, aber diese Geste war der einzige Trost, den ich zu bieten hatte.

„Sookie?" fragte er zögernd, „willst du mir vielleicht noch irgend etwas anderes erzählen?"

Ich war zu müde, ich verstand die Frage erst gar nicht richtig. „Nein", gähnte ich. „Ich glaube, ich habe nichts Wesentliches ausgelassen."

„Ich dachte – vielleicht – weil Eric dabei war. Gibt es etwas, was du nicht erzählen mochtest, als er dabei war?"

Da fiel bei mir endlich der Groschen. Ich küßte seine Brust, sein Herz. „Nein“, sagte ich, „Godfrey kam wirklich rechtzeitig.“

Daraufhin folgte ein langes Schweigen. Ich sah auf. Bills Gesicht war völlig reglos; er sah aus wie eine Statue. Mit erstaunlicher Klarheit hoben sich seine schwarzen Brauen von der blassen Haut ab. Seine dunklen Augen schienen bodenlos. „Erzähl mir noch, wie es ausging“, bat ich.

„Als Nächstes gingen wir in den Luftschutzkeller und fanden dort das größere Zimmer – voller Lebensmittel und Waffen. Alle Anzeichen wiesen darauf hin, daß sich dort ein Vampir aufgehalten hatte.“

Diesen Bunkerteil hatte ich gar nicht zu sehen bekommen, und ich plante auch gewiß nicht, in die Zentrale der Bruderschaft zurückzukehren, um mir anzusehen, was ich verpaßt hatte.

„Dort fanden wir in einer zweiten Zelle Farrell und Hugo Ayres.“

„Lebte Hugo noch?“

„Gerade eben noch“. Bill küßte mich auf die Stirn. „Farrel schläft lieber mit jüngeren Männern, das war Hugos Glück.“

„Vielleicht hatte Godfrey ja deshalb ausgerechnet Farrell entführt, als er beschloß, die Sonne mit einem weiteren Sünder an seiner Seite zu begrüßen und ein Exempel zu statuieren.“

Bill nickte. „So sieht Farrell das auch. Aber er hat da unten ziemlich lange ohne Sex und ohne Nahrung ausharren müssen und war in jeder Hinsicht hungrig. Ohne die silbernen Ketten, mit denen Farrell gefesselt war, hätte Hugo ... es wohl ziemlich schlecht gehabt da in der Zelle. Selbst mit den Silberketten um Handgelenke und Füße war Farrell in der Lage, von ihm zu trinken.“

„Wußtest du, daß Hugo derjenige war, der die Vampire verraten hat?“

„Farrell hat deine Unterhaltung mit Hugo mit angehört.“

„Wie – ach ja: das Gehör der Vampire, wie dumm von mir.“

„Farrell würde auch gern wissen, was du mit Gabe gemacht hast, als der so kreischen mußte.“

„Ich habe ihn auf die Ohren gehauen.“ Ich formte eine Hand zur Schale, um es ihm zu zeigen.

„Farrell war entzückt. Dieser Gabe gehörte zu den Männern, die es genießen, Macht über andere zu haben. Er hat Farrell gedemütigt, wo er konnte.“

„Farrell kann von Glück sagen, daß er keine Frau ist“, sagte ich. „Wo ist Hugo jetzt?“

„An einem sicheren Ort.“

„Sicher für wen?“

„Für Vampire. Weit weg von den Medien. Für die wäre Hugos Geschichte ein gefundenes Fressen.“

„Was werden die Vampire mit Hugo machen?“

„Das zu entscheiden ist Stan Davis’ Sache.“

„Erinnerst du dich an unsere Abmachung mit Stan? Wenn sich anhand der von mir beschafften Beweise herausstellt, daß ein Mensch eines bestimmten Vergehens schuldig ist, dann wird dieser Mensch nicht einfach so umgebracht.“

Bill hatte offenbar nicht vor, diese Sache in dieser Nacht noch zu erörtern. Sein Gesicht wirkte plötzlich sehr verschlossen. „Du mußt jetzt schlafen. Wir reden darüber, wenn du wieder aufwachst.“

„Aber bis dahin könnte er tot sein.“

„Was schert dich das letztlich?“

„Wir haben eine Abmachung. Ich weiß, Hugo ist ein Arschloch, und ich hasse ihn auch, aber gleichzeitig tut er mir leid, und ich glaube nicht, daß ich weiter mit einem reinen Gewissen durchs Leben gehen kann, wenn ich weiß, daß ich an seinem Tod mitschuldig bin.“

„Sookie, der Mann wird noch leben, wenn du erwachst. Wir reden morgen darüber.“

Ich fühlte, wie der Schlaf an mir zerrte wie die Unterströmung einer Welle. Es fiel mir schwer zu glauben, daß es erst zwei Uhr morgens sein sollte.

„Danke, daß du gekommen bist, um mich zu retten.“

Bill schwieg zunächst, dann sagte er: „Erst konnte ich dich in der Zentrale der Bruderschaft nicht finden – statt dessen fand ich nur Blutspuren und einen toten Vergewaltiger. Als ich dann noch feststellen mußte, daß du auch im Krankenhaus nicht warst, daß man dich von dort irgendwie weggezaubert hatte ...“

„Mmmm?“

„Da hatte ich Angst, große Angst. Niemand hatte die geringste Ahnung, wo du sein könntest. Noch schlimmer: Als ich gerade dastand und mich mit der Schwester unterhielt, die die Anmeldeformalitäten erledigt hatte, verschwand dein Name vom Computerbildschirm.“

Ich war beeindruckt. Diese Gestaltwandler waren erstaunlich gut organisiert. „Vielleicht sollte ich Luna ein paar Blumen schicken“, sagte ich, wobei ich kaum noch in der Lage war, die Worte wirklich auszusprechen.

Bill küßte mich, ein überaus befriedigender Kuß, und das war das letzte, was ich noch mitbekam.

Kapitel 7

Mühsam drehte ich mich um und spähte nach dem beleuchteten Zifferblatt des Weckers auf meinem Nachttisch. Noch war die Dämmerung nicht da, aber sie würde bald kommen. Bill lag bereits in seinem Sarg; der Sargdeckel war zu. Was mochte mich geweckt haben? Nachdenklich lag ich da, bis es mir einfiel.

Es gab etwas, was ich dringend tun mußte, so dringend, daß ein Teil meiner selbst sich darüber wunderte, wie der Rest meines Bewußtseins so dumm hatte sein können, das zu vergessen. Rasch zog ich mir Shorts und ein T-Shirt an und schlüpfte in ein Paar Sandalen. Ich befürchtete, daß ich im Spiegel noch schrecklicher aussehen würde als am Abend zuvor, also warf ich meinem Spiegelbild nur einen flüchtigen Blick zu und kämmte mich mit dem Rücken zum Spiegel. Zu meiner Verwunderung und Freude thronte auf dem Tisch im Wohnzimmer der Suite meine Handtasche. Jemand hatte sie wohl letzte Nacht aus der Zentrale der Bruderschaft mitgenommen und hergebracht. Ich steckte meine Keycard in die Handtasche und dann machte ich mich, humpelnd und innerlich stöhnend, auf den Weg den stillen Korridor hinab.

Barry war nicht mehr im Dienst. Der Kollege, der ihn abgelöst hatte, war viel zu wohlerzogen, um mich zu fragen, warum in aller Welt ich herumlief wie etwas, daß hinter einem Zug hergeschleift worden war. Er rief mir ein Taxi und ich teilte dem Taxifahrer mit, wohin ich gebracht werden wollte. Der Fahrer beäugte mich skeptisch im Rückspiegel. „Wollen Sie nicht lieber ins Krankenhaus?" fragte er dann besorgt.

„Nein", erwiderte ich. „Da war ich schon." Das schien ihn aber auch nicht zu beruhigen.

„Wenn die Vampire Sie so schlecht behandeln, warum hängen Sie dann hier rum?"

„Mein Aussehen verdanke ich Menschen, nicht Vampiren", sagte ich. „Menschen haben mir das angetan."

Wir fuhren los. Es war zwei Uhr früh an einem Sonntag morgen; der Verkehr war lange nicht so dicht wie tagsüber, weswegen ich schon nach fünfzehn Minuten wieder dort angelangt war, wo ich mich auch in der vergangenen Nacht schon befunden hatte: auf dem Parkplatz der Zentrale der Bruderschaft der Sonne.

„Würden Sie wohl bitte auf mich warten?“ bat ich meinen Taxifahrer, einen hageren, verhärmten Mann um die sechzig, dem vorn im Mund ein Zahn fehlte und der ein kariertes Hemd mit Druckknöpfen trug.

„Ich denke schon, daß ich das kann“, antwortete er, zog unter seinem Sitz einen Western von Louis L'Amour hervor, schaltete die Innenbeleuchtung seines Wagens ein und fing an zu lesen.

Der Parkplatz zeigte im grellen Licht einiger Natriumdampflampen keinerlei Spuren der Ereignisse der vergangenen Nacht. Hier standen nur noch wenige Fahrzeuge herum, und ich nahm an, daß diese am Vorabend einfach stehengelassen worden waren, als ihre Besitzer die Flucht ergriffen hatten. Einer der Wagen würde wohl Gabe gehören. Ich fragte mich, ob Gabe Familie gehabt haben mochte, wiewohl ich hoffte, das möge nicht der Fall gewesen sein. Zum einen war der Mann ein solcher Sadist gewesen, daß er jeder Familie unter Garantie das Leben zur Hölle gemacht hatte, und zum anderen würde sich seine Familie, sollte er denn eine gehabt haben, nun bis ans Ende ihrer Tage fragen müssen, wie und warum er gestorben war. Wie es für Sarah und Steve wohl weitergehen mochte? Hatte die Bruderschaft noch genügend Mitglieder, um weiterarbeiten zu können? Die Lebensmittelvorräte und Waffen waren wohl immer noch in der Kirche; davon ging ich zumindest aus. Vielleicht hatte die Gemeinde sie ja gehamstert, um sich auf die Apokalypse vorzubereiten.

Nun löste sich aus den finsteren Schatten der Kirche eine Gestalt. Godfrey. Er ging wie stets mit freiem Oberkörper, sein Gesicht wirkte nach wie vor wie das saubere, einfache Gesicht eines Sechzehnjährigen. Nur die Fremdartigkeit seiner Tätowierungen und der Ausdruck in seinen Augen schimpften das, was der Rest seines Körpers darstellte, Lügen.

Als er dicht neben mir stand, sagte ich: „Ich bin gekommen, um zuzusehen.“ ‚Um Zeugnis abzulegen', hätte ich eigentlich sagen sollen, denn das hätte die Sache weitaus besser getroffen.

„Warum?“

„Das schulde ich Ihnen.“

„Ich bin eine Kreatur des Bösen.“

„Ja." Um diese Erkenntnis führte nun einmal kein Weg herum. „Aber als Sie mich vor Gabe retteten, haben Sie eine gute Tat vollbracht."

„Der Mord an einem weiteren Menschen soll eine gute Tat gewesen sein? Mein Gewissen kennt kaum mehr den Unterschied. Es gab so viele Morde. Zumindest konnte ich Ihnen die Entwürdigung ersparen."

Der Ausdruck in seiner Stimme traf mich mitten ins Herz. Noch glomm das Licht am Horizont schwach, noch hatte sich die Notbeleuchtung auf dem Parkplatz nicht abgeschaltet. Im Schein der Notbeleuchtung betrachtete ich nun aufmerksam dies junge, ach so junge Gesicht vor mir.

Da mußte ich plötzlich weinen – absurd, ich weiß!

„Wie schön", meinte Godfrey, doch seine Stimme klang bereits unendlich weit entfernt. „Am Ende weint doch jemand um mich. Damit hatte ich kaum gerechnet." Er trat zurück, um zwischen sich und mir einen sicheren Abstand zu schaffen.

Dann ging die Sonne auf.

* * *

Als ich wieder bei meinem Taxi ankam, verstaute mein Fahrer seine Lektüre sofort unter dem Fahrersitz.

„Hat's dort gebrannt?" wollte er wissen. „Ich dachte, ich hätte Rauch gesehen. Fast wäre ich gekommen, um nachzusehen, was das denn sein könnte."

„Das Feuer ist jetzt aus", sagte ich.

* * *

Wir fuhren los, und noch eine ganze Weile mußte ich mir immer wieder mit dem Taschentuch über das Gesicht fahren, um meine Tränen zu trocknen. Als wir dann etwa anderthalb Kilometer zurückgelegt hatten, schaffte ich es, aus dem Fenster zu schauen und zuzusehen, wie immer mehr von der Stadt aus dem Dunkel auftauchte.

Im Hotel fuhr ich sofort hoch in den dritten Stock, zurück in mein Zimmer. Ich zog die Shorts aus, legte mich auf mein Bett und hatte mich gerade resigniert damit abgefunden, wohl noch eine Weile schlaflos dort liegen zu müssen, als ich auch schon tief und fest schlief.

Bei Sonnenuntergang weckte mich Bill auf die Art und Weise, die er am liebsten hat: Ich spürte, wie mein T-Shirt hochgeschoben wurde und mir Bills dunkles Haar die Brust streichelte. Als erwache man, wenn die Reise sozusagen schon halb vorbei ist, so zärtlich saugten Bills Lippen an der einen Hälfte des Busens, der seiner Meinung nach der schönste der Welt war. Bills Fangzähne waren voll ausgefahren, aber er sah sich sehr vor. Nicht nur die Fangzähne bezeugten, daß mein Liebster ziemlich erregt war. „Fühlst du dich danach, Sookie?“ flüsterte er hoffnungsvoll direkt an meinem Ohr. „Meinst du, es würde dir Spaß machen? Wenn ich ganz, ganz vorsichtig bin?“

„Wenn du mich behandelst, als sei ich aus Glas, schon“, murmelte ich schläfrig, denn ich wußte genau, daß er dazu auch in der Lage war.

„Das hier fühlt sich aber gar nicht an wie Glas“, kommentierte er, wobei sich seine Hand ganz sanft bewegte. „Es fühlt sich warm an. Warm und feucht.“

Ich schnappte nach Luft.

„Ja? Gut? Oder tue ich dir weh?“ fragte er, wobei sich seine Hand rascher und rascher bewegte.

Alles, was ich sagen konnte, war sein Name! „Bill“, hauchte ich, schloß die Lippen um seinen Mund, und seine Zunge nahm den Rhythmus auf, der mir nun schon so sehr vertraut war.

„Leg dich auf die Seite“, flüsterte er. „Ich kümmere mich um alles.“

Genau das tat er dann auch.

*   *   *

„Warum hattest du dich halb angezogen?“ wollte er viel später wissen. Er war aufgestanden, um sich aus dem Kühlschrank im Wohnzimmer eine Flasche Blut zu holen und diese in der Mikrowelle aufzuwärmen. Aus Rücksicht auf meinen geschwächten Zustand hatte er von meinem Blut nichts genommen.

„Ich bin hingefahren und habe zugesehen, wie Godfrey starb.“

Bills Augen weiteten sich überrascht, als er auf mich herabsah. „Was?“

„Godfrey ist in die Morgendämmerung gegangen“. Diese Formulierung, die ich noch vor kurzem als peinlich und melodramatisch empfunden hatte, erschien mir inzwischen angemessen und kam mir ohne Stocken über die Lippen.

Daraufhin herrschte ziemlich lange Schweigen.

„Woher wußtest du, daß er es tun würde?“ fragte Bill dann endlich. „Woher wußtest du, wo er es tun würde?“

Ich zuckte die Achseln, soweit das eben möglich ist, wenn man im Bett liegt. „Ich ging einfach davon aus, daß er an seinem ursprünglichen Plan festhalten würde. Er schien ihm sehr wichtig. Godfrey hatte mir das Leben gerettet. Seinen endgültigen Tod zu bezeugen schien mir das mindeste, was ich für ihn tun konnte.“

„Hat er Mut gezeigt?“

Ich sah Bill direkt in die Augen. „Er starb tapfer. Er war erpicht darauf zu gehen.“

Was Bill daraufhin durch den Kopf ging, hätte ich nicht sagen können. „Wir müssen zu Stan“, sagte er. „Wir werden es ihm mitteilen.“

„Warum müssen wir denn noch einmal zu Stan?“ wollte ich wissen, und wenn ich keine so durch und durch erwachsene Frau gewesen wäre, dann hätte ich nun geschmollt, das können Sie mir glauben. Auch so warf Bill mir einen seiner unergründlichen, leicht tadelnden Blicke zu.

„Du mußt ihm deine Version der Geschichte erzählen, damit er sich davon überzeugen kann, daß wir ganze Arbeit geleistet haben. Dann ist da auch noch die Sache mit Hugo.“

Der Gedanke an Hugo Ayres verdarb mir vollends die Stimmung. Die bloße Vorstellung, mehr Kleidung als nötig über meine zerschundene Haut ziehen zu müssen, war mir so zuwider, daß mir fast übel geworden wäre; also schlüpfte ich lediglich in ein langes, ärmelloses, maulwurfgraues Kleid aus einem ganz weichen Strickmaterial, stieg vorsichtig in ein Paar Sandalen, und das war es auch schon. Bill kämmte mir das Haar und steckte mir Ohrringe in die Ohren, denn es war extrem anstrengend und schmerzhaft für mich, die Arme zu heben. Dann fand er, ein Goldkettchen sollte ich mir unbedingt auch noch umhängen, und zum Schluß sah ich aus, als wolle ich auf eine Party im Frauenhaus gehen. Bill rief bei der Rezeption an und bat, seinen Mietwagen vorzufahren. Wann dieser Mietwagen wohl in der Tiefgarage des Hotels aufgetaucht war? Ich wußte es nicht; ich hatte noch nicht einmal mitbekommen, wer die Anmietung arrangiert hatte. Bill setzte sich ans Steuer. Ich blickte kaum aus dem Fenster. Ich hatte gründlich die Nase voll von Dallas.

Das Haus machte, als wir dort ankamen, denselben ruhigen Eindruck, den es auch zwei Nächte zuvor gemacht hatte. Aber sobald man uns eingelassen hatte, mußte ich feststellen, daß es drinnen von Vampiren nur so wimmelte und es auch recht lautstark zuging. Offenbar waren wir mitten in die Party geraten, mit der Farrels Rückkehr gefeiert wurde. Den Heimgekehrten selbst trafen wir im Wohnzimmer, wo er, den Arm um einen hübschen Jungen gelegt, der keinen Tag älter als achtzehn sein konnte, Hof hielt. Farrell hielt eine Flasche TrueBlood Null negativ in der Hand, der Junge eine Cola, und der Vampir sah fast so rosig aus wie sein Gefährte.

Farrell hatte mich zuvor nie zu Gesicht bekommen, weswegen er sich hocherfreut zeigte, meine Bekanntschaft zu machen. Er war von Kopf bis Fuß in Cowboykleidung gehüllt, weshalb ich, als er sich über meine Hand beugte, fast erwartete, Hacken schlagen und Sporen klirren zu hören.

„Wie wunderschön du bist!“ verkündete er großzügig, wobei er die Flasche mit synthetischem Blut in der Luft herumschwenkte. „Du würdest eine Woche lang auf meine ungeteilte Aufmerksamkeit rechnen können, wenn ich mit Frauen schliefe. Ich weiß, daß dir die blauen Flecken und Prellungen peinlich sind, aber laß dir versichern: Sie machen dich letztlich nur noch schöner.“

Da konnte ich nicht anders, ich mußte lachen. Schöner! Ich ging wie eine Achtzigjährige, und mein Gesicht war auf der linken Seite blau und schwarz!

„Bill Compton, du alter Vampir, du hast vielleicht Schwein gehabt!“ sagte Farrell zu Bill.

„Dessen bin ich mir durchaus bewußt“, erwiderte mein Liebster, wobei er lächelte, wenn auch leicht unterkühlt.

„Hübsch ist sie und mutig noch dazu!“

„Herzlichen Dank. Wo ist Stan?“ Ich wollte diesen unablässigen Strom an mich gerichteter Lobeshymnen unterbrechen. Nicht nur wurde Bill langsam kribbelig, Farrells junger Begleiter wirkte immer neugieriger. Einmal noch wollte ich meine Geschichte erzählen, ein einziges Mal, mehr nicht!

„Im Eßzimmer“, sagte ein junger Vampir, den ich schon einmal gesehen hatte, denn er war derjenige gewesen, der damals, vor zwei

Tagen, die arme Bethany zur Befragung ins Eßzimmer gebracht hatte. Das mußte dann wohl Joseph Velasquez sein. Der Vampir war etwa einen Meter fünfundsiebzig groß. Seiner lateinamerikanischen Herkunft verdankte er eine Hautfarbe, die an gebackenes Toastbrot erinnerte und dunkelglühende Augen, die einem spanischen Grande zur Ehre gereicht hätten. Daß er nun Vampir war, verlieh ihm die Fähigkeit, jedermann ohne mit der Wimper zu zucken niederstarren zu können und die ständige Bereitschaft, Schaden anzurichten. Josephs Blick wanderte auf der Suche nach Ärger unablässig im Zimmer umher. Er war wohl für das Nest so etwas wie der Unteroffizier vom Dienst. „Stan wird sich freuen, euch zu sehen", erklärte er.

Auf dem Weg ins Eßzimmer musterte ich aufmerksam all die Vampire um mich herum sowie die paar Menschen, die sich heute hier zum Feiern eingefunden hatten. Eric sah ich nicht. Ob er wohl nach Shreveport zurückgekehrt war? „Wo ist Isabel?" erkundigte ich mich ganz leise bei Bill.

„Isabel wird bestraft", antwortete Bill, so leise, daß ich ihn fast nicht gehört hätte. Offenbar wollte er laut über dieses Thema nicht reden, und wenn Bill es für richtig befand zu flüstern, dann wußte ich, daß ich besser daran tat, den Mund zu halten. „Sie hat einen Verräter ins Nest geschleppt", fuhr Bill fort. „Dafür muß sie nun büßen."

„Aber ..."

„Psst."

Wir waren im Eßzimmer angekommen und mußten nun feststellen, daß die Vampire sich dort ebenso sehr drängten wie im Wohnzimmer. Stan saß auf dem Stuhl, auf dem er auch vor zwei Nächten gesessen hatte. Er trug auch fast noch dieselben Sachen wie in jener Nacht. Als wir eintraten, erhob er sich, wobei ich an der Art, wie er das tat, ablesen konnte, daß er durch sein Verhalten unseren Status als wichtige Personen hervorheben wollte.

„Miß Stackhouse!" begrüße er mich förmlich, während er mir äußerst vorsichtig die Hand schüttelte. „Bill." Prüfend musterte mich der Fürst von Dallas von oben bis unten; dem Blick seiner verwaschenen blauen Augen entging keine einzige meiner Verletzungen. Seine Brille war entzwei gegangen und mit Tesafilm repariert worden. Stans Tarnung war perfekt, das ließ sich nicht anders sagen. Zu Weihnachten würde ich ihm Ärmelschoner schenken!

„Erzählen Sie uns bitte, was Ihnen gestern alles widerfahren ist und lassen Sie keine Einzelheit aus", bat Stan.

Sofort mußte ich an Archie Goodwin denken, wie er Nero Wolfe Bericht erstattet. „Für Bill wird das langweilig sein", gab ich zu bedenken, in der Hoffnung, meinen Vortrag so ein wenig abkürzen zu können.

„Bill hat bestimmt nichts dagegen, sich einmal ein Weilchen zu langweilen."

Es führte wohl kein Weg daran vorbei. Seufzend begann ich damit, wie Hugo mich im Silent Shore abgeholt hatte. Barrys Namen ließ ich unerwähnt, denn ich wußte nicht, wie er es gefunden hätte, wenn er den Vampiren von Dallas namentlich bekannt geworden wäre. Ich bezeichnete ihn daher nur als ‚Pagen im Hotel'. Wenn sie es darauf anlegten, konnten die Vampire natürlich herausfinden, um welchen Pagen es sich dabei handelte.

Als ich erzählte, wie Gabe Hugo zu Farrell in die Zelle gesteckt und dann versucht hatte, mich zu vergewaltigen, verzogen sich meine Lippen zu einem angespannten Grinsen. Mein Gesicht spannte so sehr, daß ich dachte, es würde reißen.

„Warum tut sie das?" fragte Stan Bill, als sei ich selbst gar nicht im Raum.

„Wenn sie angespannt ist ...", erwiderte Bill.

„Ach so." Stan betrachtete mich noch nachdenklicher. Ich langte hoch und fing an, meine Haare zum Pferdeschwanz zusammenzufassen. Bill reichte mir ein Gummiband, das er in der Tasche hatte, und mit einiger Mühe und unter Schmerzen faßte ich mein Haar so zusammen, daß ich das Gummi dreimal darum schlingen konnte.

Als die Rede auf die Gestaltwandler kam, die mir so sehr geholfen hatten, beugte Stan sich aufmerksam vor. Offenbar hätte er gern mehr erfahren, als ich zu erzählen bereit war, aber ich würde ihm auf keinen Fall irgendwelche Namen nennen. Stan wirkte nachdenklich, als ich berichtete, wie ich vor dem Hotel abgesetzt worden war. Mir war nicht klar, ob es richtig war, Eric zu erwähnen oder nicht, also ließ ich ihn lieber außen vor, und zwar vollständig. Hier dachte man ohnehin, er sei ein Vampir aus Kalifornien. Also änderte ich meine Erzählung dahingehend, daß ich vorgab, bei meiner Rückkehr ins Hotel allein auf mein Zimmer gegangen zu sein, um dort auf Bill zu warten.

Dann erzählte ich Stan von Godfrey.

Stan schien nicht zu verstehen, daß und wie Godfrey gestorben war, was mich sehr verwunderte. Er bat mich, meinen Bericht zu wiederholen, wobei er seinen Stuhl so drehte, daß er mir den Rücken zuwandte, während ich sprach. Da Stan es nicht sehen konnte, streichelte Bill mich beruhigend. Als der Obervampir sich uns wieder zuwandte, wischte er sich mit einem rotgefleckten Taschentuch die Augen. Es war also wahr, Vampire konnten weinen. Genau wie es stimmte, daß ihre Tränen blutig waren.

Ich schloß mich Stan an und weinte nun ebenfalls. Godfrey hatte den Tod verdient; er hatte jahrelang Kinder mißhandelt und ermordet. Wie viele Menschen wohl für Verbrechen, die er begangen hatte, im Gefängnis sitzen mochten? Aber andererseits hatte Godfrey uns auch geholfen, und zudem hatte er den größten Berg an Trauer und Schuldgefühlen mit sich herumtragen müssen, der mir in meinem ganzen Leben je untergekommen war.

„Welche Entschiedenheit, welcher Mut!“ bemerkte Stan bewundernd. Es war also gar nicht Trauer gewesen, die ich an ihm hatte beobachten können – vielmehr hatte er sich in der Bewunderung für einen anderen Vampir verloren. „Das bringt mich wirklich zum Weinen.“ Das sagte er so, daß ich wußte, seine Tränen waren als große Ehrung gedacht. „Ich habe Nachforschungen angestellt“, fuhr er fort, „nachdem Bill Godfrey neulich Nacht hat identifizieren können. Dabei habe ich festgestellt, daß Godfrey zu einem Nest in San Francisco gehörte. Seine Nestgefährten werden sehr bekümmert sein, wenn sie von seinem endgültigen Hinscheiden erfahren, und natürlich auch von seinem Verrat an Farrell. Aber sein Mut, einen einmal gefaßten Plan unter allen Umständen auszuführen, ein einmal gegebenes Wort auch zu halten ...“ Stan wirkte immer noch sehr erschüttert.

Mir tat alles weh, weswegen ich in meiner Handtasche nach meinem Fläschchen Tylenol kramte und mir zwei der kleinen Schmerztabletten in die Hand gleiten ließ. Auf einen Wink Stans hin brachte mir der junge Vampir Joseph ein Glas Wasser, wofür ich mich bedankte, was ihn sehr zu wundern schien.

„Vielen Dank für Ihre gute Arbeit“, bemerkte Stan mit einem Mal wie aus heiterem Himmel, als habe er sich gerade, durch mein Beispiel angeregt, seiner guten Manieren entsonnen. „Die Dinge, für die wir Sie eingestellt hatten, haben Sie alle erledigt und noch einige weitere darüber hinaus. Wir verdanken es Ihnen, daß wir Farrell rechtzeitig finden und befreien konnten. Es tut mir sehr leid, daß Sie einen so großen Schaden erlitten haben, während Sie in unseren Diensten standen."

Das hörte sich ganz so an, als sei ich entlassen. „Entschuldigen Sie", sagte ich, wobei ich auf die Stuhlkante vorrückte. Bill machte hinter mir eine plötzliche Bewegung, aber ich schenkte ihm keine Beachtung.

Erstaunt über meine Kühnheit zog Stan eine Braue hoch. „Ja? Ihr Scheck wird an Ihren Repräsentanten in Shreveport geschickt werden, wie vereinbart. Wir würden uns sehr freuen, wenn Sie heute nacht bei uns blieben und mit uns gemeinsam die Rückkehr unseres Freundes Farrell feierten."

„Wenn ich einen Menschen befrage und herausfinde, daß er sich eines Vergehens schuldig gemacht hat, dann wird dieser Mensch nicht von euch Vampiren bestraft, sondern der Polizei übergeben, damit sich die Gerichte mit ihm befassen können – so war es abgemacht. Wo ist Hugo?"

Stans Augen wanderten von meinem Gesicht zu dem Bills, der dicht hinter mir stand. Seine Augen schienen Bill verwundert und lautlos zu fragen, warum er seinen Menschen nicht besser im Griff hatte.

„Hugo und Isabel sind beisammen." Stans Antwort klang sehr kryptisch.

Was das bedeutete, wollte ich eigentlich aus ganzem Herzen gar nicht so genau wissen. Aber ich war es meiner Ehre schuldig, die Sache hier bis zum Ende durchzustehen. „Sie werden sich also nicht an die mit mir getroffene Vereinbarung halten?" erkundigte ich mich höflich, wohl wissend, daß eine solche Behauptung für Stan eine ungeheure Herausforderung war.

‚Stolz wie ein Spanier' – das Sprichwort sollte man ändern: ‚Stolz wie ein Vampir' war viel treffender. Sie sind alle stolz, und ich hatte Stan in diesem Punkt schwer getroffen. Die Unterstellung, er habe vor, sich unehrenhaft zu verhalten, ließ ihn fuchsteufelswild werden. Schlagartig wirkte seine Miene so bedrohlich, daß ich um ein Haar einen Rückzieher gemacht hätte. Einige Sekunden lang hatte er nichts Menschliches mehr an sich. Er bleckte die Zähne, die Fangzähne fuhren aus, sein ganzer Körper krümmte sich und schien dabei immer länger zu werden.

Nach einer Weile stand Stan auf und gab mir mit einem kurzen Nicken zu verstehen, ich möge ihm folgen. Bill half mir auf die Beine, und wir zockelten hinter dem wütenden Vampir her, der sich tiefer in die Villa hineinbegab. Das Haus hatte sechs Schlafzimmer, deren Türen sämtlich geschlossen waren. Hinter der einen Tür erklangen unmißverständlich die Geräusche von Sex; an dieser Tür gingen wir jedoch zu meiner großen Erleichterung vorbei. Dann stiegen wir eine Treppe hinauf, was mir schwerfiel. Stan sah sich kein einziges Mal nach uns um, wurde kein einziges Mal langsamer. Die Treppe bewältigte er in demselben Tempo, das er auch auf dem Boden vorgelegt hatte. Vor einer Tür, die aussah wie alle anderen, blieb er dann stehen. Er schloß auf, trat beiseite und forderte mich mit einer Handbewegung auf, das Zimmer zu betreten.

Das war so ungefähr das letzte, was ich tun wollte! Ich hätte auf den Anblick, der sich mir in diesem Zimmer bieten mochte, wirklich gern verzichtet. Aber das ging nicht, ich mußte dort hinein. Ich trat einen Schritt vor.

Bis auf den dunkelblauen Teppichboden war das Zimmer leer. Isabel hatte man an eine Zimmerwand gekettet – mit Silber, versteht sich. Hugo hing an der gegenüberliegenden Wand, ebenfalls angekettet. Sowohl der Mensch als auch die Vampirin waren wach, und beide blickten natürlich zur Tür.

Isabel war nackt; dennoch nickte sie mir ganz beiläufig zu, so, als würden wir uns gerade in einem Einkaufszentrum begegnen. Man hatte ihr die Hand- und Fußgelenke gepolstert, damit die Haut dort nicht verbrannte, aber dennoch waren die Silberketten in der Lage, sie zu schwächen.

Auch Hugo Ayres war nackt und schaffte es nicht, den Blick von Isabel zu lösen. Er hatte lediglich einmal ganz flüchtig zu mir herübergesehen, als ich ins Zimmer getreten war, dann hatten sich seine Augen sofort wieder auf sein Gegenüber geheftet. Ich versuchte, mir nichts anmerken zu lassen, denn unter den gegebenen Umständen schien mir das eine eher kleinliche Beobachtung am Rande, aber ich konnte dennoch nicht umhin, ich mußte mir eingestehen, daß ich hier zum ersten Mal in meinem Leben einen nackten Erwachsenen sah. Außer Bill, versteht sich.

„Sie kann nicht von ihm trinken, mag sie auch noch so hungrig sein", erklärte Stan. „Er kann keinen Sex mit ihr haben und ist doch süchtig danach. Monatelang so auszuharren ist ihre Strafe. Was würde ein Gerichtshof der Menschen mit Hugo tun?"

Darüber mußte ich erst nachdenken. Was hatte Hugo getan, wofür konnte man ihn vor Gericht bringen?

Er hatte die Vampire getäuscht, als er sich unter Vorspiegelung falscher Tatsachen ins Nest eingeschlichen hatte. Isabel liebte er zwar, Isabels Gefährten jedoch hatte er verraten. Hm. Es gab keinen Paragraphen, der hierfür zutraf.

„Er hat in eurem Eßzimmer eine Wanze angebracht", sagte ich schließlich. Das war illegal, oder? Zumindest nahm ich an, so etwas sei illegal war.

„Wie lang käme er dafür ins Gefängnis?" fragte Stan.

Gute Frage. Lange würde Hugo dafür nicht sitzen müssen, das war mir klar. Menschliche Geschworene wären unter Umständen sogar zu der Ansicht gelangt, es sei gerechtfertig, die Behausungen von Vampiren abzuhören. Ich seufzte. Für Stan war das Antwort genug.

„Was gibt es sonst noch, wofür Hugo rechtskräftig zu einer Gefängnisstrafe verurteilt würde?" bohrte er weiter.

„Er hat mich unter Vorspiegelung falscher Tatsachen in die Zentrale der Bruderschaft gelockt ... legal. Er ... nun ..."

„Genau."

Hugo wandte den vernarrten Blick nicht eine Sekunde von Isabel.

Hugo hatte dafür gesorgt, daß Böses geschehen konnte und hatte Böses getan, das stand ebenso fest wie die Tatsache, daß Godfrey Böses getan hatte.

„Wie lange werden Sie die beiden hierbehalten?" fragte ich.

Stan zuckte die Achseln. „Drei Monate, vielleicht vier. Hugo bekommt zu essen. Isabel nicht."

„Was dann?"

„Dann lösen wir seine Ketten. Er bekommt einen Tag Vorsprung."

Bills Hand schloß sich um mein Handgelenk. Er wollte nicht, daß ich weitere Fragen stellte.

Isabel sah mich an und nickte. Sie schien mir vermitteln zu wollen, daß sie die Regelung als gerecht empfand. „Na denn!" sagte ich und streckte beide Handflächen vor, um zu signalisieren, daß ich die Diskussion nicht fortsetzen wollte. „In Ordnung." Daraufhin drehte ich mich um, um langsam und vorsichtig die Treppe wieder hinunterzuklettern.

Wahrscheinlich hatte ich gerade einen Teil meiner Reinheit und Unschuld aufgegeben, aber ich konnte beim besten Willen nicht erkennen, wie ich mich anders hätte verhalten sollen. Je mehr ich über die Sache nachdachte, desto stärker verwirrte sie mich. Ich bin es nicht gewohnt, moralische Fragen dieser Art bis zum Ende zu durchdenken. Entweder etwas ist schlecht, dann ist es auch schlecht, es zu tun, oder es ist nicht schlecht und es ist in Ordnung, es zu tun.

Gut, auch für mich gab es da Grauzonen! Darunter fiel einiges: daß ich mit Bill schlief zum Beispiel, obwohl wir nicht verheiratet waren. Oder wenn ich Arlene sagte, ihr Kleid sei schön, wenn sie in Wirklichkeit darin ganz schrecklich aussah. Was die Sache mit Bill und heiraten betraf: Wir konnten gar nicht heiraten, es war illegal. Andererseits war es ja nun auch nicht so, als hätte er mich gefragt ...

Meine Gedanken zogen leicht zittrige Kreise um das unglückselige Pärchen in dem Zimmer da oben. Isabel tat mir wesentlich stärker leid als Hugo, was mich wunderte. Aber dann mußte ich mir sagen, daß Hugo aktiv begangener böser Taten schuldig war, während Isabel sich nur Nachlässigkeit hatte zuschulden kommen lassen.

Danach bekam ich reichlich Zeit, endlos allen möglichen Gedankengängen nachzuhängen, die allesamt in einer Sackgasse endeten. Bill amüsierte sich nämlich prima auf dieser Party. An einem gemischten Fest – bei dem sowohl Vampire als auch Menschen anwesend waren – hatte ich bisher erst ein- oder zweimal teilgenommen. Selbst jetzt, wo doch Vampire seit zwei Jahren legal waren, fühlte sich eine solch gemischte Gesellschaft irgendwie bedrohlich an. Offenes Trinken – Blutsaugen am Menschen – war streng verboten, und ich kann Ihnen versichern, daß man sich im Hauptquartier der Vampire von Dallas strikt an das entsprechende Gesetz hielt. Von Zeit zu Zeit bekam ich mit, daß ein Pärchen eine Weile nach oben verschwand, doch der jeweilige menschliche Teil erfreute sich bei der Rückkehr stets bester Gesundheit. Ich weiß das, denn ich habe mir das alles genau angesehen und mitgezählt.

Bill hatte jetzt so viele Monate lang ein bürgerliches Leben unter Menschen geführt, daß es für ihn offenbar ein richtiges Fest war, wieder einmal mit anderen Vampiren zusammensein zu dürfen. Ununterbrochen fand ich ihn in die Unterhaltung mit diesem oder jenem Vampir vertieft; es ging vielleicht um wehmütige Erinnerungen an das Chicago der 20er Jahre oder um Investitionsmöglichkeiten bei rein von Vampiren kontrollierten Firmen irgendwo auf unserem Globus. Ich fühlte mich derart angeschlagen, daß es mir völlig reichte, auf einer weichen Couch zu sitzen, dem Treiben um mich her zuzusehen und von Zeit zu Zeit an meinem Screwdriver zu nippen. Am Tresen bediente ein sehr netter junger Mann, mit dem ich mich ein Weilchen über Bars unterhielt. Eigentlich hätte ich meinen Urlaub vom Kellnern ja genießen sollen, aber ich mußte feststellen, daß ich mich nur zu gern in meine Uniform geschmissen und ein paar Bestellungen aufgenommen hätte. Ich war nicht daran gewöhnt, die Routine meines Alltags zu sehr zu unterbrechen.

Irgendwann ließ sich eine Frau neben mich auf das Sofa plumpsen, die ein wenig jünger sein mochte als ich selbst. Wie sich herausstellte, war sie mit dem Vampir zusammen, der hier den Unteroffizier vom Dienst gab, mit Joseph Velasquez also, der die Nacht zuvor mit Bill zusammen in die Zentrale der Bruderschaft geeilt war. Die junge Frau hieß Trudi Pfeiffer. Sie hatte tiefrote Strähnchen im Haar, Piercings in Zunge und Nase und war recht makaber geschminkt: Unter anderem trug sie schwarzen Lippenstift. Stolz teilte sie mir mit, die Farbe ihres Lippenstifts heiße ‚Grabesmoder'. Trudis Jeans saßen so tief auf den Hüften, daß ich mich fragte, wie die junge Frau es wohl fertigbrachte, aufzustehen und sich zu setzen. Wahrscheinlich trug sie diese Jeans, damit jeder den Ring bewundern konnte, der ihren Nabel schmückte. Ihr kurzärmliges Stricktop war ebenfalls recht knapp bemessen. Im Vergleich dazu waren die Sachen, die ich in der Nacht getragen hatte, als die Mänade mich erwischt hatte, blaß und harmlos. Von Trudi, das konnte man sagen, bekam man allerhand zu sehen.

Unterhielt man sich jedoch mit der jungen Frau, dann stellte man rasch fest, daß sie bei Weitem nicht so bizarr war, wie sie sich nach außen hin den Anschein gab. Trudi war Studentin. Ich fand – durch absolut legitimes Zuhören – heraus, daß für sie die Beziehung mit Joseph das rote Tuch war, mit dem sie dem Bullen vor der Nase herumwedelte, um ihn fuchsteufelswild zu machen. Der Bulle waren in Trudis Fall ihre Eltern.

„Denen wäre es sogar lieber, ich wäre mit einem *Schwarzen* liiert!" verkündete sie mir ganz stolz. Ich versuchte, angemessen schockiert zu schauen. „Deine Eltern haben wohl etwas gegen die Totenszene, was?" fragte ich.

„Mann, das kann man laut sagen!" Trudi nickte heftig und flatterte auf extravagante Weise mit ihren schwarzlackierten Fingernägeln. Sie trank Dos Equis. „‚Kannst du dir nicht wenigstens jemanden suchen, der noch am LEBEN ist?' jammert meine Mama immer." Wir mußten beide lachen. „Wie läuft es mit dir und Bill?" Dabei wackelte Trudi bedeutungsvoll mit den Augenbrauen, damit ich die Frage auch ja nicht mißverstand.

„Du meinst ...?"

„Wie ist er im Bett? Joseph ist wirklich und wahrhaftig unglaublich."

Ich kann nicht sagen, daß mich das überraschte, aber ein wenig betroffen war ich schon. Hektisch durchwühlte ich mein Gehirn nach einer passenden Antwort, bis mir eine einfiel: „Wie schön für dich!" Wäre sie eine gute Freundin gewesen, wie Arlene, hätte ich vielleicht gelächelt oder ihr zugezwinkert, aber ich hatte nun wahrlich nicht vor, mein Sexleben mit einer völlig Fremden zu erörtern. Auch wollte ich nichts weiter über sie und Joseph wissen.

Trudi sprang auf, um sich noch ein Bier zu holen und blieb dann, in eine Unterhaltung mit dem Barkeeper vertieft, an der Bar hängen. Erleichtert und erschöpft schloß ich die Augen, bis ich spürte, wie die Couch neben mir einsackte, weil wieder jemand darauf Platz genommen hatte. Ich warf einen Blick nach rechts, um zu sehen, welcher neue Gefährte sich da zu mir gesellt hatte. Eric. Oh, toll.

„Wie geht es dir?" wollte er wissen.

„Besser, als es aussieht", erwiderte ich. Was nicht stimmte.

„Hast du Hugo und Isabel gesehen?"

„Ja." Ich blickte auf meine Hände, die ich im Schoß gefaltet hielt.

„Angemessen, findest du nicht?"

Ich nahm an, Eric wolle mich provozieren.

„Auf gewisse Weise ja", sagte ich. „Wenn man sich darauf verlassen kann, daß Stan Davis zu seinem Wort steht."

„Das hast du ihm hoffentlich nicht gesagt." Aber Eric wirkte nur amüsiert.

„Nein. Jedenfalls nicht direkt. Ihr seid ja alle so stolz."

Eric wirkte überrascht. „Ja, ich schätze, das stimmt."

„Sind Sie nur gekommen, um zu sehen, ob ich auch alles richtig mache?"

„Nach Dallas?"

Ich nickte.

„Ja." Eric zuckte die Achseln. Er trug ein Strickhemd mit einem hübschen Muster in Blau- und Brauntönen, und als er darin die Achseln zuckte, wirkten seine Schultern einfach riesig. „Wir leihen dich ja zum ersten Mal aus. Ich wollte, ohne in meiner offiziellen Funktion auftreten zu müssen, sehen, ob alles glatt läuft."

„Glaubst du, Stan weiß, wer du bist?"

Er gab sich den Anschein, als sei diese Frage neu und interessant für ihn. „Unmöglich wäre das nicht."

„Meinst du, du kannst mich jetzt einfach nach Hause gehen lassen und mich und Bill nicht mehr behelligen?" wollte ich wissen.

„Nein", erwiderte Eric. „Dafür bist du zu nützlich. Außerdem hoffe ich, du gewöhnst dich an mich, wenn du mich häufiger siehst."

„Wie man sich an Kopfschmerzen gewöhnt?"

Daraufhin lachte er, aber sein Blick war in einer Art und Weise auf mich gerichtet, bei der mir nicht zum Lachen zumute war. Sein Blick war anzüglich und ließ keine Fragen offen. Verdammt.

„In diesem Strickkleid, ohne was darunter", sagte Eric, „siehst du einfach besonders zauberhaft und verführerisch aus, Sookie! Wenn du Bill verließest und aus freien Stücken zu mir kämst, würde er das akzeptieren."

„Das werde ich bestimmt nicht tun!" erwiderte ich. Mehr konnte ich nicht sagen, denn nun nahm mein Bewußtsein, sozusagen ganz am Rande, etwas Außergewöhnliches wahr.

Eric wollte noch etwas sagen, aber ich legte ihm die Hand auf den Mund. Dann bewegte ich den Kopf hektisch von einer Seite auf die andere, um den besten Empfang zu bekommen. Anders kann ich es nicht ausdrücken.

„Hilf mir auf", sagte ich.

Wortlos stand Eric auf und half mir sanft hoch. Ich spürte, wie sich meine Brauen zusammenzogen.

Sie waren überall. Sie hatten das Haus umstellt.

Ihre Hirne liefen auf Hochtouren, bis aufs äußerste gespannt. Hätte mich Trudi vorhin nicht so vollgeplappert, hätte ich sie bemerkt, während sie sich anschlichen, um das Haus zu umstellen.

„Eric", sagte ich, während ich gleichzeitig versuchte, so viele Gedanken wie möglich aufzuschnappen. Da draußen lief ein Countdown! Mein Gott!

„Alle runter!" schrie ich, so laut ich konnte.

Die Vampire gehorchten wie ein Mann.

So kam es, daß im wesentlichen Menschen ums Leben kamen, als die Bruderschaft das Feuer eröffnete.

Kapitel 8

Einen knappen halben Meter entfernt von mir wurde Trudi von einer Gewehrsalve niedergemäht.

Die roten Strähnchen in ihrem Haar färbten sich in einem ganz neuen Rot; ihre offenen Augen würden mich nun auf ewig anstarren. Chuck, der Barkeeper, den die Konstruktion des Tresens schützte, erlitt lediglich Verletzungen.

Eric lag auf mir; das tat weh, denn mein ganzer Körper war ja wund. Ich wollte ihn schon von mir schieben, als mir einfiel, daß er wahrscheinlich überleben würde, falls ihn die Kugeln trafen, ich jedoch nicht. Also nahm ich es in der ersten schrecklichen Minute, als eine Angriffswelle über uns wegrollte und aus unzähligen Gewehren, Schrotflinten und Pistolen auf uns geschossen wurde, dankbar hin, daß er mit seinem Körper ein Bollwerk zwischen mir und den überall herumfliegenden Geschossen bildete. Von allen Seiten wurde die Vorortvilla beschossen.

Solange das Feuer andauerte, hielt ich die Augen geschlossen. Um mich herum zerschellte Glas; Vampire röhrten, Menschen schrien. Der Lärm drang auf mich ein, genau wie die Gedanken zahlloser Gehirne um mich, die auf Hochtouren arbeiteten und deren Aktivität wie eine Welle über mir zusammenschlug. Als der Aufruhr sich etwas gelegt hatte, sah ich auf und blickte in Erics Augen. Unglaublich: Der Vampir war erregt! Er lächelte sogar: „Wußte ich's doch! Früher oder später lande ich auf dir!"

„Du willst mich wütend machen, damit ich vergesse, wie sehr ich mich fürchte."

„Nein! Ich mache das Beste aus der Situation."

Daraufhin wollte ich natürlich von ihm loskommen. Ich drehte und wand mich. „Oh, nochmal! Das fühlt sich gut an!" kommentierte er mein Bemühen.

„Eric, das Mädchen, mit dem ich vorhin geredet habe, liegt nur etwa neunzig Zentimeter entfernt von uns, und ihr fehlt ein Teil vom Kopf!"

„Sookie!" erwiderte er plötzlich ernst. „Ich bin seit ein paar hundert Jahren tot. Ich bin daran gewöhnt. Aber sie ist noch nicht ganz fort.

Ein winziger Funken ist noch da. Willst du, daß ich sie herüberbringe, sie wandle?“

Ich war so schockiert, daß es mir die Sprache verschlug. Wie konnte ich eine solche Entscheidung treffen!

Während ich noch darüber nachdachte, sagte Eric: „Nun ist sie gegangen.“

Während ich zu ihm aufsah, wurde es um uns herum immer ruhiger. Die Stille verdichtete sich. Das einzige Geräusch, das im Haus noch zu hören war, kam von dem Jungen, der mit Farrell zusammengestanden hatte. Er war verwundet und preßte sich beide Hände verzweifelt an den blutroten Oberschenkel. Von draußen hörte man gedämpft, wie überall in der ruhigen Vorortstraße Autos angelassen wurden, die dann mit quietschenden Reifen davonfuhren. Der Angriff war vorüber. Mir fiel das Atmen schwer. Offenbar auch das Denken: Mir wollte nicht einfallen, was ich als nächstes tun sollte. Bestimmt gab es doch etwas, was jetzt unbedingt getan werden mußte; bestimmt sollte ich irgendwie aktiv werden!

Wie im Krieg hatte ich mich einen Moment lang gefühlt; noch nie zuvor in meinem ganzen Leben hatte ich mich gefühlt, als sei ich im Krieg.

Nun hörte man überall im Zimmer auch die Schreie der Überlebenden sowie das Wutgeheul der Vampire. Teile der Sofa – und Stuhlpolsterung schwebten wie Schneeflocken in der Luft; überall lag zerbrochenes Glas, und die Hitze der Nacht drang ungehindert durch die zerstörten Fenster. Einige Vampire hatten sich bereits wieder aufgerappelt und die Verfolgung unserer Angreifer aufgenommen, unter ihnen, wie ich feststellte, Joseph Velasquez.

„Dann will ich mal aufstehen, es gibt wohl keine Entschuldigung mehr für mich, hier noch liegenzubleiben“, verkündete Eric mit einem theatralischen Seufzer, woraufhin er sich auch wirklich erhob. Kritisch sah er an sich herunter: „Daß mir doch jedes Mal ein Hemd dabei draufgeht, wenn ich mit dir zusammen bin!“

„Scheiße, Eric.“ Unbeholfen, aber geschwind rappelte ich mich so weit auf, daß ich kniete. „Du blutest! Du hast eine Kugel abbekommen! Bill? Bill!“ Mein Haar wogte mir um die Schultern, als ich mich hektisch nach allen Seiten umsah. Bill hatte sich, als ich ihn das letzte Mal gesehen hatte, mit einer schwarzhaarigen Vampirin mit auffallend spitz auf der Stirn zusammenlaufendem Haaransatz unterhalten, die in meinen Augen wie Schneewittchen ausgesehen hatte. Als ich mich jetzt halb aufrichtete, um den Fußboden abzusuchen und festzustellen, wer wo lag, entdeckte ich diese Vampirin in der Nähe eines Fensters. Irgend etwas ragte aus ihrer Brust. Schrotkugeln hatten dieses Fenster getroffen; einige Glasstücke waren bis ins Zimmer geflogen. Eine Scherbe mußte direkt den Brustkorb der schwarzhaarigen Vampirin getroffen und sie vernichtet haben. Bill konnte ich nicht entdecken, weder unter den Aktiven noch unter den endgültig Toten.

Eric zog sich das dreckige Hemd aus, um sich seine Schulter anzusehen. „Die Kugel steckt noch in der Wunde", meinte er dann mit zusammengebissenen Zähnen. „Du mußt sie heraussaugen."

„Was?" Entsetzt starrte ich ihn mit offenem Mund an.

„Wenn du sie mir nicht heraussaugst, dann schließt sich die Wunde und verheilt, während die Kugel noch drinsteckt. Wenn du zum Saugen zu zimperlich bist, dann hol ein Messer und schneide sie raus."

„Das kann ich nicht!" In der Handtasche, die ich auf die Party mitgenommen hatte, war zwar auch ein Taschenmesser, aber ich konnte mich nicht erinnern, wo ich sie abgestellt hatte. Im Augenblick sah ich mich außerstande, mich soweit zusammenzureißen, daß ich sie hätte suchen können.

Eric bleckte die Zähne. „Ich habe die Kugel abgefangen, sonst hätte sie dich getroffen. Du kannst sie rausholen. Du bist kein Feigling."

Da zwang ich mich, ganz ruhig zu werden. Ich nahm das Hemd, das Eric beiseite geworfen hatte, und benutzte es dazu, die Wunde abzutupfen. Die Blutung ließ schon nach. Ich warf einen Blick auf die zerfetzte Haut, wobei es mir gelang, die Kugel zu erkennen, die im Fleisch steckte. Hätte ich so lange Fingernägel gehabt wie Trudi, dann hätte ich das Geschoß einfach so herausholen können. Leider sind meine Finger jedoch eher klein und dick, die Nägel kurz gestutzt. Ich seufzte resigniert.

Das Sprichwort von der bitteren Pille, die man schlucken muß, bekam eine ganz neue Bedeutung, als ich mich über Erics Schulter beugte.

Eric stöhnte, als ich an ihm sog. Dann spürte ich, wie mir die Kugel in den Mund flutschte. Eric hatte recht gehabt. Da der Teppichboden unter meinen Füßen schon so dreckig war, daß es schlimmer kaum noch ging, spuckte ich mir die Kugel einfach vor die Füße, auch wenn ich mir dabei vorkam wie die letzte unzivilisierte Heidin. Mit der

Kugel spie ich auch das Blut aus, das ich in den Mund bekommen hatte – zumindest den größten Teil davon. Etwas geriet mir auch in die Kehle, woraufhin ich es herunterschluckte; das ließ sich einfach nicht umgehen. Erics Schulter hatte schon zu heilen begonnen. „Mann, hier riecht es aber nach Blut!" flüsterte der große Vampir.

Ich sah zu ihm auf. „Das war mit Abstand das Ekligste ...", hob ich an, aber er ließ mich nicht ausreden.

„Du hast ja blutige Lippen!" sagte er. Dann nahm er mein Gesicht zwischen beide Hände und küßte mich.

Wenn ein Meister in der Kunst des Küssens einem eines seiner Meisterwerke aufdrückt, dann fällt es schwer, nicht zu reagieren. Vielleicht hätte ich es mir auch gestattet, diesen Kuß zu genießen – wirklich aus ganzem Herzen zu genießen –, wenn ich mir nicht solche Sorgen um Bill gemacht hätte. Wissen Sie, so fühlt man sich, wenn man gerade eben ganz knapp dem Tode entronnen ist, das kann man sich auch ruhig eingestehen: Man möchte sich einfach gern bestätigen, daß man noch am Leben ist. Auch wenn Vampire eigentlich ja nicht mehr leben, scheint es ihnen in dieser Frage ähnlich zu gehen wie uns Menschen. Erschwerend für Erics Libido kam hinzu, daß das Zimmer voller Blut war, was ihn unweigerlich erregte.

Aber ich machte mir Sorgen um Bill. Noch dazu hatte mich all die Gewalt, die ich gerade hatte miterleben müssen, zutiefst mitgenommen. Ich stand noch unter Schock. Also entzog ich mich Eric – allerdings erst nach einer kleinen Weile, in der ich, wie ich gestehen muß, all die Schrecken um mich herum einfach vergaß. Nun waren auch Erics Lippen blutig. Ganz langsam leckte er sie ab. „Geh, such nach Bill", sagte er dann mit ziemlich belegter Stimme.

Ich warf einen erneuten Blick auf seine Schulter und konnte feststellen, daß das Loch dort sich bereits wieder schloß. Die Kugel hob ich auf und wickelte sie in einen Fetzen Stoff von Erics Hemd. Mir war egal, wie eklig und blutverschmiert diese Kugel war, sie würde ein nettes Souvenir abgeben. Das zumindest dachte ich in jener Nacht. Heute weiß ich selbst nicht mehr, wie ich so etwas denken konnte. Überall im Zimmer lagen nach wie vor Tote und Verletzte, aber diejenigen, die überlebt hatten, wurden bereits versorgt, entweder von anderen Menschen oder von einem der beiden Vampire, die nicht mit auf Verfolgungsjagd gegangen waren.

Aus der Ferne hörte ich den Lärm näherkommender Sirenen.

Die wunderschöne Vordertür war geborsten und voller Kugeln. Ich öffnete sie und drückte mich erst einmal flach an die Wand neben der Tür, falls noch ein Heckenschütze auf der Lauer lag, der mich bitte nicht erwischen sollte. Nichts geschah, alles blieb ruhig. Dann beugte ich mich vor, spähte um den Türrahmen herum und rief: „Bill? Alles klar?"

Da kam er in den Garten geschlendert, die Wangen rund und rosig. Anders läßt sich das wirklich nicht beschreiben.

„Bill!" sagte ich, wobei ich mir alt und grau und dreckig vorkam. Ein dumpfer Schrecken, der aber in Wirklichkeit nur tiefe, tiefe Enttäuschung war, nistete sich gründlich und schwer in meinem Magen ein.

Ruckartig blieb Bill stehen.

„Sie haben auf uns geschossen und einige von uns getötet", sagte er. Seine Fänge leuchteten, und er schimmerte förmlich, so erregt war er.

„Du hast jemanden umgebracht!"

„Um uns zu verteidigen."

„Aus Rache!"

Zwischen diesen Dingen bestand ein klarer Unterschied, zumindest in meinen Augen und in diesem Moment. Bill war verdutzt.

„Du bist noch nicht einmal geblieben, um nachzusehen, ob mir auch nichts passiert ist!" fuhr ich fort. Einmal Vampir, immer Vampir. Ein Leopard kriegt keine neuen Flecken. Die Katze läßt das Mausen nicht. All diese uralten Sprüche schossen mir durch den Kopf. Ich hörte sie förmlich, und zwar in der warmen, gedehnten Sprache, die bei mir daheim gesprochen wird.

Ich drehte mich um und ging zurück ins Haus, wobei ich mir meinen Weg durch die Blutlachen und das Chaos und Elend bahnte, als sähe ich das alles gar nicht, als seien dies Dinge, die ich jeden Tag erlebte. Manches nahm ich gar nicht bewußt wahr. Erst in der nächsten Woche würde sich mein Verstand daran erinnern, sie gesehen zu haben, würde mir mein Gedächtnis überraschende Bilder vorlegen: ein zerschmetterter Schädel in Nahaufnahme; eine Arterie, aus der Blut sprudelte. Aber dort, in dem zerstörten Haus, war es mir in diesem Moment das Wichtigste, meine Handtasche zu finden. Es gelang mir beim zweiten Versuch. Während Bill sich besorgt um die Verletzten kümmerte, um nur ja nicht mit mir reden zu müssen, verließ ich das Haus, stieg in den Mietwagen und fuhr los. Ja, ich traute mir zu, mich ans Steuer zu setzen, auch wenn mir dabei weiß Gott reichlich mulmig zumute war. Ich fürchtete mich jedoch mehr vor einem weiteren Verbleib dort in der Villa als vor dem Großstadtverkehr. Ich bog aus der Parklücke, kurz bevor die Polizei kam.

Erst einmal fuhr ich ein paar Straßen weiter. Dann hielt ich vor einer Leihbücherei und kramte im Handschuhfach des Wagens nach dem Stadtplan. Es gelang mir, mir auf dem Plan den Weg zum Flugplatz zu suchen, auch wenn das bestimmt doppelt so lange dauerte wie normal, weil mein Kopf nach den Ereignissen dort im Vorort-Schützengraben immer noch so durcheinander war, daß er ständig drohte, ganz den Dienst zu verweigern.

Dann fuhr ich zum Flughafen. Dort folgte ich den Schildern, auf denen AUTOVERLEIH stand, parkte den Wagen auf dem für Mietwagen vorgesehenen Parkplatz, ließ den Schlüssel im Zündschloß stecken und ging. Ich erwischte einen Platz im nächsten Flugzeug nach Shreveport, das in knapp einer Stunde abfliegen sollte. Ich dankte Gott, daß ich meine eigene Kreditkarte besaß.

Weil ich noch nie zuvor ein öffentliches Telefon benutzt hatte, brauchte ich ein paar Minuten, um herauszufinden, wie das ging. Ich hatte Glück: Ich erwischte Jason sofort, und mein Bruder sagte, er würde mich vom Flughafen abholen.

In den frühen Morgenstunden lag ich daheim im Bett.

Aber erst am Tag darauf fing ich an zu weinen.

Kapitel 9

Wir hatten nicht zum ersten Mal Streit. Ich hatte es bereits vorher schon manchmal gründlich satt gehabt, war es leid gewesen, den ganzen Vampirkram lernen und mich danach richten zu müssen, hatte Angst gehabt, noch tiefer in die Sache hineingezogen zu werden. Manchmal hatte ich auch einfach nur ausschließlich mit Menschen zusammensein wollen.

Dazu hatte ich nun mehr als drei Wochen lang ausgiebig Gelegenheit. Ich rief Bill nicht an – und er mich auch nicht. Daß er aus Dallas zurück war, wußte ich, denn er hatte mir meinen Koffer auf die vordere Veranda gestellt. Als ich ihn auspackte, fand ich in einer der Seitentaschen ein kleines schwarzes Schmuckkästchen mit dem Namen eines Juweliers. Ich wäre gern stark genug gewesen, das Kästchen gar nicht erst aufzumachen, aber natürlich konnte ich nicht widerstehen. Das Schmuckkästchen enthielt zwei Ohrringe aus Topas, zusammen mit einem Kärtchen: ‚Sie passen zu deinem braunen Kleid'. Womit wohl das mausgraue Strickkleid gemeint war, das ich im Hauptquartier der Vampire von Dallas getragen hatte. Ich streckte dem Kästchen die Zunge heraus und fuhr noch am selben Tag zu Bills Haus hinüber, um es dort im Briefkasten zu versenken. Endlich war er mal losgezogen, um mir ein Geschenk zu kaufen, und schon sah ich mich gezwungen, diese Gabe zurückgehen zu lassen!

Ich unternahm gar nicht erst den Versuch, die Angelegenheit gründlich, bis zum Ende sozusagen, zu durchdenken. Irgendwann, versicherte ich mir, würde mein Kopf sich schon wieder beruhigen. Dann würde ich alles klarer sehen und auch wieder wissen, was ich tun sollte.

Wohl las ich gründlich die Zeitungen. Die Vampire von Dallas waren nun Märtyrer, was Stan Davis wahrscheinlich mehr als recht war. In allen Berichten wurde das Mitternachtsmassaker von Dallas als typisches rassistisches Verbrechen bezeichnet. Politiker sahen sich genötigt, alle möglichen Gesetze und Verordnungen zu diskutieren, von denen dann letztlich nicht ein einziger Paragraph wirklich den Weg in die Gesetzbücher fand. Die Debatte allein aber hatte viel dazu beigetragen, die Gemüter zu beruhigen, indem sie den Menschen das Gefühl gab, es geschähe etwas. So wurde zum Beispiel diskutiert, ob man nicht alle Gebäude, in denen Vampire lebten, unter den Schutz von Bundesbehörden stellen könnte. Es wurden Überlegungen laut, Vampiren die Kandidatur für öffentliche Ämter zu gestatten (auch wenn niemand es wagte, so weit zu gehen, auch ihren Einzug in den Senat und das Repräsentantenhaus zu fordern). In der gesetzgebenden Versammlung von Texas wurde sogar formell gefordert, einen Vampir zum Henker zu bestellen. Ein gewisser Senator Garza begründete den entsprechenden Antrag folgendermaßen: „Soweit man weiß, ist ein Vampirbiß nicht schmerzhaft, und dem vollstreckenden Vampir käme der Akt als Nahrungsaufnahme zugute."

Da irrte Garza, was ich ihm leicht hätte erklären können! Vampirbisse waren nur angenehm, wenn der Vampir das so wollte. Hatte dieser sein Opfer nicht vorher bezirzt, dann tat ein richtiger Vampirbiß (im Gegensatz zum zarten Beißen beim Liebesakt) sogar höllisch weh.

Ich hätte gern gewußt, ob Senator Garza wohl mit Luna verwandt war. Sam erklärte mir jedoch, der Name Garza komme bei Amerikanern lateinamerikanischer Abstammung ungefähr so häufig vor wie der Name Smith bei Amerikanern mit englischen Vorfahren.

Wie ich dazu gekommen war, mir Fragen über mexikanische Nachnamen zu stellen, wollte Sam gar nicht wissen. Dieses Desinteresse bekümmerte mich; ich fühlte mich etwas verloren, denn inzwischen hatte ich mich daran gewöhnt, für Sam wichtig zu sein. Aber mein Chef schien dieser Tage sehr mit anderen Dingen beschäftigt, sowohl bei der Arbeit als auch in seiner Freizeit. Arlene war der festen Überzeugung, er treffe sich mit jemandem, was ja, soweit wir das beurteilen konnten, ein komplettes Novum gewesen wäre. Aber wer diese angebliche Flamme sein mochte, fanden wir nicht heraus, denn wir bekamen sie nie zu Gesicht. Auch das war für sich genommen ziemlich merkwürdig. Ich hatte versucht, Sam von den Gestaltwandlern in Dallas zu berichten, aber er hatte nur gelächelt und eine Ausrede gefunden, warum er mich unbedingt stehen lassen und etwas Wichtiges erledigen mußte.

An einem dieser Tage kam Jason mich zu Hause besuchen, um mit mir Mittag zu essen. So, wie es zu Lebzeiten meiner Oma gewesen wäre, fiel das Essen natürlich nicht aus, denn Oma pflegte die Hauptmahlzeit – ein richtiges, warmes Essen – mittags auf den Tisch zu bringen, und abends aßen wir dann belegte Brote. Jason war oft zu uns zum Mittagessen gekommen, als Oma noch lebte; die alte Dame war aber auch eine ganz ausgezeichnete Köchin gewesen. An jenem

Tag hatte ich es geschafft, Jason Frikadellenbrote mit Kartoffelsalat vorzusetzen (daß der Salat aus dem Laden stammte, verriet ich ihm natürlich nicht). Zudem hatte ich Pfirsichtee gekocht, was sich als Glücksfall erwies.

„Was ist denn nun mit Bill und dir?" fragte mein Bruder geradeheraus, nachdem er seine Mahlzeit beendet hatte. Als er mich in jener Nacht vom Flughafen abgeholt hatte, um mich nach Hause zu fahren, war er sehr lieb und nett gewesen und hatte mir keine Fragen gestellt.

„Ich habe mich über ihn aufgeregt."

„Warum?"

„Er hat ein Versprechen gebrochen, das er mir gegeben hatte", erwiderte ich. Jason gab sich wirklich Mühe, sich wie ein fürsorglicher großer Bruder zu benehmen; ich sollte versuchen, seine Aufmerksamkeit einfach hinzunehmen, ohne gleich sauer zu werden. Nicht zum ersten Mal wurde mir klar, daß ich offenbar ein ziemlicher Hitzkopf war, nicht immer, aber manchmal, unter bestimmten Bedingungen, auf jeden Fall. Nun hielt ich meinen sechsten Sinn standhaft unter Verschluß, denn ich wollte nur hören, was Jason auch laut sagte.

„Bill wurde drüben in Monroe gesehen."

Ich holte tief Luft. „Mit jemand anderem?"

„Ja."

„Mit wem?"

„Du wirst es kaum glauben: mit Portia."

Wenn Jason mir erzählt hätte, Bill sei mit Hilary Clinton liiert, hätte mich das nicht stärker erstaunen können (und dabei ist Bill Anhänger und Wähler der Demokraten). Sprachlos starrte ich meinen Bruder an, als hätte dieser verkündet, er sei Satan persönlich. Die einzigen Dinge, die Portia und ich gemeinsam hatten, waren unser Geburtsort, weibliche Geschlechtsorgane und langes Haar. „Na ja", sagte ich völlig verdattert. „Soll ich jetzt einen Wutanfall kriegen oder einen Lachkrampf? Was hältst du denn davon?"

Denn wenn sich irgendwer in den Geschichten, die sich zwischen Männern und Frauen abspielen können, auskannte, dann mein Bruder – zumindest, was die Seite der Männer angeht.

„Sie ist das genaue Gegenteil von dir", sagte Jason nachdenklicher, als ich angebracht fand. „In allem. Sie ist gebildet, sie stammt aus einer Familie, die man wohl getrost als aristokratisch bezeichnen kann, sie ist Anwältin. Andy ist Bulle. Sie hören sich Symphoniekonzerte an und so."

In meinen Augen brannten Tränen: Ich wäre ja gern mit Bill in ein Symphoniekonzert gegangen, wenn er mich je dazu eingeladen hätte.

„Du hingegen bist hübsch, gescheit und bereit, dich mit Bills kleinen Eigenheiten abzufinden", fuhr Jason fort, wobei ich nicht wußte, was er mit ‚kleinen Eigenheiten' wohl meinen mochte, es aber klüger fand, nicht nachzufragen. „Aber zur Aristokratie gehören wir beide nun gerade nicht. Du arbeitest als Kellnerin, und dein Bruder ist Straßenbauer." Er warf mir ein schiefes Lächeln zu.

„Wir leben schon genauso lange hier in der Gegend wie die Bellefleurs", sagte ich, wobei ich versuchte, nicht allzu erbost und beleidigt zu klingen.

„Du weißt das, und ich weiß es auch, und Bill – der weiß es sogar ganz sicher, denn er hat damals ja gelebt." Richtig!

„Wie steht es mit den Ermittlungen gegen Andy?" wollte ich nun wissen.

„Anklage ist gegen ihn noch nicht erhoben worden, aber die Gerüchteküche in der Stadt läuft auf Hochtouren, was diese Sexclub-Geschichte angeht. Lafayette war wohl ganz aus dem Häuschen, weil er dorthin eingeladen worden war; anscheinend hatte er das vielen Leuten gegenüber erwähnt. Man munkelt, Lafayette sei um die Ecke gebracht worden, weil er gegen die erste und wichtigste Regel des Clubs verstoßen hatte: Klappe halten."

„Wie siehst du das?"

„Wenn irgendwer vorgehabt hätte, einen Sexclub für Bon Temps und Umgebung aufzumachen, dann hätte er mir als erstes Bescheid gesagt, so sehe ich das", erwiderte mein Bruder, und es war ihm todernst damit.

„Da hast du recht", sagte ich, wieder einmal erstaunt darüber, wie klarköpfig und vernünftig Jason sein konnte. „Du hättest auf jeder Gästeliste ganz oben gestanden!" Warum war ich darauf nicht schon selbst gekommen? Jason stand schließlich nicht nur im Ruf, schon viele Betten erfolgreich gewärmt zu haben; er war noch dazu äußerst attraktiv und unverheiratet.

„Das einzige, was gegen diese These spricht", sagte ich dann langsam und nachdenklich, „ist die Tatsache, daß Lafayette, wie du ja weißt, schwul war."

„Na und?"

„Vielleicht nimmt dieser Club, sollte er denn wirklich existieren, ja nur Leute auf, denen so etwas nichts ausmacht."

„Da könntest du unter Umständen recht haben", pflichtete Jason mir bei.

„Na klar, du Inbegriff der Homophobie!"

Lächelnd zuckte Jason die Achseln. „Jeder hat nun mal so seine Schwächen", verteidigte er sich. „Außerdem gehe ich seit einiger Zeit ziemlich fest mit Liz. Jeder, der nur einen Funken Grips hat, weiß genau, daß Liz keine Frau ist, mit der man sich eine Serviette teilen kann – geschweige denn einen Liebhaber."

Womit wiederum Jason recht hatte; in Liz' Familie befolgte man den Leitsatz ‚Bei Geld hört die Freundschaft auf' wirklich extrem genau.

„Du bist schon eine Marke, Bruderherz!" sagte ich nun, wobei ich mich auf Jasons eigene Mängel bezog, nicht auf die im Verhalten von Liz' Familie. „Ein Typ kann weiß Gott so viel Schlimmeres sein als schwul!"

„Ach ja?"

„Ein Dieb, Verräter, Mörder, Vergewaltiger ..."

„Schon gut, schon gut, ich verstehe ja, worauf du hinaus willst."

„Das hoffe ich", sagte ich. Unsere Meinungsverschiedenheiten taten mir immer weh, aber ich liebte Jason sehr. Einzig er war mir verblieben.

In derselben Nacht sah ich Bill mit Portia. Ich erhaschte einen Blick auf die beiden, als Bills Wagen, in dem sie saßen, gerade die Claiborne Street hinabfuhr. Portia hatte Bill das Gesicht zugewandt und redete, er selbst sah unverwandt auf die Straße, seine Miene war starr und unergründlich, soweit ich das sehen konnte. Keiner von beiden hatte bemerkt, daß ich sie gesehen hatte. Ich kam gerade vom Geldautomaten und war auf dem Weg zur Arbeit.

Etwas zu hören und es mit eigenen Augen zu sehen sind zwei völlig verschiedene Paar Schuhe. Ich fühlte einen unbändigen Zorn in mir aufsteigen, und da verstand ich, wie Bill sich gefühlt hatte, als er hatte mitansehen müssen, wie seine Freunde starben. Ich wollte nur zu gern jemanden umbringen! Ich wußte nur nicht, wen.

An diesem Abend saß Andy an einem von Arlenes Tischen. Ich freute mich über seinen Anblick, denn er sah einfach elend aus. Er war längst nicht so glattrasiert wie sonst; seine Kleidung war zerknittert.

Als er aufbrach, um zu gehen, kam er zu mir herüber. Ich roch, daß er getrunken hatte. „Nimm ihn bloß wieder zurück!“ sagte Andy, wobei seine Stimme vor Wut ganz belegt klang. „Nimm ihn zurück, diesen verdammten Vampir, damit er meine Schwester in Ruhe läßt.“

Ich wußte nicht, was ich Andy Bellefleur darauf hätte erwidern sollen. Ich starrte ihn einfach nur wortlos an, bis er aus der Bar stolperte. Dabei schoß mir durch den Kopf, daß die Leute wohl nun nicht mehr so erstaunt wären zu hören, in seinem Auto sei eine Leiche gefunden worden, wie sie es noch vor ein paar Wochen gewesen waren.

In der nächsten Nacht hatte ich frei, und die Temperaturen sanken auf einmal ganz erheblich. Es war Freitag abend; ich hatte es plötzlich satt, allein zu Hause herumzuhocken. Also beschloß ich, mir in der High School das Footballspiel anzusehen. Das ist ein Zeitvertreib, in dem sich ganz Bon Temps ergeht: Jeden Montag morgen wird in sämtlichen Geschäften der Stadt das Spiel vom Freitag davor ausführlich erörtert. Unser lokaler Fernsehsender schneidet jedes Spiel mit und zeigt die Aufzeichnungen jeweils zweimal. Jeder, der auch nur annähernd Talent zeigt, mit einem schweinsledernen Ball umgehen zu können, wird behandelt wie das Mitglied einer königlichen Familie, was vielen von ihnen nicht bekommt und von daher eine ziemliche Schande ist.

Beim Spiel taucht man nicht völlig abgehalftert auf.

Ich kämmte mir die Haare zurück, faßte sie mit einem Haarband zu einem kleinen Wasserfall zusammen und brannte mir Locken in den Rest meiner Mähne, die mir daraufhin malerisch um die Schultern wogte. Von meinen Prellungen und Hautabschürfungen war nichts mehr zu sehen. Ich legte das volle Programm an Schminke auf und zog mir sogar die Lippen in zwei verschiedenen Schattierungen nach. Dann warf ich mich in eine schwarze Strickhose und einen roten Pullover, stieg in meine schwarzen Lederstiefel, hängte mir riesige goldene Ohrringe in die Ohren, und als letztes steckte ich mir eine schwarzrote Fliege ins Haar, um das Gummiband zu verdecken. (Raten Sie mal, was unsere Schulfarben sind.)

„Ziemlich gut“, sagte ich, als ich mir das Resultat meiner Bemühungen im Spiegel ansah. „Eigentlich sogar *verdammt* gut.“ Daraufhin schnappte ich mir meine schwarze Jacke, nahm meine Handtasche und machte mich auf den Weg in die Stadt.

Als ich in der Schule ankam, saßen überall auf den Zuschauertribünen schon Leute, die ich kannte. Von allen Seiten wurde mir etwas zugerufen, ein gutes Dutzend Leute versicherten mir, wie gut ich aussähe. Mein Problem war nur, daß ich mich miserabel fühlte. Sobald mir das klar war, heftete ich mir entschlossen ein strahlendes Lächeln auf die Lippen und suchte mir jemanden, neben den ich mich setzen konnte.

„Sookie! Sookie!" Tara Thornton, eine meiner wenigen wirklich guten Freundinnen aus der High School, saß hoch oben auf einer der Tribünen und rief nach mir, während sie mir stürmisch zuwinkte, ich solle doch hochkommen. Ich lächelte ihr zu und machte mich auf den Weg nach oben, mußte mich unterwegs jedoch noch mit einer Menge Leute unterhalten. Mike Spencer war da, der Bestattungsunternehmer, in seiner Lieblingskluft, dem Westernoutfit; dann sah ich noch Maxine Fortenberry, eine gute Freundin meiner Großmutter, zusammen mit ihrem Enkel Hoyt, der ein Kumpel Jasons war. Dick eingemummelt hockte Sid Matt Lancaster, der alte Anwalt, neben seiner Frau auf einer der Holzbänke.

Tara saß neben ihrem Verlobten Benedict Tallie. Benedict hatte natürlich unweigerlich und bedauerlicherweise den Spitznamen Eggs verpaßt bekommen; niemand nannte ihn je anders. Neben den beiden saß JB du Rone, Benedicts bester Freund. Beim Anblick JBs hob sich meine Laune schlagartig, und dasselbe geschah auch mit meiner unterdrückten Libido. Ein Bild JBs hätte den Schutzumschlag jedes Liebesromans zieren können, so umwerfend sah der Mann aus. Leider Gottes hatte er keinen Funken Verstand in der Birne, wie ich hatte feststellen müssen, als ich ein paar Mal mit ihm ausgegangen war. Ich hatte oft gedacht, beim Zusammensein mit JB bräuchte ich mich um mein geistiges Visier nicht zu scheren, denn in seinem Kopf befand sich kein einziger Gedanke, also konnte ich dort auch nichts lesen.

„Hallo, ihr drei, wie geht's, wie steht's?"

„Prima", sagte Tara, die ihr Partygesicht aufgesetzt hatte, „und dir? Dich habe ich ja eine Ewigkeit nicht zu Gesicht bekommen." Taras dunkles Haar war zum kurzen Pagenkopf geschnitten. Ihr Lippenstift war so heiß, man hätte ihn glatt als Grillanzünder verwenden können. Meine Freundin hatte sich mattweiß und schwarz gekleidet und trug einen roten Schal, um Mannschaftsgeist zu zeigen. Sie und Eggs teilten sich einen Drink aus einem der Pappbecher, die im Stadion verkauft wurden. Er war aufgepeppt; ich konnte den Bourbon deutlich riechen. „Rück ein Stück, JB", sagte ich, während ich das Lächeln erwiderte. „Dann kann ich neben dir sitzen."

„Aber gern", erwiderte JB, der sich wirklich darüber zu freuen schien, mich zu sehen. Darin lag ein Teil des Charmes, über den dieser junge Mann in solchem Übermaß verfügte. Dazu kamen strahlendweiße Zähne, eine absolut gerade Nase, ein maskulines Gesicht, das aber gleichzeitig so hübsch war, daß man sich bei seinem Anblick stets bemüßigt fühlte, die Hand auszustrecken und JB die Wange zu tätscheln, breite Schultern und eine schmale Taille. Vielleicht war die Taille nicht mehr ganz so schmal, wie sie einst gewesen war, aber das zeigte doch nur, daß auch JB nur ein Mensch war, eine sehr gute Sache meiner Meinung nach! Ich machte es mir zwischen JB und Eggs bequem, woraufhin sich Eggs mit leicht schiefem Grinsen zu mir umwandte.

„Möchtest du was trinken?"

Ich trinke wirklich nur selten, denn ich sehe jeden Tag im Lokal, was Alkohol mit den Leuten macht. „Nein danke", antwortete ich. „Wie ist es dir ergangen in letzter Zeit, Eggs?"

„Gut!" erwiderte er, nachdem er ein wenig über meine Frage hatte nachdenken müssen. Eggs hatte schon viel mehr Alkohol intus als Tara. Er hatte zu viel Alkohol intus, viel zu viel.

Bis zum Spielbeginn unterhielten wir uns über alle möglichen Freunde und Bekannten; danach drehte sich alles nur noch um das Spiel selbst, um DAS SPIEL, in Großbuchstaben sozusagen. Jedes einzelne Footballspiel der vergangenen fünfzig Jahre ist nämlich so fest im kollektiven Bewußtsein von Bon Temps verankert, daß man das jeweils stattfindende Spiel mit allen vergangenen vergleichen kann, die Spieler der aktuellen Saison mit allen, die vor ihnen gespielt haben. Inzwischen, seit ich die Kontrolle über meine Gabe derart perfektioniert hatte, konnte ich dieses Gemeinschaftsereignis sogar genießen, da ich getrost so tun konnte, als seien die Menschen rings um mich wirklich das, was sie zu sein vorgaben. Ich hörte keinem einzigen von ihnen im Kopf zu.

Nachdem JB mich mit Komplimenten über meine Frisur und meine Figur überschüttet hatte, rückte er näher an mich heran. JBs Mutter hatte ihren Sohn gut erzogen und ihm frühzeitig beigebracht, daß es eine Frau glücklich macht, wenn sie merkt, daß man sie schätzt. Eine einfache, aber treffende Maxime, die nun auch schon ziemlich lange dafür gesorgt hatte, daß JB den Kopf immer über Wasser behielt.

„Erinnerst du dich an die Ärztin aus dem Krankenhaus?" fragte er mich im zweiten Viertel.

„Ja. Dr. Sonntag. Witwe." Sie war für eine Witwe jung gewesen, und daß sie fertige Ärztin war, hatte man ihr noch weniger angesehen. Ich hatte sie JB vorgestellt.

„Wir waren eine Weile zusammen. Ich und eine Ärztin!" JB schien das jetzt noch zu wundern.

„Das ist ja toll." Etwas Ähnliches hatte ich mir erhofft, als ich die beiden einander vorgestellt hatte. Dr. Sonntag, so war es mir vorgekommen, konnte gut gebrauchen, was JB zu bieten hat, und JB ... nun, der konnte jemanden gebrauchen, der sich um ihn kümmerte.

„Aber dann wurde sie nach Baton Rouge versetzt", fuhr er ziemlich betroffen fort. „Ich glaube, sie fehlt mir." Ein privater Gesundheitsdienstleister hatte unser Krankenhaus gekauft, weswegen die Ärzte, die in der Notfallaufnahme tätig waren, aus anderen Krankenhäusern stammten und nur für jeweils vier Monaten nach Bon Temps versetzt wurden. JB schlang den Arm um meine Schultern. „Aber es ist wirklich wunderbar, dich wiederzusehen!" verkündete er.

Gepriesen sollte er sein für seine netten Worte! „JB, du könntest nach Baton Rouge fahren und Dr. Sonntag besuchen", schlug ich vor. „Warum tust du das nicht einfach?"

„Sie ist Ärztin. Sie hat wenig freie Zeit."

„Wenn du da wärst, würde sie sich Zeit nehmen."

„Meinst du?"

„Es sei denn, sie ist eine komplette Vollidiotin!" versicherte ich ihm.

„Dann tue ich das vielleicht. Neulich Abend habe ich sie angerufen; da hat sie gesagt, sie wünschte, ich wäre bei ihr."

„Ein Wink mit dem Zaunpfahl!"

„Meinst du?"

„Na und ob ich das meine."

Das schien ihn aufzumuntern. „Morgen fahre ich dann wohl nach Baton Rouge!" sagte er und drückte mir ein Küßchen auf die Wange. „Sookie, du hast wirklich dafür gesorgt, daß ich mich besser fühle!"

„Danke gleichfalls." Ich küßte ihn auf die Lippen, aber wirklich nur ganz kurz.

Dabei sah ich Bill, der zu mir herüberstarrte, als wolle er mich mit seinen Blicken durchbohren.

Portia und er hockten auf der Zuschauertribüne direkt neben der unsrigen, allerdings viel weiter unten. Bill hatte sich umgedreht und sah zu mir herauf.

Besser hätte die Sache nicht laufen können, selbst wenn ich sie geplant hätte. Was für eine Gelegenheit, ihm klipp und klar zu zeigen, was er mich mal konnte!

Schon war der Augenblick ruiniert.

Ich war nämlich einfach nur scharf auf Bill!

Ich löste meinen Blick von ihm, um JB zuzulächeln, aber die ganze Zeit über wollte ich mich nur mit Bill unter der Zuschauertribüne treffen, um es dort an Ort und Stelle mit ihm zu treiben. Er sollte mir das Höschen zerreißen und mich von hinten nehmen. Ich wollte, daß er mich zum Stöhnen brachte.

Ich war derart schockiert über meine eigenen Gefühle, daß ich nicht wußte, wie ich mich verhalten sollte. Ich spürte, wie sich tiefe Röte in mein Gesicht schlich. Nun war ich nicht einmal mehr in der Lage, so zu tun, als würde ich lächeln.

Gut eine Minute später gelang es mir, mich auf die komischen Aspekte der Sache zu konzentrieren. Ich war so konventionell erzogen worden, wie es nur ging – in Anbetracht meiner Behinderung, meine ich. Natürlich hatte ich schon früh mitbekommen, was Frauen und Männer miteinander tun; immerhin konnte ich Gedanken lesen (und hatte als Kind noch überhaupt keine Kontrolle über das, was ich aufschnappte). Ich hatte die Sache mit dem Sex immer recht interessant gefunden, selbst dann noch, als dieselbe Behinderung, die dafür gesorgt hatte, daß ich über Sexualität theoretisch bestens Bescheid wußte, ganz praktisch verhindert hatte, daß ich diese Theorie in die Praxis umsetzte. Es ist unendlich schwer, sich wirklich auf Sex einzulassen, wenn man weiß, daß der Partner wünscht, man wäre Tara Thornton, zum Beispiel, oder wenn er hofft, man hätte daran gedacht, ein Kondom mitzubringen oder wenn er an einzelnen Körperteilen, mit denen er sich gerade befaßt, etwas auszusetzen hat. Wenn man erfolgreichen, guten Sex haben will, muß man sich ganz auf das konzentrieren, was der Partner *tut,* darf sich auf keinen Fall ablenken lassen durch das, was er *denkt.*

Bills Gedanken konnte ich nie hören, kein einziges Wörtchen, und er hatte so unendlich viel Erfahrung, er war so fähig, so geschickt, so absolut ehrlich daran interessiert, es richtig zu machen. Offenbar war ich schon ebenso süchtig wie Hugo in Dallas.

Den Rest des Spiels über hockte ich einfach nur da, nickte und lächelte, wenn es angebracht schien, versuchte, nicht nach links unten zu schielen und mußte, als die Showeinlage nach der ersten Halbzeit vorbei war, feststellen, daß ich von den Musikstücken, die die Band gespielt hatte, nicht ein einziges gehört hatte. Auch das Solo von Taras Cousine als Tambourmajorette hatte ich verpaßt. Nachdem Bon Temps mit 28:18 gewonnen hatte und die Zuschauermenge sich langsam Richtung Parkplatz schob, erklärte ich mich bereit, JB nach Hause zu fahren. Eggs war inzwischen etwas nüchterner, weswegen ich davon ausging, Tara und ihm würde schon nichts passieren, aber ich war erleichtert, als ich mitbekam, daß Tara sich ans Steuer setzte.

JB wohnte in einer Doppelhaushälfte in Innenstadtnähe. Sehr lieb bat er mich, doch noch ein bißchen mit ins Haus zu kommen, aber ich erklärte ihm, ich müsse heim. Dann umarmte ich ihn und riet ihm, Dr. Sonntag anzurufen. Wie die Frau mit Vornamen hieß, wußte ich immer noch nicht.

JB versprach mir, dies zu tun, aber bei ihm kann man nie wissen.

Dann mußte ich noch bei unserer einzigen Tankstelle, die die ganze Nacht geöffnet hat, halten, um zu tanken. Dort hatte ich eine lange Unterhaltung mit Arlenes Vetter Derek (der tapfer genug war, dort die Nachtschicht zu übernehmen), weswegen ich etwas später nach Hause kam, als ich eigentlich geplant hatte.

Bill trat aus der Finsternis, als ich gerade die Haustür aufschließen wollte. Ohne ein Wort zu sagen packte er mich beim Arm, drehte mich zu sich herum und küßte mich. Eine Minute später standen wir an die Tür gedrückt, wobei er seinen Körper rhythmisch an meinem rieb. Ich langte hinter mich und fummelte so lange am Türschloß herum, bis sich der Schlüssel endlich im Schloß drehte. Wir stolperten ins Haus. Bill drehte mich so, daß ich mit dem Gesicht zur Couch stand, ich klammerte mich an der Couch fest, und dann riß er mir, genau wie ich es mir vorgestellt hatte, das Höschen entzwei und war in mir.

Ich gab einen heiseren Ton von mir, wie ich ihn noch nie aus meiner Kehle gehört hatte. Bill gab ebenso primitive Geräusche von sich. Ich glaube nicht, daß ich ein einziges Wort zustande gebracht hätte. Seine

Hände waren unter meinem Pulli, und sofort ging mein BH entzwei. Er war unbarmherzig. Nachdem ich das erste Mal gekommen war, brach ich fast zusammen. „Nein!“ knurrte er, als ich schlapp zu machen drohte und stieß einfach immer weiter zu. Er erhöhte sein Tempo, bis ich nur noch schluchzen konnte; dann zerriß mein Pullover, und Bills Zähne fanden meine Schulter. Er gab einen tiefen, schrecklichen Laut von sich. Nach ein paar Sekunden, die mir unendlich lang erschienen, war alles vorbei.

Ich keuchte, als sei ich mindestens anderthalb Kilometer gerannt, und auch Bill zitterte. Er machte sich gar nicht erst die Mühe, seine Kleider zu ordnen, sondern beugte sich statt dessen über meine Schulter, um die kleine Wunde dort zu lecken. Als sie aufgehört hatte zu bluten, zog er mir alles aus, was ich am Leibe trug, ganz langsam. Unten machte er mich sauber, oben küßte er mich.

„Du riechst nach ihm“, war alles, was er sagte. Er machte sich daran, diesen Geruch auszumerzen und durch seinen zu ersetzen.

Nun waren wir im Schlafzimmer. Einen Moment lang hatte ich Zeit, mich zu freuen, daß ich am Morgen frisches Bettzeug aufgezogen hatte, dann war Bills Mund wieder auf meinem.

Wenn ich noch Zweifel gehabt hatte, dann vergingen sie mir nun ein für alle Mal: Bill schlief nicht mit Portia. Ich wußte nicht, was genau er mit ihr im Schilde führte, aber eine Beziehung hatten die beiden nicht. Bill schob die Arme unter mich und drückte mich an sich, so fest ich es ertrug. Mit den Lippen liebkoste er meinen Hals, er knetet meine Hüften, er ließ die Finger an meinen Schenkeln entlang gleiten, küßte meine Kniekehlen. Er badete in mir. „Komm, mach die Beine breit“, flüsterte er mit seiner kalten, dunklen Stimme. Ich kam seiner Bitte nach. Er war schon wieder steif und bereit und benutzte sein Ding grob und rücksichtslos, als wolle er irgend etwas beweisen.

„Sei zärtlich“, waren meine ersten Worte.

„Ich kann nicht. Es ist zu lange her; beim nächsten Mal werde ich zärtlich sein, das schwöre ich“, erwiderte er und fuhr mir mit der Zunge an meiner Kinnlade entlang. Seine Fänge streiften meinen Hals. Fänge, Zunge, Mund, Finger, Männlichkeit: Mir war, als würde ich vom tasmanischen Teufel geliebt. Er war überall, und überall war er in Eile.

Als er auf mir zusammenbrach, war ich erschöpft. Bill rollte sich von mir herunter und lag nun neben mir, ein Bein über das meine geschlagen, ein Arm lag über meiner Brust. Ebenso gut hätte er ein Brandeisen zücken können, das hätte es auch getan, aber ich bezweifle, daß es mir auch nur halb so viel Spaß gemacht hätte.

„Alles klar?" murmelte er.

„Bis auf den Umstand, daß ich ein paar Mal gegen eine Mauer gelaufen bin", erwiderte ich kaum hörbar.

Danach schliefen wir beide eine Weile, wonach Bill als erster wieder erwachte, wie er es in der Nacht unweigerlich tat. „Sookie!" rief er leise. „Schatz! Wach auf."

„Oh", sagte ich und kam langsam wieder zu Bewußtsein. Zum ersten Mal seit Wochen erwachte ich in dem unbestimmten Gefühl, die Welt sei in Ordnung. Dann jedoch erinnerte ich mich langsam, aber mit wachsender Bestürzung daran, daß die Welt mitnichten in Ordnung war. Ich öffnete die Augen. Bills Augen waren direkt über mir.

„Wir müssen reden", sagte er und strich mir das Haar aus dem Gesicht.

„Dann rede." Jetzt war ich wach. Ich bereute nicht den Sex, sondern daß wir jetzt die Dinge erörtern mußten, die zwischen uns standen.

„In Dallas habe ich mich hinreißen lassen." Bill kam zur Sache. „Vampire tun das nun mal, wenn sich ihnen die Gelegenheit zur Jagd so offen bietet. Wir waren angegriffen worden. Wir haben das Recht, diejenigen aufzuspüren, die uns töten wollen."

„Das ist ein Rückfall in die Tage der Gesetzlosigkeit", sagte ich.

„Aber Vampire jagen, Sookie. Das liegt in unserer Natur", sagte er sehr ernst. „Wie bei Leoparden; wie bei Wölfen. Wir sind keine Menschen. Wir können so tun, als seien wir menschlich, wenn wir versuchen, mit Menschen zusammenzuleben ... innerhalb eurer Gesellschaft. Wir erinnern uns vielleicht manchmal, wie es war, unter euch zu weilen, einer von euch zu sein. Aber wir gehören nicht derselben Rasse an. Wir sind nicht aus demselben Holz geschnitzt."

Das mußte ich mir noch einmal durch den Kopf gehen lassen. Neu war mir dieser Gedanke nicht: Bill hatte mir das gleiche, wenn auch immer wieder in anderen Worten, schon oft gepredigt, seit wir miteinander gingen.

Oder vielleicht hatte Bill mich wirklich erkannt, seit wir zusammen waren. Vielleicht war es ihm gelungen, mich zu sehen, wie ich war – umgekehrt jedoch hatte ich ihn nicht erkannt, hatte ihn nicht wirklich gesehen, nicht wirklich wahrgenommen als der, der er war. Egal wie oft ich gemeint hatte, mit seiner Andersartigkeit meinen Frieden geschlossen zu haben – jetzt mußte ich feststellen, daß ich eigentlich die ganze Zeit trotzdem noch erwartet hatte, er würde sich letztendlich nicht anderes verhalten als JB du Rone oder Jason oder der Pastor meiner Kirchengemeinde.

„Ich glaube, langsam verstehe ich, was du mir da immer sagst", stellte ich fest. „Aber du mußt auch wissen, daß es Zeiten geben wird, wo ich diese deine Andersartigkeit nicht werde leiden können. Ich werde manchmal einfach gehen müssen, um mich zu beruhigen. Ich werde es aber ernsthaft versuchen. Ich liebe dich." Nun hatte ich ihm das Versprechen gegeben, ihm auf halbem Wege entgegenzukommen; es war Zeit, an meinen eigenen Groll zu erinnern. Ich packte Bill bei den Haaren, drehte ihn so, daß ich mich auf ihn legen und auf ihn herunterschauen konnte und sah ihm von oben direkt in die Augen.

„Nun sag mir, was du mit Portia treibst."

Während Bill es mir erklärte, ruhten seine großen Hände auf meinen Hüften.

„Portia kam zu mir, als ich aus Dallas zurück war, gleich in der ersten Nacht. Sie hatte in der Zeitung gelesen, was passiert war und wollte von mir wissen, ob ich jemanden gekannt hatte, der an diesem Abend dabei gewesen war. Als ich ihr sagte, ich selbst sei dort gewesen – deinen Namen habe ich nicht erwähnt –, berichtete Portia, sie habe Informationen erhalten, denen zufolge einige der beim Angriff verwendeten Waffen aus einem Laden in Bon Temps stammten, aus Sheridan's Sport Shop nämlich. Ich wollte wissen, wieso sie darüber Bescheid wisse, worauf sie entgegnete, sie könne als Anwältin ihre Quellen nicht preisgeben. Danach fragte ich sie, warum die Sache sie so sehr bekümmere, ob es noch mehr gäbe, was sie mir sagen wolle. Sie sei eine gute Bürgerin, erwiderte sie da, und es passe ihr nicht, wenn andere Bürger verfolgt würden. Daraufhin fragte ich, warum sie mit der Geschichte ausgerechnet zu mir gekommen sei, woraufhin sie antwortete, ich sei der einzige Vampir, den sie kenne."

Das glaubte ich ebenso wenig, wie ich glaubte, daß Portia eigentlich heimlich Bauchtänzerin war.

Mit zusammengekniffenen Augen ging ich das eben Gehörte Punkt für Punkt noch einmal durch. „Portia schert sich nicht die Bohne um die Rechte von Vampiren", sagte ich dann. „Vielleicht will sie dir an die

Wäsche, aber sie schert sich einen Dreck um die rechtlichen Belange von Vampiren!"

„,Mir an die Wäsche'? Was für eine Ausdrucksweise."

„Oh, den Spruch hörst du doch bestimmt nicht zum ersten Mal!" gab ich ein wenig verschämt zurück.

Bill schüttelte den Kopf, und seine Augen glitzerten vor Vergnügen. „Will mir an die Wäsche", wiederholte er und ließ sich die Worte auf der Zunge zergehen. „Ich würde dir sofort an die Wäsche gehen, wenn du welche anhättest!" Um seine Worte zu untermalen, fuhr er mit beiden Händen an meinem Körper auf und ab.

„Laß das!" sagte ich. „Ich versuche zu denken."

Daraufhin preßte er die Hände gegen meine Hüften und schob mich sacht vor und zurück. Ich bekam allmählich Schwierigkeiten beim Formulieren meiner Gedanken.

„Hör auf, Bill", sagte ich. „Hör mal, ich glaube, Portia will mit dir gesehen werden, weil sie hofft, daß man sie dann bittet, diesem Sexclub beizutreten, den es hier in Bon Temps angeblich geben soll."

„Sexclub?" fragte Bill interessiert, hörte aber nicht auf, mich hin und her zu schaukeln.

„Ja, habe ich dir nicht ... oh Bill! Nein! ... Bill! ... Bill! Ich bin noch ganz fertig vom letzten Mal. Oh. Oh." Erst hatten mich seine starken Hände gepackt und gezielt genau auf seine steil aufgerichtete Männlichkeit plaziert, und nun fing er wieder an, mich hin und her zu schaukeln. „Oh", sagte ich, im Augenblick verloren. Farben tauchten auf und schwebten vor meinen Augen; rascher und immer rascher wurde ich geschaukelt, bis ich meine eigenen Bewegungen gar nicht mehr mitbekam. Diesmal kamen wir gemeinsam, wonach wir uns ein paar Minuten lang keuchend aneinander klammerten.

„Wir sollten uns nie wieder trennen", sagte Bill.

„Das kann ich so nicht sagen – die Nacht jetzt macht es fast wert, sich getrennt zu haben!"

Ein kleines Nachbeben erschütterte Bills Körper. „Nein", sagte er. „Das war alles ganz wunderbar, aber viel lieber würde ich einfach für ein paar Tage die Stadt verlassen, als mich noch einmal mit dir zu streiten." Er öffnete die Augen weit. „Hast du Eric eine Kugel aus der Schulter gesaugt?"

„Ja! Er sagte, ich müßte sie rausholen, ehe sich das Fleisch darüber wieder schließt."

„Hat er dir auch gesagt, daß in seiner Hosentasche ein Taschenmesser war?"

Das brachte mich aus der Fassung. „Nein. Er hatte ein Messer? Warum er mir das wohl verschwiegen hat?"

Bill hob die Brauen, als hätte ich gerade etwas höchst Lächerliches gesagt.

„Dreimal darfst du raten!" sagte er.

„Damit ich an seiner Schulter sauge? Das kann nicht dein Ernst sein."

Bill blickte einfach weiter skeptisch drein.

„Oh Bill. Ich bin drauf reingefallen. Moment mal – er wurde doch aber angeschossen! Die Kugel hätte mich treffen können, statt dessen traf sie ihn. Er hat mich beschützt."

„Wie?"

„Indem er sich auf mich legte ..."

„Ich habe dem nichts mehr hinzuzufügen." In diesem Moment hatte Bill nichts Altmodisches an sich, bis auf seinen Blick. Der war dafür reichlich altmodisch.

„Aber Bill – meinst du wirklich, er ist so durchtrieben?"

Erhobene Brauen waren die einzige Antwort, die ich erhielt.

„Auf mir zu liegen ist keine so große Sache", protestierte ich, „daß man dafür eine Kugel in Kauf nehmen sollte. Jesses. Das ist bescheuert!"

„Aber nun hast du etwas von Erics Blut in dir."

„Nur ein oder zwei Tropfen. Den Rest habe ich ausgespuckt", sagte ich.

„Ein Tropfen oder zwei reichen, wenn man so alt ist wie Eric."

„Wozu?"

„Er weiß jetzt Dinge über dich."

„Was für Dinge? Meine Kleidergröße?"

Bill lächelte, was nicht immer ein beruhigender Anblick ist. „Nein. Wie du dich fühlst. Wütend, geil, zärtlich."

Ich zuckte die Achseln. „Was soll er davon schon haben?"

„Wahrscheinlich ist es nicht wichtig. Aber sei von nun an ein wenig auf der Hut", warnte Bill, womit es ihm sehr ernst zu sein schien.

„Ich kann immer noch nicht glauben, daß sich jemand absichtlich in eine Lage bringt, in der er unter Umständen eine für mich bestimmte Kugel abbekommen könnte, nur in der Hoffnung, daß ich dann einen Tropfen von seinem Blut schlucke, wenn ich ihm die Kugel raushole!

Das ist doch komplett lächerlich. Weißt du, mir kommt es vor, als hättest du das Thema nur aufgebracht, damit ich aufhöre, dich wegen Portia zu nerven. Aber da hast du dich getäuscht, ich nerve weiter. Ich denke, Portia glaubt, wenn sie mit dir ausgeht, wird sie früher oder später gebeten, diesem Sexclub beizutreten, denn wer willens ist, einen Vampir zu vögeln, der schreckt vor nichts zurück. Das denken *die*!" fügte ich hastig hinzu, als ich sah, wie Bills Gesicht sich verfinsterte. „Portia hat sich ausgerechnet, daß sie Sachen herausfinden kann, wenn sie in den Sexclub geht. Daß sie in Erfahrung bringen kann, wer Lafayette umgebracht hat – und dann ist Andy aus dem Schneider."

„Das ist eine reichlich komplizierte These", wandte Bill ein.

„Kannst du sie widerlegen?" Ich war stolz darauf, das Wort *widerlegen* gebrauchen zu können: Ich hatte es auf meinem Kalender entdeckt, mit dessen Hilfe man jeden Tag ein neues Wort lernen kann.

„Das kann ich tatsächlich nicht." Bill schien zu erstarren, wobei seine Augen jedoch reglos und ohne zu blinzeln geradeaus blickten und seine Hände sich entspannten. Da Bill nicht atmete, lag er nun völlig unbeweglich da.

Nach einer ganzen Weile blinzelte er. „Es wäre besser gewesen, sie hätte mir von Anfang an die Wahrheit gesagt."

„Wehe, du schläfst mit ihr", erwiderte ich, womit ich endlich zugab, daß die bloße Möglichkeit, Bill könne mit Portia schlafen, mich vor Eifersucht fast blind hatte werden lassen.

„Ich hatte mich schon gefragt, wann du endlich darauf zu sprechen kommst", sagte Bill. „Als würde ich je mit einer Bellefleur ins Bett steigen. Portia hat nicht das geringste Bedürfnis danach, mit mir zu schlafen. Es fällt ihr sogar schwer, mir vorzuspielen, sie würde es irgendwann einmal tun wollen. Portia ist eine schlechte Schauspielerin. Wenn wir uns treffen, dann nimmt sie mich die meiste Zeit mit auf irgendeine wilde Irrjagd nach diesen Waffenverstecken, die die Bruderschaft hier angeblich unterhält, wobei sie behauptet, alle Mitglieder der Bruderschaft hielten Waffen versteckt."

„Warum hast du überhaupt mitgemacht?"

„Diese Portia hat etwas Ehrenhaftes an sich. Außerdem wollte ich sehen, ob es dich eifersüchtig macht."

„Verstehe, und was denkst du jetzt?"

„Jetzt denke ich, es wäre besser, wenn ich dich nie wieder so nah bei diesem hübschen Idioten sehe."

„JB? Ich bin für ihn wie eine Schwester", sagte ich.

„Du vergißt, daß du mein Blut getrunken hast und daß ich mitbekomme, was du fühlst", sagte Bill. „Ich glaube nicht, daß du ihm gegenüber wie eine Schwester empfindest."

„Das würde auch erklären, warum ich hier mit dir im Bett liege, was?"

„Du liebst mich."

Ich lachte gegen seine Kehle.

„Der Morgen graut", sagte Bill. „Ich muß gehen."

„Gut." Ich lächelte zu ihm empor, während er seine Kleider zusammensuchte. „Halt: Du schuldest mir einen Pulli und einen BH. Zwei BHs. Gabe hat einen zerrissen, der Verlust dieses Kleidungsstücks steht in direktem Zusammenhang mit unserer Arbeit, und du privat hast diese Nacht auch einen BH zerrissen, und meinen Pullover dazu."

„Darum habe ich ja auch ein Geschäft für Damenbekleidung gekauft", konterte Bill. „Damit ich reißen kann, wenn ich will."

Ich lachte und legte mich wieder hin. Ich konnte noch ein paar Stunden schlafen. Ich lächelte immer noch, als Bill mein Haus verließ, und am nächsten Morgen erwachte ich mit einer großen Leichtigkeit im Herzen, die ich schon sehr lange nicht mehr verspürt hatte. Zumindest kam es mir vor, als sei mir schon lange nicht mehr so leicht ums Herz gewesen. Ich mußte auf dem Weg zum Bad, wo ich mir die Wanne mit heißem Wasser vollaufen ließ, um mich genußvoll hineinzulegen, noch etwas vorsichtig gehen. Als ich anfing, mich zu waschen, spürte ich etwas in meinen Ohrläppchen, erhob mich und sah in den Spiegel über dem Waschbecken. Im Schlaf hatte mir Bill die Topasohrringe angesteckt.

Er hatte gern das letzte Wort.

* * *

Da geheim geblieben war, daß Bill und ich uns wieder versöhnt hatten, war ich die erste, die aufgefordert wurde, den Sexclub zu besuchen. Es wäre mir nie in den Sinn gekommen, daß man ausgerechnet mich einladen könnte, aber als es geschehen war, schien es mir mit einem Mal auch ganz logisch. Wenn schon Portia gedacht hatte, man würde sie einladen, wenn sie sich mit einem Vampir zeigte, dann war ich ja so etwas wie ein Filetstückchen für den Club.

Ich war überrascht und schockiert, daß ausgerechnet Mike Spencer mir gegenüber das Thema zur Sprache brachte. Mike war der Bestattungsunternehmer und amtliche Leichenbeschauer von Bon Temps; unser Verhältnis war nicht immer durch und durch herzlich gewesen. Aber ich kannte den Mann dennoch schon mein ganzes Leben lang und war es gewöhnt, ihm mit Respekt zu begegnen, eine Gewohnheit, die abzulegen mir schwerfiel. Mike trug an dem Abend, als er ins Merlottes kam, seine Berufskleidung, denn an diesem Tag hatten die Menschen in seinem Institut von Mrs. Cassidy Abschied nehmen können. Mike trug also einen dunklen Anzug, ein weißes Hemd, eine gestreifte Krawatte in gedeckten Farben und blankpolierte Lackschuhe, wodurch er wie ein ganz anderer Mann wirkte, denn für gewöhnlich trug er am liebsten Lederkrawatten und spitze Cowboystiefel.

Da Mike mindestens zwanzig Jahre älter war als ich, hatte ich ihn immer wie einen der Älteren behandelt. Ich war so entsetzt, daß es mir fast die Sprache verschlug, als er an diesem Abend mit seinem Anliegen an mich herantrat. Er hatte allein gesessen, was an und für sich schon so ungewöhnlich war, daß es mir gleich auffiel. Ich brachte ihm einen Burger und ein Bier. Beim Zahlen sagte er: „Sookie, ein paar von uns treffen sich morgen abend im Strandhaus von Jan Fowlers unten am See. Wir haben uns gefragt, ob wir dich bewegen könnten, dich uns anzuschließen."

Nun habe ich ja das große Glück, über gut trainierte Gesichtszüge zu verfügen, denn ich fühlte mich, als hätte sich direkt vor meinen Füßen ein Abgrund aufgetan. Mir war richtig schlecht. Ich verstand sofort, wie Mike seine Einladung gemeint hatte, aber ich wollte es einfach nicht für möglich halten. So öffnete ich mein Visier, um Mike zuzuhören, während ich gleichzeitig fragte: „Ein paar von uns? Wer denn, Mr. Spencer?"

„Warum nennst du mich nicht Mike, Sookie?" Ich nickte, schaute aber die ganze Zeit über in seinen Kopf. Oh Himmel hilf, igitt! „Ein paar von deinen Freunden werden auch dasein", erklärte Mike. „Eggs, Portia, Tara und die Hardaways."

Tara und Eggs – das schockierte mich wirklich.

„Was passiert denn auf diesen Partys? Es wird getrunken, ein wenig getanzt?" Es wunderte Mike nicht weiter, daß ich diese Frage stellen mußte; ganz egal, wie viele Menschen wissen, daß mir nachgesagt wird, Gedanken lesen zu können – so richtig glauben tut das niemand, trotz aller Beweise. Also glaubte auch Mike nicht daran, daß ich die Bilder und gedanklichen Konzepte, die in seinem Kopf herumschwebten, empfangen konnte.

„Na ja, es geht eher etwas wild zu, könnte man wohl sagen. Wir haben an dich gedacht, weil du dich doch von deinem Freund getrennt hast. Bei uns kannst du ein wenig die Sau rauslassen."

„Ich werde es mir überlegen, und vielleicht komme ich ja", erwiderte ich zurückhaltend, denn ich wollte mich nicht gleich allzu erpicht zeigen. „Wann geht es los?"

„So gegen zweiundzwanzig Uhr morgen abend."

„Danke für die Einladung", sagte ich, als hätte ich mich gerade wieder an meine guten Manieren erinnert. Dann schlenderte ich mit meinem Trinkgeld von dannen, um die wenigen Minuten, die mir noch bis Schichtende verblieben, angestrengt nachzudenken.

Was konnte ich erreichen, wenn ich dort hinging? Würde es mir gelingen, etwas herauszufinden? Etwas, was zur Aufklärung der Umstände von Lafayettes Tod beitrug? Eigentlich konnte ich Andy ja nicht leiden, und Portia gefiel mir mittlerweile noch weniger, aber es wäre nicht fair, wenn Andy wegen einer Sache, an der er keine Schuld trug, vor Gericht stehen müsse und seinen guten Ruf einbüßte. Andererseits würde mir wohl keiner der Partygäste im Strandhaus irgendwelche dunklen Geheimnisse anvertrauen, wenn ich nicht regelmäßiger Gast ihrer Treffen wurde. Das war nur logisch, aber ich wußte genau, daß ich es nicht schaffen würde, dort häufiger hinzugehen. Mir war noch nicht einmal klar, ob ich eine einzige Party würde durchstehen können. Zuzusehen, wie meine Nachbarn und Freunde ‚die Sau' rausließen, war ungefähr das letzte, was ich wollte. Weder die Sau wollte ich sie rauslassen sehen noch irgend etwas anderes!

„Was ist denn?" fragte plötzlich Sam so dicht hinter mir, daß ich vor Schreck einen kleinen Satz tat.

Ich sah ihn an, wobei ich mir sehr wünschte, ich könnte ihn fragen, was ihm selbst gerade durch den Kopf ging. Sam war stark, zäh und sehr klug. Die Buchhaltung, die Bestellungen, alle Reparaturarbeiten, die Planung der Arbeit im Merlottes, das alles schien ihm nie etwas auszumachen. Sam war ein durch und durch eigenständiger Mann, der sein Leben allein meisterte. Ich mochte ihn sehr und vertraute ihm.

„Ich stecke in der Klemme", sagte ich. „Was läuft bei dir so?"

„Ich bekam gestern einen interessanten Telefonanruf."

„Ja? Wer hat denn angerufen?"

„Eine Frau aus Dallas mit einer quietschenden Stimme."

„Ach ja?" Ich lächelte, ein richtiges Lächeln, nicht das Grinsen, das ich aufsetze, wenn ich nicht will, daß andere mitbekommen, wie nervös ich bin. „Könnte sie mexikanischer Herkunft gewesen sein?"

„Ich glaube schon. Dein Name fiel auch."

„Sie ist recht lebhaft", sagte ich.

„Sie hat viele Freunde."

„Sind das Freunde, die du auch gern hättest?"

„Ich habe schon ein paar sehr gute Freunde", sagte Sam und drückte mir kurz die Hand. „Aber es ist immer gut, Leute zu kennen, mit denen einen gemeinsame Interessen verbinden."

„Dann fährst du also nach Dallas?"

„Könnte sein. Erst einmal hat sie mir die Namen von ein paar Leuten in Ruston genannt, die auch ..."

Jedesmal bei Vollmond ihre Erscheinung ändern, vollendete ich den Satz im Geiste.

„Wie hat sie dich denn gefunden? Ich hatte ihr deinen Namen nämlich absichtlich nicht verraten, weil ich nicht wußte, ob dir das recht wäre."

„Dich hat sie gefunden", antwortete Sam. „Dann hat sie herausgefunden, wo du arbeitest und wer dein Chef ist. Mit Hilfe hiesiger ... Leute."

„Wie kommt es, daß du dich nie von dir aus mit denen in Verbindung gesetzt hast?"

„Mir ist jetzt klar, daß es noch sehr viele Dinge gibt, die ich lernen muß, nachdem du mir von der Mänade erzählt hattest", sagte Sam.

„Sam! Du hast dich doch nicht etwa mit der Mänade herumgetrieben?"

„Ich habe ein paar Abende mit ihr im Wald verbracht. Als Sam und in meiner anderen Haut."

„Aber sie ist doch so böse!" sprudelte es aus mir heraus.

Sam versteifte sich. „Sie ist ein übernatürliches Wesen, wie ich", sagte er ruhig. „Sie ist weder gut noch böse, sie *ist* einfach nur."

„Blödsinn!" Ich konnte es nicht fassen, daß ich mir aus Sams Mund solche Worte anhören mußte. „Wenn sie dir einen solchen Unsinn eintrichtert, dann will sie was von dir." Mir fiel wieder ein, wie schön die Mänade gewesen war – wenn einem die Blutflecken nichts ausmachten. Sam als Gestaltwandler scherte sich wohl nicht um derlei. „Oh!“ rief ich dann, denn mit einem Mal war mir alles klar. Sams Gedanken konnte ich zwar nicht klar und deutlich lesen, denn er war ja ein übernatürliches Wesen, aber einen Blick auf seinen Gefühlszustand erhaschte ich schon: Sam war beschämt und geil, ungehalten und – geil!

„Oh“, wiederholte ich ein wenig steif. „Entschuldige, Sam, ich wollte nicht schlecht von jemandem reden, den du ... du ... na...“, ‚vögelst‘ konnte ich ja wohl kaum sagen, egal wie treffend das Wort war. „Mit der du Zeit verbringst“, beendete ich also etwas lahm meinen Satz. „Ich glaube dir gern, daß sie wunderbar ist, wenn man sie erst einmal kennengelernt hat. Natürlich mag mein Vorurteil ihr gegenüber auch daher rühren, daß sie mir den Rücken in Fetzen gehauen hat. Ich werde mich bemühen, zukünftig weniger voreingenommen zu sein.“ Dann stolzierte ich davon, um eine Bestellung aufzunehmen und ließ Sam einfach so mit offenem Mund dastehen.

Ich sprach eine Nachricht auf Bills Anrufbeantworter. Da ich nicht wußte, was Bill in Bezug auf Portia vorhatte, ging ich davon aus, daß möglicherweise jemand bei ihm war, wenn er seine Nachrichten abhörte, also sagte ich: „Bill, bin morgen zu einer Party eingeladen. Sag mir bitte Bescheid, ob ich deiner Meinung nach hingehen sollte oder nicht.“ Ich nannte keinen Namen, denn Bill würde meine Stimme erkennen. Unter Umständen hatte Portia ja eine identische Nachricht hinterlassen! Der bloße Gedanke macht mich ganz fuchsig.

Halb hoffte ich, als ich in dieser Nacht nach Hause fuhr, Bill würde mir erneut in erotischer Manier auflauern, um mich hinterrücks zu überfallen, aber Haus und Garten lagen still und stumm da. Meine Stimmung besserte sich erst wieder, als ich sah, daß das Lämpchen an meinem AB blinkte.

„Sookie“, sagte Bills weiche Stimme, „geh nicht in den Wald. Unser Tribut hat der Mänade nicht gefallen. Eric wird morgen nacht in Bon Temps sein, um mit ihr zu verhandeln, und vielleicht holt er dich dazu. Die – anderen Menschen – aus Dallas, die dir geholfen haben, verlangen eine unverschämte Entschädigung von den Vampiren dort, also fliege ich mit Anubis rüber, um mich mit ihnen zu treffen. Stan Davis wird auch bei dem Treffen dabeisein. Du weißt ja, wo ich absteige.“

Mist! Bill würde nicht in Bon Temps sein, um mir notfalls zu helfen, und ich konnte ihn auch nicht erreichen. Oder doch? Es war ein Uhr morgens. Ich wählte die Nummer des Silent Shore Hotels, die ich mir in meinem Adreßbuch notiert hatte. Bill war jedoch leider noch nicht eingetroffen, auch wenn man seinen Sarg (der Empfangschef sprach diskret von Bills ‚Gepäck') schon auf sein Zimmer geschafft hatte. Ich hinterließ eine Nachricht, die ich aber aus Vorsicht so verschlüsselt formulierte, daß sie unter Umständen unverständlich war.

Nun war ich müde, denn ich hatte in der Nacht zuvor wenig Schlaf bekommen. Auf keinen Fall jedoch wollte ich allein auf diese Party im Strandhaus gehen, also stieß ich einen tiefen Seufzer aus und rief dann im Fangtasia an, der Vampir-Bar von Shreveport.

Dort meldete sich ein Tonband; ich erkannte Pams Stimme: „Sie sind mit dem Fangtasia verbunden, wo jede Nacht die Untoten lebendig werden." Pam war eine der Besitzerinnen des Fangtasia. „Wenn Sie unsere Öffnungszeiten erfragen wollen", fuhr ihre Stimme fort, „dann drücken Sie bitte die eins. Reservierungen für Partys: Drücken Sie die zwei. Möchten Sie mit einem lebenden Menschen oder einem untoten Vampir sprechen, dann drücken Sie die drei. Wenn Sie uns einen Streich spielen wollen und eine alberne Nachricht auf unserem Anrufbeantworter hinterlassen, dann sollten Sie bedenken, daß wir in der Lage sein werden, Sie zu finden."

Ich drückte die drei.

„Fangtasia", sagte Pam, als sei sie so gelangweilt wie noch niemand zuvor.

„Hi", sagte ich betont süß, um ein Gegengewicht zu ihrem Ennui zu bilden. „Pam? Sookie hier. Ist Eric da?"

„Der bezaubert gerade das Gesindel", erwiderte Pam. Ich verstand das so, daß Eric irgendwo im Hauptraum der Bar breitbeinig auf einem Stuhl thronte und wunderschön und höchst gefährlich aussah. Laut Bill gab es Vampire, die einen Vertrag mit dem Fangtasia hatten und sich dort quasi professionell ein- oder zweimal pro Woche blicken ließen. Sie waren verpflichtet, an diesen Abenden jeweils eine bestimmte Zeit zu bleiben. So sollte sichergestellt werden, daß Touristen im Fangtasia immer mit Vampiren rechnen konnten und ihr Kommen nicht einstellten. Eric als Besitzer war fast jeden Abend da. Außer dem Fangtasia existierte in Shreveport ein weiterer Treff für die Untoten, eine Bar, die die Vampire aufsuchten, ohne vertraglich dazu verpflichtet zu sein. In dieses Lokal jedoch würde nie ein Tourist seinen Fuß zu setzen wagen, und auch ich war noch nie dort gewesen. Ehrlich gesagt bekomme ich durch meine Arbeit genug Barleben mit.

„Würden Sie ihm vielleicht das Telefon bringen?"

Pam erklärte sich widerstrebend dazu bereit. „Wie ich höre, hast du in Dallas allerhand erlebt", sagte sie, während sie sich mit dem Telefon in der Hand auf den Weg machte. Ihre Schritte hörte ich nicht, doch daß sie ging und nicht mehr saß, merkte ich daran, daß der Lärm, den ich im Hintergrund hörte, mal lauter, mal leiser wurde.

„Dallas war unvergeßlich."

„Wie hat dir Stan gefallen?"

Was sollte ich darauf sagen? „Einen wie ihn gibt es wohl nur einmal."

„Mir persönlich gefällt ja dieser Stubenhocker-, dieser Streberlook."

Ich war froh, daß Pam nicht neben mir stand und den erstaunten Blick nicht mitbekam, den ich dem Telefonhörer zuwarf. Daß Pam auch Typen mochte, war mir bisher nicht klargewesen. „Eine feste Freundin schien er nicht zu haben", meinte ich beiläufig.

„Aha. Na, dann mache ich vielleicht bald mal Urlaub in Dallas."

Daß Vampire auch Interesse aneinander haben konnten, war mir ebenfalls neu. Ein Liebespaar, das aus zwei Vampiren bestand, hatte ich bislang noch nicht zu Gesicht bekommen.

„Hier bin ich", meldete sich Eric.

„Hier bin ich", entgegnete ich, ein wenig belustigt über Erics Art, sich zu melden.

„Sookie, meine kleine Kugellutscherin!" rief der alte Vampir mit warmer, liebevoller Stimme.

„Eric, mein großer Verarscher."

„Willst du etwas, mein Schatz?"

„Dein Schatz bin ich nicht, und das weißt du auch. Was das andere betrifft: Bill sagte, du würdest morgen abend herkommen?"

„Ja, ich soll den Wald nach der Mänade durchkämmen. Sie findet unseren Tribut aus Spitzenweinen und Jungbullen unangemessen."

„Ihr habt der Mänade einen lebendigen Bullen zukommen lassen?" Einen Moment lang vergaß ich, warum ich in Shreveport angerufen hatte, denn vor meinem geistigen Auge stieg ein Bild von Eric auf, wie er eine Kuh in einen Viehanhänger trieb, mit der Kuh hinaus zur

Schnellstraße fuhr, dort auf dem Seitenstreifen hielt und das Tier dann in den Wald scheuchte.

„Ja, das haben wir in der Tat. Pam, Indira und ich."

„Hat es Spaß gemacht?"

„Ja", sagte er und hörte sich dabei an, als müsse er sich über sich selbst wundern. „Meine letzte Begegnung dieser Art mit Vieh war schon ein paar Jahrhunderte her. Pam ist ein Stadtmädel, Indira hatte zuviel Respekt vor dem Stier, um eine große Hilfe zu sein – wenn du willst, sage ich dir Bescheid, wenn ich das nächste Mal Vieh transportieren muß. Du kannst gern mitkommen."

„Danke, das wäre toll", sagte ich, denn ich war mir ziemlich sicher, daß ich einen solchen Anruf nie erhalten würde. „Eric, ich rufe an, weil du morgen mit mir auf eine Party gehen mußt."

Es entstand eine lange Pause.

„Ist Bill nicht mehr dein Bettgefährte? Sind die Differenzen, die in Dallas zwischen euch beiden aufgetreten sind, permanenter Art?"

„Ich habe mich falsch ausgedrückt: Ich brauche morgen einen Leibwächter. Bill ist in Dallas." Ungeduldig schlug ich mir mit der offenen Hand an die Stirn. „Hör zu, das ist eine lange Geschichte, und ich kann sie dir unmöglich jetzt in aller Ausführlichkeit erklären, aber unter dem Strich geht es darum, daß ich wirklich unbedingt morgen abend auf eine Party gehen muß, bei der es sich in Wirklichkeit um so etwas wie eine – nun, wie eine Orgie handelt, könnte man wohl sagen. Ich brauche jemanden an meiner Seite, falls ... für den Fall der Fälle."

„Faszinierend!" meinte Eric, was sich anhörte, als sei er wirklich fasziniert. „Weil ich ohnehin bei euch in der Gegend bin, hast du gedacht, ich könnte dich begleiten? Auf eine Orgie?"

„Du bringst es fertig, fast wie ein Mensch auszusehen", sagte ich.

„Dann soll die Orgie also unter Menschen stattfinden? Vampire sind nicht zugelassen?"

„Die Orgie wird unter Menschen stattfinden, und niemand weiß, daß auch ein Vampir kommt."

„Je menschlicher ich aussehe, desto harmloser wirke ich?"

„Ja. Ich muß hin, um die Gedanken der Teilnehmer zu lesen. Sie auszuquetschen, mir zu holen, was ihre Hirne zu bieten haben. Wenn ich sie alle dazu gebracht habe, an eine bestimmte Sache zu denken, damit ich mir diesbezüglich ihre Gedanken anhören und mir ihr Wissen aneignen kann, können wir auch schon wieder gehen." Mir war eine prima Idee gekommen, wie ich die Partygäste dazu bringen konnte, an Lafayette zu denken. Jetzt war nur noch die Frage, wie ich das Eric vermitteln sollte.

„Du willst also, daß ich auf eine Orgie unter Menschen gehe, auf der ich nicht willkommen bin, und dann willst du, daß ich wieder abhaue, ehe ich dazu komme, mich zu amüsieren?"

„Ja", sagte ich, wobei ich vor Anspannung fast quietschte. Wenn schon, denn schon. „Könntest du vielleicht so tun, als wärest du schwul?"

Wieder folgte eine lange Pause. „Wann soll ich da sein?" fragte Eric dann sanft.

„Laß mich nachdenken. Halb zehn? Damit ich dich kurz instruieren kann?"

„Halb zehn bei dir zu Hause."

„Ich trage das Telefon jetzt zurück", teilte Pam mir mit. „Was hast du denn zu Eric gesagt? Er sitzt mit geschlossenen Augen da und schüttelt den Kopf."

„Lacht er? Wenigstens ein ganz kleines Bißchen?"

„Sieht nicht so aus", sagte Pam.

Kapitel 10

Bill rief mich in dieser Nacht nicht mehr an, und am nächsten Tag brach ich vor Sonnenuntergang zur Arbeit auf. Als ich nach Hause kam, um mich für die ‚Party' umzuziehen, fand ich eine Mitteilung auf meinem Anrufbeantworter vor.

„Die Nachricht, die du hinterlassen hast, war sehr diskret, Sookie. Ich habe wirklich nicht genau verstanden, was bei dir los ist." Bills Stimme klang nicht so klar und ruhig wie sonst, sondern eher etwas unglücklich. Oder ungehalten? „Wenn du zu dieser Party gehst, dann bitte nicht allein. Ganz gleich, was du tust: Geh da nicht allein hin. Das ist es nicht wert. Nimm deinen Bruder mit, oder Sam."

Ich hatte sogar einen Begleiter aufgetan, der noch stärker war als die zwei, die Bill vorgeschlagen hatte, war also der Bitte meines Liebsten schon nachgekommen, weswegen ich mir nun eigentlich folgsam und tugendhaft hätte vorkommen dürfen. Irgendwie glaubte ich aber nicht, daß es Bill beruhigen würde, Eric in dieser Nacht an meiner Seite zu wissen.

„Stan und Joseph lassen grüßen, Barry der Page auch."

Ich lächelte. Nur mit meinem alten Baumwollbademantel bekleidet hockte ich im Schneidersitz auf meinem Bett, bürstete mein Haar und hörte die Nachrichten auf meiner Maschine ab.

„Ich habe Freitag nacht noch nicht vergessen", sagte Bill nun mit einer Stimme, die mir Wonneschauer über den Rücken jagte. „Ich werde sie nie vergessen."

„Was war denn Freitag nacht los?" fragte Eric.

Zu Tode erschrocken stieß ich einen markerschütternden Schrei aus. Als ich sicher sein konnte, daß mein Herz sich wieder beruhigen und in der Brusthöhle verbleiben würde, wo es hingehörte, kletterte ich vom Bett, um mit geballten Fäusten vor Eric hinzutreten.

Du bist wahrhaftig alt genug, um zu wissen, daß man nicht einfach unangemeldet in ein Haus kommt ohne zu klopfen und ohne eine Antwort abzuwarten! Wann habe ich dir überhaupt die Erlaubnis erteilt, hier hereinzukommen?" Ohne ausdrückliche Einladung hätte Eric die Schwelle meines Hauses nicht überwinden können.

„Die Erlaubnis gabst du mir, als ich letzten Monat hier vorbeikam, um etwas mit Bill zu besprechen", erklärte Eric, der sein Bestes tat, ein betretenes Gesicht zu machen. „Im übrigen habe ich durchaus auch geklopft. Du hast nicht geantwortet, aber ich hörte Stimmen. Also kam ich herein. Ich habe sogar deinen Namen gerufen."

„Vielleicht hast Du meinen Namen ja geflüstert!" entgegnete ich wütend. „Aber trotzdem hast du dich ganz schlecht benommen, und das weißt du genau!"

„Weißt du schon, was du anziehen willst?" fragte Eric, um das Thema zu wechseln. „Was trägt ein nettes Mädel wie du bei einer Orgie?"

„Das weiß ich ja eben nicht", sagte ich und vergaß ganz, wütend zu sein, als Eric mich nun wieder an mein Kleiderproblem erinnerte. „Ich bin ziemlich sicher, die erwarten, daß ich mich angemessen kleide, wie ein Mädel eben, das zu einer Orgie will – ich war nur noch nie auf einer. Ich habe keine Ahnung, wie man da aufläuft – auch wenn ich mir vorstellen kann, wie ich zum Schluß aussehen soll, wenn es nach denen geht."

„Ich war schon auf Orgien", erbot mir Eric seinen Rat.

„Warum wundert mich das nun gar nicht? Was hast du denn an?"

„Zu meiner letzten Orgie trug ich ein Tierfell, aber heute habe ich mich hiermit begnügt." Mit diesen Worten ließ Eric mit dramatischer Geste den Mantel fallen, den er getragen hatte. Sprachlos und offenen Mundes starrte ich ihn an. Eric ist ja eher der Typ für Jeans und T-Shirt, aber an diesem Abend trug er ein hautenges rosa Oberteil und Leggins aus Lycra. Wo er die wohl herhatte? Ich hatte gar nicht gewußt, daß Leggins aus Lycra in Männergröße XXL, extra lang, überhaupt hergestellt wurden. Die Leggins waren rosa und aquamarinblau, wie die Wellen, mit denen Jasons Pick-up bemalt war.

„Mann!" sagte ich, denn etwas anderes fiel mir nicht ein. „Mann! Das sieht ja scharf aus." Wenn man einen großen in Lycra gehüllten Mann direkt vor sich stehen hat, bleibt nicht mehr viel der Fantasie überlassen. Mühsam widerstand ich der Versuchung, Eric zu bitten, sich kurz einmal umzudrehen.

„Ich dachte, als Tunte würde ich nie durchgehen", erklärte Eric, „aber in dieser Aufmachung hier sende ich so viele verschiedene Signale, daß eigentlich alles drin ist." Dazu klimperte er kokett mit den Wimpern. Ganz offensichtlich genoß er die Sache sehr.

„Daran kann kein Zweifel bestehen", versicherte ich, krampfhaft bemüht, irgendwo anders hinzusehen.

„Ich könnte deine Schubladen durchgehen und dir etwas Passendes heraussuchen", schlug Eric vor. Er hatte meine oberste Kommodenschublade bereits aufgezogen, ehe ich ihn daran hindern konnte. „Nein danke!" rief ich rasch. „Ich finde schon etwas." Aber außer Shorts und einem T-Shirt konnte ich dann letztlich nichts auftun, was einerseits nach Freizeitvergnügen, andererseits aber auch ausreichend sexy ausgesehen hätte. Da die Shorts jedoch noch aus meiner Mittelschulzeit stammten, umhüllten sie mich, wie Eric mir höchst poetisch verkündete, ‚wie eine Raupe den Schmetterling'.

„Von wegen Schmetterling – ich sehe aus wie Daisy Duke", grummelte ich, wobei ich mich fragte, ob ich nun wohl den Rest meines Lebens mit dem Spitzenmuster meines Bikinihöschens auf dem Po eingebrannt würde herumlaufen müssen. Ich trug einen stahlblauen BH, passend zum Slip, und ein weißes Oberteil mit geradem Ausschnitt. Der Ausschnitt war so tief, daß er einen großzügigen Blick auf die Spitze des BH erlaubte. Es war einer von denen, die ich mir als Ersatz für die zerrissenen angeschafft hatte. Bill hatte ihn noch nicht zu Gesicht bekommen, also hoffte ich sehr, daß dem guten Stück nichts passieren würde. Ich war immer noch zufriedenstellend braungebrannt; mein Haar trug ich offen.

Eric und ich standen Seite an Seite vor dem Spiegel und betrachteten uns. „Hey, wir haben ja dieselbe Haarfarbe!" rief ich erstaunt.

„Womit du recht hast, Lieblingsfreundin!" Eric grinste. „Aber bist du denn auch am ganzen Körper blond?"

„Das würdest du wohl gern wissen, was?"

„Ja", stellte er schlicht und einfach fest.

„Du wirst es aber nie erfahren."

„Ich bin es", sagte er. „Ich bin überall blond."

„Das weiß ich – das sieht man an deinem Brusthaar."

Daraufhin hob Eric meinen rechten Arm, um einen Blick auf meine Achselhöhle zu werfen. „Ihr dummen Frauen! Warum nur rasiert ihr euch nur!" Enttäuscht ließ er den Arm wieder fallen.

Eigentlich wollte ich darauf etwas erwidern und hatte den Mund auch schon geöffnet. Dann wurde mir klar, daß das unweigerlich zu einem Desaster führen würde. So bemerkte ich statt dessen lediglich: „Wir müssen los."

„Nimmst du kein Parfüm?“ Eric roch an den Flaschen, die meine Frisierkommode zierten. „Nimm doch bitte das hier!“ Er warf mir ein Fläschchen zu, und ohne nachzudenken fing ich es auf. Erics Brauen zuckten. „Miß Sookie, Sie haben aber mehr Vampirblut in sich, als ich dachte!“

„Obsession!“ sagte ich nach einem Blick auf die Flasche. „Warum eigentlich nicht?“ Sorgfältig darauf bedacht, nicht auf Erics letzte Bemerkung einzugehen, tupfte ich mir ein wenig Obsession zwischen die Brüste und in die Kniekehlen. So war für alle Körperteile gesorgt, dachte ich mir.

„Sag an, Sookie: was steht für heute auf dem Plan?“ fragte Eric, der mein Tun aufmerksam verfolgt hatte.

„Wir machen das folgendermaßen: Wir gehen jetzt auf diese dämliche kleine sogenannte Sexparty und beteiligen uns an dem, worum es dort eigentlich geht, herzlich wenig, während ich die Köpfe aller Anwesenden nach Informationen absuche.“

„Informationen worüber?“

„Über den Mord an Lafayette Reynold, den Koch im Merlottes.“

„Warum tun wir das?“

„Weil ich Lafayette gern hatte und um Andy Bellefleur von dem Verdacht zu befreien, er hätte Lafayette umgebracht.“

„Weiß Bill, daß du versuchst, einen Bellefleur zu retten?“

„Warum willst Du das wissen?“

„Du weißt doch, daß Bill die Bellefleurs haßt“, sagte Eric, als sei dieser Umstand in ganz Louisiana bestens bekannt.

„Das wußte ich nicht“, sagte ich. „Nein, das wußte ich ganz und gar nicht.“ Ich sank in den Sessel neben meinem Bett, die Augen unverwandt auf Erics Gesicht gerichtet. „Warum haßt er sie?“

„Das mußt du Bill schon selbst fragen. Ist das dein einziger Grund, auf diese Party zu gehen? Du nimmst das nicht etwa ganz schlau als Ausrede, um ein wenig mit mir herummachen zu dürfen?“

„So schlau bin ich gar nicht.“

„Weißt du, ich glaube, da machst du dir ganz schön etwas vor“, widersprach Eric mit strahlendem Lächeln.

Ich erinnerte mich daran, daß dieser Vampir, wollte man Bills Worten glauben schenken, nun meine Stimmungen wahrnehmen konnte. Wieviel er wohl von mir wußte – vielleicht sogar Dinge, die ich noch nicht einmal selbst ahnte?

„Hör zu, Eric …“, setzte ich an, während wir aus dem Haus und über die Veranda gingen. Dann mußte ich erst einmal stehenbleiben, um in meinem Kopf nach den passenden Worten zu kramen.

Eric wartete. Der Himmel war am Abend bewölkt gewesen; die Bäume schienen mein Haus dichter zu umstehen als sonst. Ich wußte, der Abend kam mir nur deswegen so drückend vor, weil ich dabei war, zu einer Veranstaltung aufzubrechen, die mir persönlich zutiefst zuwider war. Ich würde Dinge über andere Menschen erfahren, die ich bisher nicht gewußt hatte, die ich eigentlich auch gar nicht wissen wollte. Auch schien es töricht, mich nun gezielt auf die Suche nach genau den Informationen zu begeben, die auszublenden ich mein Leben lang geübt hatte. Aus irgendeinem Grund jedoch verspürte ich Andy Bellefleur gegenüber so etwas wie Bürgerpflicht. Mir war, als sei es meine Verantwortung, die Wahrheit herauszufinden. Portia gegenüber empfand ich mittlerweile so etwas wie Respekt; immerhin war sie bereit gewesen, sich einer widerwärtigen Sache zu unterziehen, um ihrem Bruder zu helfen. Mir war zwar nach wie vor unklar, wie Portia Bill gegenüber echten Widerwillen empfinden konnte, aber wenn Bill sagte, die Frau fürchte sich vor ihm, dann war das bestimmt auch der Fall. Der bevorstehende Abend, der Gedanke daran, Einblicke in das wahre, so sorgsam getarnte Wesen von Menschen zu erhalten, die ich mein Leben lang gekannt hatte. Das war für mich ebenso furchterregend, wie Bill es für Andys Schwester war.

„Du sorgst dafür, daß mir nichts widerfährt, ja?“ bat ich Eric ganz direkt. „Ich habe nicht vor, mit einem dieser Leute da intim zu werden. Ich glaube, ich habe Angst, daß etwas passieren könnte, daß jemand zu weit geht. Ich bin nicht bereit, mit einem dieser Leute zu schlafen – selbst dann nicht, wenn das der Preis dafür wäre, daß Lafayettes Tod gerächt werden kann.“ Das war nämlich, auch wenn ich es bis zu diesem Augenblick nicht einmal mir selbst gegenüber hatte eingestehen mögen, in Wahrheit meine Befürchtung: daß irgendein Knoten sich unversehens lösen, mein Sicherheitsnetz versagen, ich selbst Opfer werden könnte. Mir war in meiner Kindheit etwas widerfahren; etwas, das ich weder hatte kontrollieren noch verhindern können; etwas unglaublich Übles. Fast wäre ich lieber gestorben, als noch einmal einem derartigen Mißbrauch ausgeliefert zu sein. Das war auch der Grund, warum ich mich so heftig gegen Gabe gewehrt hatte und so erleichtert gewesen war, als Godfrey ihn umbrachte.

„Du vertraust mir also?" Eric klang erstaunt.

„Ja."

„Das ... das ist meschugge, Sookie!"

„Nein." Woher ich diese Sicherheit nahm, wußte ich selbst nicht zu sagen, aber sie war da. Ich zog mir den hüftlangen Pulli über, den ich mit nach draußen gebracht hatte.

Nachdenklich schüttelte Eric das blonde Haupt, zog den Trenchcoat fester um sich und öffnete mir die Beifahrertür seiner roten Corvette. Zumindest würde ich todschick bei der Orgie vorfahren.

Ich erklärte Eric, wie er zum Lake Mimosa fahren sollte. Dann informierte ich ihn, soweit ich das konnte, über die Hintergründe der Ereignisse, die zu meiner Mission an diesem Abend geführt hatten, während wir die schmale zweispurige Landstraße entlang fuhren besser gesagt: flogen. Eric steuerte sein Auto mit Schwung, Elan und der Furchtlosigkeit eines Wesens, das weiß, daß es nicht so leicht totzukriegen ist.

„Bitte denk daran, daß ich sterblich bin", bat ich, nachdem wir eine Kurve mit einer solchen Geschwindigkeit genommen hatten, daß ich wünschte, meine Fingernägel wären lang genug, um darauf herumkauen zu können.

„Daran denke ich oft", sagte Eric, den Blick unverwandt auf die vor ihm liegende Straße gerichtet.

Ich wußte nicht, was ich von dieser Bemerkung halten sollte, deshalb ließ ich meine Gedanken lieber zu anderen Dingen schweifen, angenehmen, entspannenden Dingen. Bills Whirlpool. Der hübsche Scheck, den ich von Eric bekommen würde, sobald die Zahlung der Vampire von Dallas auf seinem Konto einging. Die Tatsache, daß Jason nun schon mehrere Monate hintereinander mit derselben Frau ging, was heißen mochte, daß es ihm ernst war mit ihr – was ebenso gut aber auch heißen mochte, daß er alle anderen verfügbaren Frauen in Renard Parish schon durchhatte und noch dazu ein paar, die eigentlich so verfügbar gar nicht hätten sein dürfen. Ich dachte daran, daß dies eine wunderbar kühle Nacht war und daß ich in einem wundervollen Auto saß.

„Du bist glücklich", sagte Eric.

„Ja", erwiderte ich, „das stimmt."

„Dir wird nichts passieren."

„Danke. Ich weiß."

Ich wies auf ein kleines Schild mit der Aufschrift FOWLER, das eine Zufahrt markierte, die man hinter einer Hecke aus Berglorbeer und Hartriegel leicht hätte übersehen können. Wir bogen in eine kurze Auffahrt, in deren Kies sich eine ausgefahrene Spurrille eingegraben hatte. Rechts und links der Auffahrt standen Bäume. Der Weg führte steil bergab; Eric runzelte ein paarmal die Stirn, als die Corvette langsam über die tiefen Schlaglöcher rumpelte. Unten auf der ebenen Fläche, auf der auch die Hütte stand, konnten wir sehen, daß der Abhang, den wir heruntergekommen waren, so steil war, daß sich das Dach der Hütte ungefähr auf derselben Höhe befand wie die Straße, die um den See herumführte. Auf dem Stück festgestampfter Erde direkt vor der Hütte standen vier Wagen. Die Fenster des Hauses waren offen, um die angenehme Abendkühle einzulassen, aber die Jalousien hatte man geschlossen. Ich hörte Stimmen, die bis zu uns herausdrangen, konnte jedoch keine einzelnen Worte verstehen. Plötzlich empfand ich ganz tief in mir den starken Wunsch, Jan Fowlers Strandhaus nicht betreten zu müssen.

„Könnte ich nicht auch bisexuell sein?" fragte Eric. Die Vorstellung schien ihm nichts auszumachen; wenn überhaupt, wirkte er eher belustigt. Einander gegenüber standen wir nun neben Erics Wagen, wobei ich die Hände in den Taschen meines Pullis vergraben hatte.

„Warum nicht?" Ich zuckte die Achseln. Es war egal – die Sache war ohnehin nur Show. Aus den Augenwinkeln nahm ich eine Bewegung wahr. Jemand beobachtete uns durch die Lamellen einer Jalousie, die nicht vollständig heruntergelassen war. „Wir werden beobachtet."

„Dann werde ich jetzt mal ein wenig nett zu dir sein."

Eric beugte sich zu mir und drückte mir, ohne mich dabei allerdings in die Arme zu schließen, einen Kuß auf die Lippen. Da er mich nicht festhielt, fühlte ich mich dabei relativ entspannt. Daß ich an diesem Abend andere Personen als Bill zumindest würde küssen müssen, hatte ich ja gewußt. Also gab ich mir einen Schubs und küßte so, daß es nach außen hin einen überzeugenden Eindruck machte.

Unter Umständen bin ich ja ein Naturtalent – und habe noch dazu durch einen großartigen Lehrer hervorragende Förderung erfahren. Bill jedenfalls fand mich eine wunderbare Küsserin, und als Eric nun die Lippen auf meinen Mund legte, wollte ich auf einmal, daß Bill stolz auf mich sein konnte.

Damit hatte ich dann vollen Erfolg – wenn man nach dem gehen konnte, was sich in Erics Lycra-Leggins abzeichnete.

„Bist Du bereit? Können wir?" Ich tat mein Bestes, die Augen auf einen Punkt zu halten, der oberhalb von Erics Brust lag.

„Eigentlich nicht", seufzte Eric. „Aber ich nehme an, wir müssen wohl. Zumindest sehe ich jetzt so aus, als sei ich in Stimmung."

Ich spürte, wie sich meine Mundwinkel zu einem fröhlichen Lächeln verzogen, als Eric und ich Seite an Seite das holprige Gelände überquerten, das uns vom Haus trennte. Eigentlich war es durchaus beunruhigend, daß ich Eric nun bereits zum zweiten Mal geküßt und dabei mehr Vergnügen empfunden hatte, als ich eigentlich hätte empfinden dürfen! Aber nun erklommen wir erst einmal die Stufen zu einer großen hölzernen Veranda, auf der verstreut die üblichen Klappstühle aus Aluminium und ein riesiger Gasgrill standen. Die Fliegentür quietschte, als Eric sie aufzog. Leise klopfte ich an die eigentliche Tür. „Wer ist denn da?" wollte Jan wissen.

„Sookie. Mit einem Freund", antwortete ich.

„Prima! Kommt doch rein", rief Jan.

Ich öffnete die Tür und mußte feststellen, daß sämtliche Gesichter im Zimmer auf uns gerichtet waren. Alle Anwesenden lächelten, um uns willkommen zu heißen, aber das kollektive Lächeln wandelte sich rasch in erstaunte Blicke, als Eric nun hinter mir sichtbar wurde.

Der große Vampir trat an meine Seite, den Mantel gefaltet über dem Arm, und fast hätte ich laut losprusten müssen, so unterschiedlich reagierten die Partygäste auf seinen Anblick. Nach etwa einer Minute, nachdem alle den Schock überwunden hatten, in meinem Begleiter einen Vampir erkennen zu müssen, flatterten die Blicke aufmerksam an der langen Gestalt hoch und runter und nahmen das gesamte sich bietende Panaroma begierig zur Kenntnis.

„Hey Sookie, stell uns deinen Freund doch vor!" Jan, mehrfach geschieden und in den Dreißigern, trug etwas, das aussah wie ein Spitzenhöschen. Sie hatte ihre Haare mit Strähnchen aufhellen und von einem Profi zerzausen lassen; ihr Make-up wäre für einen Bühnenauftritt vielleicht passend gewesen – in einer Hütte am Mimosa Lake war der Eindruck, den sie machte, ein wenig übertrieben. Aber Jan war die Gastgeberin und wohl der Meinung, bei ihrer eigenen Orgie dürfe sie sich bemalen, wie es ihr paßte. Ich schälte mich aus dem Pulli und überstand tapfer die peinlichen ersten Momente, in denen ich ebenso gründlich gemustert wurde wie vor mir Eric.

„Darf ich euch Eric vorstellen?“ sagte ich munter. „Ich hoffe, ihr habt nichts dagegen, daß ich einen Freund mitgebracht habe?“

„Im Gegenteil. Je mehr, desto besser“, erklärte Jan, womit es ihr in diesem Fall sicher ernst war. Ihr Blick schaffte es einfach nicht bis hinauf zu Erics Augen. „Was darf ich dir zu trinken bringen, Eric?“ wollte sie wissen.

„Blut?“ fragte Eric hoffnungsvoll.

„Jawohl, ich glaube, wir haben noch ein paar Fläschchen O hier!“ Jan konnte nach wie vor nichts anderes ansehen als Lycra. „Manchmal ... tun wir nämlich so als ob.“ Dabei zog sie bedeutungsvoll die Brauen in die Höhe und warf Eric einen irgendwie lüsternen Seitenblick zu.

„So zu tun als ob braucht ihr ja jetzt nicht mehr“, erwiderte Eric, wobei er Jan nicht einen einzigen anzüglichen Blick schuldig blieb. Er begleitete unsere Gastgeberin zum Kühlschrank. Auf dem Weg dorthin schaffte er es, Eggs Schulter zu tätscheln, und das Gesicht meines alten Freundes erhellte sich freudig.

Oh! Nun, es war mir ja bewußt gewesen, daß ich das eine oder andere erfahren würde, was mir bisher verborgen geblieben war. Tara, die neben Eggs saß, schmollte, die Brauen über den dunklen Augen finster zusammengezogen. Tara trug eine schreiend rote Kombination aus Höschen und BH, die sie gut kleidete. Sie hatte sich Fuß- und Fingernägel in derselben Farbe lackiert; auch ihr Lippenstift paßte farblich zum ganzen Ensemble. Sie war vorbereitet hierher gekommen. Unsere Blicke kreuzten sich kurz; dann sah Tara rasch weg. Man brauchte keine Gedankenleserin zu sein, um mitzubekommen, daß sie sich schämte.

Mike Spencer und Cleo Hardaway hielten die ziemlich schäbige Couch belegt, die an der linken Seitenwand der Hütte lehnte. Die ganze Hütte – eigentlich ein einziger großer Raum mit einem Spülbekken und einem Herd an der rechten Wand und einem ummauerten Badezimmer in der hintersten Ecke – war mit ausrangierten Möbeln ausgestattet, denn hier in den Sommerhäusern endeten nun einmal all die Möbel von Bon Temps, die niemand mehr haben wollte. Wahrscheinlich verfügte aber keine andere Hütte am See über einen derart dicken Teppich und so viele wie zufällig hingeworfene, überall herumliegende weiche Kissen, über derart solide, in heruntergelassenem

Zustand undurchdringliche Jalousien vor allen Fenstern. Auch lagen wohl nur hier im Haus alle möglichen ekligen Spielzeuge für Erwachsene auf dem Teppich verstreut. Bei den meisten dieser Spielsachen war mir völlig schleierhaft, wozu sie wohl dienen mochten.

Egal – ich hatte mir ein fröhliches Lächeln auf die Lippen geheftet und umarmte nun Cleo, die ich auch sonst immer umarmte, wenn ich ihr über den Weg lief. Zugegebenermaßen war sie als Leiterin der Cafeteria unserer High School in der Regel züchtiger bekleidet, aber immerhin trug sie ein Höschen, was mehr war, als man von Mike Spencer behaupten konnte. Der hatte nämlich gar nichts an.

Mir war schon klargewesen, daß dieser Abend schrecklich werden würde, aber auf manche Dinge kann man sich wohl einfach nicht im voraus seelisch einstellen. Auf Cleos riesigen milchschokoladefarbenen Brüsten schimmerte irgendein Öl; Mikes Geschlechtsteile schimmerten ebenfalls. Wie das zusammenhing, darüber wollte ich gar nicht erst nachdenken.

Mike versuchte, nach meiner Hand zu greifen – wahrscheinlich sollte ich ihm mit dem Öl behilflich sein –, aber es gelang mir, rasch davonzugleiten und mich zu Tara und Eggs zu gesellen.

„Ich hatte wirklich nicht damit gerechnet, daß du kommen würdest!“ sagte Tara. Sie lächelte genauso wie ich, aber ein glückliches Lächeln war es nicht. Genaugenommen wirkte sie, wenn man richtig hinsah, verdammt unglücklich. Vielleicht hatte das etwas damit zu tun, daß Tom Hardaway vor ihr kniete und die Innenseiten ihrer Schenkel abknutschte, vielleicht aber auch mit Eggs’ offensichtlichem Interesse an Eric. Ich versuchte, Taras Blick aufzufangen, wobei mir leicht übel war.

Gerade einmal fünf Minuten war ich nun in dieser Hütte, aber ich hätte wetten können, daß dies die längsten fünf Minuten meines Lebens gewesen waren.

„Macht ihr das hier öfter?“ wollte ich von Tara wissen, was eigentlich eine absurde Frage war. Eggs machte sich am Hosenknopf meiner Shorts zu schaffen, ließ dabei aber Eric, der am Kühlschrank lehnte und mit Jan plauderte, keine Sekunde lang aus den Augen. Ich roch, daß Eggs wieder einmal zu viel getrunken hatte. Seine Augen wirkten glasig, sein Kinn schlaff. „Dein Freund ist ja riesig!“ bemerkte er, was so klang, als laufe ihm das Wasser im Munde zusammen. Was ja auch durchaus der Fall sein mochte.

„Viel größer als Lafayette!“ flüsterte ich, woraufhin Eggs zusammenfuhr und mich anschaute. „Ich habe mir gedacht“, fuhr ich fort, „er ist hier sicher höchst willkommen.“

„Aber ja doch!“ sagte Eggs, der sich entschieden hatte, auf meine Bemerkung über Lafayette gar nicht einzugehen. „Ja ... Eric ist groß ... sehr groß. Wie schön, ein wenig Vielfalt um sich zu wissen.“

„So bunt wie hier geht es in Bon Temps ja nirgendwo zu“, sagte ich, wobei ich mir große Mühe gab, diese Worte nicht überheblich klingen zu lassen. Tapfer ertrug ich Eggs' unermüdlichen Kampf mit meinem Knopf. Die ganze Sache war ein Riesenfehler gewesen! Eggs hatte nur Erics Arsch im Kopf. Mit Ausnahme von ein paar anderen Dingen, die aber allesamt auch Eric betrafen.

Wenn man vom Teufel spricht! Eric hatte sich vom Kühlschrank gelöst, war hinter mich getreten und legte mir den Arm um die Schulter, um mich aus der Reichweite von Eggs' ungeschickten Fingern zu befördern. Ich schmiegte mich in seine Arme, wirklich aus ganzem Herzen froh, ihn bei mir zu wissen. Von Eric, so hatte ich gerade erkannt, erwartete ich ohnehin, daß er sich danebenbenahm. Etwas anderes ist es, Leuten, die man sein ganzes Leben lang gekannt hat, dabei zuzusehen, wie sie sich danebenbenehmen. Das ist – anders kann man es einfach nicht sagen – höchst ekelhaft. Ich war nicht mehr sicher, ob ich wirklich dauerhaft würde verhindern können, daß man mir meine Gefühle auch ansah. Also kuschelte ich mich noch ein wenig enger an Eric, und als der einen glücklichen Laut von sich gab, drehte ich mich in seinen Armen so, daß ich ihn ansehen konnte. Dabei schlang ich ihm die Arme um den Hals und blickte zu ihm auf. Eric ging sofort auf mein Spiel ein, mehr als zufrieden mit dem Vorschlag, den meine Geste beinhaltete. Nun, da niemand anders mir mehr ins Gesicht sehen konnte, ließ ich meinen Geist frei schweifen. Erics Zunge hatte sich gerade zwischen meine Lippen geschoben, als ich mich geistig öffnete, was dazu führte, daß mein Kopf wirklich ganz offen und ungeschützt alles aufnehmen konnte, was die anderen dachten. Unter den Anwesenden befanden sich ein paar hervorragende ‚Sender'. Bald fühlte ich mich nicht mehr wie ich selbst, sondern wie eine Pipeline für die schier überwältigenden Bedürfnisse anderer Menschen.

Den Geschmack von Eggs' Gedanken vermeinte ich förmlich auf der Zunge zu spüren. Eggs erinnerte sich an Lafayette, an einen dünnen braunen Leib, geschickte Finger, aufreizend geschminkte Augen.

Er erinnerte sich an eine flüsternde Stimme, die unglaubliche Dinge vorschlug. Dann jedoch wurden diese für Eggs sehr glücklichen Erinnerungen überlagert und erstickt von anderen, unangenehmeren, von Bildern, auf denen Lafayette wild und schrill protestierte ...

„Sookie", murmelte Eric in mein Ohr, so leise, daß außer mir wohl kein anderer im Zimmer in der Lage war, ihn zu verstehen. „Ganz ruhig. Ich gebe dir ja Deckung."

Ich zwang mich, Erics Hals zu streicheln. Dabei mußte ich feststellen, daß irgend jemand hinter Eric getreten war, sich sozusagen von hinten an ihn heranschmiß.

Dann streckte Jan die Hände um den Vampir herum, um kräftig meine Pobacken zu kneten. Da sie mich berührte, kamen ihre Gedanken absolut klar und deutlich bei mir an; Jan war eine außergewöhnlich starke ‚Senderin', in ihrem Kopf konnte ich blättern wie in einem Buch, aber es stand dort nichts, was mich auch nur im geringsten interessiert hätte. Sie dachte ausschließlich an Erics Körper in all seinen einzelnen Bestandteilen und machte sich zudem ein wenig Sorgen darüber, daß sie Cleos Brüste so anziehend fand. Für mich war nichts dabei, was ich hätte verwerten können.

Ich tastete in eine andere Richtung, bohrte mich in den Kopf Mike Spencers. Dort fand ich das widerwärtige Durcheinander, mit dem ich schon gerechnet hatte: Er dachte, während er Cleos Brüste wie zwei Kugeln in den Händen rollte, an anderes Fleisch, das ebenfalls braun gewesen war, braun und schlaff und leblos. Bei diesem Gedanken richtete sich Mikes eigenes Fleisch steil auf. In seiner Erinnerung sah ich Jan, die auf der mockigen Couch eingeschlafen war, hörte Lafayette protestieren, wenn sie nicht sofort aufhörten, ihm wehzutun, würde er alles erzählen, würde er weitersagen, was er getan hatte und mit wem. Dann sah ich Mikes Faust herabsausen, sah Tom Hardaway auf einer schmalen dunklen Brust knien ...

Ich mußte unbedingt raus aus dieser Hütte! Ich ertrug es nicht, hier zu sein, hätte auch dann nicht bleiben können, wenn es mir nicht gerade eben gelungen wäre, alles zu erfahren, was ich hatte erfahren wollen. Auch Portia, da war ich sicher, hätte diese Orgie unmöglich bis zum bitteren Ende durchstehen können. Ich sah wirklich nicht, wie, und Portia hätte länger bleiben müssen als ich, um überhaupt irgend etwas herauszubekommen, denn sie verfügte ja nicht über die ‚Gabe', die mir zu eigen war.

Ich spürte Jans Hand auf meinem Hintern. Diese Orgie war die freudloseste Angelegenheit, die ich je erlebt hatte. Der Sex war hier entfremdet, ohne eine Verbindung zu Kopf und Herz, ohne Liebe, ohne Zuneigung – ja sogar, ohne daß man die jeweiligen Partner überhaupt leiden mochte.

Laut meiner Freundin Arlene mit ihren vier verflossenen Gatten hatten Männer mit solchem Sex keinerlei Probleme. Ein paar Frauen anscheinend ebensowenig.

„Ich muß hier raus!“ flüsterte ich in Erics Mund, leise, aber wohl wissend, daß er mich würde hören können.

„Achte auf mich, spiel mit“, gab er zurück, so leise, daß ich das Gefühl bekam, seine Stimme erklänge direkt in meinem Kopf.

Dann hob er mich einfach hoch und warf mich über seine Schulter. Mein Haar hing so tief herab, daß es fast bis zur Mitte seiner Schenkel reichte.

„Wir gehen mal ein bißchen raus!“ verkündete Eric an Jan gewandt. Dann hörte ich ein schmatzendes Geräusch; er hatte sich wohl mit einem Kuß von der Frau verabschiedet.

„Darf ich mitkommen?“ hauchte unsere Gastgeberin mit einer rauhen Stimme, die wohl an Marlene Dietrich erinnern sollte. Ich konnte von Glück sagen, daß mein Gesicht für niemanden zu sehen war!

„Vielleicht läßt du uns lieber erst ein wenig allein. Sookie ist noch ein bißchen schüchtern“, erwiderte Eric, dessen Stimme süß und so vielversprechend klang wie ein Rieseneisbecher mit einer funkelnagelneuen Eissorte.

„Heiz sie gut an, laß sie richtig warmlaufen!“ erklang Mike Spencers gedämpfte Stimme. „Wir alle wollen unsere Sookie so richtig in Wallung sehen.“

„Ich mach sie euch ordentlich heiß“, versprach Eric.

„Heiße Sache“, sagte Tom Hardaway noch immer zwischen Taras Schenkeln.

Dann waren wir – gepriesen sei Eric! – draußen vor der Tür, und er legte mich auf die Kühlerhaube des Corvette. Er selbst lag auf mir, wobei jedoch ein Großteil seines Gewichts auf seinen Händen ruhte, mit denen er sich zu beiden Seiten meiner Schultern ebenfalls auf der Kühlerhaube des Wagens abstützte.

Er sah auf mich herab, die Miene so solide verrammelt und festgezurrt wie das Oberdeck eines Schiffes in Erwartung eines Sturms. Erics

Fänge waren ausgefahren, die Augen hatte er weit aufgerissen. Ich konnte das Weiß dieser Augen auch in der Finsternis genau erkennen, denn es war wirklich sehr weiß. Das Blau jedoch hätte ich nicht sehen können, selbst wenn mir danach zumute gewesen wäre.

Aber mir war nicht danach zumute. „Das war ...", hob ich an, kam aber vorerst nicht dazu, weiterzureden, weil ich nach Luft schnappen mußte. „Du kannst mich ruhig prüde nennen", versuchte ich es dann aufs neue, „daraus könnte ich Dir noch nicht einmal einen Vorwurf machen, denn immerhin war die Sache allein meine Idee. Verstehst du überhaupt, warum ich da rauswollte? Das ist doch einfach schrecklich! Gefällt Männern so etwas wirklich? Oder Frauen, wenn wir schon dabei sind? Macht es Spaß, mit jemandem Sex zu haben, den man noch nicht einmal leiden mag?"

„Magst du mich denn leiden, Sookie?" fragte Eric. Er ruhte jetzt schwerer auf mir und bewegte sich dazu noch ein wenig.

Nein! „Eric – vergiß nicht, warum wir hier sind."

„Die beobachten uns."

„Selbst wenn, erinnerst du dich, warum wir hier sind?"

„Ja, ich erinnere mich."

„Das heißt, daß wir jetzt gehen müssen."

„Hast du denn irgendwelche Beweise? Hast du herausgefunden, was du wissen wolltest?"

„Ich habe nicht mehr Beweise als zu Beginn des Abends, jedenfalls keine, die sich vor Gericht verwenden ließen". Ich zwang mich, die Arme um Erics Brustkorb zu schlingen. „Aber ich weiß, wer es getan hat: Mike, Tom und vielleicht auch noch Cleo."

„Interessant!" Eric klang nicht die Spur ernsthaft. Dafür schoß seine Zunge in mein Ohr. Das habe ich zufällig besonders gern – ich spürte, wie mein Atem schneller ging. Vielleicht war ich gegen Sex ohne Liebe doch nicht so immun, wie ich gedacht hatte. Aber ich hatte Eric ja auch gern – wenn ich mich nicht gerade vor ihm fürchtete.

„Mir ist das einfach nur zuwider!" sagte ich, nachdem ich gedanklich zu einem endgültigen Schluß gekommen war. „Ich will nichts damit zu tun haben." Ich wollte Eric von mir schubsen, hatte aber natürlich keinen Erfolg. „Eric, hör mir jetzt mal gut zu! Ich habe für Lafayette und Andy getan, was in meiner Macht stand, auch wenn das wenig genug war. Andy wird bei dem ansetzen müssen, was ich herausgefunden habe, selbst wenn es nur Bruchstücke sind, die ich aufschnappen konnte. Andy ist Polizist. Er wird Beweise finden können, die sich vor Gericht verwenden lassen. Noch einen Schritt weiter zu gehen, dafür bin ich nicht selbstlos genug."

„Sookie!" Ich glaube, Eric hatte kein einziges Wort gehört, das ich gesagt hatte. „Gib doch ganz einfach nach."

Na ja, zumindest war er direkt.

„Nein!" erklärte ich so entschieden, wie es mir überhaupt möglich war. „Nein!"

„Ich schütze dich schon vor Bill."

Du wirst derjenige sein, der Schutz braucht!" Kaum war mir wirklich klargeworden, was ich da von mir gegeben hatte, als ich mich auch schon dafür schämte.

„Meinst du denn, Bill ist stärker als ich?"

„Ich weigere mich, diese Unterhaltung auch nur im Ansatz zu führen!" Aber dann führte ich sie doch. „Eric, ich weiß wirklich zu schätzen, daß du mir deine Hilfe angeboten hast, und ich weiß es zu schätzen, daß du willens warst, mit mir an einen solch abscheulichen Ort zu kommen."

„Glaub mir, Sookie, diese miese kleine Anhäufung von Abschaum ist wahrlich nichts im Vergleich zu ein paar anderen Orten, an denen ich bereits gewesen bin."

Das nahm ich ihm voll und ganz ab. „Das mag für dich gelten; für mich ist es hier grauenhaft. Ich hätte mir ja denken können, daß unser gemeinsames Unternehmen dazu beitragen könnte, deine Erwartungen ... zu steigern, aber du weißt ganz genau, daß ich heute abend wirklich nicht hierher gekommen bin, um mit jemandem zu schlafen! Ich bin mit Bill zusammen, er ist mein Freund!" Genau das war er auch, zumindest in meiner Welt hatte mein Vampir diese Funktion für mich – auch wenn das Wort ‚Freund', im selben Atemzug mit dem Namen Bill genannt, unter Umständen ein wenig nichtsagend und lächerlich klang.

„Wie ich mich freue, das zu hören", erklang eine kühle, vertraute Stimme. „Bei dem Anblick hier hätte ich auch auf ganz andere Gedanken kommen können."

Na Klasse!

Eric erhob sich. Ich kletterte von der Kühlerhaube und stolperte in die Richtung, aus der Bills Stimme gekommen war.

„Sookie!“ begrüßte er mich aus der Entfernung. „Es kommt noch so weit, daß ich dich allein nirgendwo mehr hingehen lassen kann.“

Sehr froh über meinen Anblick schien Bill nicht zu sein, soweit ich das in dem schlechten Licht vor der Hütte beurteilen konnte. Ich konnte ihm wahrlich keinen Vorwurf daraus machen. „Ach Bill, ich habe einen riesigen Fehler begangen, das ist mir schon klar!“ verkündete ich aus tiefstem Herzen und schloß ihn in die Arme.

„Du riechst nach Eric“, murmelte Bill, den Mund auf meinem Haar. Ständig fand er, daß ich nach anderen Männern roch! Trübsal und Beschämung senkten sich auf mein Gemüt, und ich spürte deutlich, daß gleich etwas geschehen würde.

Aber das, was dann geschah, war nicht das, was ich erwartet hatte.

Aus dem Gebüsch trat Andy Bellefleur und trug eine Pistole in der Hand. Seine Kleidung wirkte schmutzig und zerrissen, die Pistole riesig.

„Sookie, weg von dem Vampir“, befahl er.

„Nein!“ Statt Andy zu gehorchen, schlang ich meinen ganzen Körper um Bill – wer von uns wen beschützen sollte, hätte ich dabei nicht sagen können. Aber wenn Andy wollte, daß wir uns trennten, dann wollte ich ganz bestimmt, daß wir zusammenblieben.

Von der Veranda der Hütte her erklangen plötzlich Stimmen. Anscheinend hatte wirklich jemand aus dem Fenster geschaut – und dabei hatte ich Eric im Geist unterstellt, sich das nur ausgedacht zu haben. Hier auf der Lichtung hatte keiner von uns die Stimme erhoben, und doch hatte unser kleiner Showdown eindeutig die Aufmerksamkeit der liederlichen Nachtschwärmer im Haus erregt. Drinnen war die Orgie weitergegangen, auch nachdem Eric und ich uns entfernt hatten. Tom war mittlerweile splitterfasernackt – Jan ebenfalls. Eggs Tallie wirkte noch betrunkener als zuvor.

„Du riechst nach Eric!“ wiederholte Bill zischend.

Da ließ ich ihn stehen und trat zurück. Andy und seine Pistole hatte ich völlig vergessen, denn mir riß gerade der Geduldsfaden.

Das passierte mir zwar nicht allzuoft, aber auch nicht mehr so selten, wie es mir früher passiert war. Ich muß gestehen, es war irgendwie berauschend. „Ja, und nach wem riechst du? Ich kann das doch nicht feststellen! Vielleicht hast du ja mit sechs Frauen geschlafen – ich kriege so was ja nicht einmal mit! Das ist doch unfair, oder nicht?“

Verdattert starrte Bill mich mit offenem Mund an. Eric, der hinter mir stand, begann zu lachen. Die Menge auf der Veranda schien fasziniert, verhielt sich aber ruhig. Andy fand es nicht richtig, daß wir den Mann mit der Knarre einfach so ignorierten.

„Alle zusammen! Eine Gruppe bilden", bellte er. Andy hatte wirklich viel getrunken.

Eric zuckte die Achseln. „Hatten Sie je mit Vampiren zu tun, Bellefleur?" fragte er.

„Nein", sagte Andy. „Aber ich kann Sie erschießen. Ich habe Silberkugeln."

„Das ist ...", setzte ich an, aber Bill legte mir die Hand auf den Mund. Letztlich sind Silberkugeln nämlich nur für Werwölfe tödlich, aber auch Vampire reagierten heftig auf das Edelmetall, und ein Vampir, den eine solche Kugel an einer empfindlichen Stelle traf, hatte auf jeden Fall ziemlich zu leiden.

Eric zog eine Braue hoch und gesellte sich ganz gemächlich zu den Orgiasten auf der Veranda. Bill nahm meine Hand; gemeinsam taten wir es Eric nach. Diesmal hätte ich zu gern gewußt, was Bill gerade durch den Kopf ging. „Wer von euch war es, oder wart ihr es alle zusammen?" kläffte Andy.

Keiner von uns sagte einen Ton. Ich stand neben Tara, die in ihrer roten Unterwäsche heftig zitterte. Tara hatte Angst, was mich nicht weiter wunderte. Ob es wohl irgend etwas nützen würde, wenn ich Andys Gedanken kannte? Ich konzentrierte mich ausschließlich auf seinen Kopf; leider jedoch sind die Gedanken Betrunkener nie sehr gut zu lesen, wovon ich ein Lied singen kann. In der Regel denken solche Leute nur über wirklich bescheuerte Sachen nach, und die Vorstellungen und Ideen, die ihnen dabei durch den Kopf gehen, sind in der Regel reichlich abstrus. Auch ihr Erinnerungsvermögen kann man nicht gerade als verläßlich bezeichnen. Andy bewegten im Moment ohnehin nicht viele Gedanken. Er hatte alle hier auf der Lichtung Anwesenden gründlich satt, einschließlich seiner eigenen Person, und war wild entschlossen, aus irgend jemandem hier die Wahrheit herauszubekommen, ganz gleich, wie.

„Komm her, Sookie!" befahl er mir nun.

„Kommt nicht in Frage", entgegnete Bill entschieden.

„Noch dreißig Sekunden, dann steht Sookie hier neben mir, oder ich erschieße sie!" Andy richtete die Pistole direkt auf mich.

„Dann lebst du aber auch nicht mehr länger als dreißig Sekunden", sagte Bill, was ich ihm voll und ganz abnahm. Offenbar ging es Andy ähnlich.

„Mir egal!" sagte Andy. „Kein großer Verlust für die Menschheit, wenn Sookie tot ist."

Der Spruch brachte mich total auf die Palme. Dabei hatte ich mich gerade erst wieder beruhigt – aber nein, schon ging ich erneut in die Luft.

Ich entriß Bill meine Hand und stürmte im Sauseschritt die wenigen Treppenstufen der Veranda hinab. So wütend, daß ich die Pistole vergessen hätte, war ich allerdings nicht, auch wenn mir primär danach war, Andy bei den Eiern zu packen und einmal kräftig zuzudrücken. Erschießen würde er mich dann zwar immer noch, aber wenigstens unter Schmerzen. Eigentlich jedoch war das, was ich da vorhatte, ebenso von vornherein zum Scheitern verurteilt wie alles, was man in trunkenem Zustand tut. Wäre der kurze Moment das wert?

„Sookie, du liest jetzt die Gedanken von den Leuten da und sagst mir, wer Lafayette umgebracht hat." Andy packte mich mit seinen großen Händen im Nacken, als sei ich ein schlecht erzogenes Hündchen, und drehte mich so, daß ich der Schar auf der Veranda gegenüberstand.

„Was meinst du denn? Was tue ich hier wohl, du Volltrottel? Meinst du ernsthaft, ich verbringe meine Freizeit gern mit Arschlöchern wie denen da?"

Andy schüttelte mich, aber ich war sehr stark, und die Chancen, daß ich es schaffen würde, mich loszureißen und ihm die Pistole zu entwinden, standen nicht schlecht, waren aber auch nicht hundertprozentig; nicht so eindeutig, daß ich mich für eine solche Tat wirklich mutig genug gefühlt hätte. Ich beschloß also, noch eine Minute zu warten. Bill war bemüht, mir mit den Augen eine Botschaft zu übermitteln, aber ich war mir nicht sicher, was er mir sagen wollte. Eric versuchte verstohlen, ein wenig an Tara herumzufummeln – oder an Eggs; so genau konnte ich das nicht sehen.

Vom Waldrand her hörte man einen Hund winseln. Ich verdrehte die Augen in diese Richtung, da es mir unmöglich war, den Kopf zu wenden. Na toll! Ganz prima!

„Der Collie gehört mir", sagte ich zu Andy. „Du erinnerst dich doch an Dean?" Wie gut hätte ich Hilfe in Menschengestalt brauchen können, doch da Sam nun als Collie am Ort der Handlung erschienen war, mußte er wohl auch Hund bleiben, wollte er nicht riskieren, als Gestaltwandler entlarvt zu werden.

„Was hat denn dein Hund hier zu suchen?"

„Das ist mir schleierhaft. Aber erschieß ihn bitte nicht, ja?"

„Ich würde doch keinen Hund erschießen!" Andy klang richtig schockiert.

„Aber mich zu erschießen, das fändest du okay!" entfuhr es mir bitter.

Der Collie kam zu uns herübergetrottet, und ich fragte mich, was wohl gerade in Sams Kopf vorgehen mochte. Wie viel menschliches Denkvermögen blieb meinem Chef, wenn er in seine Lieblingsgestalt schlüpfte? Ich deutete mit den Augen auf Andys Pistole, und die Augen Sams/Deans folgten meinem Blick, aber ob – und wieviel – Verstehen in diesen Augen lag, das konnte ich einfach nicht einschätzen.

Der Collie knurrte, bleckte die Zähne und funkelte die Pistole wütend an.

„Zurück!" befahl Andy verärgert.

Wenn ich dafür sorgen konnte, daß Andy einen Moment lang wirklich stillhielt, dann würden die Vampire ihn sich schnappen können. Ich versuchte, mir alle diesbezüglich notwendigen Schritte im Kopf zurechtzulegen: Ich würde mit beiden Händen die Pistole ergreifen und nach oben reißen – aber solange mich Andy mit ausgestreckten Armen so weit von seinem Körper entfernt am Nacken gepackt hielt, würde das nicht einfach sein.

„Nein, Liebling!" sagte Bill.

Meine Augen huschten zu ihm hinüber; was ich dort sah, erstaunte mich sehr: Bills Blick glitt von meinem Gesicht und richtete sich auf irgend etwas, was hinter Andy aufgetaucht sein mußte. Der Wink war nicht mißzuverstehen.

„Oh, wer wird denn da geschüttelt wie ein Hündchen?" erklang dann auch dicht hinter Andy eine Stimme.

Einsame Spitze, wirklich einsame Spitze!

„Meine Botin!" Die Mänade schlenderte in weitem Bogen um Andy herum und stand nun rechts vor ihm, ein paar Meter von ihm entfernt, aber so, daß sie sich nicht direkt zwischen dem Polizisten und der Gruppe auf der Veranda befand. Sie war zur Abwechslung sauber und nackt. Vielleicht hatten Sam und sie ja irgendwo in der Nähe im Wald rumgemacht und mitbekommen, daß bei der Hütte irgend etwas los war. Das schwarze Haar fiel der Mänade in einer verfilzten Woge bis zu den Hüften. Zu frieren schien sie nicht; wir anderen dagegen (mit Ausnahme der Vampire) spürten empfindlich die Kälte der Nachtluft. Wir waren für eine Orgie angezogen – nicht für eine Freiluftveranstaltung.

„Grüß dich, Botin", sagte die Mänade. „Letztes Mal habe ich vergessen, mich vorzustellen. Mein Hundefreund hat das bemängelt. Ich heiße Kallisto."

„Miß Kallisto!" gab ich höflich zurück, denn ich wußte nicht, welche Anrede ich sonst hätte wählen sollen. Hätte Andy nicht meinen Hals umklammert gehalten, dann hätte ich ihr auch zugenickt. Andys Griff fing an, mir ziemlich wehzutun.

„Wer ist der tapfere Held, der dich da umklammert hält?" Kallisto trat etwas näher.

Ich wußte nicht, wie Andy im Moment aussah, aber die Leute auf der Veranda wirkten mit Ausnahme Bills und Erics alle zu Tode erschrocken und völlig fasziniert zugleich. Die beiden Vampire schufen langsam, aber sicher Abstand zwischen sich und den Menschen. Das konnte nichts Gutes bedeuten.

„Das ist Andy Bellefleur", krächzte ich auf die Frage der Mänade. „Andy hat ein Problem."

Mit einem Schlag überzog eine Gänsehaut meinen Körper; da wußte ich, daß die Mänade unauffällig ein wenig näher getreten war.

„So etwas wie mich hast du noch nie gesehen, oder?" wollte sie von Andy wissen.

„Nein", mußte Andy verwirrt zugeben.

„Bin ich schön?"

„Ja", sagte er ohne zu zögern.

„Verdiene ich, daß man mir Tribut zollt?"

„Ja", sagte Andy.

„Ich liebe Trunkenheit, und du bist sehr betrunken!" verkündete Kallisto selig. „Ich liebe die Freuden des Fleisches, und diese Menschen hier sind voller Lust. Hier bin ich genau richtig."

„Wie schön", bemerkte Andy etwas verunsichert. „Aber einer dieser Menschen ist ein Mörder, und ich muß erfahren, wer es ist."

„Nicht nur einer", murmelte ich, was Andy daran erinnerte, daß ich ja immer noch unten an seinen Arm baumelte. Er schüttelte mich etwas. Allmählich hing mir das wirklich zum Hals heraus.

Die Mänade war mittlerweile so nahe an mich herangetreten, daß sie mich berühren konnte. Sanft streichelte sie mein Gesicht; ihre Finger rochen nach Erde und Wein.

„Du bist nicht trunken", bemerkte sie.

„Nein, Ma'am."

„Du hast auch die Freuden des Fleisches heute abend noch nicht genossen."

„Ach, was nicht ist, kann ja noch werden", gab ich zurück.

Sie lachte. Ein hohes, helles Lachen. Sie lachte und lachte und lachte und schien gar nicht mehr aufhören zu wollen.

Andy lockerte seinen Griff, da ihn die Nähe der Mänade immer stärker verunsicherte. Ich weiß nicht, wofür die Menschen auf der Veranda sie hielten. Andy jedenfalls wußte, daß er eine Kreatur der Nacht vor sich hatte. Ziemlich abrupt ließ er mich los.

„He, neues Mädchen", rief Mike Spencer der Mänade zu. „Komm rauf hier, laß dich anschauen!"

Ich kauerte als Häufchen Elend neben Dean, der mir begeistert das Gesicht leckte. Von dieser Warte aus sah ich, wie die Mänade Andy den Arm um die Taille legte. Andy nahm die Pistole in die linke Hand, um das Kompliment erwidern zu können.

„Was begehrtest du denn zu wissen?" fragte die Mänade, wobei ihre Stimme ruhig und vernünftig klang. Müßig wedelte sie mit ihrem unheimlichen Stab, an dessen Ende das lange Büschel hing. Ein Thyros war das; ich hatte *Mänade* im Lexikon nachgeschlagen. Nun konnte ich wenigstens gebildet sterben.

„Einer dieser Leute hat einen Mann namens Lafayette umgebracht, und ich möchte wissen, wer es gewesen ist!" sagte Andy streitsüchtig, wie nur Betrunkene reden können.

„Natürlich möchtest du das wissen, mein Liebling", gurrte die Mänade. „Soll ich es für dich herausfinden?"

„Bitte!" bettelte er.

„Also gut." Die Mänade ließ einen prüfenden Blick über die Menschen auf der Veranda gleiten, woraufhin sie mit gekrümmtem Zeigefinger Eggs herbeiwinkte. Tara versuchte, sich an den Arm ihres Verlobten zu klammern, denn sie wollte ihn nicht fortlassen, aber er riß sich los und stolperte, die ganze Zeit über beide Backen grinsend, hinüber zur Mänade.

„Bis du ein Mädchen?" fragte Eggs.

„Keineswegs", sagte Kallisto. „Du hast aber viel Wein getrunken!" Daraufhin berührte sie Eggs mit ihrem Thyros.

„Aber ja doch!" stimmte er ihr zu. Dann lächelte er nicht mehr. Er sah Kallisto tief in die Augen und zitterte wie Espenlaub. Seine Augen glänzten. Ich sah zu Bill hinüber und stellte fest, daß er den Blick auf den Boden gerichtet hielt. Eric betrachtete angelegentlich die Kühlerhaube seines Wagens. Da niemand sich um mich zu scheren schien, kroch ich langsam zu Bill hinüber.

Oh weh! Ein schöner Schlamassel!

Dean trottete neben mir und stupste mich immer wieder besorgt mit der Schnauze an. Ich spürte, er hätte es lieber gesehen, wenn ich mich rascher bewegt hätte. Nun war ich bei Bills Beinen angekommen, die ich mit den Händen packte. Ich spürte die Hand meines Liebsten auf meinem Haar. Aufzustehen und mich neben ihn zu stellen hätte sehr viel Bewegung bedeutet; davor scheute ich noch zurück.

Kallisto schlang die Arme um Eggs und flüsterte ihm etwas zu. Er nickte und flüsterte ebenfalls. Dann küßte sie ihn, woraufhin er erstarrte. Als sie ihn verließ, um hinüber zur Veranda zu gleiten, stand Eggs stocksteif und reglos da und starrte in den Wald.

Dann trat die Mänade zu Eric, der näher bei der Veranda stand als wir. Sie betrachtete ihn von Kopf bis Fuß und lächelte erneut dieses furchterregende Lächeln. Eric fixierte ihre Brust und achtete darauf, Kallisto nicht in die Augen zu sehen. „Hübsch", sagte sie, „sehr hübsch. Aber nichts für mich, du blendend schönes totes Stück Fleisch."

Endlich stand die Erscheinung mitten unter den Menschen auf der Veranda, holte tief Luft und sog die Ausdünstungen von Sex und Alkohol ein. Sie schnüffelte ein wenig, als würde sie eine Spur aufnehmen; dann wandte sie sich abrupt um und starrte Mike Spencer direkt ins Gesicht. Dessen wirklich nicht mehr jugendlichem Körper erging es in der kühlen Nachtluft schlecht, aber Kallisto schien hoch erfreut bei seinem Anblick.

„Oh", sagte sie glücklich, als hätte sie gerade ein Geschenk erhalten, „wie stolz du bist! Bist du ein König? Ein großer Krieger? Ein tapferer Kämpfer?"

„Nein", erwiderte Mike Spencer. „Ich leite ein Bestattungsunternehmen." Aber ganz sicher schien er sich seiner Sache nicht zu sein. „Was sind denn Sie, meine Dame?"

„Hast du so etwas wie mich je zuvor gesehen?"

„Nein", sagte Mike, und auch alle anderen schüttelten den Kopf.

„Du erinnerst dich nicht an meinen ersten Besuch?"

„Nein, Madam."

„Aber du hast mir damals ein Opfer gebracht!"

„Habe ich das? Ein Opfer?"

„Aber ja, als du den kleinen schwarzen Mann umbrachtest. Den hübschen. Er war eines meiner minderen Kinder und von daher ein angemessener Tribut für mich. Ich danke dir auch dafür, daß du ihn dort abgeladen hast, wohin die Menschen zum Trinken kommen. Bars sind mir eine besondere Freude. Hast du mich denn in den Wäldern nicht finden können?"

„Lady, wir haben Ihnen kein Opfer dargebracht!" warf Tom Hardaway ein. Sein dunkler Körper war von einer Gänsehaut überzogen; sein Penis hing ganz schlaff herunter.

„Ich habe euch doch aber gesehen", sagte die Mänade.

Da war es plötzlich ganz still. Der Wald um den See herum, der immer voller kleiner Geräusche und Bewegungen ist, verstummte. Ich richtete mich vorsichtig auf und stand nun neben Bill.

„Ich liebe ausschweifenden Sex, ich liebe den Geruch von Wein!" verkündete die Mänade verträumt. „Aus großer Entfernung kann ich herbeikommen, um am Ende dabeizusein."

Aus allen menschlichen Köpfen dort auf der Veranda troff die Angst, sammelte sich in meinem Kopf, drohte ihn zu sprengen. Ich verbarg mein Gesicht in den Händen. Ich ließ das stärkste Visier herab, das ich erschaffen konnte, aber ich vermochte es kaum, all die Angst, all die Panik abzuwehren. Mein Rücken bog sich. Ich biß mir auf die Zunge, um zu verhindern, daß ich ein Geräusch von mir gab. Ich spürte, wie Bill sich zu mir umwandte, und dann stand Eric an Bills Seite, und die beiden nahmen mich ganz fest zwischen sich. Steht man unter solchen Umständen eingequetscht zwischen zwei Vampiren, dann ist daran nichts Erotisches. Daß die beiden ganz stark wünschten, ich möge mich still verhalten, mehrte meine Ängste nur noch. Was gab es denn, wovor Vampire sich fürchteten? Der Hund drängte sich an unsere Beine, als wolle er seinen Schutz anbieten.

„Du hast ihn beim Sex geschlagen“, sagte die Mänade zu Tom. „Du hast ihn geschlagen, denn du bist stolz, und seine Unterwürfigkeit hat dich angeekelt und erregt.“ Kallisto streckte die knochige Hand aus, um Tom Hardaways dunkles Gesicht zu streicheln. Ich sah das Weiße in Toms Augen. „Du“, Kallistos andere Hand tätschelte Mike, „hast ihn auch geschlagen, denn dich hatte der Wahnsinn gepackt. Dann hat er gedroht, alles zu erzählen.“ Kallistos Hand wanderte zu Cleos Brust. Die hatte sich eine Strickweste übergeworfen, ehe sie das Haus verlassen hatte, aber diese war nicht zugeknöpft.

Tara fing an, sich vorsichtig zurückzuziehen, da sie bisher jeder Aufmerksamkeit entgangen war. Sie war die einzige, die nicht vor Angst wie gelähmt schien. Ich spürte den winzigen Funken Hoffnung in ihr, die Sehnsucht zu überleben. Tara kroch unter den schmiedeeisernen Tisch auf der Terrasse, rollte sich zu einem kleinen Ball zusammen und schloß panisch die Augen. Sie machte Gott viele Versprechungen bezüglich ihres zukünftigen Verhaltens, wenn er sie hier herausholte. Auch diese Gedanken flossen in meinen Kopf. Die Angst der anderen erreichte einen Höhepunkt, und ich spürte, wie mein Körper in Zuckungen verfiel. Alle hier sendeten panisch, vehement, drangen mit ihren Botschaften durch all meine Barrieren. Von mir selbst war nichts mehr übrig. Ich bestand nur noch aus Angst. Bill und Eric verschränkten die Arme, um zu verhindern, daß ich umfiel. Unbeweglich und aufrecht stand ich zwischen den beiden.

Der nackten Jan schenkte die Mänade keine Beachtung. Ich kann nur annehmen, daß Jan einfach nichts an sich hatte, was diese Kreatur anzog; Jan war nicht stolz, im Gegenteil, sie war eine Jammergestalt; noch dazu hatte sie nicht getrunken. Sie ergab sich dem Sex nicht, um sich darin zu verlieren; bei ihr diente er dazu, andere Bedürfnisse zu befriedigen – Bedürfnisse, die nichts mit der Sehnsucht zu tun hatten, Körper und Geist einen Moment lang verlassen, sich einem wunderbaren Wahnsinn anheim geben zu dürfen. Wie immer versuchte Jan, sich zum Mittelpunkt der Gruppe zu machen, und griff mit einem Lächeln, das sie wohl als Flirt verstanden haben wollte, nach der Hand der Mänade, woraufhin sie sofort wild zu zucken begann. Die Geräusche, die ihr dabei ganz hinten aus der Kehle drangen, waren grauenhaft. Sie hatte Schaum vor dem Mund; ihre Augen verdrehten sich, bis nur noch das Weiße zu sehen war. Stöhnend brach sie auf der

Veranda zusammen, und ich hörte, wie sie mit den Hacken auf den Holzboden eintrommelte.

Danach herrschte erneut Stille. Aber irgend etwas braute sich nur wenige Meter von uns entfernt zusammen, in der kleinen Gruppe dort auf der Veranda. Etwas Schreckliches und gleichzeitig Nobles, etwas Reines und gleichzeitig Grauenhaftes. Die Furcht in den Köpfen legte sich; mein Körper wurde ruhig. Der Druck in meinem eigenen Kopf ließ nach. Aber noch während er abklang, baute sich eine neue Kraft auf, und diese Kraft war unglaublich schön und durch und durch böse.

Es war reiner Wahnsinn, Wahnsinn, der ohne Denken auskam. Die Mänade verströmte den Wahnsinn von Berserkern, die reine Lust am Plündern, Hybris, Stolz. Ich ging darin unter, als der Wahnsinn die Menschen auf der Veranda überwältigte. Zuckend schlug ich um mich, als die Wellen des Wahnsinns von Kallisto ausgehend über die anderen hinwegschwemmten, in ihre Hirne drangen. Nur Erics Hand auf meinem Mund verhinderte, daß ich schrie, wie Mike und die anderen schrien. Ich biß Eric in die Hand, schmeckte sein Blut, hörte, wie er vor Schmerz aufstöhnte.

Das Schreien wollte und wollte kein Ende nehmen, und plötzlich hörte ich noch dazu ganz schreckliche, irgendwie nasse Geräusche. Der Hund, der sich gegen unsere Beine drückte, winselte.

Dann plötzlich war alles vorbei.

Ich fühlte mich wie eine Marionette, die man hat tanzen lassen, um ihr dann urplötzlich die Fäden zu durchschneiden. Schlaff sackte ich in mich zusammen; Eric legte mich erneut auf der Kühlerhaube seines Wagens ab. Als ich die Augen öffnete, sah die Mänade auf mich herab, nun wieder lächelnd und von oben bis unten blutverschmiert. Es sah aus, als hätte ihr jemand einen Eimer rote Farbe über den Kopf gekippt; ihr Haar war völlig blutgetränkt, jeder einzelne Millimeter ihres nackten Leibes ebenfalls. Sie verströmte einen Kupfergeruch, der mir die Haare zu Berge stehen ließ.

„Du warst nah dran", sagte sie zu mir, und ihre Stimme klang so süß und so hoch wie eine Flöte. Sie bewegte sich vorsichtig, so, als hätte sie gerade eine riesige Mahlzeit verzehrt und sich dabei ein wenig übernommen. „Ganz nah dran. So nah, wie du vielleicht nie wieder kommen wirst. Vielleicht aber doch – ich habe noch nie erleben dürfen, wie jemand durch den Wahnsinn anderer ebenfalls wahnsinnig wurde. Unterhaltsam – ein neues Konzept!"

„Für Sie mag das unterhaltsam sein", keuchte ich empört, woraufhin der Hund mich in die Wade zwickte, um mich zur Besinnung zu bringen. Kallisto sah auf ihn herab.

„Mein lieber Sam", murmelte sie. „Liebling, ich muß dich nun verlassen."

Der Hund richtete die intelligenten Augen auf ihr Gesicht.

„Wir hatten ein paar gute Nächte miteinander, wir beide, hier in den Wäldern", sagte sie und streichelte seinen Kopf. „Wie schön wir zusammen gejagt haben. Kleine Kaninchen, kleine Waschbären ..."

Der Hund wedelte mit dem Schwanz.

„... und andere Sachen haben wir auch gemacht."

Der Hund grinste und hechelte.

„Aber nun ist es Zeit für mich zu gehen. Die Welt ist voller Wälder und voller Menschen, die ihre Lektion lernen müssen. Man schuldet mir Tribut, der Tribut muß gezollt werden! Sie dürfen mich nicht vergessen. Man schuldet ihn mir", sagte sie in ihrem gesättigten Tonfall. „Man schuldet mir Raserei und Tod!" Mit diesen Worten glitt sie auf den Waldrand zu.

Über die Schulter gewandt rief sie uns noch einen letzten Abschiedsgruß zu: „Es kann nicht immer Jagdsaison sein!"

Dann war sie verschwunden.

Kapitel 11

Selbst wenn ich es gewollt hätte: Ich konnte einfach nicht aufstehen, um nachzusehen, was dort auf der Veranda lag! Bill und Eric schienen mir beide reichlich erschüttert, und wenn Vampire erschüttert sind, dann will man wirklich nicht losziehen und feststellen, weswegen.

„Wir werden die Hütte niederbrennen müssen", hörte ich Eric sagen. „Ich wünschte, Kallisto hätte ihren Dreck selbst weggemacht!"

„Das hat sie doch noch nie getan", sagte Bill. „Jedenfalls meines Wissens nicht. Das ist nun mal der wahre Wahnsinn: Was schert es ihn, entdeckt zu werden?"

„Ach, ich weiß nicht", sagte Eric beiläufig. Er hörte sich an, als hebe er gerade etwas Schweres hoch. Dann hörte ich etwas zu Boden fallen. „Ich kannte durchaus ein paar Leute, die eindeutig wahnsinnig waren und das recht geschickt verbergen konnten."

„Auch wahr", gab Bill zu. „Sollen wir ein paar von denen lieber auf der Veranda liegen lassen?"

„Wer kann hinterher den Unterschied feststellen?"

„Stimmt auch wieder. Es kommt höchst selten vor, daß wir so oft einer Meinung sind."

„Sie hat mich angerufen und mich gebeten, ihr zu helfen!" Erics Bemerkung bezog sich auf irgendwelche Beiklänge, nicht auf das, was Bill gesagt hatte.

„Dann ist es ja gut. Aber du erinnerst dich schon an unsere Übereinkunft?"

„Wie könnte ich unsere Übereinkunft vergessen?"

„Du weißt, daß Sookie uns hören kann."

„Das macht mir nichts aus", ließ Eric sich lachend vernehmen. Ich lag da, starrte in die Nacht hinaus und fragte mich, worüber zum Teufel die beiden wohl redeten. Allzu neugierig war ich allerdings nicht. Wir waren hier schließlich nicht in Rußland! Ich war kein Päckchen, das man wohlverschnürt von einem Diktator an den nächstmächtigeren übergeben konnte. Neben mir ruhte Sam nun wieder in Menschengestalt und splitterfasernackt, was mir im Moment allerdings gleichgültig war. Da Sam Gestaltwandler war, machte ihm die Kälte nichts aus.

„He! Hier lebt noch eine!" rief Eric.

„Tara", rief Sam.

Tara kletterte unbeholfen die Verandastufen herab und gesellte sich zu uns. Sie schlang mir die Arme um den Hals und weinte haltlos. Ich war unendlich müde, als ich sie so in den Armen hielt und schluchzen ließ, ich immer noch im Daisy Duke-Outfit, sie in der feuerroten Unterwäsche, zwei große weiße Wasserlilien in einem eiskalten Teich. Ich zwang mich, mich aufzusetzen, wobei ich Tara weiterhin an mich gedrückt hielt.

„Ob es in der Hütte wohl eine Wolldecke gibt?" wandte ich mich hoffnungsvoll an Sam. Er trabte hinüber zu den Verandastufen; der Anblick seiner nackten Rückfront war höchst interessant. Wenig später trabte er die Treppe wieder herunter – oh Mann! der Anblick war atemberaubend – und wickelte eine Decke um Tara und mich.

„Dann werde ich es wohl überleben", murmelte ich.

„Wie kommst du darauf?" wollte Sam neugierig wissen. Die Ereignisse der Nacht schienen ihn nicht besonders überrascht zu haben.

Daß der Anblick seiner nackt die Treppe herunterhüpfenden Gestalt in mir die Überzeugung geweckt hatte, durchaus noch am Leben zu sein und wohl auch so schnell nicht sterben zu wollen, konnte ich ihm wohl kaum anvertrauen. „Wie geht es Eggs und Andy?" fragte ich statt dessen.

„Eggs und Andy – das hört sich an wie der Titel einer Radiosendung", sagte Tara plötzlich. Das Kichern, mit dem sie diese Worte begleitete, wollte mir ganz und gar nicht gefallen.

„Die beiden stehen noch da, wo sie sie hingestellt hat", wußte Sam zu berichten. „Sie starren immer noch vor sich hin."

„I'm still staring", sang Tara daraufhin auf die Melodie von Eltons *I'm still standing*.

Eric lachte.

Bill und er waren nun kurz davor, das Feuer anzuzünden, weswegen sie zu uns herübergeschlendert kamen, um einen letzten prüfenden Blick auf alles zu werfen.

„Mit welchem Auto sind Sie gekommen?" wollte Bill von Tara wissen.

„Oh! Ein Vampir!" kicherte meine Freundin. „Sie sind Sookies Schatz, oder? Warum waren Sie denn neulich nacht mit dieser Kuh Portia beim Footballspiel?"

„Nett scheint sie auch zu sein!“ bemerkte Eric trocken. Er betrachtete Tara von oben herab mit einem gütigen, aber auch leicht enttäuschten Gesichtsausdruck, wie ein Hundezüchter vielleicht, der ein süßes, aber leider nicht reinrassiges Hundebaby begutachtet.

„Mit welchem Auto sind Sie gekommen?“ wiederholte Bill. „Kommen Sie! Wenn Sie vernünftig sein können, dann will ich das jetzt erleben.“

„In dem weißen Camaro“, sagte Tara plötzlich recht nüchtern. „Den werde ich jetzt heimfahren. Oder vielleicht lieber nicht. Sam?“

„Klar, ich fahre dich heim. Bill, braucht ihr noch Hilfe?“

„Ich glaube, wir schaffen das allein. Kannst du den Mageren da auch mitnehmen?“

„Eggs? Mal sehen.“

Tara drückte mir einen Kuß auf die Wange und machte sich langsam auf den Weg hinüber zu ihrem Auto. „Die Schlüssel habe ich stecken lassen“, rief sie uns über die Schulter zu.

„Was ist mit deiner Handtasche?“ Die Polizei würde sicher Fragen stellen, wenn sie Taras Handtasche in einer Hütte voller Leichen entdeckte.

„Oh ... die ist noch da drin.“

Ich warf Bill einen stummen Blick zu, woraufhin er ins Haus ging, um die Tasche zu holen. Bald darauf kehrte er mit einem großen Umhängebeutel zurück, in den nicht nur Make-up und all die Dinge, die man im Alltag so braucht, paßten, sondern auch ein Satz Kleider zum Wechseln. „Ist sie das?“

„Ja.“ Tara nahm Bill die Tasche so vorsichtig aus der Hand, als hätte sie Angst, ihre Finger könnten die seinen streifen. ‚Na, vorhin war sie aber nicht so zimperlich!‘, schoß es mir durch den Kopf.

Inzwischen trug Eric Eggs zum Auto. „Er wird sich an nichts erinnern“, versicherte er, während Sam die hintere Wagentür öffnete, damit Eric Eggs auf den Rücksitz bugsieren konnte.

„Ich wünschte, das könnte ich von mir auch sagen.“ Taras Züge schienen unter dem Gewicht der Ereignisse der Nacht nachzugeben, sie wirkte unendlich erschöpft. „Ich wollte, ich hätte dieses Etwas – was immer das war – nie zu Gesicht bekommen. Ich wünschte, ich wäre überhaupt nie hergekommen. Mir war das ganze ohnehin zuwider. Ich dachte nur, Eggs sei es wert.“ Damit warf sie einen Blick auf die reglose

Gestalt auf dem Rücksitz. „Aber das stimmt nicht. Er ist es nicht wert. Niemand ist das wert."

„Auch deine Erinnerungen könnte ich tilgen", erbot sich Eric.

„Nein", sagte Tara. „Ein paar der Dinge hier muß ich im Gedächtnis behalten, das ist wichtig. Das ist es auch wert, die Last der Erinnerung an die anderen Sachen zu tragen." Sie hörte sich an, als sei sie mit einem Schlag um zwanzig Jahre gealtert. Manchmal werden wir innerhalb weniger Minuten erwachsen. Mir war das so ergangen, als ich ungefähr sieben war und meine Eltern starben. Tara hatte es in dieser Nacht erlebt.

„Sie sind alle tot, bis auf mich, Eggs und Andy", fuhr meine Freundin fort. „Haben Sie denn keine Angst, daß wir reden? Kommen Sie uns holen, wenn wir das tun?"

Eric und Bill wechselten vielsagende Blicke, woraufhin Eric näher an Tara herantrat. „Sieh mal", hob er in einem ganz vernünftigen, beiläufigen Ton an, weshalb Tara den Fehler machte, zu ihm aufzusehen. Sobald sie ihm in die Augen sah, machte Eric sich daran, ihre Erinnerungen an diese Nacht zu löschen. Ich war einfach zu müde, um dagegen zu protestieren, was aber auch keinen Sinn gehabt hätte. Wenn Tara eine Frage wie die eben gestellte überhaupt aufbrachte, dann durfte man sie nicht mit dem Wissen um das Geschehene belasten. Ich hoffte sehr, sie würde die Fehler nicht wiederholen, die sie hierhergeführt hatten, selbst wenn man sie von der Erinnerung an die Folgen ihres Tuns befreite; auf keinen Fall jedoch durfte man zulassen, daß sie irgend etwas ausplapperte.

Tara, Eggs und Sam (der Eggs Hose ausgeborgt hatte) waren gerade rückwärts vom Grundstück gefahren, als Bill auch schon das Feuer aufbaute, durch das die Hütte abbrennen sollte. Es würde aussehen wie ein ganz normaler Hüttenbrand. Derweil war Eric auf der Veranda offenbar damit befaßt, Knochen zu zählen. Er wollte sichergehen, daß die Leichen vollständig genug waren, um bei einer eventuellen Untersuchung keinen Verdacht zu erregen. Als er seine Arbeit beendet hatte, ging er zu Andy, um nachzusehen, wie es mit ihm stand.

„Warum haßt Bill die Bellefleurs so?" fragte ich ihn erneut, als er an mir vorbeikam.

„Das ist eine ganz alte Geschichte", erwiderte Eric. „Aus der Zeit vor Bills Wandlung." Andys Zustand schien ihm wohl zufriedenstellend, und er machte sich wieder an etwas anderem zu schaffen.

Ich hörte, wie sich ein Auto näherte, und sowohl Bill als auch Eric traten sofort heraus zu mir auf die Lichtung. Von einer Ecke der Hütte erklang bereits leises Knistern. „Wir können nur an einer Stelle Feuer legen", sagte Bill zu Eric. „Wenn wir verschiedene Stellen gleichzeitig anstecken, finden die womöglich noch heraus, daß es Brandstiftung war. Wie ich die Fortschritte der polizeilichen Untersuchungsmethoden hasse!"

„Hätten wir nicht beschlossen, mit unserer Existenz an die Öffentlichkeit zu gehen, dann müßten die die Sache hier einem von denen in die Schuhe schieben", entgegnete Eric mit einem Blick auf die Leichen auf der Veranda. „Aber wie die Dinge liegen, geben wir so attraktive Sündenböcke ab ... das ist schon ärgerlich! Besonders, wenn man bedenkt, daß wir soviel stärker sind als die."

„He, Leute", warf ich ein, „ich bin kein Marsmännchen, ich bin Mensch! Ich kann euch ganz genau hören." Wütend starrte ich die beiden an. Sie wirkten vielleicht zu einem Fünftel so, als würde das ihnen etwas ausmachen. Da stieg Portia aus ihrem Auto, um an die Seite ihres Bruders zu eilen. „Was habt ihr mit Andy gemacht?" keuchte sie mit einer rauhen Stimme, die jeden Moment zu brechen drohte. „Ihr verdammten Vampire!" Hektisch zupfte sie auf der Suche nach Bißspuren an Andys Hemdkragen herum.

„Sie haben ihm das Leben gerettet", teilte ich ihr mit.

Eric warf Portia einen langen, abschätzenden Blick zu und fing dann an, die Autos der toten Nachtschwärmer zu durchsuchen. Er verfügte über sämtliche Autoschlüssel; wie er die bekommen hatte, mochte ich mir nicht ausmalen.

Bill trat zu Andy. „Wach auf", befahl er so leise, daß man ihn wenige Meter entfernt kaum hören konnte.

Andy blinzelte. Er warf einen Blick zu mir herüber, fragte sich wohl, wie ich ihm hatte entkommen können und sah dann Bill so dicht neben sich stehen, was ihn erschrocken zusammenzucken ließ. Offenbar fürchtete er Vergeltungsmaßnahmen. Dann erkannte er Portia, die ebenfalls direkt neben ihm stand, und dann fiel sein Blick auf die Hütte.

„Es brennt", bemerkte er langsam.

„Ja", nickte Bill. „Alle sind tot. Bis auf die beiden, die in die Stadt zurückgefahren sind. Die wußten von nichts."

„Dann ... haben diese Leute Lafayette wirklich umgebracht?"

„Ja", mischte ich mich ein. „Mike und die Hardaways, und ich nehme an, daß Jan unter Umständen davon wußte."

„Aber ich habe keine Beweise!"

„Ich glaube doch!" rief Eric zu uns herüber, der neben Mikes Lincoln stand und sich über den offenen Kofferraum beugte.

Neugierig versammelten wir uns um den Wagen, um nun ebenfalls in den Kofferraum zu starren. Bill und Eric erkannten mit dem scharfen Blick der Vampire mühelos das Blut auf dem Boden, dazu noch blutverschmierte Kleidungsstücke und eine Brieftasche. Eric griff in den Wagen und schlug die Brieftasche ganz vorsichtig auf.

„Können Sie lesen, wem sie gehört?" fragte Andy.

„Lafayette Reynold", erwiderte Eric.

„Wir brauchen also nur den Wagen dort stehenzulassen. Wir können einfach gehen. Die Polizei wird finden, was da im Kofferraum liegt, und ich bin aus dem Schneider! Meine Unschuld ist bewiesen."

„Oh Gott sei Dank!" schluchzte Portia. Ihr wenig schönes Gesicht, umstanden von dem dicken kastanienbraunen Haar, fing einen Streifen Mondlicht auf, der durch die Bäume fiel. „Andy, laß uns nach Hause fahren!"

„Portia?" sagte Bill. „Sieh mich an."

Sie warf ihm einen kurzen Blick zu und schaute dann rasch weg. „Tut mir leid, daß ich dich so an der Nase herumgeführt habe", sagte sie, wobei sich ihre Worte fast überschlugen. Es war ihr peinlich, sich bei einem Vampir entschuldigen zu müssen. „Ich wollte doch nur, daß einer der Menschen, die heute hier sind, mich einlädt. Ich wollte herausfinden, was hier vor sich geht."

„Das hat dann Sookie für dich erledigt", verkündete Bill.

Portia wandte ihren Blick mir zu. „Ich hoffe, es war nicht allzuschlimm", sagte sie und überraschte mich damit nicht wenig.

„Es war wirklich schrecklich", erwiderte ich. Portia zuckte zusammen. „Aber es ist vorbei."

„Danke, daß du Andy geholfen hast", sagte Portia tapfer.

„Ich habe nicht Andy geholfen. Ich habe Lafayette geholfen!" fuhr ich sie an.

Sie holte tief Luft. „Natürlich", sagte sie dann so würdevoll, wie es ihr unter den gegebenen Umständen möglich war. „Er war dein Kollege."

„Er war mein Freund", berichtigte ich sie.

Portias Rücken straffte sich. „Dein Freund", wiederholte sie.

Mittlerweile brannte das Feuer in der Hütte lichterloh. Bald würde es hier von Polizei und Feuerwehr nur so wimmeln. Es wurde Zeit zu gehen.

Es entging mir nicht, daß weder Eric noch Bill sich erboten, Andys Erinnerungen zu löschen.

Ihr solltet verschwinden", riet ich dem Polizisten. „Am Besten wäre es, du führest zusammen mit Portia zurück in euer Haus und bätest eure Großmutter zu beschwören, daß ihr es die ganze Nacht über nicht verlassen habt."

Ohne weitere Worte kletterten Bruder und Schwester in Portias Audi und fuhren weg. Eric faltete sich in den Corvette, um die Rückfahrt nach Shreveport anzutreten, während Bill und ich durch den Wald zu Bills Auto gingen, das er zwischen den Bäumen an der Straße versteckt hatte. Bill trug mich, wie er es nun einmal gerne tat. Es gibt Gelegenheiten, muß ich sagen, da gefällt mir das sehr gut; diese Nacht war so eine.

Es blieb nicht mehr viel Zeit bis Sonnenaufgang. Damit würde eine der längsten Nächte meines bisherigen Lebens enden. Ich lehnte mich in den Autositz zurück, so müde, daß mir eigentlich alles egal war.

„Wohin Kallisto wohl gegangen sein mag?" fragte ich Bill.

„Das weiß ich nicht. Sie wandert von Ort zu Ort. Nicht viele Mänaden haben den Verlust ihres Gottes überlebt, und die, die es noch gibt, suchen sich Wälder, in denen sie umherstreifen können. Sie ziehen weiter, ehe ihre Anwesenheit entdeckt wird. Darin sind sie sehr gut. Sie lieben Krieg und Wahnsinn, man findet sie selten weit von einem Schlachtfeld entfernt. Ich glaube, sie würden alle in den Nahen Osten ziehen, wenn es dort mehr Wald gäbe."

„Kallisto war hier, weil ...?"

„Sie war auf der Durchreise. Vielleicht zwei Monate lang hat sie sich hier aufgehalten, und nun zieht sie weiter nach ... wer weiß, wohin? Zu den Everglades, oder den Fluß hoch in die Ozarks."

„Ich verstehe wirklich nicht, wie Sam ... nun, mit ihr herumtollen konnte."

„So nennst du das?"

Ich griff hinüber und stupste ihn in den Arm, was so war, als drücke man gegen Holz. „Ach du!" sagte ich.

„Vielleicht wollte er ein wenig seine wilde Seite ausleben", meinte Bill. „Es ist auch wirklich schwer für Sam, jemanden zu finden, der bereit ist, ihn in seiner wahren Natur anzunehmen." Es folgte eine bedeutungsschwangere Pause.

„So etwas ist aber auch wirklich nicht einfach", erklärte ich dann, wobei ich daran denken mußte, wie Bill mit rosigen Wangen in die Villa in Dallas zurückgekehrt war. Ich schluckte. „Aber genauso schwer ist es, Liebende auseinanderzubringen", fuhr ich fort. Ich erinnerte mich, wie mir zumute gewesen war, als ich zu hören bekam, Bill sei mit Portia zusammen. Ich erinnerte mich, wie ich reagiert hatte, als ich ihn bei diesem Footballspiel wiedersah. Ich streckte die Hand aus und drückte sanft seinen Oberschenkel.

Er lächelte, die Augen unverwandt auf die Straße gerichtet. Seine Fänge waren ein wenig ausgefahren.

„Hast du mit den Gestaltwandlern in Dallas alles regeln können?" fragte ich nach einer Weile.

„Das hatte ich innerhalb von einer Stunde erledigt – oder vielmehr: Stan Davis hat es getan. Er hat ihnen für die Vollmondnächte für die nächsten vier Monate seine Ranch angeboten."

„Das war aber nett von ihm!"

„Nun, es kostet ihn ja eigentlich nichts, und da er selbst nicht jagt, muß der Hirschbestand dort ohnehin dringend dezimiert werden, wie er mir erklärt hat."

„Oh", sagte ich verstehend und dann, eine Sekunde später: „Ooooh!"

„Sie jagen."

„Klar. Verstehe."

Als wir bei meinem Haus ankamen, war nicht mehr viel Zeit bis Sonnenaufgang. Eric würde es wohl gerade so eben bis Shreveport schaffen. Während Bill duschte, schmierte ich mir ein Brot mit Erdnußbutter und Marmelade, denn ich wußte schon nicht mehr, wann ich das letzte Mal etwas zu essen bekommen hatte. Dann putzte ich mir die Zähne.

Zumindest mußte Bill nicht in aller Eile irgendwohin aufbrechen. Er hatte im vergangenen Monat ein paar Nächte damit verbracht, sich in meinem Haus einen sicheren Platz zu schaffen. Dafür hatte er in meinem alten Zimmer, in dem ich so lange Jahre gewohnt hatte, bis meine Oma starb und ich in ihr Zimmer gezogen war, den Boden aus dem Schrank geschnitten und zu einer Luke umgebaut. Er konnte die Luke öffnen, in sein Versteck kriechen und die Tür wieder über sich schließen und außer mir ahnte niemand, was sich darunter verbarg. War ich noch wach, wenn er unter die Erde ging, stellte ich einen alten Koffer und ein paar alte Schuhe in den Schrank, damit es normaler aussah. In dem Hohlraum unter dem Schrankboden hatte Bill eine Kiste zum Schlafen stehen, denn da unten war es ziemlich eklig. Oft blieb er nicht dort, aber ein- oder zweimal hatte sich das Versteck schon als sehr praktisch erwiesen.

„Sookie?“ erklang Bills Stimme aus dem Badezimmer. „Komm. Ich habe Zeit, dich abzuschrubben.“

„Wenn du mich abschrubbst, kann ich hinterher nicht einschlafen.“

„Warum denn nicht?“

„Weil ich dann frustriert bin.“

„Frustriert?“

„Ja! Weil ich dann sauber bin, aber ... ungeliebt.“

„Die Sonne geht schon sehr bald auf“, mußte Bill zugeben. Er steckte den Kopf aus der Dusche. „Aber morgen nacht werden wir Zeit haben.“

„Wenn Eric uns nicht sagt, daß wir irgendwo hinmüssen!“ murmelte ich finster, als Bills Kopf wieder sicher unter dem Wasserfall verschwunden war. Wie immer brauchte er fast mein ganzes heißes Wasser auf. Ich schälte mich mühsam aus den verdammten Shorts und nahm mir fest vor, sie gleich am nächsten Tag wegzuwerfen. Ich zog auch das T-Shirt aus und streckte mich auf dem Bett aus, um auf Bill zu warten. Zumindest hatte mein neuer BH die Sache heil überstanden. Ich drehte mich auf die Seite und schloß die Augen, um nicht vom Lichtstreifen geblendet zu werden, der unter der halboffenen Badezimmertür hervordrang.

„Schatz?“

„Du bist raus aus der Dusche?“ fragte ich verschlafen.

„Ja, seit zwölf Stunden schon.“

„Was?“ Ich riß die Augen auf. Draußen vor den Fenstern war es dunkel, wenn auch nicht stockfinster.

„Du bist eingeschlafen.“

Eine Decke lag auf mir, und ich trug immer noch den stahlblauen BH mit passendem Höschen. Ich kam mir vor wie ein alter, verschimmelter Laib Brot. Dann sah ich Bill an: Er war nackt.

„Bleib, wie du bist!" sagte ich und suchte rasch das Badezimmer auf. Als ich zurückkam, lag Bill auf den Ellbogen gestützt auf dem Bett und wartete auf mich.

„Hast du den Fummel gesehen, den du bezahlt hast?" wollte ich wissen und vollführte eine kleine Pirouette, damit er mich von allen Seiten bewundern und voll in den Genuß seiner Großzügigkeit kommen konnte.

„Wunderbar, aber für den Anlaß vielleicht doch etwas zu viel."

„Was für ein Anlaß denn?"

„Den besten Sex deines Lebens."

Tief in mir verspürte ich ein Gefühl reiner Lust, aber ich verzog keine Miene. „Bist du sicher? Der beste?"

„Aber ja!" insistierte er, und seine Stimme wurde so glatt und kalt wie Wasser, das über Steine rinnt. „Da bin ich ganz sicher, und du kannst es auch sein."

„Na, dann beweise es mir!" sagte ich, ein ganz kleines Lächeln auf den Lippen.

Bills Augen lagen im Schatten, aber am Schwung seiner Lippen erkannte ich, daß er zurücklächelte. „Nur zu gern!" gab er zurück.

Später hatte ich Mühe, wieder zu mir zu kommen. Bill lag dicht neben mir, ein Arm ruhte auf meinem Bauch, ein Bein hatte er mir über die Hüfte geworfen. Mein Mund war so müde, er schaffte es kaum, sich zu spitzen und Bill zu küssen. Bills Zunge leckte ganz sanft die Bißspuren auf meiner Schulter.

„Weißt du, was wir tun sollten?" fragte ich so faul, daß ich gar nicht wußte, ob ich mich je wieder rühren wollte.

„Na?"

„Die Zeitung holen."

Eine Weile später löste Bill sich langsam von mir und schlenderte zur Vordertür. Die Frau, die mir die Zeitung bringt, fährt meine Auffahrt herauf und wirft die Zeitung grob in Richtung Veranda, weil ich ihr dafür ein großzügiges Trinkgeld zukommen lasse.

„Guck mal!" sagte Bill dann, woraufhin ich die Augen öffnete. In den Händen hielt er einen großen, in Alufolie verpackten Teller; die Zeitung hatte er sich unter den Arm geklemmt.

Ich rollte vom Bett, und ganz automatisch begaben wir uns beide in die Küche. Während ich hinter Bill hertappte, zog ich meinen rosa Bademantel an. Mein Liebster ging im Adamskostüm. Ich genoß den Anblick.

„Ich habe eine Nachricht auf dem AB", sagte ich, während ich die Kaffeemaschine anstellte. Damit war das Wichtigste erledigt, und ich pellte die Alufolie von dem Teller. Darunter kam ein hoher, gefüllter Kuchen mit Schokoladenguß zum Vorschein, reich mit Pekan-Nüssen bestückt und oben mit einem Sternenmuster verziert.

„Der Schokokuchen der alten Mrs. Bellefleur!" flüsterte ich ehrfürchtig.

„Vom Anschauen weißt du, von wem der Kuchen ist?"

„Natürlich! Dieser Kuchen ist berühmt. Eine Legende. Nichts ist so lecker wie Mrs. Bellefleurs Schokokuchen. Wenn sie den beim Backwettbewerb auf dem Gemeindefest einreicht, steht eigentlich schon fest, wer den ersten Preis einheimst. Sie bringt ihn vorbei, wenn jemand gestorben ist. Jason sagt, ein Todesfall in unserer Gemeinde lohnt sich schon allein deswegen, weil man dann ein Stück von Mrs. Bellefleurs Kuchen bekommt."

„Er riecht wunderbar!" sagte Bill, was mich sehr erstaunte. Dann bückte er sich und schnupperte an dem Kuchen. Bill atmet ja nicht, weswegen ich noch nicht genau herausgefunden habe, wie er riechen kann, aber er kann es. „Wenn du das als Parfum trügest, würde ich dich auffressen."

„Das hast du bereits."

„Ich würde es glatt noch einmal tun."

„Ich glaube nicht, daß ich das aushalten könnte." Bei diesen Worten goß ich mir eine Tasse Kaffee ein. Dann starrte ich auf den Kuchen, und allerhand Fragen gingen mir durch den Kopf. „Ich wußte nicht einmal, daß sie weiß, wo ich wohne."

Bill drückte den Knopf meines AB. „Miß Stackhouse", erklang da die Stimme einer sehr alten, sehr südstaatlichen Dame von Stand. „Ich habe geklopft, aber Sie waren wohl beschäftigt. Ich habe einen Schokoladenkuchen für Sie dagelassen, denn ich wußte nicht, wie ich Ihnen sonst für das, was Sie, wie Portia mir berichtete, für meinen Enkel Andrew getan haben, hätte danken sollen. Ein paar Leute waren in der Vergangenheit so nett, mir zu versichern, der Kuchen sei gut. Ich hoffe, er schmeckt Ihnen. Wenn ich Ihnen je zu Diensten sein kann, rufen Sie mich an."

„Sie hat keinen Namen genannt."

„Caroline Holliday Bellefleur erwartet, daß jeder sie an der Stimme erkennt."

„Wer?"

Ich sah Bill an, der am Fenster lehnte, während ich am Tisch saß und aus einer der geblümten Tassen meiner Oma meinen Kaffee trank.

„Caroline Holliday Bellefleur", wiederholte ich.

Bill konnte unmöglich blasser werden, als er ohnehin schon war, aber er war offensichtlich erschüttert. Mit einem Plumps ließ er sich auf den Stuhl fallen, der neben dem meinen stand. „Sookie? Tust du mir einen Gefallen?"

„Klar doch, Schatz. Was soll ich tun?"

„Geh rüber in mein Haus und hol mir aus dem Bücherschrank im Flur die Bibel."

Bill schien so erschüttert, daß ich keine weiteren Fragen stellte. Wortlos schnappte ich mir meinen Schlüsselbund und fuhr so, wie ich war, nur mit dem Bademantel bekleidet, hinüber zu seinem Haus. Ich hoffte sehr, daß ich unterwegs niemandem begegnen würde. Aber es wohnen nicht viele Menschen an unserer schmalen Landstraße, und niemand von denen war an diesem Tag um vier Uhr morgens schon unterwegs.

Ich schloß die Tür auf, betrat Bills Haus und fand die Bibel da, wo er gesagt hatte. Vorsichtig nahm ich sie aus dem Bücherschrank, denn man konnte sehen, daß sie schon sehr alt war. Als ich das kostbare Stück die Stufen zur Eingangstür meines Hauses hinauftrug, war ich so nervös, daß ich fast gestolpert wäre. Bill saß noch genauso, wie ich ihn verlassen hatte. Als ich ihm die Bibel hinlegte, starrte er sie lange Zeit einfach nur an, und ich fragte mich schon, ob er überhaupt in der Lage sein würde, sie aufzuschlagen. Da er mich aber nicht um Hilfe bat, wartete ich einfach ab, was geschehen würde. Dann streckte er zögernd die Hand aus und seine weißen Finger strichen liebkosend über den abgegriffenen Ledereinband. Das Buch war groß und schwer, die in den Ledereinband gestanzten Buchstaben vergoldet und verschnörkelt.

Sanft öffnete Bill das Buch und blätterte die erste Seite um. Auf der nächsten Seite, die nun aufgeschlagen vor ihm lag, standen in unterschiedlicher Handschrift Eintragungen über Geburten und Sterbefälle in der Familie, die Tinte war stark verblaßt.

„Die stammen von mir", flüsterte mein Vampir, wobei er auf ein paar der Zeilen deutete.

Mit einem dicken Kloß im Hals trat ich an seine Seite, um ihm über die Schulter zu sehen. Ich legte Bill die Hand auf die Schulter; so wollte ich ihn an das Hier und Jetzt binden.

Ich konnte die einzelnen Handschriften kaum entziffern.

William Thomas Compton, hatte seine Mutter geschrieben – oder vielleicht auch sein Vater. *Geboren am 9. April 1840*. Eine andere Hand hatte geschrieben: *Gestorben am 25. November 1868*.

„Du hast einen Geburtstag", sagte ich – ausgerechnet so ein dummer Spruch! Ich hätte einfach nie gedacht, daß Bill einen Geburtstag haben könnte.

„Ich war der zweite Sohn meiner Eltern", erklärte Bill. „Der einzige, der das Erwachsenenalter erreichte."

Ich erinnerte mich daran, daß Robert, Bills älterer Bruder, im Alter von zwölf Jahren gestorben war. Zwei weitere Kinder waren bereits als Säuglinge zu Tode gekommen. Auf der Seite, auf der Bills Finger ruhten, waren all diese Geburten und Tode notiert worden.

„Sarah, meine Schwester, starb kinderlos." Auch daran erinnerte ich mich. „Der junge Mann, dem sie versprochen war, starb im Krieg. Alle jungen Männer starben im Krieg. Nur ich nicht. Ich überlebte, um später zu sterben. Das hier ist mein Todestag, soweit es meine Familie betrifft. Sarah hat das geschrieben."

Ich preßte die Lippen ganz fest zusammen, um nur ja keinen einzigen Laut von mir zu geben. Irgend etwas in der Art, wie Bill redete, wie er die alte Bibel berührte, war kaum zu ertragen. Ich spürte, wie sich meine Augen langsam mit Tränen füllten.

„Hier steht der Name meiner Frau", meinte er nun, wobei seine Stimme immer leiser wurde.

Ich beugte mich vor und las: *Caroline Isabelle Holliday*. Für eine Sekunde verrutsche das Zimmer um mich herum, bis mir klar wurde, daß das nicht sein konnte.

„Wir hatten Kinder", sagte er. „Wir hatten drei Kinder."

Auch ihre Namen standen da. *Thomas Charles Compton, geb. 1859*. Sie war also unmittelbar nach der Heirat schwanger geworden.

Ich würde nie ein Kind von Bill bekommen können.

Sarah Isabelle Compton, geb. 1861. Benannt nach ihrer Tante und ihrer Mutter. Sie war zur Welt gekommen, als Bill in den Krieg ziehen mußte. *Lee Davis Compton, geb. 1866.* Ein Baby, gleich nach seiner Heimkehr gezeugt. *Gest. 1867,* war in einer anderen Handschrift hinzugefügt worden.

„Damals starben Säuglinge wie die Fliegen", flüsterte Bill. „Wir waren so arm nach dem Krieg, und es gab keine Medikamente."

Ich fühlte mich wie ein kleines, heulendes Häufchen Elend und wäre am liebsten gegangen, um Bill meinen Anblick zu ersparen. Aber wenn er diese Erinnerungen ertragen konnte, dann mußte ich das auch können. Irgendwie schien mir nichts anderes übrig zu bleiben.

„Die anderen beiden Kinder?" wollte ich wissen.

„Sie haben überlebt", sagte er, und die Spannung in seiner Stimme ließ ein wenig nach. „Da war ich bereits fort. Tom war neun, als ich starb, und Sarah war sieben. Ein Blondschopf wie ihre Mutter." Bill lächelte leise, ein Lächeln, das ich noch nie auf seinem Gesicht gesehen hatte. Er sah fast menschlich aus. Es war, als sähe ich ein ganz anderes Wesen hier in meiner Küche sitzen, ganz und gar nicht mehr die Person, die ich noch vor einer knappen Stunde so ausgiebig geliebt hatte. Ich zog ein Kleenex aus der Schachtel auf der Arbeitsplatte und tupfte mir das Gesicht ab. Auch Bill weinte, und ich reichte ihm ebenfalls ein Kleenex. Erstaunt schaute er es sich an. Er schien etwas anderes erwartet zu haben – ein Baumwolltaschentuch vielleicht, mit einem aufgestickten Monogramm. Dann tupfte er sich die Wangen ab, woraufhin das Kleenex sich rosa verfärbte.

„Ich habe kein einziges Mal nachgesehen, was aus ihnen geworden ist", sagte er kopfschüttelnd. „Ich habe die Trennung endgültig vollzogen. Ich bin auch nicht wiedergekommen, solange noch die Chance bestand, daß einer von ihnen am Leben war. Das wäre zu grausam gewesen." Er las weiter, wobei sein Finger die Seite hinunterfuhr.

„Mein Nachkomme Jessie Compton, von dem ich das Haus bekommen habe, war der letzte Nachkomme in direkter Linie", erklärte er. „Auch von der Seite meiner Mutter her gab es keine direkten Verwandten mehr. Die Loudermilks, die hier immer noch leben, sind nur entfernt verwandt. Aber Jessie stammte von meinem Sohn Tom ab, und offenbar hat meine Tochter Sarah 1881 geheiratet. Sie bekam ein Baby im Jahre – Sarah hatte ein Baby! Sie hatte vier Kinder! Aber eins von ihnen kam tot zu Welt."

Ich konnte Bill nicht einmal ansehen. Statt dessen starrte ich aus dem Fenster. Es regnete. Meine Oma hatte ihr altes Blechdach sehr geliebt, also hatten wir das Haus, als es neu gedeckt werden mußte, wieder mit Blech decken lassen, und das Geräusch von Regentropfen, die auf dieses Dach trommelten, empfand ich in der Regel als das beruhigendste Geräusch der Welt. In dieser Nacht erlebte ich das nicht so.

„Schau, Sookie", sagte Bill und wies auf einen Eintrag. „Sieh doch! Die Tochter meiner Tochter Sarah, die nach ihrer Großmutter Caroline genannt worden war, heiratete einen ihrer Cousins, Matthew Philips Holliday, und ihr zweites Kind hieß Caroline Holliday." Er strahlte.

„Dann ist die alte Mrs. Bellefleur deine Urenkelin?"

„Ja", sagte er, als könne er es selbst nicht glauben.

„Dann ist Andy", fuhr ich fort, ehe ich es mir anders überlegen konnte, „dein Ur-Ur-Urenkel, und Portia ..."

„Ja", wiederholte Bill, schon weit weniger glücklich.

Ich wußte wirklich nicht, was ich sagen sollte, also sagte ich, was selten vorkommt, lieber gar nichts. Nach einer Weile bekam ich das Gefühl, es sei besser, mich ein wenig rar zu machen, weswegen ich erneut versuchte, mich an Bill vorbei aus der engen Küche zu quetschen.

„Was brauchen die drei?" fragte Bill und packte mich am Handgelenk.

Na gut. „Geld", sagte ich sofort. „Mit ihren persönlichen Problemen kannst du ihnen nicht helfen, aber sie sind arm, und zwar sehr, was Bargeld betrifft. Die alte Mrs. Bellefleur will ihr Haus nicht aufgeben, und das verschlingt jeden einzelnen Penny."

„Ist sie stolz?"

„Ich denke, das konntest du schon ihrer Nachricht auf meinem Anrufbeantworter entnehmen! Ich weiß genau, daß sie mit zweitem Namen Holliday heißt, wer das aber nicht weiß, denkt sicher, ihr zweiter Name sei ‚Stolz'." Bei diesen Worten warf ich Bill einen schrägen Blick zu. „Das liegt wohl in der Familie."

Irgendwie schien es Bill besser zu gehen, seit er wußte, daß er etwas für seine Nachkommen würde tun können. Nun würde er wohl ein paar Tage in Erinnerungen schwelgen; ich wollte ihm das nicht übelnehmen. Sollte er aber planen, sich Andys und Portias Rettung permanent auf die Fahnen zu schreiben, dann könnte sich das durchaus zu einem Problem entwickeln.

„Bis jetzt konntest du den Namen Bellefleur nicht leiden", sagte ich, und es überraschte mich selbst, daß ich dieses Thema ausgerechnet jetzt zur Sprache brachte. „Warum nicht?"

„Als ich den Vortrag im Verein deiner Oma hielt, erinnerst du dich, bei den Nachkommen ruhmreicher Toter?"

„Sicher."

„Da habe ich die Geschichte von dem verwundeten Soldaten erzählt, der mitten in einem Feld lag und nicht aufhören wollte, um Hilfe zu schreien, und ich habe erzählt, wie mein Freund Tolliver versucht hat, ihn zu retten?"

Ich nickte.

„Tolliver kam bei dem Versuch ums Leben", sagte Bill mit ausdrucksloser Stimme, „und der verwundete Soldat hat gleich nach Tollivers Tod wieder angefangen, um Hilfe zu rufen. In der Nacht gelang es uns, ihn zu retten. Es war Jebediah Bellefleur. Er war damals siebzehn."

„Ach, mein Gott – und mehr hattest du bis heute zu den Bellefleurs nicht im Kopf?"

Bill nickte.

Ich versuchte krampfhaft, mir etwas Bedeutungsvolles einfallen zu lassen, das ich darauf hätte sagen können. Irgend etwas über den Gang der Welt. Der Mensch denkt, doch Gott lenkt? Wie man in den Wald hineinruft, so schallt es heraus?

Statt dessen versuchte ich erneut, die Küche zu verlassen. Aber Bill packte mich am Arm und zog mich an sich. „Ich danke dir."

Das war nun das letzte, was ich zu hören erwartet hätte. „Wofür denn?"

„Du hast dafür gesorgt, daß ich das Richtige tat, obgleich ich keine Vorstellung davon hatte, womit ich letztlich belohnt werden würde."

„Bill, ich bin doch gar nicht in der Lage, dafür zu sorgen, daß du irgend etwas tust!"

„Du hast dafür gesorgt, daß ich wie ein Mensch denke, als sei ich immer noch am Leben."

„Das Gute, das du tust, kommt aus dir, nicht von mir."

„Ich bin Vampir, Sookie. Ich bin schon viel länger Vampir, als ich vorher Mensch war. Ich habe oft Dinge getan, die dich erschütterten. Um die Wahrheit zu sagen, manchmal verstehe ich nicht, warum du so handelst, wie du es tust, weil es schon so lange her ist, daß ich ein Mensch war. Es ist nicht immer angenehm, sich daran zu erinnern, was es bedeutete, ein Mann zu sein. Manchmal will ich nicht daran erinnert werden."

Das war mir zu hoch. „Ich weiß nicht, ob es recht oder unrecht ist, was ich tue, aber ich weiß nicht, wie ich anders sein könnte", sagte ich. „Ich wäre todtraurig, wenn es dich nicht gäbe."

„Wenn mir irgend etwas zustößt", sagte Bill, „dann solltest du zu Eric gehen."

„Das hast du schon einmal gesagt", stellte ich fest. „Wenn dir irgend etwas zustößt, muß ich zu überhaupt niemandem gehen. Ich bin ein eigenständiger Mensch. Ich darf selbst entscheiden, was ich tue. Du mußt einfach dafür sorgen, daß dir nichts zustößt."

„Wir werden in den nächsten Jahren noch Ärger mit der Bruderschaft bekommen", erklärte Bill. „Wir werden in einer Weise handeln müssen, die für dich als Menschen abstoßend sein könnte, und auch mit deinem Beruf sind Gefahren verknüpft." Damit meinte er nicht meinen Beruf als Kellnerin!

„Darum werden wir uns kümmern, wenn es soweit ist." Auf Bills Schoß zu sitzen war toll, besonders, da er immer noch nackt war. Mein Leben hatte nicht viele wunderbare Augenblicke vorzuweisen gehabt, bis ich Bill kennenlernte. Nun ergab sich jeden Tag ein wundervoller Augenblick, oder auch zwei.

In der schwach beleuchteten Küche, in der der Kaffee (auf seine Art) ebenso wundervoll roch wie der Schokoladenkuchen und wo der Regen aufs Dach trommelte, erlebte ich einen wunderbaren Augenblick mit meinem Vampir, einen, könnte man sagen, warmen, zwischenmenschlichen Augenblick.

Aber vielleicht sollte ich gar nicht in diesen Begriffen denken, sagte ich mir, während ich meine Wange an Bills rieb. An diesem Abend hatte Bill sehr menschlich ausgesehen, und ich ... nun, als wir uns auf den sauberen Laken meines Bettes geliebt hatten, da hatte ich sehen können, wie Bills Haut in der Dunkelheit schimmerte. In der ihr eigenen wundervollen, nicht von dieser Welt stammenden Art – und die meine ebenso.

Wie es weitergeht,
erfahren Sie im nächsten Band:

Der UnMagier

Dieser Roman erzählt vom gefährlichsten Jungen der Welt.

Timothy ist eine Laune der Natur, ein Schwächling, eine Unmöglichkeit. Er ist der einzige lebende Mensch ohne magische Kräfte und hat sein gesamtes bisheriges Leben verborgen auf einer einsamen Insel zugebracht. Als Timothy schließlich in seine Geburtsstadt zurückkehrt, ist er von dem Strom der Magie fasziniert, der die Welt im Innersten bewegt, und wie hypnotisiert von den Gebäuden und Globen, die scheinbar gewichtslos in der Luft hängt. Aber er ist auch dem Tod geweiht.

Assassinen beobachten jede seiner Bewegungen, und die Regierung will seine Vernichtung. Timothy kann sich nicht vorstellen, welche Bedrohung er wohl darstellen mag; schließlich hat er in dieser Welt keine Macht.

Oder?

Der erste Band der gefeierten Roman-Tetralogie aus der Feder Christopher Goldens und Thomas E. Sniegoskis, die Harry Potter vom Kopf auf die Füße stellt.

Christopher Golden/
Thomas E. Sniegoski:
Der Unmagier Band 1:
Rabenfreund
304 Seiten, Taschenbuch
ISBN 978-3-937255-64-4
FS11401 € 10,95

Es beginnt mit Blut und Tod in den Straßen des nächtlichen Toronto. Die Privatdetektivin Vicki Nelson wird Augenzeugin eines schrecklichen Mordes. Bald folgt ein grauenhafter Todesfall dem nächsten, und in der Stadt macht sich die Überzeugung breit, daß ein Vampir sein Unwesen treibt. Vicki, die selbst nicht weiß, was sie glauben soll, wird immer tiefer in die Untersuchung und das Böse, das dahinter lauert, verwickelt ...

Tanya Huff, **Blutzoll**
288 Seiten, Taschenbuch
ISBN 978-3-937255-22-4
FS11221 € 9,95

Zwei geheimnissvolle Todesfälle im Torontoer Museum halten Vicki Nelson, Mike Celluci und Henry Fitzroy auf Trab.

Jahrhunderte war er eingeschlossen in einen Sarkophag, der nie wieder geöffnet werden sollte, geduldig auf eine Gelegenheit wartend. Doch das Warten hat ein Ende. Nun greift er nach dem Geist der ahnungslosen Städter, um sich mit ihrer Hilfe für sich und seinen Gott ein Reich zu schaffen, und nur drei Leute haben eine Ahnung, was vor sich geht ...

Tanya Huff, **Blutlinien**
312 Seiten, Taschenbuch
ISBN 978-3-937255-23-1
FS11223 € 9,95

Tanya Huff, **Blutspur**
296 Seiten, Taschenbuch
ISBN 978-3-937255-82-8
FS11222 € 9,95

Jahrhundertelang lebten die Werwölfe Kanadas in Frieden mit den Menschen. Doch jetzt muß jemand ihr Geheimnis entdeckt haben – jemand, der einen nach dem anderen mit Silberkugeln erschießt.

Vicki und ihr Vampirfreund werden in dieser Sache um Hilfe gebeten und müssen bald fürchten, daß der Fall eine Nummer zu groß für sie sein könnte ...

Jemand ist entschlossen, die Geheimnisse des Lebens nach dem Tode zu ergründen und gedenkt, Vicki Nelsons Mutter zum Versuchskaninchen zu machen! Wird die Privatdetektivin es zusammen mit ihren Partnern, Mike Celluci und Henry Fitzroy, zu verhindern wissen, daß Mrs. Nelson zu einer der wandelnden Toten wird?

Tanya Huff, **Blutpakt**
336 Seiten, Taschenbuch
ISBN 978-3-937255-83-5
FS11224 € 9,95

Tanya Huff, **Blutschuld**
336 Seiten, Taschenbuch
ISBN 978-3-937255-08-8
FS11205 € 12,95

Bei Henry Fitzroy spukt es.

Der Vampir, Henry hat Jahrhunderte überlebt, indem er sich an den Kodex der Vampire hielt. Doch jetzt ist Henry kurz davor, das Undenkbare zu tun. Er wird den Kodex brechen ...

Hüter sind Angehörige einer Blutlinie, dere
Aufgabe es ist, das metaphysische Gleichgewich
der Welt zu wahren. Claire Hansen ist eine so
che Hüterin. Sie und ihr Kater Austin werden i
ein Hotel gerufen, das sie plötzlich leiten mu
während in Zim
mer 6 seit fünfzi
Jahren eine bös
Hüterin schläft .

Tanya Huff:
Die Chroniken der Hüter 1:
Hotel Elysium
432 Seiten, Taschenbuch
ISBN 978-3-935282-88-8
FS11206 € 11,95

Beim Schließen des Höllenschlunds im Hotel Elysium haben Claire und ihr Kater Austin einen neuen Gefährten gefunden: Dean. Er ist zwar nur ein Zuschauer, doch irgendwie ist er im Laufe ihrer gemeinsamen Feuertaufe zum festen Bestandteil von Claires Leben geworden.

Doch Dean und Claires Schwester Diana machen es der Hüterin nicht gerade leicht ...

Tanya Huff:
Die Chroniken der Hüter 2:
Auf Teufel komm raus
432 Seiten, Taschenbuch
ISBN 978-3-935282-89-5
FS11207 € 11,95

Diana, Claires kleine Schwester, freut sich da
auf Vollzeithüterin zu werden. Ihr erster Ruf füh
sie und ihren Kater Sam in ein Einkaufszentrun
in dem finstere Dinge vor sich gehen. Als sie e
kennt, wie ernst alles ist, ruft sie Claire und Au
tin zu Hilfe. Dan
bricht das Chac
aus ...

Tanya Huff:
Die Chroniken der Hüter 3:
Hüte sich wer kann
368 Seiten, Taschenbuch
ISBN 978-3-935282-90-1
FS11208 € 11,95